死了七次的伊芙琳

The Seven Deaths of Evelyn Hardcastle

STUART TURTON

史都華・特頓——著　趙丕慧——譯

獻給我的父母，他們為我奉獻了一切卻不求回報。我的姊姊，她是我第一個也是最不客氣的讀者，從亂無頭緒的草創階段開始。

還有我太太，她的愛、鼓勵以及提醒我偶爾要從鍵盤上抬個頭，使這本書超越了我的期待。

誠摯邀請您蒞臨黑石南館參加化裝舞會

介紹東道主，哈德凱索一家

彼得・哈德凱索勳爵暨海蓮娜・哈德凱索夫人

暨

他們的公子邁可・哈德凱索

他們的千金，伊芙琳・哈德凱索

—與會嘉賓—

愛德華·丹斯、克里斯多福·派特格儒及菲利普·薩特克里夫，家庭律師

葛麗絲·達維斯及兄長唐納德·達維斯，社交名流

克里佛·黑靈頓中校，退休海軍軍官

米麗森·德比與公子強納森·德比，社交名流

丹尼爾·柯立芝，職業賭客

西索·雷文科特勳爵，銀行家

吉姆·睿胥頓，警察

理察·艾克（狄基）醫生

塞巴斯欽·貝爾醫生

泰德·斯坦溫

——主要工作人員——

管家　羅傑·柯林斯

廚娘　德拉吉太太

第一侍女　露西·哈波

馬廄管理人　阿福·米勒

駐館畫家　葛瑞格理·戈爾德

雷文科特勳爵貼身男僕　查爾斯·康寧漢

伊芙琳·哈德凱索小姐貼身侍女　瑪德琳·歐貝赫

懇請嘉賓切勿談論**湯瑪斯·哈德凱索**及**查理·卡佛**，因為他們兩人的悲劇至今仍使全家人悲痛欲絕。

1

第一天

我在跨步之間忘了一切。

「安娜！」我大聲喊，詫異地趕緊閉嘴。

我的腦筋一片空白。我壓根不知道安娜是誰，也不明白為什麼會喊出她的名字。我甚至不知道我是如何來到此地的。我站在一處森林裡，用手遮擋刺人的雨點。我的心臟狂跳，全身是汗，兩條腿抖個不停。我一定是一直在奔跑，但是我不記得為什麼要跑。

「這是怎麼——」我的話說了一半就噎住了，因為我看見了自己的手，骨瘦如柴，醜得要死。是陌生人的手。我一點也不認得。

感覺到第一波的驚慌襲來，我極力回想自己的事情：某位家人、我的住址、年紀，什麼都好，卻什麼也想不起來。我甚至沒有名字。幾秒鐘前的回憶全部消失了。

我的喉嚨緊縮，呼吸又重又快。森林彷彿在轉動，黑點遮蔽了我的視線。

冷靜。

「我不能呼吸了！」我驚聲呼叫，血液衝入耳朵，我倒在地上，手指插入泥土中。

你可以呼吸，你只是需要冷靜下來。

這個內在的聲音透著安慰，像冷靜的權威。

閉上眼睛。仔細聽森林的聲音。振作起來。

我順從聲音，閉上了眼睛，但是我只聽見自己驚慌的喘氣聲，而且它壓過了其他的聲響。過了好久好久，我才緩緩地，有如老牛拖車，在恐懼中挖出了一個孔，讓別的聲響傳進來。雨滴打在樹葉上，頭頂的樹枝窸窸窣窣。我的右手邊有條小溪，樹上有烏鴉，起飛時翅膀劈啪響。林下植被中有什麼在跑，兔子的跑步聲近得伸出手就能摸到。我把這些最新的記憶一點一滴編織起來，最後我有了五分鐘的過去披裹住我。足以壓抑驚慌了，至少能夠暫時壓抑。

我笨手笨腳地站起來，很訝異我有這麼高，我距離地面似乎很遠。我微微搖晃，拂掉了長褲上的濕葉，這才發覺我穿著晚宴服外套，襯衫上濺滿了泥巴和紅酒。我一定是在參加派對。我的口袋空空如也，我也沒穿大衣，所以我不可能走得太遠。這一點倒讓人寬心。

從光線來看，現在是早晨了，所以我可能是整夜都在這裡。沒有人會精心打扮然後一個人過夜，也就是說這時必定有人知道我不見了。不用說，在這片樹林之外，會有一屋子的人驚醒，組織搜尋小隊出來找我吧？我的眼睛在樹木間梭巡，半期待看見我的朋友從枝葉間走出來，拍打我的背部，開著無傷大雅的玩笑，護送我回家，可是白日夢並不能把我送出這片森林，我也不能杵在這裡等待救援。我在發抖，我的牙齒互相撞擊，我得開始走路，就算是為了保暖吧，可是我除了樹木之外什麼也看不到。我無從得知是朝著救援走去，或是反而跌跌撞撞地遠離了救援。

迷惘的我又回到了剛才關切的事。

「安娜！」

無論這個女人是誰，她都顯然是我會跑到這裡來的原因，可我想像不出她的模樣。她可能是我太太、我女兒？感覺都不對，然而這個名字卻有一種引力，我能感覺到它在把我的心往某處拉。

「安娜！」我大喊，主要是出於絕望，而不是希望。

「救命啊！」有個女人尖聲回應。

我猛一趔身，尋找聲音來處，卻動作太快害得自己頭暈。我在遠處的樹木之間瞥見了她，是個黑衣女子，為了逃命而奔跑。幾秒鐘後，我就看見了追逐她的人穿過了枝葉。

「喂，你給我站住。」我大聲吆喝，但是我的聲音虛弱疲憊，被他們的腳步聲淹沒了。

震驚讓我兩腳像是生了根，那兩個人幾乎消失在我的視線之外，我這才拔腿追上，急急忙忙的，我想都沒想到我痠痛的身體還能激生出這樣的力道來，但是，無論我跑得有多急，他們總是領先一點點。

我的額頭冒出了豆大的汗珠，已經虛軟的雙腿也越發沉重，最後兩腿無力，害我摔了個狗吃屎。我在落葉上往前滑行，及時撐起了上半身，聽見了她的尖叫。尖叫聲遍佈森林，充滿了驚懼，然後被一聲槍響截斷。

「安娜！」我氣急敗壞地喊。「安娜！」

沒有回應，只有手槍發射逐漸淡去的回聲。

三十秒。這是我在看見她第一眼後遲疑的時間，也是她被殺害時我跟她的距離。三十秒鐘的優柔寡斷，三十秒鐘就能徹底放棄一個人。

我腳邊有一截粗樹枝，我撿了起來，揮了揮試試，對重量與粗糙的樹皮感到滿意。用樹枝來對抗手槍對我並沒有多大幫助，但總比赤手空拳在樹林中調查要好。我仍在喘氣，仍因快跑而兩腿發抖，但是罪惡感催促我朝安娜尖叫的方向走。唯恐發出太多聲響，我拂開了低垂的枝椏，搜尋著我其實不想看的東西。

我的左手邊有小樹枝斷裂聲。

我停止呼吸，側耳細聽。

聲音又來了，我身後有人腳踩在枯葉和樹枝上。

我不寒而慄，僵立原地不動，不敢扭頭看後面。

小樹枝斷裂聲更近了，淺促的呼吸就在我背後不遠。我的兩腿搖晃，手上的樹枝落地。

我想要禱告，但是我記不得禱文。

熱熱的呼吸吹在我的脖子上，我聞到了酒精和香菸味，還有沒洗澡的體臭。

「向東走。」一個嘶啞的男聲說，放了個什麼沉甸甸的東西到我的口袋裡。

那人走了，腳步聲漸漸消失在林中。我兩腿一軟，倒在地上，額頭抵著泥土，吸入濕葉與腐葉的味道，淚珠從臉頰上滴落。

我的鬆懈很可悲，我的怯懦很可鄙，我甚至不敢直視這個迫害我的人。我究竟是哪種男人？

過了幾分鐘我的恐懼才消散到讓我有力氣移動的程度，即使如此，我還是不得不倚著附近的一棵樹休息。兇手的禮物在我的口袋中搖晃。我怕極了會發現是什麼，但我還是伸手到口袋裡，掏出了一只銀色指南針。

「喔！」我說，詫異至極。

玻璃裂了，金屬磨損，兩個縮寫字母SB刻在底部。我不明白是什麼意思，但是兇手的指示很清楚。他是要我用這個指南針往東走。

我慚愧地瞧了瞧森林。安娜的屍體必然就在左近，但是我怕極了萬一過去兇手會有什麼反應。也許這就是為什麼我還活著的原因，因為我並沒有靠近。我真想挑戰仁慈的底線嗎？

也許這便是他的底線。

我瞪著指南針顫抖的指針不知過了多久。我再也不能肯定什麼了，但是我知道殺人兇手是不會有慈悲心腸的。無論他在玩什麼手段，我都不能相信他的建議，我也不該聽從，但是我要是不……我又一次搜尋森林。每個方向看來都一樣，不懷好意的天空下每一邊的樹海都漫無止境。

你是有多迷失才會讓惡魔來引導你回家？

非常迷失，我斷定。就是有這麼迷失。

我挺身離開了樹幹，把指南針平擺在手掌上。它渴望著北方，所以我給自己指定了東方，頂著風和寒冷，頂著世界。

希望拋棄了我。

我是個在煉獄中的男人，對在此追逐我的罪惡視而不見。

2

我順著指南針走。狂風呼嘯，雨勢變大，透過樹木重重敲打地面，濺起的水珠濡濕了足踝。

我在陰暗之中瞥見一抹色彩，我涉水走過去，發現是一條紅色手帕釘在樹上——我猜是許久之前的兒童遊戲的殘骸，早已被人遺忘。我尋找另一條手帕，在幾呎外發現，接著是另一條，又一條。我在其間踉蹌而行，走過泥濘，最後走出了森林，放眼只見一棟喬治亞式大宅的土地，紅磚門面被常春藤爬滿了。依我看房子已無人居住。碎石長車道通向大門，雜草叢生，另一側的長方形草皮成了沼澤，邊緣的花卉任由它自生自滅。

我尋找人跡，視線在黑暗的窗戶上游移，最後在一樓看見了隱約的燈光。應該讓我放心一點，然而我卻裹足不前。我有種踢到某一頭沉睡中的猛獸的感覺，而那一點幽光則是這頭龐大、危險、蟄伏的野獸的心跳。不然的話，為什麼一個殺人兇手會送我這個指南針，不就是為了要誘我走入某種更邪惡之物的血盆大口中嗎？

讓我跨出第一步的原因是我想到了安娜。她失去了生命完全是因為那猶豫不決的三十秒，而現在我又梭巡不前。我嚥下緊張，擦掉眼前的雨水，穿過草皮，爬上傾圮的台階到大門前。我像孩子一樣憤怒地捶門，把最後一絲力氣發洩在木頭上。森林裡發生了一件恐怖的事，只要我能驚動這棟屋子的住戶，就還能有懲兇罰惡的機會。

不幸的是，我不能。

除了捶門捶得自己虛弱無力地靠著門之外，壓根就沒有人來應門。

我捧住雙手，把鼻子貼在門兩側的高窗上，但是彩色玻璃卻蒙上了厚厚的灰塵，屋裡的一切都只是泛黃模糊的一團。我用手掌拍打玻璃，後退尋找能進得去的入口。就在這時我注意到門鈴的拉繩，生鏽的鐵鍊被常春藤纏住了。我扯掉了蔓藤，用力一拽，而且拽個不停，直到窗後有什麼在移動。

門開了，有個一臉惺忪的傢伙出現，他的外表實在是太不尋常了，所以一時間我們只是杵在那兒，大眼瞪小眼。他個子矮，身子彎曲，半張臉被火燒傷，像縮了一號。過大的睡衣掛在他歪斜的肩膀上。他的樣子幾乎不像是人，倒像是某個失落在我們層層進化之中的原始殘存物種。

「喔，謝天謝地，我需要你幫忙。」我說，恢復了鎮定。

他看著我，張大嘴吧。

「你有沒有電話？」我又說。「我們得叫警察來。」

毫無反應。

「別光杵在那兒啊，可惡！」我大喊，抓著他的肩膀搖晃，隨即把他推入門廳，我的眼睛一掃過室內，嘴巴就合不攏。到處都是亮晶晶的，格紋大理石地板反映著水晶大吊燈，吊燈上燃著幾十支蠟燭。四壁掛著加框的鏡子，一座寬大的雕欄樓梯向上延伸到一處迴廊，樓梯上鋪著窄窄的紅毯，有如被屠殺的動物流的血。

房間後部傳來撞門聲，六個僕人從屋子深處出來，都抱著滿懷的粉紅色和紫色的花，花香很快就蓋過熱蠟的味道。他們注意到在門口上氣不接下氣的鬼東西，對話聲戛然而止，一個個轉向我，門廳靜得連呼吸都聽不到。沒多久，唯一的聲響就是我的衣服滴水在他們乾淨的地板上。

答。

答。

答。

「塞巴斯欽？」

一個穿著板球毛衣和亞麻長褲的英俊金髮男一步跨兩階小跑下樓，看似五十出頭，不過歲月讓他多了一股遊戲人間的滄桑，卻不顯得老態龍鍾。他雙手插在口袋裡，向我走來，從沉默的僕人中直接穿過，而他們也紛紛讓路。他的目光緊盯著我，我懷疑他是否注意到旁人。

「我的小兄弟，你這是怎麼了？」他問，關切地皺起眉頭。「我上次看到——」

「我們得找警察來，」我說，一把揪住他的前臂。「安娜被殺了。」

我們四周傳來震驚的低語聲。

他朝我蹙眉，迅速瞄了僕人一眼，他們全都靠近了一步。

「安娜？」他壓低聲音問。

「對，安娜，有人在追她。」

「誰？」

「一個黑衣人，我們得報警！」

「馬上，馬上，不過我們先送你回房間去。」他安慰我，催著我往樓梯走。

我不知道是屋內太熱，或是找到了一張友善的臉孔而讓我寬心，反正我開始覺得暈眩，不得不扶著欄杆，以免爬樓梯時摔倒。

一座老爺鐘在樓梯口迎接我們，它的機械組件生鏽了，鐘擺上堆積灰塵。時間比我想像中要晚，幾乎是早上十點半了。

我們兩邊的走道分別通向房屋的兩翼，往東的那條被天鵝絨帘子遮住，是匆匆釘在天花板上的，帘子上別著一小塊牌子，寫道這一區「整修中」。

我急著把早晨的遭遇說出來，就又提起安娜，但是我的救星卻搖搖頭，像是跟我心照不宣，阻止了我。

「這些嘴碎的僕人會在半分鐘之內就把你的話傳遍整棟屋子，」他說，聲音低得可以掠過地板。「最好是私下再說。」

他兩大步就超前了，我卻連路都走不直，更別提邁大步了。

「我的小老弟，你的樣子真糟糕。」他說，發覺我落後了。

他扶住我的一條胳臂，領著我順著走道前進，一手貼著我的背，手指頭按著我的脊椎。儘管是個很簡單的姿勢，我卻能感覺到他的急迫。他領著我走在陰暗的走廊上，兩側都是房間，女僕在房間裡撣塵。牆壁必然是最近才重新粉刷的，因為油漆味害我流淚，進一步證明房屋正在趕工裝修。地板上到處可見各種污漬，也鋪著地毯，試圖吸收接縫處的吱嘎噪音。牆上的裂縫則用高背椅遮擋，同時利用圖畫和瓷瓶來將外人的目光從崩塌的上楣引開。但是依照損壞的範圍來看，這類的掩飾似乎是徒勞無功。他們這是在遮蓋廢墟。

「啊，你的房間到了，是吧？」我的同伴說，打開了靠近走廊盡頭的一扇門。

冷空氣像甩了我一巴掌，讓我稍微恢復了一些生氣，但是他走在前頭，關上了抬高的窗子，阻絕冷風。我跟在後面，走入一個舒適的房間，四柱大床放在正中央，下陷的頂罩和磨損的遮帘並無損於它的華麗，遮帘上繡著鳥兒在接縫處分飛。房間左邊立著一架屏風，從縫隙中可看見鐵浴缸。此外就沒有多少家具——只有一只床頭櫃和窗邊一個大衣櫥，兩樣都磨損褪色。我大概只看見一樣私人物品，就是床頭櫃上的欽定本聖經，封面破舊，內頁頁角也都翻舊了。

我的善心主人跟僵硬的窗戶奮戰，我走過去站到他旁邊，眼前的一景暫時驅逐了我的心事。濃密的森林圍繞住我們，翠綠的樹冠層一路延伸，不見村莊或馬路。沒有那只指南針，沒有殺人兇手的一念之仁，我絕對找不到這個地方，然而我卻甩不開我是被誘入陷阱的感覺。畢竟，殺死安娜又何必饒過我呢，除非是還有什麼更宏大的陰謀？這個魔鬼想從我這裡弄到什麼他無法在森林中取得的東西？

我的同伴用力拉下了窗戶，指了指殘存的爐火邊的扶手椅，又從櫥櫃裡拿了條乾淨毛巾給我。他在床沿坐下來，蹺著二郎腿。

「從頭開始說，老弟。」他說。

「沒時間了，」我說，緊握著椅臂。「我最後會回答你所有的問題，可是我們得先報警，搜索樹林！有個瘋子在外頭。」

他的兩眼掠過我的全身，彷彿事實真相可以在我沾滿泥巴的衣著上找到。

「恐怕我們沒辦法叫人來，這裡沒有電話線，」他說，揉著頸子。「不過我們可以搜索樹林，找到什麼的話再派僕人到村子去。你要多久時間換衣服？你得給我們帶路。」

「這個嘛……」——我在扭絞毛巾——「有困難，我剛才分不清方向。」

「那就描述一下，」他說，撈起一條褲管，露出了足踝上的灰色襪子。「兇手長什麼樣子？」

「我沒看到他的臉，他穿著一件厚重的黑斗篷。」

「那這個安娜呢？」

「她也穿黑色，」我說，兩頰漸熱，因為我發現我只知道這麼多。「我……嗯，我只知道她的名字。」

「請原諒，塞巴斯欽，她應該是你的朋友吧？」

「不……」我結結巴巴。「我是說，可能是。我不確定。」

我的善心主人雙手垂在兩隻膝蓋之間，身體前傾，笑容迷惑。「我好像沒聽懂。你怎麼會知道她的名字，卻不確定——」

「我失憶了，可惡，」我打斷了他，這番表白重重落在我們之間的地板上。「我連自己的名字都想不起來，哪可能記得住我的朋友的。」

重重疑雲在他的眼睛後方凝聚。我不能怪他，就連聽在我自己的耳朵裡都荒誕不經。

「我的記憶完全不影響到我目睹的事情，」我堅持道，緊抓著我可憐的可信度。「我看見一個女人被人追逐，她尖叫，一聲槍響之後就寂然無聲了。我們得搜索那片樹林！」

「這樣啊，」他頓住，拂開褲管上的棉絨。下一句話是提議，字斟句酌，而且更加謹慎地擺到我面前。「有沒有可能你看見的兩個人是情侶？在樹林裡玩遊戲？那個聲音很可能是踩碎了樹枝，甚至是一把發令槍。」

「不，不，她大聲呼救，她很害怕。」我說，激躁得從椅子上跳起來，骯髒的毛巾落在地上。

「對，對，」他哄著我，盯著我踱步。「我相信你，親愛的朋友，可是警察對這類事問得更仔細，他們非常樂於讓上流階級出醜。」

我無助地瞪著他，淹沒在陳腔濫調之海中。

「殺死她的人給了我這個，」我說，突然想起了指南針，就從口袋裡掏出來。指南針沾滿了泥巴，我不得不用衣袖去擦拭。「背後有字。」我說，以顫抖的手指比劃。

他瞇眼細看指南針，很仔細地翻過來。

「SB。」他緩緩說，抬頭看我。

「對！」

「塞巴斯欽．貝爾。」他打住，衡量我的迷糊程度。「這是你的名字，塞巴斯欽。是你的姓名縮寫。這是你自己的指南針。」

我的嘴巴開了又合，卻沒發出聲音。

「我一定是搞丟了，」我終於說。「可能是被兇手撿起來了。」

「可能。」他點頭。

是他的親切讓我洩了氣。他以為我半瘋了，是個喝醉了的傻瓜，在樹林裡過夜，回來後滿口胡言亂語。然而，他並沒有生氣，反倒可憐我。這是最不堪忍受的。憤怒是實實在在的，有重量，你可以用拳頭來對付它，可憐卻是一團濃霧，只能在裡頭迷失。

我坐回椅子上，雙手抱頭。有個殺人兇手逍遙法外，而我卻沒辦法使他相信有危險。

殺人兇手指引你回家之路？

「我真的沒看錯。」我說。

你連自己是誰都不知道。

「我相信。」我的同伴說，誤會了我的抗議。

我茫然瞪著眼睛，滿腦子只想著那個叫安娜的女人死在森林裡。

「這樣吧，你在這裡休息，」他說，站了起來。「我會到處問一問，看有沒有人不見。說不定能問出個什麼來。」

他的語氣撫慰，但就事論事。儘管他對我很和氣，我卻不能認定他的疑心會讓他採取什麼行動。等門關上之後，他就會不怎麼熱衷地詢問員工，而安娜卻躺在某處，無人聞問。

「我看到一個女人被殺了，」我說，疲憊地站起來。「一個我應該要幫助的女人，而如果要我搜尋每一吋的森林來證明，我就會去。」

他凝視我的眼睛一秒，因為我的一口咬定而疑心鬆動。

「你會打哪兒找起？」他問。「外面有幾千畝的森林，而儘管你有心，你卻連上樓的力氣都沒有。無論這個安娜是誰，她都已經死了，兇手也逃逸了。給我一個小時組織搜索隊，詢問屋子裡的人。這個屋子裡一定有人知道她是誰，去了哪裡。我們會找到她的，我保證，可是我們得採取正確的步驟。」

他捏了捏我的肩膀。

「你能聽我的話嗎？一個小時，拜託。」

反對的話湧上了我的喉頭，但他是對的。我需要休息，恢復力氣，而儘管我對安娜的死心懷愧疚，我卻不想一個人走入森林。我第一次差點就沒能走出來。

我乖乖地點頭同意了。

「謝謝，塞巴斯欽，」他說。「洗澡水燒好了，你何不盥洗一下？我會叫人去請醫生，讓我的男僕幫你準備衣服。休息一會兒，午餐時在客廳見。」

我應該要在他離開之前問這裡是什麼地方，我又是為什麼會在這裡的，但是我急著要他去詢問大家，好讓我們能展開搜索。眼前似乎只有一個問題是重要的，而他已經打開了門了。我找到了詞彙。

「我在這裡有親人嗎？」我問。「可能有擔心我的人嗎？」

他扭頭瞄了我一眼，神情警戒又同情。

「你是單身漢，老弟。沒有親人，只有一個古怪的姑姑，掌控了你的經濟來源。你當然有朋友，我就是其中一個，不過無論這個安娜是誰，你以前都沒跟我提過。說實話，直到今天，我才聽你說起這個名字。」

他難為情地轉過去背對我的失望，消失在寒冷的走廊上，門在他身後關上，爐火猶豫地閃動著。

3

穿堂風停止之前我已經從椅子上站了起來，拉開床頭櫃的抽屜，在我的個人物品中尋找某個能指涉安娜的東西，來證明她不是心智歪斜下的產物。可惜，除了一只皮夾裡裝了幾英鎊之外，唯一的個人物品就是一張金色浮雕邀請函，前頁是賓客名單，背後以優雅的筆跡寫著一段話。

哈德凱索勳爵伉儷邀請您大駕光臨化裝舞會，慶祝他們的千金伊芙琳自巴黎返鄉。慶祝將於九月的第二個週末於黑石南館舉行。由於黑石南館地處偏僻，敝館將由附近的亞柏利村載送與會來賓。

邀請函是寄給塞巴斯欽．貝爾醫師的，我花了幾秒鐘才想起這是我的名字。我的善心主人稍早提過，但是親眼看見它寫出來，連同我的職業，卻更讓我惶惑不安。我感覺不像塞巴斯欽，更不像醫生。

我露出一抹苦笑。

要是我反戴聽診器接近我的病人，還會有幾個人仍願意跟著我？

把邀請函又丟回抽屜裡，我轉而注意床頭櫃上的聖經，拿起來翻了一遍。經文中有好幾段劃了線，紅墨水圈著字詞，不過我這輩子都無法領悟箇中深義。我本希望能在裡頭找到題字或是一封信，但是聖經也沒能提供線索。我用兩隻手緊緊抓著，彆扭地想禱告，希望能重燃我曾有過的信仰，但整個行為感覺卻很傻。我的宗教連同別的東西一塊拋棄我了。

接下來是翻找衣櫥，而儘管衣服的口袋都空空如也，我卻在一堆毛毯下找到了一只扁衣箱。衣箱很漂亮，舊皮革圍繞著失去光澤的鐵箍帶，沉重的扣鎖保護內容物，防止外人偷窺。行李牌上寫著倫敦的住址——可能是我的——卻激不起什麼漣漪。

我脫掉外套，把行李箱抬到地板上，每一晃動就聽見裡頭叮噹響。我發出興奮的嘟囔，按住扣鎖，卻發現這個該死的玩意鎖住了，嘟囔變成了埋怨。我拉扯蓋子，一次、兩次，但它不為所動。我尋找打開的抽屜和床頭櫃，甚至還趴下來檢查床底下，但是除了毒鼠藥和灰塵之外，一無所獲。

到處都找不到鑰匙。

我唯一沒找的地方就是浴缸四周。我繞過屏風，有如一個著魔的人，突然在屏風後頭撞見了一個對我怒目而視的傢伙，我險些嚇得魂飛魄散。

是一面鏡子。

而那個怒目而視的傢伙就跟恍然大悟的我一樣窘迫。

我顫巍巍地上前一步，第一次檢視自己，失望在心中湧現。就在此刻，瞪著這個發抖又害怕的傢伙，我才明白我對自己是有期待的。更高、更矮、更瘦、更胖，我不知道，但絕不是鏡中這個平淡無奇的傢伙。褐色頭髮，褐色眼眸，而且沒有下巴，我只是人群中的一張臉，可以被上帝安插至任何一個角落。

我很快就厭倦了鏡中的自己，我繼續搜索鑰匙，但除了一些盥洗用具和一瓶水之外，這裡什麼也沒有。無論我之前是誰，我都好像是在消失之前清除了自身的痕跡。我感到挫敗感十足，想要大聲嚎叫。這時敲門聲響起，有人重重地敲了五下門。

「塞巴斯欽，你在裡面嗎？」粗啞的聲音說。「我是理察．艾克，是個醫生。我被叫來看看你。」

我打開門就看到門外站了一條灰鬍子大漢。他的八字鬍極突出，尾端向上翹，很像快從臉上飛出來似的。鬍子後的那張臉大約六十幾歲，頭頂童山濯濯，蒜頭鼻，眼睛充血。他散發出白蘭地的味道，但是很討喜，彷彿每一滴酒都帶著笑容進了他的肚子。

「天啊，你看起來糟透了，」他說。「這是我作為醫生的看法。」

趁著我混亂疑惑的當口，他大步走過我面前，把黑色醫藥包扔在床上，仔細地看了房間，特別留意我的行李箱。

「我以前也有一個，」他說，戀戀不捨地拂過蓋子。「拉沃拉耶，對吧？把我帶回了東方和當年從軍的時候。他們說不應該相信法國人，可是我不能沒有他們的行李箱。」

他試驗性地踢了它一腳，腳被堅固的皮革彈開，眉頭皺了一下。

「你裡面一定裝了磚頭。」他說，期待地對我歪著頭，彷彿我對這類的話應該有個合乎情理的反應。

「鎖住了。」我結結巴巴地說。

「找不到鑰匙嗎？」

「我……對。艾克醫師，我——」

「叫我狄基，大家都這麼叫我，」他乾脆地說，走到窗戶去看著外面。「說良心話，我一直不喜歡這個名字，可好像甩不掉了。丹尼爾說你出了意外。」

「丹尼爾？」我問，剛剛要抓住對話的尾巴，它就又一擺尾溜掉了。

「柯立芝。今天早晨發現你的傢伙。」

「喔，是他。」

狄基醫生眉開眼笑地看著我的疑惑不解。

「喪失記憶了是吧？咳，不用擔心，我在戰時見過幾個病例，一兩天後就恢復了，無論病人願不願意。」

他把我趕到行李箱前，要我坐上去，頭向前傾，讓他檢查我的頭顱，動作像個屠夫，我痛得縮了縮，他咯咯輕笑。

「喔，有了，你這裡腫了。」他頓住，思索。「可能是昨晚撞到了頭。我猜就是這樣把腦袋撞空的。有別的症狀嗎？頭痛、噁心之類的？」

「有說話聲。」我說，說出來略顯尷尬。

「說話聲？」

「在我的腦袋裡。我以為是我的聲音，只是，嗯，這聲音對一切瞭如指掌。」

「這樣啊，」他若有所思地說。「那這個……聲音，都說了什麼？」

「它給我建議，有時候會對我做的事評頭論足。」

狄基在我後方踱步，拉扯他的八字鬍。

「這個建議，是不是，怎麼說呢，都是光明正大的？不帶有暴力或是墮落的意思吧？」

「絕對沒有。」我說，被他的說法惹火了。

「那你現在有聽見嗎？」

「沒有。」

「創傷，」他貿然說，比著一根指頭。「那是創傷的表現，其實非常常見。有人撞到頭，然後就開始有一連串奇怪的事情發生。他們能聞到、嚐到聲響，聽到說話聲。總是一兩天之後就會過去，頂多一個月。」

「一個月！」我說，在行李箱上轉身看著他。「那我這一個月要怎麼過？我是不是應該去醫院？」

「天啊，千萬不要，醫院糟透了，」他說，驚駭不已。「疾病和死亡被掃到角落去，疾病跟著病人一塊窩在病床上。聽我的，去散個步，收拾收拾東西，和朋友聊聊天。我看到你跟邁可·哈德凱索昨晚在晚餐上暢飲，喝了好幾瓶呢。昨晚還真是熱鬧。他應該能幫得上忙，還有，相信我，等你的記憶恢復了，那個聲音就會消失不見的。」

他頓住，又嘖嘖感嘆。「我倒是比較擔心你那條胳臂。」

敲門聲打斷了我們的談話，狄基在我抗議之前就去把門打開了。是丹尼爾的男僕送來他剛才說的熨燙好的衣服。察覺到我的遲疑，狄基接下了衣服，遣退了男僕，幫我把衣服擺在床上。

「好，我們剛才說到哪兒了？」他說。「啊，對了，那條胳臂。」

我循著他的視線發現了我的衣袖上有血跡在擴大。他二話不說就把袖子挽起來，露出了嚴重的割傷和翻開的肌肉。傷口像是結痂了，但是我最近的出力一定是又把傷口迸裂了。

他一根一根彎曲我僵硬的手指頭之後，就從他的袋子裡拿出一只褐色小瓶和一些繃帶，清洗我的傷口，再擦上優碘。

「這是刀傷，塞巴斯欽，」他的語氣充滿了關切，剛才的歡悅都化為灰燼。「是新傷口。看來當時你在舉起胳臂來保護自己，像這樣……」

他從醫藥包裡拿出一支玻璃滴管示範，把手臂舉在臉孔前，猛力劃過前臂。這場景讓我起了一身雞皮疙瘩。

「你有沒有想起昨晚的什麼來？」他說，幫我緊緊包上繃帶，痛得我咬牙吐氣。「什麼都好？」

我把思緒推向我遺失的幾個小時。剛醒來時，我以為我的記憶全部流失了，但此刻我察覺到並非如此。我能感覺到我的回憶只是撤退到無法觸及之處，它有重量有形狀，像是光線變暗的房間裡罩著布的家具。我只需要把燈泡換掉就能看得清楚。

我嘆口氣，搖搖頭。

「什麼也沒有，」我說。「可是今天早上我看見了——」

「有個女人被殺，」醫生打斷了我。「對，丹尼爾告訴我了。」

每個字都沾滿了懷疑，不過他幫我把繃帶打結，沒有說出他的反對意見。

「不管怎麼樣，你都需要立刻報警，」他說。「無論是誰做的，他想要置你於險境。」

他把袋子從床上拎起來，笨拙地跟我握手。

「策略性撤退，老弟，那正是你需要的，」他說。「和馬廄管理員說一下，他應該能安排回村子的交通，到了那兒你就能去報警。你最好格外警覺小心。這個週末有二十個人住在黑石南館，還會有三十個人來參加今晚的舞會。他們中大多數人都有嫌疑，要是你得罪了他們……唔……」他搖頭——「小心點，這是我的建議。」

他開門出去了，我則急忙拿出床頭櫃裡的鑰匙把門鎖好，但是發抖的兩隻手卻不止一次對不準鑰匙孔。

一個小時之前，我以為自己不過是殺人兇手的玩物，雖被折磨玩弄，但安全無虞。四周圍都是人，我覺得夠安全，堅持要去森林裡找安娜的屍體，從而展開搜捕兇手的行動。但情況變了。有人試圖要殺我，我無意久留此處等他再次動手。雖說死者不能苛求生者為他們申冤，無論我欠了安娜什麼，我將來一定會補償。等我到客廳去跟我的善心主人見面，我就要聽從狄基的忠告，安排交通返回村子。

該是我回家的時候了。

4

我快手快腳擦洗掉身上的一層泥和枯葉，水從浴缸邊緣溢出來。我檢查擦洗得紅通通的身體，尋找胎記或傷疤，任何能勾起記憶的東西。再二十分鐘我就該下樓了，但是我對安娜的認識卻跟我蹣跚步上黑石南館的台階時一樣。我努力從大腦中召喚記憶，彷彿在撞擊意識的磚牆，只得到了挫敗的回聲，原以為我可以幫著找到安娜，但是現在我的無知卻可能害一切的努力付諸流水。

等我洗完澡，浴缸裡的水已經像我的心情一樣黑了。覺得懊喪，我擦乾身體，查看剛才男僕送來的衣服。他的品味讓我覺得相當古板，但是看過衣櫃裡的衣物之後，我立刻就了解了他的困難。貝爾的衣服——憑良心說，我還沒法接受自己是貝爾——只有幾件一模一樣的套裝、兩件晚宴外套、打獵裝、十二件襯衫和一些背心。不是灰的就是黑的，平淡乏味的制服像是來自於某個隱姓埋名的人生。這樣的人居然會引發暴力，真可以說是今天早晨的各種事件中最離奇的一件事了。

我快速著裝，但是心神仍然無法平靜，我深呼吸加以調整，這才不情不願地向門口挪動。直覺催促我在離開前裝滿口袋，我一隻手揮向床頭櫃，卻只是無力地懸垂在上方。我是想要拿不在那裡、我也不復記憶的物品。這一定是貝爾的老習慣，先前生活的陰影仍糾纏著我。那份拉力是那麼強烈，我覺得兩手空空走開古怪透了。不幸的是，我從森林裡帶回來的唯一一樣東西就是那個可惡的指南針，我卻遍尋不著。一定是我的善心主人——狄基醫生稱之為丹尼爾・柯立芝的人——拿走了。

我踏上走廊，心情焦慮不安。

我只有一個早晨的記憶，而我甚至還抓不牢。

一個路過的僕人指引我到客廳的路，原來是在餐廳的另一頭，距我今晨進來的大理石門廳還隔著幾扇門。那是個不討喜的地方，暗色木頭和猩紅窗帘讓人想起過大的棺材，燃煤的爐火讓空氣中充斥著油煙味。十二個人聚集，儘管餐桌上已經擺滿了冷盤，大多數的客人卻坐在皮椅上，或是站在花飾鉛條窗前，哀傷地望著惡劣的天氣。一個圍裙上沾有果醬污漬的女僕在賓客間穿梭，收拾髒盤空杯，銀托盤重得她幾乎拿不動。有個穿綠色獵裝的矮胖傢伙坐到角落的鋼琴前，彈奏一首淫穢的曲子，招來了抗議聲，但只是抗議他彈得不好。儘管他極力糾正彈錯的地方，可實際上沒人在意他的演奏。

快到中午了，丹尼爾不見人影，所以我忙著查看酒櫃中的各種玻璃酒瓶，卻完全不知道是什麼東西，也不知道我喜歡哪種酒。

最後，我給自己倒了某種褐色的液體，轉身瞪著其他賓客，希望能認出什麼人來。如果我胳臂上的傷是這些人之中的某人造成的，那麼他看見我還能呼吸，還健健康康的活著，他的氣惱應該很明顯才是。那壞蛋要是想在這裡曝光，我才不會幫他保守秘密，當然我還得想辦法從這裡找出他來。差不多每個男人都穿著打獵裝，高談闊論，滿面紅光，而女士則是一身裙裝、亞麻衫和開襟毛衣。她們和喧鬧的丈夫們不同，壓低聲音交談，不時用眼角看我。我有種被人偷偷觀察的感覺，像什麼稀有鳥類。令人極度緊張不安，不過大概也能理解。丹尼爾不可能四處詢問卻不透露我的情況。我現在已然成為娛樂的一部分，無論我喜不喜歡。

我慢慢喝著酒，試圖藉由偷聽周遭的談話來讓自己分心，感覺就像是我把頭埋進玫瑰叢裡。半數的人在抱怨，另一半則是被抱怨的對象。他們不喜歡房間、食物、僕人的懶散、孤立的位置以及他們不能自行開車過來（不過天知道他們是要如何找到這裡）。但是他們最主要的不滿是哈德凱索夫人並沒有親自歡迎他們，儘管許多賓客昨晚就抵達黑石南館了，她卻至今未曾露面——而他們把這件事當作對他們個人的侮辱。

「不好意思，泰德。」女僕說，她想從一個五十來歲的人面前過去。他的胸膛寬闊，紅髮稀疏，臉部皮膚曬得很黑。獵裝被厚實的身體撐開，而這副身軀越來越往橫向發展；他的一雙亮藍色眼眸讓他的臉炯炯有神。

「泰德？」他忿忿地說，抓住了她的手腕，用力擠捏，痛得她瑟縮。「妳這是在跟誰說話，露西？我是斯坦溫先生，我再也不是待在下面，和你們這些賤僕為伍的人了！」

她嚇呆了，一邊點頭，一邊看向我們求助。沒有人出面，就連鋼琴聲都靜止了。大家都怕這個男人，我發覺到。讓我羞愧的是，我也沒好到哪兒去。我僵在原地，低垂著眼皮，從眼角看著兩人，絕望地希望他的粗俗不會發洩到我的身上來。

「放開她，泰德。」丹尼爾．柯立芝從門口說。

他的聲音堅定、冰冷。鏘鏗有力。

斯坦溫用鼻子吐氣，瞇眼瞪著丹尼爾。這兩人誰強誰弱應該是一目瞭然。斯坦溫矮胖結實，散發出惡意。然而丹尼爾站立的模樣，雙手插口袋，歪著頭，卻讓斯坦溫不敢動彈。丹尼爾彷彿在等著火車駛來，而斯坦溫則擔心被這火車撞上。

一座鐘鼓起勇氣，滴答作響。

斯坦溫咕噥一聲，放開了女僕，從丹尼爾面前走過，到外面去，喃喃說了什麼，我聽不清。房間裡又恢復了生機，琴聲又響起，英勇的鐘繼續走著，彷彿什麼也沒發生過。

丹尼爾的眼神一個個地打量我們。

無法面對他的審視，我將目光轉向窗上自己的倒影。我臉上滿是嫌惡，厭惡自己性格中數之不盡的弱點。無論是面對早上的林中謀殺，還是此刻的衝突，我都如此懦弱。一次次路見不平，我都不敢出手，沒有勇氣去干涉。

丹尼爾走過來，如鏡中的鬼魅。

「貝爾，」他輕聲喚我，手搭在我肩上。「你有空嗎？」

我羞愧得彎腰駝背，跟著他走進隔壁的書房，每一雙眼睛都盯著我的背。書房裡更陰暗，未修剪的常春藤遮住了花飾鉛條窗，暗色的油畫吸收了穿透玻璃的少量光線。有張書桌面對草皮，看來最近才清空過，一支自來水筆漏水，滴在一張撕下來的吸墨紙上，旁邊有一把拆信刀。在如此壓迫的氣氛下寫出來的公文，其內容真讓人不敢想像。

對面的角落，在房間的另一扇門附近有個一臉困惑的獵裝青年俯視著一台電唱機的喇叭，顯然是在好奇何以唱片在轉動卻沒有送出聲音。

「在劍橋念了一個學期他就自以為是伊桑巴德．金德姆．布魯內爾[1]了。」丹尼爾說，而這句話讓年輕人抬起了頭來。他不超過二十四歲，黑髮，五官平扁，讓人感覺他的臉被一片玻璃壓平了。一看見我他就咧嘴而笑，體內的小男孩像是從一扇窗裡露出頭來。

「小貝，你這個死白痴，你總算來了。」他說，握緊我的手，同時拍我的背。感覺像是被充滿感情的老虎鉗夾住了。

他期待地看著我的臉，可我認不得他，他綠色的眼睛瞇了起來。

「真的嗎，你什麼也不記得啦？」他說，迅速瞥了丹尼爾一眼。「你這傢伙！我們去喝點酒，一醉方休。」

「消息在黑石南館傳得可真快。」我說。

「無聊唄，傳得就快。」他說。「在下是邁可．哈德凱索。我們是老朋友了，不過現在用新相識來形容會比較恰當吧。」

---

[1] 伊桑巴德．金德姆．布魯內爾（Isambard Kingdom Brunel, 1806-1859）是英國工程師，皇家學會會員，在工程學上有許多創舉。二〇〇二年英國廣播公司舉辦「最偉大的百名英國人」評選，他名列第二。

他的話中並未流露一絲失望，實際上他似乎覺得滿好玩的。即使是首次見面也輕易就能看出邁可．哈德凱索是個覺得很多事情都很好玩的人。

「昨天晚餐時邁可就坐在你旁邊，」丹尼爾說，換作他來檢查電唱機了。「現在回想起來，可能就是因為那樣你才會到外面去，撞壞了腦袋瓜。」

「看哪，貝爾，我們還總覺得丹尼爾永遠不會開玩笑呢。」邁可調侃道。

我在回嘴前本能地停頓了一下，但是原該填補節奏的拍子卻空掉，打斷了韻律。打從我今早醒來，我第一次感受到一種想拿回舊人生的渴望。我想念認識這些人，我想念這份友誼的親密。我的傷心反映在我同伴的臉上，彆扭的沉默在我們之間挖出了一條壕溝。寄望能找回至少一點點我們曾經有過的信任，我捲起衣袖讓他們看我手臂上的繃帶，已經有血滲出來了。

「我還真希望昨天是我自己撞到頭，」我說。「狄基醫生說昨晚有人攻擊我。」

「我的好兄弟。」丹尼爾驚呼道。

「都是那張鬼字條害的，對不對？」邁可說，眼睛在我的傷口上徘徊。

「你在說什麼啊，哈德凱索？」丹尼爾說，挑高了雙眉。「你是說你知道什麼？那你為什麼不早說？」

「沒有什麼好說的啊，」邁可怯怯地說，用鞋尖去挖厚地毯。「我們在喝第五瓶酒的時候，有個女僕送了張字條過來。接下來我只知道小貝就託詞告退，忙著想起來門是怎麼開的。」他看著我，一臉羞愧。「我想跟你去，可是你堅持要一個人。我就猜你是要去見女人，所以我也沒堅持，然後我就再也沒看到你了，直到現在。」

「字條上寫什麼？」我問。

「我哪知道啊，老哥，我又沒看。」

「那你記得是哪個女僕送過來的嗎？還是聽到貝爾提起一個叫安娜的人？」丹尼爾問。

邁可聳聳肩，整張臉若有所思。「安娜？恐怕沒印象。至於女僕嘛，這個……」他鼓起腮幫子，吐出長長的一口氣。「黑衣服，白圍裙。喔，幫幫忙，柯立芝，你也講點道理。這裡有幾十個女僕，誰有本事每張臉都記得啊。」

他給了我們兩個一副無奈的表情，丹尼爾嫌惡地搖頭以對。

「放心好了，老哥，我們會查清楚這件事的。」他對我說，捏了捏我的肩膀。「我現在就有一個點子。」

他朝掛在牆上的一幅加框的莊園地圖比了比，是一張建築圖，邊緣淋過雨，也泛黃了，但是繪製得相當美麗。原來，黑石南館是一處遼闊的莊園，西邊是家族墓園，東邊是馬廄，有條小徑蜿蜒到湖邊，湖畔還有一棟船屋。車道是一條筆直通往村子的馬路，此外放眼望去就盡是森林。由樓上的窗戶向外眺望，樹海中只有這一戶人家。

我身上登時冷汗直冒。

今早我險些和安娜一樣消失在那一片廣袤之中，我真是自掘墳墓！

覺察到我的不安，丹尼爾瞧了我一眼。

「這個地方很荒涼吧？」他喃喃說，從銀盒中抖出一根香菸，放進口中，讓香菸黏在下唇上，同時在口袋中掏摸打火機。

「我父親在宦海翻船之後就把我們帶到這裡，」邁可說，幫丹尼爾點燃了菸，自己也拿了一根。「老頭子以為自己是什麼鄉紳，不過情況當然不如他想像的那麼好。」

我疑惑地挑高眉毛。

「我哥被一個叫查理．卡佛的傢伙殺了，他是我們的一個管理員。」邁可平靜地說，彷彿是在宣布賽馬結果。

驚駭於我居然不記得這麼重大的事情，我結結巴巴地道歉。

「我……我，真遺憾，一定是非常——」

「那是很久很久以前的事了，」邁可打斷了我，語氣略帶不耐。「十九年了。事情發生時我才五歲，而且，說真的，我幾乎都記不得了。」

「不像大多數的下流小報，」丹尼爾補充道。「卡佛跟另一個傢伙喝醉了發酒瘋，在湖邊抓了湯瑪斯，把他淹了個半死，最後用刀子殺了他。他大概七歲吧。泰德．斯坦溫端著獵槍衝過去趕走了他們，可是湯瑪斯已經死了。」

「斯坦溫？」我問，忙著掩飾語氣中的驚訝。「午餐的那個大老粗？」

「喔，我可不會這麼說他。」丹尼爾說。

「我父母對他的印象很好，這個老斯坦溫，」邁可說。「他救湯瑪斯的時候是低階的獵場看守人，不過父親把我們的一處非洲農園送給了他，表示感謝，這個討厭鬼一下發了大財。」

「那兇手呢？」我問。

「卡佛認罪了，」丹尼爾說，把菸灰撢到地毯上。「警方在他的小屋的地板下找到了他使用的刀子，還有十來瓶偷來的白蘭地。他的同謀一直查不到。斯坦溫說他開槍打傷了他，可是沒有受傷的人到本地醫院就醫，而且卡佛也不肯供出他來。哈德凱索勳爵夫人那個週末舉辦派對，所以有可能是某個賓客，但是全家人都一口咬定不認識卡佛。」

「都是酒害的。」邁可不帶感情地說，表情陰沉，有如在窗外聚集的烏雲。

「那他的同謀就一直逍遙法外？」我說，恐懼像螞蟻一樣爬滿了我的背。十九年前的命案和今天早晨的命案，總不可能是巧合吧。

「確實會讓你懷疑警察到底有什麼用，是吧？」丹尼爾說，陷入沉默。

我的目光移向邁可，他瞪著客廳。賓客聊著天漸漸往門廳而去，客廳也漸空了。從這裡我都能聽見刺人的、打轉的侮辱，從破落的屋子到哈德凱索勳爵的酗酒問題，到伊芙琳．哈德凱索的冷淡，無所不包。可憐的邁可，我無法想像一個人的家人如此公開地被嘲弄，而且就在自己的家裡，是什麼滋味。

「喂，我們來這裡不是要用古老的歷史來害你打哈欠的，」丹尼爾說，打破了寂靜。「我到處問過了，恐怕沒有好消息。」

「沒有人知道安娜？」

「無論是客人或是員工都沒有叫安娜的，」邁可說。「更重要的是，黑石南館昨天晚上沒有人失蹤。」

我張口要反駁，但是邁可舉起一隻手阻止了我。「你聽我說完啊，小貝。我不能組織搜索隊，可是大夥大概十分鐘之後要去打獵。要是你能大致告訴我你今天早上是在哪兒醒過來的，我保證會往那個方向走，而且睜大眼睛。我們有十五個人，所以很可能我們會看見什麼。」

感激之情在我的胸口激盪。

「謝謝你，邁可。」

他在一團香菸雲之後朝我微笑。「我從來沒看過你這麼滿口阿諛的，小貝，真沒想到你現在就在這麼做。」

我瞪著地圖，急於盡一己之力，可是我壓根就不知道是在何處看見安娜的。兇手指給我的方向是東邊，森林把我朝黑石南館的正面吐出來，可是我只能猜測我走了多久或是我可能是從哪邊開始走的。深吸一口氣，只能盡人事聽天命了，我以手指戳點著玻璃，而丹尼爾和邁可則在我的肩膀後方看。

邁可點頭，揉著下巴。

「我會跟大夥說。」他上下打量我。「你最好去換衣服，我們很快就要走了。」

「我不去，」我說，聲音因羞愧而緊縮。「我得……我就是沒辦法……」

邁可彆扭地移動身體重心。「得了——」

「用用你的腦子，邁可，」丹尼爾打斷了他，一巴掌拍在我的肩上。「看看這件事對他的影響。可憐的貝爾差點就沒能走出森林，他怎麼會想再回去？」

他的語氣軟化。

「放心好了，貝爾，我們會找到你那個失蹤的女孩的，還有那個殺了她的人。現在由我們接手了，你能不管就盡量不要管了。」

5

我站在花飾鉛條窗前，半隱在天鵝絨窗帘後。車道上，邁可和其他人集合，他們的胸膛在厚重的外套下起伏不定，獵槍捧在臂彎裡，說說笑笑，冰冷的呼吸從口中逸出。走到室外享受屠殺的樂趣，讓他們看起來生龍活虎。

丹尼爾的話令人安慰，可是消除不了我的罪惡感。我應該要跟他們一塊去的，搜尋我救不了的那個女人的屍體。可是，我卻拔腳逃跑。我能做的只有忍受著這種恥辱，目送他們上路，自己畏縮在後。

獵犬經過窗前，緊緊扯著主人們用力拉的牽狗繩。一陣騷動之後，隊伍開始穿過草皮，走向森林，正是我給丹尼爾指引的方向，不過我沒在人叢中看見他。他一定是稍後會加入。

我等著最後一人消失在樹林間，這才回頭去看牆上的地圖。地圖正確的話，馬廄跟房子的距離就不算太遠，我一定能在那兒找到管理員，他可以安排一輛馬車送我到村子，讓我從那兒搭火車回家。

我轉身看著客廳，只發現門口被一隻龐大的黑烏鴉擋住。

我的心怦怦直跳，一下就撞到了餐邊櫃上，全家福照片和小擺飾被撞到了地上。

「你不必害怕。」那隻生物說，從暗處跨出半步。

根本就不是鳥，是個打扮成中世紀瘟疫醫生的人，羽毛是黑色的大衣，鳥喙是瓷面具的一部分，在附近的燈光下閃爍。可能這是他今晚的化裝舞會裝扮，但是也無法解釋他為什麼在大白天穿這麼一身陰森的裝束。

「你嚇了我一跳。」我說，抓著胸口，難堪地笑了幾聲，想甩掉驚懼。他歪頭端詳我，當我是他在地毯上發現的走失動物。

「你帶了什麼來？」他問。

「你說什麼？」

「你醒來時說了句話，是什麼？」

「我們認識嗎？」我問，瞄著門後的客廳，希望能看見別的客人。可惜，只有我們兩個，很可能正中他下懷，我一明白戒心就更重了。

「我認識你，」他說。「目前這樣就夠了。拜託，你說了什麼話？」

「你何不摘掉面具，讓我們面對面談一談。」我說。

「我的面具與你無關，貝爾醫生，」他說。「回答我。」

雖然他並沒說什麼威脅的話，瓷面具卻使他的聲音模糊，每個句子裡都添加了一種低沉的動物咆哮聲。

「安娜。」我說，一手緊緊按著大腿，不讓腿抖動。

他嘆氣。「真遺憾。」

「你知道她是誰嗎？」我說，抱著希望。「這個屋子裡的人都沒聽過她。」

「有的話我可就意外了，」他說，以戴著手套的手揮掉了我的問題。他伸手到外套裡，掏出一只金懷錶，看著時間，嘖嘖作聲。「我們很快就得忙了，不過不是今天，不能在你這種狀態下。我們很快會再聊，等事情稍微清楚一點。在此期間，我建議你能摸熟黑石南館和其他的賓客。盡情享受，醫生，因為那個隨從很快就會來找你。」

「隨從？」我說，這兩個字在我的心底深處敲響了一記警鐘。「是他殺死安娜的嗎？是他割傷我的手臂的？」

「我非常懷疑，」瘟疫醫生說。「那個隨從割傷你的手臂，不會就此收手。」

我的後方傳來巨大的一聲砰，我朝聲響轉過去。窗上出現了一抹鮮血，一隻垂死的小鳥落進了窗下的雜草和枯萎的花裡。可憐的小東西一定是撞上了玻璃。泉湧而出的憐憫令我驚詫，一顆眼淚溢出，哀悼這條浪費的生命。我決定在做別的事之前先埋葬這隻小鳥，就轉過身來，想向我謎般的同伴告退，卻發現他已經離開了。

我看著雙手，握得死緊，指甲都掐進了肉裡。

「隨從。」我自言自語。

這兩個字沒有什麼意義，但是衍生的感覺卻錯不了。不知為何，我怕這個人。恐懼把我帶到了書桌前，我看到了那把先前看到的拆信刀。小是小，卻夠鋒利，把我的大拇指戳出了血來。我吸吮傷口，收起了這項武器。雖然不算什麼，卻足以讓我不再把自己關在這個房間裡。

感覺到多了一絲自信，我往我的房間而去。少了賓客讓我不由得注意起裝潢來，黑石南館還真是一堆斷垣殘壁。除了宏偉的門廳之外，我經過的其他房間都有霉味，被黴菌和腐朽佔據。角落堆積著滅鼠丸，高處積滿了灰塵，女僕的短手臂壓根就搆不著。地毯脫線磨損，家具刮傷，展示櫃的骯髒玻璃後的銀器也是黯淡髒污的。那些賓客儘管不討喜，我卻想念他們隆隆的交談聲。他們是這個地方的命脈，填滿了各個空間，否則的話，這裡就會被陰鬱的寂靜籠罩。黑石南館唯有在有人時才有生氣，沒有了人，它就是令人悒悶的廢墟，只等著大鐵球來拆除。

我從臥室拿了風衣和雨傘，走了出去，大雨落在地面上，空氣充斥著腐葉的氣味，凝滯不散。不確定那隻小鳥是撞上了哪扇窗戶，我沿著邊緣走，終於找到了牠的屍體，就掏出拆信刀，權當鏟子，挖了個淺坑，把牠埋了。過程中把手套都弄濕了。

我已經在發抖了，我思索著路線。通往馬廄的卵石路繞過草皮的邊緣，我可以穿過草地，但是我的鞋子似乎完全不適合這個路線，所以我採用較安全的做法，循著碎石車道前進，再接上出現在我左邊的卵石路。想當然耳，小路的路況亟需整修。樹根把石頭刨了起來，未修剪的樹枝低矮得很容易就勾到人。我仍因為碰上那個打扮成瘟疫醫生的怪人而惴惴不安，所以手裡攥著拆信刀，行動緩慢，深恐會失腳跌倒，生怕跌倒後樹林裡不知會跳出什麼東西來。我不確定他是在玩什麼把戲，穿成那個樣子，但是我似乎甩脫不了他的警告。

有人殺害了安娜，還給了我一個指南針。昨晚攻擊我的人今早又解救了我，這一點實在是說不通，而眼下我還得要應付這個隨從。我究竟是什麼樣的人才會招惹這麼多的敵人？

小路盡頭是一道高高的紅磚拱門，正中央有一面破碎的玻璃鐘，拱門內是一處庭院，廄房和外屋圍繞著庭院。食槽中裝滿了燕麥，馬車整齊排列，覆著綠色帆布，避免風吹雨打。

唯一缺少的就是馬匹。

每間廄房都是空的。

「哈囉？」我試探地大喊，聲音在院子裡迴盪，卻聽不到回應。

一間小屋的煙囪冒出一縷黑煙，我發現門沒鎖，就一邊招呼一邊進去。沒有人在家，真怪，因為爐子裡有火，桌上有麥片粥和吐司。我脫掉了濕答答的手套，掛在火爐上方的水壺吊桿上，希望回程時至少手套能乾一點。

我以指尖碰食物，發現是溫的，所以屋主並沒有離開多久。一片皮革旁擺著一副馬鞍，顯然是修理到一半。我只能假設無論屋主是誰都因為什麼急事而匆匆外出，我考慮要等他們回來。這裡倒不失為一個舒服的避難所，只是因為燃煤而空氣濃濁，也有極強烈的上光油和馬毛的味道。較讓人擔心的是小屋的孤立位置。在我查出昨晚是誰攻擊我之前，我對黑石南館的每一個人都必須提高警覺，包括馬廄管理員。有可能的話，我不要單獨和他見面。

門邊的釘子上掛著一張輪值表，繫著的繩子上綁著鉛筆。我拿了下來，翻開紙張，想留話要求管理員安排車輛送我到村子，但紙上已經寫了字了。

別離開黑石南館，更多條性命要仰賴你，不只你一個人的。晚上十點二十分到家族墓園跟我會合。喔，別忘了手套，燒起來了。

愛你的安娜

煙鑽進了我的鼻孔，我一蹔身就看見我的手套在火上冒煙。我急忙抓過來丟在地上，踩熄了餘燼，雙眼圓睜，心跳如雷，搜尋著小屋，看是什麼人耍的花招。

你何不在今晚見到安娜時問她？

「因為我看見她死了。」我對著空洞的房間咆哮，給自己難堪。

我恢復了鎮定，又把留言讀了一遍，卻仍是丈二金剛摸不著頭腦。如果安娜沒死，卻這樣子玩弄我，那她一定很殘酷。更有可能的是在今早的事件傳開之後，有人決定要捉弄我。否則的話，何必選這麼一個陰森的地點和時間會面呢？

這個人能未卜先知嗎？

「是有人在耍卑鄙手段，任何人都猜得到我一進來就會烘乾手套。」

小屋禮貌地傾聽，但即便是聽在我自己的耳朵裡，我的推論都像是病急亂投醫。差不多就跟我不想把這封留言當一回事一樣。好吧，看來我的性格有缺陷，只要我能安安心心地逃離這裡，我就會很樂意拋下安娜仍活著的一絲希望。

自覺可悲，我戴上了僅剩的一隻手套。我需要思索，而走路似乎有幫助。

我繞著廄房走，來到一處雜草叢生的小圍場，這裡的草及腰高，籬笆腐朽嚴重，差不多快崩解了。遠方有兩人撐著一把傘，他們一定是沿著隱藏的小徑來的，因為他們行動舒緩，臂挽著臂。天知道他們是如何看見我的，可是其中一人舉起了一隻手招呼。我也舉手回應，暫時激起了一點遙遠的親切感，緊接著他們就消失在陰鬱的林間。

我放下了手，做了決定。

我跟自己說我完全不虧欠這個死掉的女人什麼，所以我可以自由離開黑石南館。這是懦夫的理由，但至少還有一絲真理。

既然安娜沒死，那也就不需要尋找什麼屍體了。

今天早晨我辜負了她，我也滿腦子只想著這個。而現在我有了另一次機會，我不能不予理會。她有危險，而我能幫忙，所以我一定得幫忙。如果這個理由還不足以讓我留下來，那我也不配擁有這條戰戰兢兢唯恐失去的性命。無論如何，我在今晚十點二十分一定要去墓園。

6

「有人要我死。」

說出來感覺很奇怪，好像我是在召喚命運降臨，但如果我想要熬到這個晚上，我就需要直面這份恐懼。我不肯再躲在房間裡畏畏縮縮，尤其是有那麼多的問題有待解決。

我走回屋子，留神樹林，怕會有什麼危險，我的心思來來回回琢磨著今早的事情。我一遍又一遍研究我手臂上的刀傷和那個打扮成瘟疫醫生的人，還有那個隨從和這個神秘的安娜，她現在像是活得好好的，還留下了謎一樣的字條給我。

她是如何從森林裡逃出來的？

我猜她有可能是在今天一大早留的紙條，在她被攻擊之前，可她又怎麼知道我會到小屋去，還會在火上烘手套？我沒把我的計畫告訴別人。還是說我說出來過？她難道一直在監視？

我搖搖頭，拋開了這些天馬行空的念頭。我一直將目光放在未來，此刻我需要回到過去。邁可說昨晚晚餐時有女僕送了一張字條給我，然後我就消失無蹤了。

一切都是從那時開始的。

你需要找出那個來送字條的僕人。

我剛進黑石南館的門，就被客廳裡的聲音吸引了過去。除了兩名年輕女僕在把午餐的殘餘收拾到兩只巨大托盤上之外，別無他人。兩人並肩工作，低著頭，壓低聲音閒聊，完全沒發覺我站在門口。

「……亨莉耶塔說夫人快要瘋了。」一個女孩說，褐色鬈髮自白帽中落下來。

「那樣說海蓮娜夫人是不對的，貝絲。」另一個較年長的女孩指責道。「她一直對我們很好，對我們很公平，不是嗎？」

貝絲斟酌著這個事實，看跟她的八卦何者重要。

「亨莉耶塔跟我說夫人在胡言亂語。」她接著說。「對彼得老爵爺大吼大叫。好像因為湯瑪斯少爺發生的不幸之後，他們竟然又回到黑石南館的關係。她說這真是滑稽。」

「她說的話可多了，我得把這些從妳腦子裡好好清清。我們又不是沒聽過他們吵架，對吧？再說了，如果很嚴重，海蓮娜夫人就會告訴德拉吉太太，對不對？她總會這樣做。」

「德拉吉太太找不到她，」貝絲得意地說，對海蓮娜夫人的指控得到了證實。「整個早晨都沒看到她，可——」

我一進去就打斷了她的話，兩個女僕急著行禮，卻手忙腳亂，滿臉通紅。我揮手讓她們不必拘禮，問她們昨晚的晚餐是由哪些僕人服侍的，卻只得到茫然的眨眼和喃喃的道歉。我正要放棄，貝絲卻大著膽子說伊芙琳．哈德凱索在屋子後面的日光室招待女性賓客，她會比較清楚。

兩人交談了幾句之後，其中一個帶領我穿過一扇連通門，進入了今早我跟丹尼爾、邁可見面的書房。後面還有圖書室，我們快速通過，進入了一條昏暗的連通甬道。一團漆黑的東西動了起來，是一隻黑貓從小電話桌底下溜出來，尾巴揚起了木地板上的灰塵。牠悄然無聲走上過道，溜進了盡頭一扇微開的門裡。門縫射出溫暖的橘光，門後則是交談聲和音樂聲。

「伊芙琳小姐在裡頭，先生。」女僕說。

她的語氣清楚表明了無論是這個房間或是伊芙琳．哈德凱索，她都並不特別尊重。

我不理會她的輕蔑，逕自推開門，房裡的熱氣迎面襲來。空氣很沉重，帶著甜膩的香水味，只有高昂流暢的音樂在室內翻攪，撞向四壁。大型花飾鉛窗面對著屋子後方的花園，灰雲壓著一處圓頂。椅子和躺椅都擺在壁爐邊，年輕女士散坐其上，有如凋萎的蘭花，抽著香菸，喝著酒。房間的氣氛屬於坐立不安的煩躁，而不是慶祝。唯一的生命跡象來自於遠處牆上的一幅油畫，畫的是一名老婦人，雙眸如黑炭，評判著室內，表情相當高雅地傳達出她對眼前聚會的不屑。

「我祖母，海瑟．哈德凱索，」我後方有個女人說。「畫得不是很好，不過她不管從哪方面看都不是個討喜的人。」

我轉身迎向說話聲，十幾張面孔從無聊之中仰起來看著我，弄得我臉紅了。我的名字在房間裡轉了幾圈，興奮的嗡嗡聲突然像蜂群一般彼此追逐。

坐在棋桌一端的是一個女人，我猜一定就是伊芙琳．哈德凱索，另一端是個年長的、極其肥胖的男人，身上的套裝明顯是小了一號。他們是很古怪的一對。伊芙琳年近三十，瘦削骨感，身材薄得像玻璃片，高高的顴骨，金髮俐落地綁起來，露出整張臉。她一身綠衣，很時髦，腰上繫著腰帶，伶俐的線條反映出她嚴峻的表情。

至於那個胖男人，他最少也有六十五歲，如果想讓他龐大的身軀從桌子後面站起來，可不知要費多大的功夫了。而且他的椅子也太小，太硬。讓他像是在這椅子上受難一般。他的額頭上閃著汗光，一手緊抓著的手帕濕透了，證實了他忍受的痛苦。他古怪地看著我，表情介於好奇與感激之間。

「很抱歉，」我說。「我是——」

伊芙琳盯著棋盤，推進了一枚士兵。胖男人回頭去下棋，以肥墩墩的指尖淹沒了他的騎士。他的失策害我呻吟一聲，嚇了我自己一跳。

「你會下棋？」伊芙琳問我，眼睛仍盯著棋盤。

「看來是會。」我說。

「雷文科特動爵這局下完之後，你來玩吧！」

不理我的警告，雷文科特的騎士搖搖晃晃步入了伊芙琳的圈套，果然被埋伏的城堡吃掉了。伊芙琳趁勝直進，他這時應該要沉得住氣的，卻反而下得更慌張。棋局在四著之後結束。

「謝謝你陪我下棋，雷文科特動爵，」伊芙琳說，看著他推倒了國王。「你不是要去什麼地方。」

這句打發他的話說得很粗率，雷文科特笨拙地一鞠躬，辛苦地站了起來，跛行走出房間，經過我時頭只微微地動了動。

伊芙琳的嫌惡追著他出門，但在她指著對面的座位時就消散了。

「請坐。」她說。

「恐怕沒辦法，」我說。「我在找一個女僕，昨晚晚餐時她送了張字條給我，可是我不知道她是誰。我希望妳能幫忙。」

「我們的管家可以幫您。」她說，把又濕又亂的棋子排列整齊，每一枚都擺在格子的中央，面向敵軍。顯然，在這個棋盤上是沒有懦夫的容身之處的。

「每個僕人在這座宅子裡的一舉一動，柯林斯先生都瞭若指掌，至少他是讓他們這麼相信的，」她說。「可惜，他今天早晨被攻擊了。狄基醫生把他送到門房，讓他更舒服地休養。我真的想親自去看看他，也許我能護送你去。」

我遲疑了一下，評估著危險。我也只能假設如果伊芙琳・哈德凱索想要對我不利，她就不會在一屋子的證人面前公然宣布我們會相偕離開。

「那就有勞了。」對我的回答她報以一笑。

伊芙琳站了起來，並未理會或者假裝不理會朝我們投來的好奇眼光。有扇落地窗面向花園，但是我們不走那裡，反而取道門廳，以便先回房間拿外套和帽子。在我們踏出黑石南館，步入午後的寒冷強風之中時，伊芙琳仍邊走邊整理衣裝。

「我可以請問柯林斯先生是出了什麼事嗎？」我說，心裡納悶他被攻擊是否與我昨晚被攻擊有關。

「他似乎是被我們的一位賓客攻擊了，是位名叫葛瑞格理・戈爾德的畫家，」她說，同時給厚圍巾打結。「他的攻擊毫無來由，戈爾德在有人勸阻之前狠狠打了他一頓。我得先知會你一聲，醫生，柯林斯先生打了大量的鎮靜劑，不知能否幫得上你的忙。」

我們順著通往村子的碎石車道前進，我又一次想到了自身的特殊處境。就在這幾天的某個時刻，我一定就沿著這一條路來到此間，開心興奮，同時也可能對長途跋涉和荒僻的地點而覺得著惱。我當時了解是涉入了險地嗎？又或者危險是在我留宿期間才降臨的？我有太多事情不記得，回憶就如地上的枯葉一般被吹走，然而我卻站在這裡，浴火重生。不知道塞巴斯欽．貝爾會不會認可我變成的這一個人？我們是否合得來？

伊芙琳一句話也沒說就挽住我的胳臂，臉上掛著溫暖的微笑，就彷彿她的內心點燃了一堆火，她的眼睛閃爍著生氣，趕走了稍早的那個雲遮霧裏的女人。

「能離開屋子真是愉快，」她大聲說，仰起臉來迎接雨水。「你來得還真是時候，醫生，說實話，再多待一分鐘，我就要崩潰了。」

「那真慶幸我那時進去了。」我說，對她的心情變化多少有些驚訝。察覺到我的迷惑，伊芙琳輕聲笑了笑。

「喔，不用管我，」她說。「我討厭去認識別人，所以只要我遇見了我喜歡的人，我就會馬上當我們是朋友。長遠來看，這樣可以省很多時間。」

「我懂了，」我說。「我可以請教我是何德何能居然能給妳這麼好的印象？」

「只要你允許我實話實說。」

「妳現在並沒說實話嗎？」

「我之前是在盡量有禮貌，不過，你說的對。我好像老是選錯邊，」她以嘲弄的語氣後悔地說道。「唉，說實話，我喜歡你的若有隱憂的模樣，醫生。你讓我覺得是一個寧可在別的地方的人，這種感覺我完全可以體會。」

「我可以假設妳並不喜歡回家來嗎？」

「喔，這裡已經很久不是我的家了，」她說，跳過一大池積水。「我這十九年來都住在巴黎，從我弟弟被殺之後。」

「那在日光室裡的那些小姐呢？她們不是妳的朋友嗎？」

「她們是今天早上抵達的，說真的，我一個也不認識。我認識的那些孩子已經蛻了一層皮，進入了現實社會。我在這裡就像個陌生人，跟你差不多。」

「至少妳對自己而言並不是陌生人，哈德凱索小姐，」我說。「這樣總能讓妳覺得稍許安慰吧？」

「恰恰相反，」她說，看著我。「我覺得能夠暫時逃離自己會是相當美妙的一件事。我羨慕你。」

「羨慕？」

「是啊，」她說，擦掉臉上的雨水。「你是個被剝得一絲不掛的靈魂，醫生。沒有遺憾，沒有傷口，沒有那些我們每天早晨對鏡時跟自己說的謊言。你是——」她咬住嘴唇，尋找著字眼——「坦誠的。」

「另一個說法是『裸露的』。」我說。

「那我可以假設你並不喜歡你的回歸嘍？」

她的笑容有點邪氣，嘴唇微微一撇，乍看很像是譴責，但卻有種兩人做了什麼壞事的會心一笑。

「我不是我希望的那種人。」我輕聲說，被自己的坦率嚇到。這個女人能讓我輕鬆自在，只不過我絞盡腦汁也想不出是為什麼。

「怎麼會？」她問。

「我是個懦夫，哈德凱索小姐，」我嘆著氣說。「四十年的記憶被抹滅，然後我在底下發現了懦弱。我只剩下這個。」

「喔，拜託叫我伊芙琳，這樣我就可以叫你塞巴斯欽了。我告訴你，別因為自己的缺點而焦灼不安。我們都有弱點，如果我是最近才出生的，我也會小心翼翼的。」她說，捏了捏我的胳臂。

「你真好，但我的懦弱是深深植於心底的個性，是本能。」

「好，就算你懦弱，那又如何？」她問我。「比這糟糕的情況多的是。至少你沒有壞心眼，也不是個殘暴之徒。現在你可以選擇，不是嗎？不像我們這些人，在黑暗中勉力振作。你有天早上醒過來，發現你完全不知道為什麼會變成這個人——你可以看著世界，看著四周的人，選擇你想要的個性。你可以說：『我要那個男人的誠實，那個女人的樂觀。』彷彿你是在薩佛街❷逛街。」

「妳把我的情況說成是一種恩賜。」我說，感覺精神好了一點。

「不然什麼叫重生呢？」她問。「你不喜歡你從前的樣子，很好，那就成為一個全新的自我。沒有什麼能阻擋你，不再有了。我說過，我羨慕你。我們這些人都被自己的錯誤纏住不放。」

我對這一點沒有回應，好在她也沒要我立即作答。我們來到了兩根巨大的籬笆柱之間，上方龜裂的天使無聲地吹著號角。門房坐落在我們左邊的樹林中，濃密的樹冠中間或可見紅磚屋頂。一條小徑通往一扇斑駁的綠門，歲月使門的木頭膨脹，佈滿裂縫。伊芙琳不走這道門，反而拉著我的手指往屋後走，推開太過茂密的樹枝，枝椏都碰到破敗的磚屋了。

後門只有一道門閂，牢牢關著，她拉開門閂，領我們進入潮濕的廚房，台面上積了一層灰塵，銅鍋仍放在爐口上。進入之時她就停步，仔細聆聽。

「伊芙琳？」我說。

她示意我安靜，朝走廊邁了一步。我被這種突如其來的謹慎弄得緊張不安，全身緊繃，但是她以笑聲打破了魔咒般的氣氛。

「對不起，塞巴斯欽，我只是在聽我父親在不在。」

❷ Saville Row，又名裁縫街。是倫敦西區一條擁有兩百多年歷史的老街。從十九世紀初開始，薩佛街便逐漸聚集培養起來世界頂尖的裁縫，現在成為高級訂製男裝的聖地。

「妳父親？」我說，滿頭霧水。

「他住在這裡，」她說。「他應該出去打獵了，可是萬一他還沒出門，我不想撞見他。恐怕我們並不是很喜歡彼此。」

我還沒有機會再追問，她就招手要我進入一條鋪著地磚的走道，登上了狹窄的樓梯，光禿禿的木頭階梯在我們的腳下吱嘎叫。門房又窄又歪，門的角度很奇特，像是一口東倒西歪的牙齒。風從窗戶吹進來，夾帶著雨的味道，整個地方的地基好像都在震動。這棟屋子的每個地方似乎都故意讓人心神不寧。

「為什麼讓管家在這麼遠的地方養傷？」我問伊芙琳，她正在選擇要開我們兩側的哪一道門。「一定有更舒服的地方吧。」

「主屋的房間都客滿了，狄基醫生說他需要安靜，還有一盆熊熊爐火。信不信由你，這裡可能是最理想的地方了。來，走這邊看看。」她說，輕拍我們左邊的門，見無人回應，就隨手推開。

有個穿著沾了煤炭的襯衫、手腕被綁住的高個子，吊在從天花板垂下來的鉤子上。雙腳懸空，昏迷不醒，一頭的暗色鬈髮，腦袋垂在胸前，臉上有血斑。

「不對，肯定是另一邊。」伊芙琳說，聲音平靜而冷漠。

「怎麼回事？」我說，驚詫地退後一步。「那個人是誰，伊芙琳？」

「那是葛瑞格理．戈爾德，攻擊我們的管家的人，」伊芙琳說，打量他的眼光有如是在看軟木板上的蝴蝶標本。「管家在戰時曾救了我父親，看來這次的攻擊讓父親非常不悅。」

「不悅？」我說。「伊芙琳，他像一頭豬一樣被吊著啊！」

「父親從來就不是一個細膩的人，也不特別聰明，」她聳聳肩。「我懷疑細膩和聰明總是相伴相生。」

我甦醒後第一次感到血液沸騰。無論這個人犯了什麼罪，都不應該這樣懲罰他，不能用繩子把他這樣吊在密室裡。

「我們不能就這樣丟下他不管，」我抗議。「太不人道了。」

「他做的事才不人道呢，」伊芙琳說，第一次讓我感覺到她的冷酷。「母親派戈爾德去整理一些家族肖像，就這樣。他甚至不認識管家，可是今天早晨他卻拿撥火棍攻擊他，把他打個半死。相信我，塞巴斯欽，他這樣子還贖不了他的罪過。」

「還會怎麼處理他？」我問。

「一個警察正從鎮上趕來，」伊芙琳說，催著我離開了小房間，關上了門，她心情立刻就變得輕快起來。「在此期間，父親要讓戈爾德知道他有多不高興，就這樣。啊，這肯定才是我們要找的房間。」

她打開了走廊對面的另一扇門，我們進入了一間小房間，牆壁刷成白色，只有一扇窗，上面滿是灰塵。不像屋子的其他地方，這裡沒有密不通風，爐子裡的火也很旺，旁邊還堆了許多柴火。角落有一張鐵床，管家正蜷縮在床上，身上蓋著灰色的毯子。我認出了這個傢伙，今天早晨就是他開門讓我進來的。

伊芙琳沒說錯，此人受到了殘酷的對待。臉上有可怕的瘀傷，傷口處還是青紫色，枕頭套上沾染了乾涸的血液。痛苦讓他不得安眠，不停地呻吟，若非如此，我可能會以為他死了。

有個女僕坐在旁邊的木椅上，膝頭攤開一本大書。她絕不會超過二十三歲，體型嬌小得像是可以塞進口袋裡，金髮從帽子底下溜出來。她抬頭看見我們進去，就砰地一聲合上了書，一躍而起，一發現來者是誰，就趕緊撫平白色圍裙。

「伊芙琳小姐，」她結結巴巴地說，眼睛向下。「我不知道妳會來。」

「我這個朋友要來看望柯林斯先生。」伊芙琳說。

女僕的褐眸瞄了我一眼，然後又一次看向地板。

「那叫不醒嗎？」

「對不起，小姐，他整個早晨都沒醒過，」女僕說。「醫生給了他一些藥幫助他睡覺。」

「沒試過，小姐，可是你們上樓時樓梯很吵，他連眼皮都沒動一下。如果那樣都還吵不醒他，就不知道還有什麼法子能叫醒他了。他啊，對這個世界完全無感了。」

女僕的眼睛又瞄向我，停留了很久，好像認識我的樣子。接著她把目光投向地板，繼續那種沉思的狀態。

「不好意思，我們認識嗎？」我問。

「不，先生，不是的，只是……昨天的晚餐是由我服侍您的。」

「那妳有沒有送字條給我？」我激動地問。

「不是我，先生，是瑪德琳。」

「瑪德琳？」

「我的貼身女僕，」伊芙琳打岔道。「屋子的人手不足，所以我就叫她到廚房去幫忙。喔，很幸運，」她看了下腕錶——「她會送點心去給打獵的人，不過三點左右就會回來。等她回來我們可以一起問她。」

我又回頭注意這名女僕。

「字條的事妳還知道什麼嗎？」我問。「比方說寫了什麼？」

女僕搖頭，扭絞雙手。可憐的她相當侷促不安，我很同情她，謝過她之後就離開了。

7

我們走在通往村子的馬路上，我們每走一步都會覺得兩邊的林木在逼近，這跟我之前的想像不太一樣。書房裡的地圖描繪的是一條從森林中劈砍出來的大道，實際上卻只是一條寬土路，路面坑坑窪窪，落滿了樹枝。森林並未被馴服到乖乖讓路，哈德凱索家沒法讓這個森林鄰居做出讓步。

我不知道目的地是哪裡，但是伊芙琳相信我們能夠從瑪德琳返回的路徑上攔下她。私底下，我懷疑她只是在找一個能離開屋子更久的藉口，其實並不需要找藉口，有伊芙琳作伴的這一個小時是我從醒來之後感覺最像一個人的一次，而不是一隻失魂少魄的野鬼。在這裡，在風雨中，身邊有朋友，一整天來我都沒這麼開心過。

「你是認為瑪德琳能告訴你什麼？」伊芙琳問，撿起路上的一根樹枝，扔進森林裡。

「她昨晚送來的字條把我誘入了樹林，讓某人可以伏擊我。」我說。

「伏擊！」伊芙琳打斷了我，神情震驚。「這裡？為什麼？」

「我不知道，可是我希望瑪德琳能夠告訴我字條是誰傳過來的。她甚至有可能偷看了。」

「你不用加上『可能』，」伊芙琳說。「我在巴黎時，瑪德琳就是我的貼身女僕。她很忠心，也會逗我笑，但真是太愛偷聽、偷看了。她可能認為偷看別人的信是當下人額外的福利。」

「那妳還真寬宏大量。」我說。

「我也沒辦法，我付的薪水不夠高，」她說。「那等她透露了字條內容之後呢？」

「我就去報警，」我說。「希望這件事能夠就此了結。」

我們在一根歪斜的柱子前左轉，沿著一條小徑進入森林，兩邊的土地都交橫著車轍，紊亂得無法分辨回去的路。

「妳沒有迷路吧？」我緊張地問，拂開垂在我面前的樹枝。上次我進來這片樹林，我就把三魂六魄丟在這裡了。

「我們是跟著這個走的。」她說，拉扯一片釘在一棵樹上的黃色布料，跟我今天早晨踉蹌闖入黑石南館時發現的紅色布料類似，但回憶只害我更加不安。

「這是標記，」她說。「土地管理員用來在樹林裡指路的。放心吧，我不會讓你迷路。」

她才剛說完，我們就進入了一處小空地，中央有一口石井，井上的木棚已經崩塌，用來把水桶拉上來的鐵輪也生鏽了，落在泥巴中，幾乎被枯葉掩埋住。伊芙琳開心地拍手，依依不捨地撫摸著長滿苔蘚的石頭。她顯然是希望我不會看到石縫中夾著的那張紙，或是她用手指在遮擋的動作。礙於友誼，我也不好戳破她，於是在她轉頭看我時就匆匆轉移視線。屋子裡的人必定有她的追求者，而我很慚愧地承認我嫉妒這種秘密通信以及那個寫信的人。

「就是這裡，」她說，誇張地一揮手。「瑪德琳回來的時候就會穿過這片空地，應該很快就來了。她得在三點前回屋子，幫忙佈置舞廳。」

「這裡是哪裡？」我問，四處張望。

「這是許願井，」她說，俯身在井緣上看著幽黑的井底。「邁可跟我小時候常來這裡。我們會用小石頭許願。」

「那年輕的伊芙琳．哈德凱索都有什麼願望呢？」我問。

她皺起了眉頭，這個問題讓她措手不及。

「你知道的，無論如何，我都記不得了，」她說。「什麼都不缺的孩子會想要什麼？」

想要更多，就跟大家一樣。

「就算我沒有失憶，恐怕我也回答不出妳的問題。」我微笑著說。

伊芙琳撢掉手上的污垢，疑惑地看著我。我看得出在她心中好奇有如一盆熊熊烈火，她滿懷喜悅，因為在這個一切都爛熟於胸的地方冒出了一件不知名、意想不到的事情。我會來這裡是因為我讓她著迷，我明白了，心中卻閃過一絲失望。

「你是否想過萬一你的記憶無法恢復，你要怎麼辦嗎？」她問，放軟了語氣，這個問題顯得氣氛緩和了許多。

輪到我手足無措了。

打從初始的混亂消失之後，我就盡量不去想我的情況。別的不說，我喪失記憶只是一個已證實的挫敗，還談不上悲劇，我想不起安娜是誰，但也只是有點不便。而在探究塞巴斯欽．貝爾是誰的過程中，我發現了兩個朋友、一本有註解的聖經和一只上鎖的行李箱。在這世上活了四十年，珍貴的回饋只有這麼多。我沒有妻子會為了我們失去的時光而哭泣，沒有孩子會為了他愛的父親可能不會回家而擔心。從這個角度而言，塞巴斯欽．貝爾的這個人似乎生無益於時，死無損於世。

林中某處有樹枝斷裂聲。

「是隨從。」伊芙琳說，我的血液立刻就變冷，想起了瘟疫醫生的警告。

「妳說什麼？」我問，慌張地搜尋森林。

「那個聲音，是隨從，」她說。「他們在撿柴火。很丟臉，對不對？我們沒有足夠的僕人來給所有的壁爐儲備柴火，所以我們的賓客只好派他們自己的隨從來撿柴。」

「他們？到底有幾個？」

「每一家都有一個，還有很多還沒來，」她說。「我估計屋子裡有七、八個了。」

「七、八個？」我說，喉嚨像被勒住。

「親愛的塞巴斯欽，你還好吧？」伊芙琳說，注意到我的驚慌。

換作別的情況，我會歡迎這種關切、這種感情，可是此時此地她的細心只害我尷尬。我要如何解釋有個怪傢伙打扮成瘟疫醫生的模樣，警告我要注意一個隨從——這兩個字對我毫無意義，然而每聽到時總讓我感到恐懼。

「對不起，伊芙琳，」我說，懊悔地搖頭。「我還有事情沒告訴妳，可是不能在這裡說，我還沒準備好。」

無法迎視她詢問的眼神，我環顧空地，想岔開話題。三條小路在此交會，接著又沒入森林，其中一條切過林中的一條直路，通向水邊。

「那是……」

「是湖，」伊芙琳說，看著我的後面。「我想算是個湖吧。我弟弟被查理・卡佛殺害的地方。」

瞬間我倆陷入沉默。

「對不起，伊芙琳。」我終於說，對她的缺乏感情感到尷尬。

「你大概會覺得我很可怕，可是事情發生太久了，感覺不像是真的，」她說。「我連湯瑪斯的臉都記不得了。」

「邁可也有類似的感覺。」我說。

「不意外，出事的時候他比我還小五歲。」她將雙手抱在胸前，幽幽地開口。「那天早晨我是應該要照顧湯瑪斯的，可是我想去騎馬，而他老是煩我，所以我就幫小孩子們安排了尋寶遊戲，丟下他不管。要是我不那麼自私，他就不會跑到湖邊，卡佛也不會向他動手。你想像不到這個想法如何糾纏著那時的我。我睡不著，吃不下。除了憤怒和愧疚之外，我什麼也感覺不到。不管誰想安慰我，我都惡言相向。」

「是什麼改變了你？」

「邁可。」她的笑充滿希望，「我對他非常壞，真的是窮兇惡極，可是他總陪著我，無論我說了什麼。他看出我很傷心，他想讓我的心情好一點。我想他甚至不知道是怎麼回事，不算知道。他只是對我好罷了，可就是他讓我不再自我放逐。」

「所以妳才去了巴黎，遠離這一切？」

「不是我選擇離開的，是我父母在事發之後幾個月送我去的，」她說，咬著嘴唇。「他們沒辦法原諒我，而要是我留下來，他們也不會允許我原諒自己。我知道那是懲罰，但在我看來，離鄉背井反而成了好事。」

「然而妳還是回來了？」

「聽你說得好像我能作主似的，」她苦澀地說，風在林間呼嘯而過，她拉緊了圍巾。「是我父母命令我回來的，他們甚至威脅如果我不從就要把我從遺囑中剔除。這一招不管用，他們又威脅要把邁可也從遺囑中除名，我這才回來了。」

「我不懂，他們怎麼會這麼冷漠地對待妳，卻又為妳辦派對？」

「派對？」她說，一面搖頭。「喔，老兄，你真的不知道這裡是怎麼回事是吧？」

「也許如果妳——」

「我弟弟是在十九年前的明天被殺的，塞巴斯欽。我不知道是為什麼，但是我父母決定要紀念這一天，重啟事發地點的這棟屋子，再邀請那一天在場的每一位賓客。」

她的聲音中怒氣漸增，夾雜著痛苦的悸動，我想盡力將那痛苦拂去。她轉頭面向著湖，藍色的眼睛泛淚。

「他們把悼亡偽裝成派對，而且還要我作貴賓，我只能假設有什麼可怕的事情在等著我，」她接著說。「這不是慶祝，這是懲罰，而且在發生之時會有五十個精心打扮的人在當場目睹。」

「妳的父母真的這樣恨妳嗎？」我問，震驚極了。今早那隻小鳥撞上了玻璃我就感慨良多，除了惻隱之心大作，也為命運驟然而至的殘酷感到不平。

「我母親今天早上傳話給我，要我到湖邊去見她，」她說。「她沒來，我也不認為她會來。她只是要我站在這裡，在事發的地點，回想過去。這樣回答了你的問題了嗎？」

「伊芙琳……我……我不知道能說什麼。」

「沒有什麼好說的，塞巴斯欽。財富是心靈的毒藥，而我父母坐擁財富有很長一段時間了——就跟會來參加派對的大多數客人一樣，」伊芙琳說。「他們的行為舉止不過是面具，你最好記住這一點。」

看到我痛苦的表情，伊芙琳笑著拉起我的手。她的手指冰涼，眼神溫暖。她的勇氣就像走完上絞架最後幾步路的死囚，一碰即碎。

「噢，別擔心，親愛的朋友，」她說。「我早就輾轉反側想遍了一切可能的辦法了。我看不出讓你為這件事失眠有什麼好處。你願意的話，可以順道為我在這口井許願，雖然我知道你還有更切身的煩惱想許願。」

她從口袋裡掏出了一枚小硬幣。

「拿著，」她說，把硬幣遞給我。「我覺得小石頭沒什麼用。」

硬幣拋進井裡，井很深，硬幣沒有落在水裡，而是碰到了井底的石頭上。儘管伊芙琳建議我給自己許個願，我還是放棄了，而是祈求她能夠離開這個地方，過著幸福的人生，不受她父母的宰制。我像個孩子一樣閉著眼睛許願，希望再張開時自然的規律就會推翻，願望將成為現實。

「你變了好多。」伊芙琳低語著，表情掠過一串情緒，洩漏了她因為自己言語不慎而覺得不自在。

「妳以前認識我？」我詫異地說。我居然壓根就沒想到伊芙琳跟我可能有過什麼關係。

「我是什麼也不該說的。」她說，走了開去。

「小愛，我陪了妳一個多小時了，所以妳現在是我在世上最好的朋友，」我說。「拜託，老實跟我說。我是誰？」

她的視線在我的臉上梭巡。

「輪不到我說話，」她抗議道。「我們兩天前才認識的，只是匆匆一面。我對你的了解，大多來自道聽塗說。」

「我對自己一無所知，所以任何信息我都想聽。」

她抿緊嘴唇，彆扭地把衣袖往下拉。如果給她一把鏟子，她一定會挖地道逃脫。如果她要說的是一個好人，那絕不會這麼不情願，所以我已經在害怕她要告訴我什麼了。即使如此，我也不能就此叫停。

「拜託，」我懇求道。「妳剛才還說我可以選擇要當什麼樣的人，可如果我不知道我以前是什麼樣的人，我要怎麼選擇呢？」

她的固執動搖了，她抬頭看著我，眨了下眼睛。

「你確定你想知道？」她問。「真相並不總是美好的。」

「是好是壞，我都要了解我失去了什麼。」

「依我看也沒什麼要緊的，」她嘆著氣說，用兩隻手擠了擠我的手。「你是個毒販，塞巴斯欽。你為遊手好閒的有錢人減輕無聊，而且從你在哈利街的生意來看，利潤還相當可觀。」

「我是個……」

「毒販，」她又說一次。「我想是在賣流行的鴉片酒，據我所知，你那個箱子裡有琳琅滿目的商品，可以滿足不同的趣味。」

我的心陡然一沉。在此之前我是不會相信過去能把我傷得這麼重的，可是我先前的職業一經揭露，我就好像身體撕開了一個大洞。縱然千錯萬錯，但我總還因為是名醫生而微微覺得自傲。行醫是高貴的，甚至是榮耀的。可是，嘿，塞巴斯欽・貝爾偏偏就頂著這個光環卻為了私利而扭曲了它，將之用於自私的、邪惡的目的，他敗光了自己最後一點善良。

伊芙琳說得對，真相並不總是美好的，但是誰也不該這樣子發現自己的真面目，像在黑暗中撞見一棟荒廢的房子。

「要是我就不擔心，」伊芙琳說，歪著頭捕捉我迴避的眼睛。「我並沒在面前的這個人身上看見多少那個可憎的東西的痕跡。」

「所以我才會受邀來參加派對？」我悄聲問。「來賣我的東西？」

她的笑充滿同情。「恐怕是的。」

我啞口無言，退了兩步。這一天來，我走進每一個房間都會引來怪異的眼神、耳語和騷動，這下子全解釋清楚了。我還以為大家是在關心我的健康，其實他們是在猜想我幾時會打開行李箱，重新開張。

我覺得自己好蠢。

「我得去……」

我無言以對，徑直在林中跑了起來，越跑越快，就快跑到大路上了。伊芙琳緊跟著我，急著想追上。她想用話語來安撫我，提醒我還要去見瑪德琳，可我的理智已經被蒙蔽，對過去的我的痛恨吞噬了我。他的缺點我可以接受，甚至可以克服，但這個身分無異於背叛。他犯了錯，然後逃之夭夭，只留下我收拾殘局。

黑石南館的門敞開著，我三步併作兩步衝上了樓，回到房間，濕土的氣味跟著我進來，我喘著氣佇立在行李箱前。就是這玩意讓我昨晚走入森林的？我就是為了這玩意流血的？哼，我要把它砸爛了，連帶把跟過去的我的關聯一塊砸爛了。

伊芙琳抵達時正好發現我在臥室裡東翻西找，想找個沉重的東西來把鎖砸開。意會到我的用意，她撤回走廊，再回來時拿著一尊好像是羅馬皇帝的半身雕像。

「妳真聰明。」我說著用雕像來砸鎖。

今天早晨我把箱子從櫃子裡拉出來時，我得使出吃奶的力氣，但此刻它卻因一擊而向後滑。這一次又是伊芙琳伸出了援手，她坐在行李箱上壓住它，在三次重擊之後，鎖鏘鎯落地。

我把雕像丟在床上，掀開了沉重的蓋子。

箱子裡空空如也。

至少也是空了一大半。

黑暗的角落有一枚棋子，底下刻著安娜的名字。

「我想你現在應該把故事的另一部分說完了。」伊芙琳說。

8

窗外是濃濃夜色，冰冷的呼吸在玻璃上留下了白霜。爐火滋滋回嗆，搖曳的火焰是我唯一的光源。我緊閉的門外有腳步聲匆匆掠過走廊，七嘴八舌的人正往舞會前進。遙遠的某處我聽見了小提琴的顫音漸揚。

我把腳朝爐火伸展，等待著寂靜降臨。伊芙琳邀請我出席晚餐和派對，但是我沒辦法跟這些人打成一片，因為我知道了我是誰，他們真正想從我這裡得到什麼。我受夠了這棟房子，受夠了他們的遊戲。我要等到晚上十點二十分去墓園跟安娜見面，然後我會請馬廄的人送我們到村子裡，遠離這一團瘋狂。

我的目光回到了我在行李箱中發現的棋子，我正舉高就著光打量，希望能夠勾起更多的回憶。迄今為止，它一逕沉默，而棋子本身也沒能喚起什麼前塵往事。它是主教，手工雕刻的，白漆斑駁，跟我在屋子裡看見的昂貴象牙棋子無法相提並論，然而……它卻對我有意義。儘管喚不起什麼回憶，它卻有一種感覺，一種幾乎是安慰的感覺。拿著它給了我勇氣。

有人敲門，我握緊了棋子，從椅子裡起身。越是接近墓園之約的時間，我就越精神緊繃，每次爐火嗶剝響，我就差不多會嚇得從窗戶跳出去。

「小貝，你在裡面嗎？」邁可．哈德凱索問。

他又敲了一下門，不肯離開的樣子，像個禮貌的撞門錘。

我把棋子放到壁爐架上，打開了門。走廊站滿了變裝打扮的人，邁可穿著鮮橘色套裝，玩弄著龐大太陽面具的繫繩。

「你在啊，」他說，對著我皺眉。「你怎麼還不換衣服？」

「我不去了，」我說。「今天太……」

我朝頭部比了比，可他沒明白這手勢的意思。

「你頭暈嗎？」他問。「要不要我找狄基來？我剛剛看到他——」

我得抓住邁可的胳臂他才沒有飛奔去找醫生。

「我只是沒那個心情。」我說。

「你確定嗎？會放煙火欸，而且我確定我父母在準備什麼驚喜。錯過就太——」

「說真的，我寧可待在房裡。」

「你確定的話，」他不情願地說，聲音就跟表情一樣洩氣。「很遺憾你過了這麼差勁的一天，小貝。希望明天會好一點，至少誤會少一點。」

「誤會？」我說。

「關於那個女孩被殺的事啊，」他疑惑地笑了。「丹尼爾跟我說只是天大的誤會。我覺得像個大傻瓜，半途取消了搜索。幸好，沒造成什麼傷害。」

丹尼爾？他怎麼可能會知道安娜沒死？

「是誤會吧?」他問,注意到我的迷惘。

「當然是,」我輕快地說。「對……天大的誤會。真抱歉給你添了麻煩。」

「沒事,」他說,微微懷疑。「別再想了。」

他的話就像一條拉得太緊的橡皮筋,變得很薄。我能聽得出他的疑惑,不僅是對我的說詞疑惑,也對站在他面前的這個人疑惑。畢竟,我不是他以前認識的人,而我覺得他也漸漸明白我不再希望自己是那個人了。今天早晨我幾乎願意竭盡所能來修補我們之間的裂縫,可是塞巴斯欽·貝爾是個販毒的,還是個懦夫,是毒蛇的同類。邁可是那個人的朋友,所以他怎麼可能會是我的朋友?

「那,我最好先走了,」他說,清了清喉嚨。「好好休養,老兄。」

他用指關節敲了敲門框,轉身走掉了,跟著其他的賓客向派對會場走去。

我看著他走,消化他帶來的消息。我都快忘了今天早晨安娜穿林逃亡的事了,即將到來的墓園之會吞沒了我第一段回憶的大多數驚恐。然而,某件重大的事情顯然是發生了,即使丹尼爾跟大家說沒有。我確信我的眼睛沒看錯,還有那聲槍響和那份恐懼。安娜是被一個黑衣人追逐,而現在我必須假定那人就是那個隨從。她不知如何逃過了一劫,就如我在昨晚被攻擊之後倖存下來。她要談的就是這件事嗎?我們共同的敵人,可他為什麼要我們兩個死?會不會他要的是那些藥?那顯然很值錢。也許安娜是我的同夥,而她把藥品從行李中拿走,不讓他拿到?這樣的話,至少可以解釋箱子裡的棋子。難不成是某種暗號?

我從衣櫃裡把大衣拿出來，再裹上長圍巾，戴上一雙厚手套，把拆信刀和棋子塞進口袋裡就出門了。迎面而來的是清冷的夜。我的眼睛適應了黑暗，吸入新鮮空氣，空氣仍因暴風雨而濕潤，我順著碎石小路走，繞過屋子到墓園去。

我的肩膀緊繃，胃裡不斷翻攪。

我很怕這片森林，但是我更怕這次會面。

我剛清醒時只想要再找回自己，但昨晚的不幸現在卻似乎是福氣。受傷給了我重新開始的機會，可萬一跟安娜見面又讓我的舊記憶洶湧而回呢？我今天拼湊起來的這個亂七八糟的個性熬得過這一波大洪水嗎？還是說會被沖洗得涓滴不剩？

我會被沖刷殆盡嗎？

光是這個想法就幾乎足以讓我掉頭，可是我不能用逃離過去的我所打造的人生來面對過去的我。最好是堅守立場，相信這個我想要成為的我。

我咬緊牙關，沿著小徑穿過森林，來到了一棟小小的園丁小屋，窗戶都黑漆漆的。伊芙琳正靠在牆上抽菸，腳邊放著一盞提燈。她穿著一件米黃色長大衣和長靴，與這一身格格不入的是，外套下面穿著藍色晚禮服，頭上頂著閃爍發光的鑽石皇冠。她其實很美，雖然穿得有些不搭調。

她察覺到我的注視。

「晚餐後我沒時間換衣服。」她辯解道，丟掉了香菸。

「妳在這裡做什麼，小愛？」我問。「妳不是該參加舞會？」

「我溜走了。你不會認為我喜歡在那裡待著吧?」她說,以鞋跟碾熄香菸。

「這很危險。」

「那你一個人去就太傻了,而且我還能助你一臂之力。」

她從手提包裡掏出一把黑色左輪槍。

「妳是怎麼弄到那個的?」我問,覺得既震驚又微微的內疚。一想到我自己的問題害伊芙琳手中握著武器,感覺就像是背叛了什麼。她應該安全溫暖地待在黑石南館裡,而不是跑到這裡來冒著危險。

「是我母親的,所以你應該問的是她是怎麼弄來的。」

「小愛,妳不能——」

「塞巴斯欽,你是我在這個恐怖的地方唯一的朋友,而我是不會讓你一個人走進墓園的,你根本就不知道什麼在等著你。已經有人想殺你了。我一點也不想讓他們再試一次。」

我哽咽難言,無限感激。

「謝謝妳。」

「別傻了,要不是來這裡,我還得在眾目睽睽之下待在舞廳裡,」她說,拿起提燈。「應該是我謝你才對。好了,我們走吧?我要是沒趕上他們的演講,我可就吃不完兜著走了。」

墓園中夜色深凝,鐵籬笆彎曲變形,樹木也彎腰壓著歪斜的墓碑。厚厚幾層腐葉鋪滿了整個地方,墳墓龜裂坍塌,把死者的姓名也一併帶走了。「我問過瑪德琳你昨晚收到的字條了,」伊芙琳說，推開了吱嘎作響的柵門，領頭進去。「希望你不會介意。」

「我當然不會介意，」我說，緊張地東張西望。「坦白說，我都忘了。她是怎麼說的？」

「她只說字條是廚娘德拉吉太太交給她的。我又單獨問了德拉吉太太，她說字條放在廚房裡，不過她不知道是誰放的。太多人進進出出了。」

「那瑪德琳看了嗎？」我問。

「那還用說，」伊芙琳酸溜溜地說。「她承認的時候連臉都沒紅。字條很簡短，要你立刻到老地方去。」

「就這樣？連簽名都沒有？」

「恐怕沒有。很抱歉，塞巴斯欽，我本來也希望會有更多消息的。」

我們來到了墓園盡頭的墓陵，那是一個巨型的大理石墓室，上方的守護天使已經碎裂。其中一尊天使伸出的手上掛著提燈，雖然提燈的光在黑暗中閃爍，卻沒有照亮什麼。墓園空蕩蕩的。

「可能安娜耽擱了。」伊芙琳說。

「那是誰點的提燈呢？」我問。

我的心臟狂跳，因為一路在齊膝深的落葉中跋涉，潮氣浸濕了褲子。伊芙琳的手錶顯示時間已到，但是安娜卻不見人影，只有那盞該死的提燈在風中搖曳，吱吱鬼叫。我們就在提燈下僵立了十五分鐘左右，燈光灑在我們的肩上，我們搜尋著安娜，發現她似乎無處不在：在晃動的陰影和窸窣的樹葉中，在被微風吹動的低矮樹枝中。我們不時會輕敲對方的肩膀，讓彼此注意某個突發的聲響或是受驚的動物衝過灌木叢。

時間越來越晚，很難讓思緒不飄往更嚇人的方向。狄基醫生相信我手臂上的傷是自衛而起的，彷彿我是在抵擋某人的刀子。萬一安娜不是同夥而是敵人呢？說不定就是因為如此她的名字才會烙印在我的腦海中？我只知道晚餐時送到我手上的字條是她寫的，而現在又把我誘來這裡以便完成她昨晚未竟之事。

這些想法像裂縫一樣在我已經脆弱不堪的勇氣中迅速擴散開來，恐懼灌入了裂縫下的空洞。我能站得筆直完全是因為伊芙琳在場，是她的勇氣把我牢牢釘在原地。

「我想她不會來了。」伊芙琳說。

「對，我想也是，」我說，聲音很小，掩飾我的鬆了一口氣。「我們也許應該回去了。」

「我也覺得，」她說。「很對不起，親愛的。」

我以顫巍巍的手拿下了天使臂上的提燈，跟著伊芙琳往大門走，才走出幾步，伊芙琳就緊抓住我的胳臂，把她的提燈放低，光線灑在腐葉上，照出了噴濺的血液。我跪下來，以大拇指和食指摩挲黏稠的液體。

「這邊。」伊芙琳輕聲說。

她循著血滴來到了附近的一塊墓碑，枯葉底下有什麼在閃爍。我把枯葉拂開，找到了今天早晨帶我走出森林的指南針。沾滿了血，面盤已經破碎，然而指針還是堅定地指著北方。

「這就是兇手給你的指南針嗎？」伊芙琳說，壓低了聲音。

「對，」我說，用掌心托著，衡量重量。「丹尼爾．柯立芝今天早上從我這裡把它拿走了。」

「那看來是又有人從他那裡拿走了。」

無論安娜想要警告我什麼，看樣子都要先找到她，這事還和丹尼爾．柯立芝有關係。

伊芙琳一手按著我的肩膀，瞇眼警戒地凝視燈籠光圈外的黑暗。

「我覺得最好是讓你離開黑石南館，」她說。「回你房間去，我會叫馬車來接你。」

「我得找到丹尼爾，」我無力地抗議。「還有安娜。」

「這裡發生了可怕的事情，」她斷聲說。「你胳臂上的刀傷、那些藥、安娜，現在又是這個指南針。這是某個遊戲裡的一個個環節，而你我都不知道遊戲規則是什麼。你一定得離開，為了我，塞巴斯欽。讓警察來處理這件事吧。」

我點頭。我並沒有戰鬥的意志。一開始讓我留下來的理由就是安娜，而我碎裂的勇氣說服了我，服從如此隱晦傳達的請求並不是什麼丟臉的事。少了這份義務，我跟這地方的連結就切斷了。

我們默默走回黑石南館，伊芙琳領頭，左輪槍舉在身前。我默默跟在後面，幾乎就像是一隻她腳邊的狗。然後我渾渾噩噩地跟朋友道別，開門進了自己的房間。

房內卻和我離去時截然不同。

我的床上有一個盒子，綁著紅色緞帶，一扯就拉開了。我把盒蓋滑開，胃翻了個觔斗，膽汁湧上喉嚨。裡面塞著一隻死兔子，兔子身上插著一把刀。盒底的鮮血已經凝固，染紅了兔子的皮毛，幾乎遮住了釘在兔耳朵上的紙條。

來自你的朋友。

隨從

我的眼前發黑。下一秒我就暈倒了。

9

第二天

震天響的鏘鎯聲嚇得我坐了起來，兩隻手飛快摀住耳朵。我縮了縮，左右張望，想找出噪音的來源，卻發現自己在夜間被移動了。我不在那個有浴缸和溫暖爐火的通風臥室裡，我現在是在一個狹窄的房間裡，洗白的牆壁，一張鐵床，小窗透進來灰濛濛的光。對面牆邊擺著一個五斗櫃，旁邊的門釘上吊著一件褐色的襤褸家常袍。

我把腳挪下地，碰到的是冰冷的石頭，一陣冷顫從腳板直往脊椎上竄。一想到我收到的那隻死兔子，我當下就懷疑是那個隨從把我轉移到這個地方來的，但是這個連續不斷的噪音卻害我很難專心思考。

我披上了家常袍，險些被廉價古龍水的氣味嗆到。我把頭伸到走道上。地板上覆著龜裂的地磚，洗白的牆因為濕氣而膨脹。沒有窗戶，只有燈在各處投下骯髒的黃光，而且似乎飄移不定。這裡的鏘鎯聲更響亮，我摀著耳朵，循著噪音來到了一座木頭碎裂的木樓梯，樓梯是往上的。幾十個大錫鐘連接著牆上的一片木板，每一鐘底下都有個牌子寫著是屋子的哪一區。大門的鐘搖得好厲害，我真擔心它會撼動整個基座。

我緊緊摀著耳朵，瞪著鐘看，可是除了把它從牆上硬扯下來之外，唯一能夠讓吵鬧聲消失的法子就是去應門。我綁緊袍子的腰帶，衝上樓梯，出現在門廳的後方。這裡安靜多了，僕人鎮定地走動，懷裡抱著鮮花和其他的裝飾品。我只能假設他們太忙著整理昨晚派對的垃圾，所以都沒有聽見門鈴聲。

我氣惱地搖頭，打開了門，發現我面對的是塞巴斯欽・貝爾醫生。

他眼神慌亂，全身滴水，冷得發抖。

「我需要你幫忙。」他說，語氣驚惶。

我的世界霎時一片空白。

「你有沒有電話？」他接著說，眼中寫著絕望。「我們得叫警察來。」

不可能。

「別光杵在那兒啊，可惡！」他大喊，搖晃我的肩膀，手上的寒氣滲透了我的睡衣。

他不願等我回應，硬從我面前擠過去，進了大廳，尋求幫助。

我努力去理解眼前的景象。

這個人是我啊！

這個人是昨天的我啊！

有人跟我說話，拉扯我的衣袖，但是我的眼睛裡只有這個冒名頂替我的人，水順著他的身體往地上滴。

丹尼爾．柯立芝在樓梯口現身。

「塞巴斯欽？」他說，一手扶著欄杆下樓來。

我看著他在耍什麼花招，是在排演嗎？還是在開玩笑？但是他下樓的樣子就跟昨天一模一樣，一樣的腳步輕快，一樣的自信瀟灑。

又有人扯了我的胳臂一下，有個女僕站到了我的面前，她關心地看著我，嘴唇在動。

我眨掉混亂，聚焦在她臉上，終於聽見了她在說什麼。

「……柯林斯先生，你沒事吧，柯林斯先生？」

她的臉孔很眼熟，可是我想不起來是誰。

我從她的頭頂上看著樓梯，丹尼爾已經把貝爾往樓上房間帶了。一切都跟昨天一模一樣。

我甩開了女僕，衝到牆上掛的鏡子前。我幾乎不敢看。我嚴重燒傷，我的皮膚斑駁，摸起來粗糙，好像水果在驕陽下放得太久。我認識這個人。不知怎地，我這一醒來竟變成了管家了。

我的心跳如雷，轉回頭去看著女僕。

「我這是怎麼了？」我囁嚅著說，緊抓著喉嚨，很意外冒出來的是沙啞的北方腔。

「先生？」

「我怎麼會……」

但是我問錯人了。答案凝固在那人留下的泥跡裡，隨著那泥跡一直延伸到丹尼爾的房間裡。

我撩起了袍子下襬，跟著這樹葉混雜雨水留下的痕跡，匆忙追趕他們。女僕在喊我，我正上樓上到一半，她就疾步追過我，雙手用力按住我的胸口，擋住了我的去路。

「你不能上去，柯林斯先生，」她說。「萬一讓海蓮娜夫人發現你衣冠不整到處亂跑，那可就糟糕了。」

我想繞過她，但是她側步擋住了我。

「讓我過去，ㄚ頭！」我命令道，話一出口就後悔了。這語氣生硬刻薄，根本不像是我在說話。

「你只是又發病了，柯林斯先生，沒事，」她說。「下樓到廚房來，我幫你泡壺茶。」她藍藍的眼睛，顯得認真懇切。那雙眼緊張地看著我的肩後，我回頭看到別的僕人都聚集在樓梯底，他們懷抱鮮花望著我們。

「又發病？」我問，疑問張開了大嘴，彷彿要將我吞沒。

「都是燙傷的關係，柯林斯先生，」她平靜地說。「有時候你會說些奇怪的話，或是看到不存在的東西。喝杯茶就好了，過個幾分鐘你就沒事了。」

她的親切很迫人，既溫暖又沉重。我想起了丹尼爾昨天的懇求，他婉轉的談吐，好像逼得太緊我就會碎裂。他以為我瘋了，跟現在這個女僕一樣。看著在我身上發生的事，和我認為在我身上發生的事，我也說不準他們是不是錯了。

我給了她一個無助的表情，她扶住我的胳臂，指引我下樓，人群分開讓我們通過。

「喝杯茶，柯林斯先生，」她安慰我說。「你正需要喝杯茶。」

她像帶領迷途羔羊一樣帶領我，長繭的手輕柔地抓著我，就像她的語調一樣令人安心。我們一塊離開了門廳，從僕人的樓梯下去，沿著陰暗的走廊進入廚房。

我的額頭出汗了，烤箱和火爐湧出熱氣，爐火上的鍋子在咕嘟嘟地燉著什麼。我聞到肉汁、烤肉和烤蛋糕，糖和汗水。賓客太多，能用的烤箱太少，問題就在這裡。他們得從現在起就準備晚餐，才能準時上菜。

我為什麼會知道這個？我感到困惑。

是真的，我對這些瞭如指掌，可除非我真的是管家，不然我怎麼會知道？

女僕端著早餐，銀盤上堆滿了炒蛋和鯡魚乾，急忙衝出去。一個臀部很寬、面色紅潤的婦人站在烤爐前，大聲發號施令，長圍裙覆滿了麵粉。沒有哪個胸前別滿動章的將軍能有這份氣勢。她不知怎地在一片混亂之中看見了我們，那強悍的目光先是落在女僕身上，然後移到了我身上。

她用圍裙擦手，大步朝我們走來。

「我肯定妳去偷懶了，是不是，露西？」她說，表情嚴厲。

女僕猶豫了一下，考慮著乖乖聽話才是上策。

「是，德拉吉太太。」

她鬆手放開了我，讓我覺得胳臂頓時空蕩。她無奈地朝我笑笑，然後就離開了，消失在嘈雜之中。

「坐下吧，羅傑。」德拉吉太太說，努力把語氣放軟。她的嘴唇裂了，嘴巴四周漸漸出現烏青，一定是有人打了她，她說話時蹙著眉頭。

廚房的中央有張木桌，桌面擺滿了一盤盤的牛舌、烤雞、火腿，堆得高高的。還有湯和燉菜，一盤盤發亮的蔬菜，而且疲憊焦慮的廚房員工還不斷往上添加，大多數人的模樣都像是自己在烤爐裡烤了一個鐘頭。

我拉出一張椅子，坐了下來。

德拉吉太太從烤爐裡拉出一盤司康，放了一個在盤子裡，再加上一點奶油，端過來，放到我面前，碰了碰我的手。她的皮膚像老皮革一樣硬。

她的目光在我身上盤桓，刺蝟的外表下其實是一副好心腸。然後她別開臉，又大聲使喚著僕人。

司康美味可口，融化的奶油從兩側滴下來。我才咬了一口就又看見了露西，終於想起了為什麼她會眼熟。她就是那個會在午餐時出現在客廳的女僕——那個會被泰德．斯坦溫斥罵，之後又被丹尼爾．柯立芝拯救的女孩。她比我記憶中還要漂亮，臉上有雀斑，還有大大的藍眼睛，紅髮從帽子底下溜出來。她正想打開一罐果醬，使出全力，五官也跟著扭曲。

她的圍裙上都沾了果醬。

事情發生得像慢動作，罐子從她的手上滑掉，撞到地面，玻璃碴噴到廚房另一邊，她的圍裙也被滴落的果醬弄髒了。

「喔，妳是在找麻煩嗎，露西．哈波？」某人大喊，氣惱不已。

我從廚房裡衝出去，椅子應聲倒地。我跑下走廊，回到了樓上。我實在是太匆忙了，轉彎進賓客走廊時撞上了一個勁瘦結實的傢伙，黑色鬈髮落在他的額頭上，白色襯衫沾上了煤炭。我一面道歉一邊抬頭，看到的是葛瑞格理．戈爾德的臉。憤怒像衣服一樣罩在他身上，他的眼睛失去了理智。他勃然大怒，氣得全身發抖，而我為時已晚地想起了接下來會發生何事，管家在這頭野獸的暴打之後的慘狀。

我想退後，但是他修長的手指已經揪住了我的袍子。

「你不需要——」

我的視線模糊了，世界縮小成一團顏色跟一陣痛苦，我撞到了牆壁，接著倒在地上，鮮血從我的頭上流下來。他矗立在我面前，手上抓著一支撥火棒。

「拜託，」我說，想要向後滑，躲開他。「我不是——」

他踢中我的側腰，我喘不過氣來。

我伸出一隻手，想要說話，討饒，卻只是進一步激怒他。他踢得更兇了，我無計可施，只好蜷縮起來，任由他把憤怒傾洩在我身上。

我幾乎無法呼吸，幾乎看不見。我在啜泣，被痛苦淹沒。不幸之中的萬幸，我昏過去了。

10

第三天

一片漆黑，窗上的紗在月光下抖動。被褥很軟，床鋪舒服，而且有頂罩。

我緊抓著鴨絨被，露出笑容。

是惡夢，只是惡夢。

慢慢地，一下一下，我的心平靜下來，口中的血腥味也隨著夢境淡去了。我花了幾秒鐘才意識到自己身在何處。又過了片刻，我才看到房間角落裡的模糊輪廓，一個高個子站在那裡。

我的呼吸卡在喉嚨眼。

我伸手到床頭几上拿火柴，可是火柴似乎在跟我的手指玩捉迷藏。

「你是誰？」我對著黑影發問，無法壓抑聲音的顫抖。

「一個朋友。」

是個男人，聲音低沉。

「朋友不會躲在暗處。」我說。

「我沒說是你的朋友，達維斯先生。」

我在黑暗中摸索，險些打翻了床頭几上的油燈，忙著扶穩油燈時，手指觸到了躲在燈座下面的火柴。

「別忙著點燈了，」黑暗中傳來聲音。「反正也沒什麼用處。」

我以發抖的手擦燃了火柴，點亮油燈。火焰在玻璃後迸發，將陰影直逼進角落，照亮了我的訪客。是那個我之前見過的瘟疫醫生，燈光照亮了我在陰暗的書房漏掉的細節。他的披風磨損，邊緣破爛，高帽和瓷面具遮住了整張臉，只露出兩隻眼睛。戴著手套的手扶著一支黑色枴杖，側面刻著銀字，但是字體太小，隔著這樣的距離看不出個所以然來。

「有觀察力，很好。」瘟疫醫生說。屋子裡某處傳來腳步聲，我不由得納悶憑我的想像力是否足以勾勒出如此不凡的夢境中的一切真實細節。

「你在我的房間裡做什麼？」我質問道，連自己也意外會有這麼強烈的情緒。

瘟疫醫生不再四處張望，又一次緊盯著我。

「我們有任務，」他說。「我有個謎題需要你解答。」

「你一定是弄錯人了，」我忿忿地說。「我是個醫生。」

「你曾經是，」他說。「後來是管家，今天是花花公子，明天是銀行家。但都不是你的真面目，不是你真正的性格。你一踏進黑石南館就被剝除得乾乾淨淨，要等你離開時才會還給你。」

他伸手到口袋裡掏出一面小鏡子，拋到床上。

「自己照一照。」

鏡子在我的手上搖晃，照映出一個年輕人，有著驚人的藍眸以及眸子後珍貴的少量智慧。鏡中的臉不是塞巴斯欽．貝爾的，也不是燙傷的管家的。

「他的名字是唐納德．達維斯，」瘟疫醫生說。「他有個妹妹叫葛麗絲，有個好友叫吉姆，而且他不喜歡花生。達維斯會是你今天的宿主，等你明天醒來，你又會有另一個。規矩就是這樣。」

根本就不是作夢，是實際發生的事。我在兩個不同的人的身體裡將同一天活了兩遍。我透過別人的眼睛對自己說話，訓斥自己，檢驗自己。

「我瘋了，是嗎？」我說，從鏡子上方看著他。

我能聽見自己情緒崩潰。

「當然不是，」瘟疫醫生說。「發瘋會是一種逃脫，而逃離黑石南館只有一個方法。那就是我在這裡的原因，我有個提議。」

「你為什麼要這樣子對我？」我質問他。

「你太抬舉我了，你的困境，也可以說是黑石南館的困境，並不是我造成的。」

「那是誰？」

「反正不是你想見，也不需要見的人。」他說，揮手打發了這件事。「回頭來說我的提議——」

「我必須和他們談談。」我說。

「跟誰談話？」

「把我帶來這裡的人，或是能給我自由的人。」我咬牙切齒地說，努力壓抑脾氣。

「嗯，帶你來的人早就走了，能釋放你的人就在你眼前。」他說，雙手輕點胸口。可能是化了妝的關係，他的動作感覺有點像演戲，幾乎像是排練過。驀然間我有那種在戲劇中軋一角的感覺，只是人人都知道台詞，只有我不知道。

「只有我知道你要如何逃出黑石南館。」他說。

「就是聽從你的建議解開謎題嗎？」我懷疑地說。

「正是。謎題可能離真相很近，」他拿出懷錶來看時間。「今晚的舞會上會有人被謀殺，但是看起來不像是謀殺，所以兇手也不會落網。如果你能阻止，我就會指引你脫身之路。」

我僵住了，抓緊了被子。

「既然你有能力能夠釋放我，何不就直接放了我，王八蛋！」我說。「幹嘛要玩這些花樣？」

「因為永恆很無聊，」他說。「也可能是因為玩樂是很重要的事。我會讓你考慮一下。只是別拖延得太久，達維斯先生。這一天會被重複八次，而你會透過八雙不同宿主的眼睛來看。貝爾是第一個，管家是第二個，達維斯是第三個。也就是說你只剩下五個宿主了。換作是我，我就會加快動作。等你有了答案，帶到湖邊來，連同證據，晚上十一點整。我會在那裡等你。」

「我不會為了你自己的娛樂玩這些遊戲。」我對他咆哮。

「那麼就故意輸掉吧，不過記住這一點：如果你沒能利用最後一個宿主在午夜之前解開這個謎題，我們就會抹去你的所有回憶，再讓你回到貝爾醫生的身體裡，而這一切又會從頭開始。」

他看看錶，氣惱地嘖一聲，把錶丟進口袋裡。「時光飛逝。合作一點，下次我們再見我會回答更多的問題。」

一陣微風從窗戶吹來，吹滅了油燈，我們又籠罩在黑暗中。等我找到火柴點燃了燈時，瘟疫醫生已經不見了。

既困惑又害怕，我像是被刺到一樣猛地跳下了床，拉開臥室門，踏入寒冷中。走廊一片漆黑，他可能就站在五步之外，我卻看不見。

我關上了門，飛奔向衣櫃，隨手抓到什麼就穿上。無論我是誰，他都骨瘦如柴，個子矮小，而且還喜歡豔麗的衣物。等我著裝完畢，我簡直讓人眼花繚亂，紫色長褲，橘色襯衫，黃色背心。衣櫃門後還掛著一件大衣和圍巾，我穿戴上才出門。早晨的謀殺案和晚上的化裝舞會，神秘的字條和燙傷的管家；這裡無論是發生了什麼事，我都不要像個穿線的木偶一樣任人恣意操弄。

我非得逃出這棟屋子不可。

樓梯頂的老爺鐘指著半夜三點十七分，對我的匆促不以為然。儘管我極不願在深更半夜吵醒馬廄管理員，我卻看不出除此之外我還有什麼法子能逃離這一團瘋狂，所以我兩步做一步下了樓，險些就被這隻孔雀荒唐的小腳絆倒。

我是貝爾或管家時就不會這樣。我覺得自己被壓縮在這具身體裡，塞滿了它的邊緣。我笨手笨腳，幾乎像是喝醉了。

我打開了前門，枯葉就飄散進來。外頭刮著狂風，雨水在空中旋舞，森林吱嘎搖晃。這一晚天氣惡劣，顏色像亂拋的煤灰。我若是想找到路而不跌倒摔斷脖子，就會需要更多光。

我退到大宅裡面，走下門廳後面的僕人樓梯。樓梯扶手摸起來粗糙，樓梯板搖搖欲墜。謝天謝地，油燈仍然散發出油脂味濃厚的光芒，不過火苗小小的，而且明滅不定。走廊比我記憶中還長，刷成白色的牆壁冒出冷凝的水珠，土壤的氣味從灰泥中滲透而出。到處都是潮濕腐爛的。我見過黑石南館大多數的骯髒角落，卻沒有一個地方像這裡一樣是被特意冷落的。我很驚訝還會有員工能在這裡工作，看他們的主人有多不把他們當一回事。

到了廚房，我穿梭在堆滿東西的架子之間，終於找到了一盞防風燈和火柴。試了兩次才點燃。我提著燈迅速跑上樓梯，打開前門衝進暴風雨中。

防風燈費力扒開黑暗，雨水刺痛了我的眼睛。

我順著車道來到了通往馬廄的那條卵石路，森林在我的四周起伏。我在凹凸不平的石路上滑行，睜大眼睛尋找馬夫的小屋，但是燈光太亮了，該照亮的卻更顯模糊。我在看到拱門之前已經站在拱門下方了，腳下踩到馬糞，滑了一下。跟之前一樣，院子裡停滿了馬車，每輛都覆著帆布，被風吹得簌簌響。但和之前不同的是，馬匹都在馬廄裡，在睡眠中噴氣。

我甩掉了腳上的馬糞，衝向小屋，拍打門環。幾分鐘後燈亮了，門打開了一條縫，露出一張老人瞌睡的臉孔。

「我需要離開這裡。」我說。

「這個時候？」他狐疑地問，揉著眼睛，瞧了瞧烏黑的天空。「你是在找死。」

「這是十萬火急的事。」

他嘆氣，望了望四周，再招手要我進去，把門完全打開。他在睡褲外套了一雙長褲，把背帶勾到肩上，動作慵懶，就是一個人睡眠被打斷的迷糊狀態。他把外套從木釘上拿下來，拖著腳步到屋外去，示意我待在屋內。

不得不承認，我很樂意待在這裡。小屋中溫暖舒適，皮革和肥皂味是一種結結實實、令人舒心的存在。我好想去查看門邊的輪值表，看安娜的留言是否已經寫在上頭了，可我才伸出手就聽到天大的騷動，窗戶透進來的燈光使我目眩。我步入雨中，發現老馬夫坐在一輛綠色汽車上，整輛車又咳又抖，彷彿是染上了什麼可怕的疾病。

「好了，先生，」他說，下了車。「我幫你把它發動了。」

「可是……」

我啞口無言，被眼前的奇怪玩意嚇到了。

「沒有馬車嗎？」我問。

「有是有，可是打雷會讓馬兒受驚，先生，」他說，伸手到襯衫下搔胳肢窩。「我沒有別的意思，可是你駕御不了牠們的。」

「我也駕御不了這玩意啊。」我說，瞪著那個恐怖的機械怪獸，聲音像是被勒住。雨水敲打著金屬，在擋風玻璃上積成水窪。

「就跟呼吸一樣簡單，」他說。「抓住方向盤，想往哪就轉哪，然後把踏板踩到底，很快就上手了。」

他的信心就像堅定的手一樣把我推了上車，門輕輕關上，嗒的一聲。

「順著這條卵石路到盡頭，然後左轉開上那條土路，」他說，指著黑暗。「然後就會到村子裡。那條路又長又直，只是有點凹凸不平。大概是四十分鐘到一個鐘頭，看你夠不夠小心，不過絕不會錯過的。不介意的話，把車子留在顯眼的地方，明天早上我會叫我的小廝去開回來。」

說完他就不見了，回到他的小屋裡，門砰的一聲關上。

我緊緊握著方向盤，瞪著一堆槓桿和儀表盤，努力理出個操縱的邏輯來。我試驗性地踩了踩踏板，恐怖的機器就往前暴衝，我再施加一點壓力，汽車就跑到了拱門下，沿著顛簸的卵石路前進，最後來到了馬夫指示的左轉處。

雨水如毯子一樣蓋住了玻璃，我不得不向前傾盯著前方。頭燈照亮了一條土路，路面散落著樹葉和掉落的樹枝，路面有瀑布流過。雖然危險，我還是把踏板踩到底，狂喜取代了緊張。發生過那些事之後，我終於要離開黑石南館了，這條崎嶇路的每一哩都讓我跟那團瘋狂離得更遠。

早晨來臨，半明的晨光模糊灰暗，非但不能照明，反倒是讓四周更加黯淡，但是至少雨停了。馬夫沒說錯，這條路筆直向前，森林無邊無際。而就在這片樹林之中，有個女孩被殺了，而貝爾正要醒來目睹。殺人兇手會饒他一命，給他銀色指南針，指引他到一個完全說不通的地方，而他會跟個傻瓜一樣以為獲救了。可我怎麼會既在森林裡又在這輛車子裡呢——而且其間還在管家的身體裡？我兩隻手握緊了方向盤。要是我是塞巴斯欽．貝爾時能跟管家談一談，那麼或許，無論我明天會是誰，現在都正在黑石南館走動。我甚至可能會遇見他。而且不僅是明天，而是那個後天以及大後天我會變成的人。這樣的話，我到底是怎麼回事？他們又是怎麼回事？我們是同一條靈魂的碎片，都沾著彼此的罪惡，或是截然不同的人，是某個長久遺忘的本尊的蒼白分身？

濃霧從林間滲出，燃料指針接近了紅色。我早先的得意消退了。我早該抵達村子才對，可是遠處看不見炊煙，森林也不見盡頭。

最後，車子抖了抖，靜止不動了，垂死的呼吸是一串刺耳的零件摩擦聲，最後它停在瘟疫醫生面前一呎處，他的黑色斗篷跟他現身的白霧形成了強烈對比。我兩腿僵硬，背也痛，但是怒氣讓我一躍下車。

「你怎麼還這樣愚蠢？」瘟疫醫生問，兩隻手扶著枴杖。「你本來可以藉這個宿主做很多事的，結果你卻把他浪費在這條路上，一事無成。黑石南館不會放你走的，當你拖拖拉拉的時候，你的對手正在分秒必爭地進行調查。」

「我現在還有對手了！」我不屑地說。「這不過是你層出不窮的花樣，對不對？你先說我被困在這裡，現在我還得和別人競爭才能逃出去。」

我朝他大步逼近，一心打算從他那裡突圍出去，找到一條出路。

「你還不懂是吧？」我說。「我才不在乎你的什麼規則，因為我根本就不要玩。不是你讓我走，就是我會讓你後悔我留下來。」

我差他兩步了，這時他把枴杖指著我，雖然離我的胸口還有一吋，卻比大砲還要有威力。杖身上刻的銀字在搏動，木頭上隱隱升起磷光，蒸發了霧氣。我透過衣服也能感覺到熱力。他願意的話，我確定這支看似無害的棍子能在我的身上燒出一個洞來。

「唐納德．達維斯一直是你的宿主中最幼稚的，」他不以為然地說，盯著緊張地往後退一步的我。「不過，你沒有時間縱容他了。還有兩個人被困在這棟屋子裡，穿著其他賓客和僕人的身體，就跟你一樣。你們三個人裡只有一個能離開，誰先把答案帶來給我，誰就能走。現在你懂了吧？這條土路的盡頭沒有解脫之法，出口在我這裡。所以想跑就跑，跑到你累到趴下為止。當你一次又一次在黑石南館醒來時，跑起來吧！你知道這裡沒有隨心所欲，任何事情盡在我的掌握之中。你必須待在這裡，直到我改變主意。」

他放低了枴杖，掏出他的懷錶。

「我們很快會再談，等你稍微鎮定下來，」他說，又把懷錶收了起來。「從現在開始，盡量更理智地利用你的宿主。你的敵手比你想像中還要狡猾，而且我保證他們對他們的時間不會這麼揮霍。」

我想朝他衝過去，揮舞拳頭，可我看得出來這是一個荒謬的主意，頓時怒火消退。即使是摘掉他的龐大戲服，他也是一條彪形大漢，輕而易舉就能格擋我的攻擊。所以，我繞過了他，瘟疫醫生回頭朝黑石南館走，我卻向前衝入霧裡。這條路或許沒有盡頭，或許沒有村子，但是除非我自己確定，我是不會放棄的。

我不會心甘情願回去玩某個瘋子的遊戲。

11

第四天

我氣喘吁吁地醒來，新宿主的大肚子把我壓得動彈不得。我只記得我在走了幾小時之後虛脫地倒在路上，絕望地呼號著怎麼也找不到的村子。瘟疫醫生沒說錯，我是逃不出黑石南館的。

床邊的可攜式旅行鐘指著十點半，我就快起床時有個高個子從相連的門進來，端著銀托盤，擺在床頭櫃上。我猜他三十幾歲，黑髮，鬍子刮得乾乾淨淨，好看卻不會讓人特別記住。他的小鼻子上有副眼鏡往下滑，眼睛盯著窗簾，腳步也朝那邊挪。他一聲不響就拉開了窗簾，推開了窗子，露出花園和森林風光。

我著迷地盯著他。

這個人的動作精準得古怪。他的動作細微敏捷，不拖泥帶水。彷彿是要省下力氣來完成接下來的重要事情。

他站在窗前大約一分鐘，背對著我，房間裡進了些冷空氣。我感覺到他是在期待我做些什麼，而這個停頓是給我留的時間，可是我就算猜一輩子也猜不出我應該要做什麼。無疑是察覺了我的猶豫不決，他放棄了觀望，雙手插入我的腋下，抱著我讓我坐起來。

我在羞愧中為他的協助付出代價。

我的絲質睡衣被汗水濕透了，我的身體也散發出臭味，把我自己的眼睛都熏出淚來了。我的同伴對我的尴尬視而不見，只端起了邊桌上的銀托盤，擺在我的大腿上，掀開了圓蓋。盤子上盛滿了小山似的炒蛋和培根，還有一份豬排、一壺茶和一小罐牛奶。這種分量的一餐應該是會讓人卻步的才對，可我卻如一隻動物，狼吞虎嚥，而那個高個子——我只能假設他是我的貼身男僕——消失到東方屏風後面，緊接著傳來倒水聲。

我停下來喘口氣，趁這機會打量四周。跟貝爾的臥室的簡樸相比，這個房間真是豪華奢侈。紅色天鵝絨窗帘流瀉而下，落在厚厚的藍色地毯上。四壁裝點著畫，上漆的桃花心木家具擦拭得晶瑩閃亮。無論我是誰，都是哈德凱索家的貴客。

男僕一回來就發現我拿餐巾在擦油膩的嘴巴，因為大吃而氣喘不已。他一定覺得很噁心。連我都覺得自己噁心，我像是一頭食槽裡的豬。即使如此，他卻完全不動聲色，移走了托盤，再把我的一條胳臂架到他的肩膀上，幫助我起床。天知道同樣的事他做過多少次了，天知道做這種事是賺多少薪水，反正我是一次就嫌多了。他像對待一個負傷的士兵，半攙半拖著我走到了屏風後，一缸熱水已經準備好了。

接著他幫我脫衣服。

我相信這是每天的例行公事，但是羞恥感卻沉重得令我無法承受。雖然不是我的身體，我卻深覺侮辱，臀部上的一層層肥肉，走路時兩條腿互相摩擦，在在令我驚駭。

我想把男僕支走，卻沒有用。

「爵爺，你不能……」他打住，謹慎地選詞用字，「你會沒辦法一個人進出浴缸。」

我想叫他去死，別來煩我，可是，他當然是對的。

我緊緊閉上眼睛，點頭順服。

他以熟練的動作解開了我的睡衣，再拉下睡褲，一次舉起我的一隻腳，以免我被褲管纏到。不出幾秒鐘我就一絲不掛，我的同伴隔著一段距離尊敬地立正。

我睜開眼睛，發現自己被牆上的全身鏡照個正著。我就像是什麼人體的諷刺漫畫，皮膚發黃浮腫，軟趴趴的陰莖從亂七八糟的陰毛中探出頭來。

我被厭惡和羞辱淹沒，發出一聲哽咽。

男僕露出詫異的神色，然後，只有那麼一會兒，變成喜悅之情。這是毫無掩飾的情緒，來得快去得也快。

他匆匆過來，扶著我進浴缸。

我記得身為貝爾時坐進熱水裡的幸福感，現在卻一丁點也沒有。我的龐大重量代表著坐進熱水裡的喜悅待會兒會被出浴缸的恥辱銷蝕殆盡。

「您要聽今早的報告嗎，雷文科特爵爺？」我的同伴問。

我僵硬地坐在浴缸裡，搖了搖頭，希望他能離開房間。

「主人為今天安排了一些活動：打獵、到森林散步，他們問——」

我又搖頭，瞪著熱水。我還得受多少罪？

「好的，那就只有預定的會面了。」

「取消，」我小聲說。「全部取消。」

「連哈德凱索夫人也一樣嗎，爵爺？」

我這才第一次直視他的綠眸。瘟疫醫生宣稱我必須要破解一宗謀殺案才能夠離開這棟屋子，那麼還有誰比這棟屋子的女主人更能幫助我解開秘密呢？

「不，這個留著，」我說。「再說一次我們約在哪裡？」

「在您的客廳裡，爵爺。除非您要我去變更？」

「不了，這樣可以。」

「好的，爵爺。」

正事談完，他一頷首就離開了，留下我來吞嚥寧靜，以及我的慘況。

我閉上眼睛，頭靠著浴缸邊緣，努力廓清我的情況。發現靈魂跟身體分離，對某些人來說意味著死亡，但是內心深處我知道這不是來生。地獄裡不會有這麼多的僕從，裝潢也會更富麗堂皇，剝除一個人的罪惡似乎不是評判某人的好方法。

不，我還活著，儘管是我不認得的活法。這跟死亡相去不遠，只是更迂迴曲折，而且並不是只有我。瘟疫醫生宣稱一共有三個人在彼此競爭，那個留隻死兔子給我的隨從會不會也像我一樣被困在這裡？是的話倒是能解釋他為什麼想嚇我。畢竟，謹守底線的話是很難贏得比賽的。說不定瘟疫醫生覺得這樣子很有趣，讓我們自相殘殺，像在同一個洞裡飢餓的狗。

說不定你應該相信他。

「太多傷害了，」我對著那個聲音嘀咕。「我本來以為『你』會留在貝爾體內。」

我知道這是自欺欺人。我和這個聲音密不可分，而瘟疫醫生與隨從也同樣和我如影隨形。發生過的事情就像拼圖，我努力將它們拼湊在一起。縱然不知道這聲音的主人本性如何，也不知道它是敵是友，可它總不至於讓我誤入歧途。

即使如此，去信任抓我的人，未免太天真了。我覺得只要我破解了一樁命案就能結束這一切，似乎荒謬愚蠢。無論瘟疫醫生的意圖是什麼，他都是喬裝改扮，趁著半夜三更出現的。他避免被看見，也就是說是能找到機會撕下那張面具的。

我瞧了瞧時鐘，掂量著心裡的計畫。

瘟疫醫生就要到書房去和塞巴斯欽．貝爾（曾經的我）談話，我還是想不通！——在打獵的隊伍離開之後，趁這時候去攔劫他似乎是很理想的時機。要是他希望我破解一件命案，我會去破解，可是那不會是我今天唯一的任務。如果我要確保我的自由，我必得知道這個奪走我的自由的人是何方神聖，而要做到這一點，我需要幫手。

依照瘟疫醫生的計算，我已經浪費了在這屋子裡八天的三天時間了，分別屬於塞巴斯欽．貝爾、管家以及唐納德．達維斯。包括我自己，也就是說我還有五個宿主，而如果貝爾與管家的相遇可以當作線索的話，他們現在正繞著黑石南館散步，跟我一樣。

那就是有一支軍隊在等待。

我只需要釐清他們掛著哪一張人皮。

12

洗澡水早就涼了，凍得我皮膚發青，不停顫抖。也算是虛榮吧，但我就是受不了讓雷文科特的男僕來把我從浴缸裡撈起來，像撈一袋濕透了的馬鈴薯。

臥室門上一聲有禮的叩門聲幫我省了事。

「雷文科特爵爺，一切都好嗎？」他大聲說，走進了房間。

「很好。」我強撐著，雙手麻木。

他的頭出現在屏風的一角，往我這邊看了看。沒等我招呼，他就走了過來，捲起袖子把我從水裡拉出來，力量之大實在不符合他的單薄體型。

這一次我沒抗議。我沒剩多少尊嚴了。

他扶著我出浴缸時，我看見了他襯衫底下露出的一丁點刺青，綠色的，模糊一團，看不出個所以然來。發現我在看，他忙把袖子往下拉。

「年輕時的愚蠢，爵爺。」他說。

有十分鐘我就站在那兒，默默地忍受恥辱，讓他幫我擦乾，幫我著裝，先一條腿，再一條腿，先一隻胳臂，再一隻胳臂。衣服是絲質的，剪裁得很高雅，卻像一屋子老姑婆一樣又拽又捏的。衣服小了一號，配合雷文科特的虛榮而不是他的身體。穿戴完畢之後，男僕幫我梳頭髮，用椰子油給我肉肉的臉按摩，再遞給我一面鏡子，讓我仔細檢查成果。鏡中人接近六十歲，頭髮黑得令人懷疑，眼睛是很淡的茶色。我在其中搜尋我自己的痕跡，那個雷文科特背後的操偶師，可是我晦澀不明。我這還是頭一次納悶在來此之前我是什麼人，又是一連串什麼事件才會害我步入這個陷阱的。

如果這些只是無關緊要的解謎遊戲，會很有意思，然而事實並非如此。

我一看到鏡中的雷文科特，就跟看到貝爾時一樣皮膚像有螞蟻在爬。部分的我記得我真正的臉孔，被這個回瞪的陌生人弄得一頭霧水。

我把鏡子還給男僕。

「我要去趟圖書室。」我吩咐道。

「我知道在哪裡，爵爺，」他說。「要我去幫您拿書嗎？」

「我跟你去。」

男僕頓住，皺起眉頭。支支吾吾地說話，一字一句都戰戰兢兢的。

「不是很近呢，爵爺，恐怕您會覺得……累人。」

「我會盡量，再說，我需要運動。」

他欲言又止，可是他把我的枴杖拿了過來，還有一個公事包，隨即率先走入黑暗的走廊，油燈的溫暖光芒灑落在對面的牆上。

我們走得很慢，男僕不時報告新見聞，但是我的心思全放在我往前拖行的這副狼狽的軀體上。感覺像是什麼惡魔一夜之間整修了房子，把房間都拉長了，讓空氣變得沉悶。艱辛地步入瞬間明亮的門廳，我詫異地發現樓梯有多陡。我當唐納德．達維斯時輕鬆衝下的樓梯，今天早晨卻需要有攀爬裝備才能上去。難怪哈德凱索動爵伉儷會讓雷文科特住在一樓。要把我抬上貝爾的房間會需要一組滑輪、兩個壯漢和一天的工夫。

需要時常休息至少能讓我觀察其他的賓客在屋子裡走動，而且當下就能得到證明這不是歡樂的聚會。角落裡傳出壓低聲音的爭論，拉高的嗓門傳到樓梯上再被甩門聲打斷。丈夫和妻子不斷激怒彼此，手上的酒杯握得太緊，臉孔漲紅，怒氣幾乎無法抑制。每一句交談都帶刺，空氣也帶刺，充滿火藥味。可能是緊張，或是先見之明的空洞智慧，但是黑石南館似乎是悲劇的溫床。

等我們走到圖書室時，我的兩條腿已經直打顫了，我的背也因為要讓自己保持挺直而痛得要命。倒楣的是，我費了這麼多的力氣卻沒能在圖書室得到多少回報。牆壁排滿了佈滿灰塵、壓彎的書架，生黴的紅色地毯悶住了地板。壁爐中只剩殘燼，對面是一張小閱讀桌，旁邊擺著一張不舒服的木椅。

我的同伴以一聲嘖表達對這裡的不滿。

「請等一下，爵爺，我去客廳幫您搬一張比較舒服的椅子來。」他說。

我還真需要把椅子。我的左手掌起水泡了，被枴杖杖頭磨的，而且兩條腿虛軟無力。汗水浸透了我的襯衫，害我整個身體都發癢。穿過屋子就讓我不成人形，要我今晚搶在對手之前趕到湖邊去，我會需要一個新的宿主，最好是一個能夠爬樓梯的人。

雷文科特的男僕端著翼背椅回來了，擺在我面前。他扶著我的胳臂，讓我坐進綠色的椅墊裡。

「可以請問我們來這裡是為了什麼嗎，爵爺？」

「運氣好的話，可以遇見朋友，」我答，拿手帕抹臉。「你手邊有紙嗎？」

「當然有。」

他從公事包裡掏出了標準規格的紙和一支鋼筆，站好準備記錄我的話。我本來想說自己寫，但看了一眼汗涔涔、起水泡的手就打消了念頭。在這件事情上頭，骨氣是寫不出清晰通暢的文章的。

我先在腦子裡組織我想說的話，接著大聲說出口。

「我可以合理地認定你們有許多人在這裡的時間比我久，對這棟屋子、我們在此的目的，以及拘禁我們的人，那位『瘟疫醫生』，有所了解。」我停下來，聽著沙沙的寫字聲。

「你們沒來找我，我只能假設是有很好的理由，但是我請你們在午餐時間來見我，幫助我逮捕拘禁我們的人。如果你們做不到，那我請求你們把知道的事情寫在這張紙上。無論你們知道什麼，不管有多不起眼，都可能有助於我們加快逃脫的速度。俗話說人多智廣，但是我相信在這件事上我們一起動腦可能就足夠了。」

我等著抄寫結束，再抬頭看我同伴的臉。他的表情迷惑不解，但也帶著一絲有趣。這傢伙是個好奇的人，一點也不像他剛開始那麼正經八百。

「我應該把這張紙張貼起來嗎？」他問。

「不需要，」我說，指著書架。「插進第一冊《大英百科》裡，他們會知道上哪兒去找。」

他看看我，又看看字條，還沒等往書裡夾，這張紙自己就溜到書頁裡去了，好像那是它的家似的。

「我們幾時能得到回覆呢，爵爺？」

「幾分鐘，幾小時，我也說不準。我們得不時回來查看。」

「查到什麼時候？」他問，拿手帕擦掉手上的灰塵。

「和僕人聊聊，我需要知道賓客裡面是否有哪個人衣櫃裡掛了一套中世紀瘟疫醫生的戲服。」

「爵爺？」

「白瓷面具，黑色披風之類的，」我說。「同時，我得要打個盹。」

「在這裡嗎，爵爺？」

「沒錯。」

他皺著眉盯著我看，想要把散落在他眼前的資訊拼湊起來。

「要我生火嗎？」他問。

「不需要，我這樣就滿舒服的了。」我說。

「好。」他說，徘徊不去。

我不確定他是在等什麼，反正是沒等著，他最後再看了一眼，這才滿腹狐疑地離開房間。

我把雙手擺在肚子上，閉上了眼睛。我每次睡覺醒過來都會跑進某個人的身體裡，儘管就這麼白白浪費一個宿主挺冒險的，可我實在看不出能用雷文科特完成什麼事。運氣好的話，等我醒來，我其他的宿主可以透過那本百科全書和我聯繫，我便可以和他們並肩戰鬥。

13

第二天（接續）

痛死了。

我尖叫，嚐到血味。

「我知道，我知道，對不起。」有個女人說。

我的脖子被捏緊了，然後是一根針戳了進來。溫暖融化了痛苦。

我呼吸困難，動彈不得，睜不開眼睛。我聽見滾動的輪子，馬蹄踩踏著鵝卵石，就好像近在咫尺。

「我——」我一開口就咳嗽。

「噓，不要說話。你又回到管家的身體了，」女人急急地低聲說，一手按著我的胳臂。「十五分鐘前戈爾德攻擊了你，你被送上馬車載到門房去休息。」

「妳是……」我沙啞地問。

「朋友，無關緊要，現在聽著，我知道你既疑惑又疲累，但是這件事很重要。這一切是有規則的。你那種拋棄宿主的方式沒有用，你在每一個宿主身上都有一整天的時間，無論你是否願意。就是從他們醒來到午夜的時間。明白嗎？」

我昏昏欲睡，拚命撐住。

「這就是為什麼你會回到這裡。」她往下說。「如果你的宿主在午夜前就睡了，你就會跳回管家這裡，繼續過這一天。等管家睡著了，你就會再回去。要是宿主在午夜之後睡著，或是死了，你也會再跳進新的宿主那裡。」

我聽見了另一個更粗魯的聲音，從馬車前面傳來。

「門房快到了。」

她用手摸我的額頭。

「祝你幸運。」

我太累了，撐不住了，又陷入了黑暗中。

14

第四天（接續）

一隻手搖晃我的肩膀。

我眨眨眼睛，張開來，發現自己又回到圖書室，回到雷文科特身上。頓時鬆了好大一口氣。我還以為再沒有比這團肥油更糟的東西了，但是我錯了。管家的身體感覺像是一袋碎了的玻璃，我情願一輩子當雷文科特也不要回去受那個罪，雖然我似乎是作不了主的。如果馬車中的女人說的是實話，那我就注定又會回到那裡。

透過黃色的煙，丹尼爾．柯立芝正俯視著我。嘴上叼著香菸，另一手握著杯酒。他穿著跟塞巴斯欽．貝爾在書房裡說話的同一套衣服。我的眼睛閃向時鐘，還有二十分鐘就是午餐時間了。他現在一定正準備要去跟貝爾見面。

他把酒交給我，坐在對面的桌上，身邊攤開著那本百科全書。

「我相信你是在找我。」丹尼爾說，從嘴角噴出煙。

用雷文科特的耳朵聽，他的聲音有些變了，溫柔得像蛻了一層皮。我還沒能回答，他就讀起了百科全書夾的紙條。

「我可以合理地認定你們有許多人在這裡的時間比我久，對這棟屋子、我們在此的目的，以及拘禁我們的人，那位『瘟疫醫生』肯定比我有所了解。」他合上了書。「你的召喚，我回應了。」

我搜尋那雙盯著我的精明眼睛。

「你也跟我一樣。」我說。

「我是你，只是在四天之前，」他說，停下來讓這個想法撞擊我的腦袋。「丹尼爾．柯立芝是你最後一個宿主。我們的靈魂都在他的身體裡，你能明白吧？不幸的是，這也是他的意識，」——他以食指敲了敲額頭——「也就是說，你跟我的想法不一樣。」

他舉起了百科全書。

「就拿這件事舉個例子，」他說著，把書扔到了桌子上。「柯立芝絕對不會想到要寫信給我們其他的宿主請求協助。這是個聰明的點子，非常合乎邏輯，非常符合雷文科特的特點。」

他的香菸在陰暗中發光，照亮了底下的空洞笑容。這一個不是昨天那個丹尼爾。他的眼神較冷酷、較生硬，似乎是想要撬開我以便窺探內部。我不知道我是貝爾時怎會沒看出來。泰德．斯坦溫就看見了，所以他在客廳裡才會退縮。那個惡棍比我想像中要聰明。

「所以你已經當過我……這個我，雷文科特了？」我說。

「以及他之後的人，」他說。「他們都是一群討厭的傢伙，你應該趁著還可以，盡量享受在雷文科特身體裡的時光。」

「那你來就是為了這個，來告訴我其他宿主的情況？」

這個說法似乎讓他覺得好笑，嘴唇微微一彎，立刻又隨著煙霧散去。

「不，我來是因為我記得我也曾坐在你現在坐的位置，聽別人說我現在要告訴你的話。」

「什麼話？」

桌子的另一頭有菸灰缸，他探過去把菸灰缸拉過來。

「瘟疫醫生要你破解一件命案，可是他沒提誰是被害人。是伊芙琳・哈德凱索，她會在今晚的舞會上被殺。」他說，把菸灰彈到菸灰缸裡。

「伊芙琳？」我說，掙扎著要坐直，卻忘了腿上的酒杯，把酒潑出來了一點。驚慌攫住了我，一種害怕朋友受害的惶恐。她非常努力地對我親切，即使她的雙親讓這裡變得殘酷無比。

「我們得警告她！」我喊出來。

「有什麼用？」丹尼爾說，以他的平靜潑了我一盆冷水。「人沒死我們要如何偵破命案？而破解不了我們就逃不出去。」

「那你就看著她死？」我說，被他的漠不關心嚇到了。

「這一天我已經過了八次了，無論我採取什麼行動，她每個晚上都照舊死亡，」他說，手指拂過桌沿。「昨天無論發生了什麼，明天和後天都還是會發生。我保證，無論你自認為有什麼辦法能夠干預，你都已經試過了，而且也都失敗了。」

「她是我的朋友，丹尼爾。」我說，很詫異我的感情有那麼深。

「也是我的，」他說，靠得更近。「可是每次我想要改變今天的事情，最後總會適得其反，越想避免什麼，越會造成不幸。相信我，拯救伊芙琳只是在浪費時間。超出我的控制之外的環境把我帶來這裡，而很快，比你預期的還要快，你會發現你坐在我現在的位置上，說明這件事，就跟我一樣，同時希望你仍有雷文科特的那份奢望。未來不是警告，我的朋友，而是承諾，而且不是我們能夠打破的。我們掉進的陷阱就是這麼回事。」

他從桌子上起身，使勁轉動一扇窗生鏽的把手，推開了窗戶。他目視遠方，盯著四天之後我無法理解的任務。他對我、對我的恐懼或希望都毫無興趣。我只是他說厭了的老故事裡的一個部分。

「沒道理啊，」我說，希望能提醒他伊芙琳的優點，她值得獲救的理由。「伊芙琳親切又溫和，而且她離家都十九年了，誰會現在想要傷害她？」

即使話還沒說完，我心中就起了疑雲。昨天在森林裡，伊芙琳提到她的父母始終都沒有原諒她讓湯瑪斯一個人遊蕩。她責怪自己讓湯瑪斯死於卡佛之手，而最糟的是，她的父母也一樣。他們的怨毒是那麼的深刻，足以讓她相信他們是計畫要在舞會中給她某個恐怖的意外。可能是這樣嗎？他們可能痛恨自己的女兒痛恨到要殺了她？果真如此的話，我跟海蓮娜・哈德凱索的見面之約就真的是太重要了。

「我不知道。」丹尼爾說，語氣夾帶一絲惱怒。「這棟屋子裡秘密太多了，很難從一大堆秘密中挑出正確的來。如果聽我的意見，你就該立即去找安娜。八個宿主聽起來可能很多，但是這件差事需要再多一倍的人。你會需要幫得上忙的每一個人。」

「安娜，」我驚呼，想起了那個在馬車上陪管家的女子。「她不是貝爾認識的人嗎？」

他狠狠吸了一口菸，瞇著眼睛打量我。我看得出他在掂量著未來，衡量該告訴我多少。

「她也跟我們一樣困在這裡，」他終於說。「她是個朋友，依我們的情況來看很夠朋友了。你應該要盡快找到她，搶在那個隨從之前。他在追獵我們兩個。」

「他在我的房間留了一隻死兔子——我是說貝爾的房間——昨天晚上。」

「那不過是個開始，」他說。「他是想殺了我們，但在此之前，他要先玩個痛快。」

我的血液彷彿凝固，覺得反胃噁心。我也是這麼猜想的，只不過聽見了事實赤裸裸地攤開來又是另一回事了。我閉上眼睛，從鼻孔吐出長長一口氣，宣洩心中的恐懼。這是雷文科特的習慣，一種澄清心智的方法，只是我說不出是怎麼知道的。

等我再睜開眼睛，我已經鎮定下來了。

「他是誰？」我問，對自己有力的聲音也覺得佩服。

「不知道，」他說，把煙吹進風中。「要不是這個地方太世俗，不可能是地獄，我會說他是魔鬼。他會一個一個解決掉我們，在他今晚把答案帶給瘟疫醫生之前，確保不會有人跟他競爭。」

「他也有別的身體嗎，別的宿主，跟我們一樣？」

「怪就怪在這裡，」他說。「我不相信他有，可是他似乎也不需要。他知道我們每一個宿主的臉孔，而且總在我們最虛弱時出擊。我犯的每一個錯，他都在一旁窺伺。」

「那我們是要如何阻止一個比我們都先知道我們的下一步的人？」

「要是我知道，就不會有這一場交談了，」他有些生氣地說。「小心點。他就跟個厲鬼一樣在這棟屋子裡陰魂不散，要是被他逮到你一個人……當心，別讓他逮到你落單。」

丹尼爾的語氣好陰森，表情好憂鬱。無論這個隨從是誰，都把我這個未來的自己驚懾得魂不附體，這比我聽見的所有警告都還要叫我惴慄不安。其實不難理解原因。瘟疫醫生給了我八天的時間以及八個宿主去破解伊芙琳的命案。因為塞巴斯欽・貝爾在午夜之後入睡，所以我不可能再回到他的身體裡。

接下來只剩七天和七個宿主了。

我的第二個和第三個宿主是管家和唐納德・達維斯。馬車中的女子沒有提到達維斯，這樣的忽略倒是奇怪，可是我是假設同樣的規則也適用在他身上。他和管家距離午夜都還有許多時間，但是其中一個身受重傷，另一個在馬路上睡覺，離黑石南館幾哩之遙。兩個都派不上用場。第二天和第三天就算虛擲了。

我已經是在第四天了，而雷文科特只證明了是個負擔，而不是有用的人。我不知道該期待剩下的四個宿主什麼——雖然丹尼爾像是夠能幹的——可感覺上瘟疫醫生是在扯我的後腿。要是那個隨從真的知道我的每一個弱點，那我就只剩下懇求上帝的份了，因為我的弱點實在不少。「你對伊芙琳的死知道些什麼，全部告訴我，」我說。「要是我們合作，我們可以在那個隨從有機會傷害我們之前解決這件事。」

「我只知道她在十一點整死亡，每個晚上都是。」

「你知道的總不會只有這麼一點吧？」

「還有很多，可是我不敢冒險分享，」他說，瞧了瞧我。「我的一切計畫都是圍繞著你即將要做的事情安排的。要是我說了什麼而讓你不去做那些事，我不敢肯定結果會不會一樣。你可能會在某件對我有益的事情上半途殺出來，或是在你應該要纏著某個傢伙，讓我溜進他房間搜查的時候反而跑到別的地方。一個錯誤就會毀了我全部的計畫。今天必須要按照它一向的樣子進行，為了你，也是為了我。」他摸摸自己的額頭，一個動作似乎洩漏了無盡的疲憊。「對不起，雷文科特，最安全的做法是我不干擾你的調查，你也別干擾我的。」

「好吧，」我說，希望能掩飾住我的失望。當然，這是一種愚蠢的想法。他就是我。他自己也記得這種失望。「可是你現在為了破解命案在跟我商量，這就表示你相信瘟疫醫生，」我說。

「你查出他的真實身分了嗎？」

「還沒有，」他說。「而且『信任』是個太沉重的詞。他對這棟屋子有他的目的，我很確定，可是目前，我看不出除了照他的命令去做之外還有什麼別的辦法。」

「那他有沒有跟你說我們為什麼會發生這種事？」我問。

我們被門口的騷動打斷了，我們同時轉頭看著雷文科特的男僕，他把外套脫了一半，正忙著擺脫他的紫色長圍巾。他被風吹得頭髮蓬亂，微微有些喘不過氣來，臉頰被寒氣凍得浮腫。

「有人傳話說你急需要我，爵爺。」他說，仍在拉扯圍巾。

「是我傳的口信，親愛的。」丹尼爾說，又巧妙地恢復了以往的樣子。「你今天會很忙，而我覺得康寧漢可以派上用場。說到忙碌，我也得去忙了。我跟塞巴斯欽．貝爾約了中午碰面。」

「我不會任由伊芙琳受命運擺布，丹尼爾。」我說。

「我也是，」他說，把香菸丟出去，關上了窗。「但是命運終究不會放過她。你應該要有心理準備。」

他幾個大步就走了。拉開書房的門，圖書室立刻湧入嘰哩咕嚕的說話聲和餐具的碰撞聲。他穿過了書房，進入客廳。賓客都聚攏來等著開飯。不久斯坦溫就要威嚇女僕露西．哈波，而塞巴斯欽．貝爾正從窗戶旁觀，責備自己懦弱。打獵隊伍即將出發，伊芙琳會從井裡拿到紙條，墓園將會濺血，兩個朋友會等待一個不會現身的女人。如果丹尼爾沒說錯，我是無法干預這一天的進展的，不過我要是就乖乖躺著不動，那我才該死了。瘟疫醫生之謎可能就是我離開這棟屋子的鑰匙，可是我不會踩著伊芙琳的屍體逃開。我要救她，無論代價是什麼。

「您需要我做什麼呢，爵爺？」

「給我紙筆和墨水，好嗎？我得寫點東西。」

「當然。」他說，從公事包裡拿出文具。

我的兩隻手太笨拙，寫不出行雲流水的字來，但是儘管墨水模糊，又有醜陋的墨斑，我的信息仍然夠清楚了。

我查看時鐘。十一點五十六分。時間快到了。

把墨水吹乾之後，我把紙折好，壓平折痕，交給了康寧漢。

「拿去。」我說，注意到他伸手接信時手上有油膩的黑泥。他的皮膚因為擦洗而泛紅，但是泥土卻嵌入了他的指縫裡。察覺到我在注意他，他接過信就把手背到後面去了。

「我要你直接去客廳，他們正在那裡吃飯，」我說。「待在那兒，觀察情況，看完這封信，再回來找我。」

康寧漢滿臉疑惑。「爵爺？」

「康寧漢，這會是非常奇怪的一天，我需要你百分之百的信任。」

我不理會他的抗議，招手要他幫我站起來。

「照我說的做，」我說，悶哼一聲站了起來。「然後就回來這裡等我。」

康寧漢朝客廳而去，我把枴杖拿過來，向日光室前進，希望能找到伊芙琳。時間還早，房間裡只有一半的人，女士們從吧檯倒飲料，慵懶地散坐在椅子和貴妃椅上，好像連抬個手都太費力氣，彷彿青春的淡淡紅暈都是一種負擔，都耗費了她們的精力。她們在低聲說著伊芙琳，一陣奸笑直指向角落的棋桌，伊芙琳的面前正擺著一盤棋。她沒有對手，而是專心地一個人下棋。無論她們是想要讓她多難堪，她似乎都充耳不聞。

「伊芙琳，我們能談一談嗎？」我說，一瘸一拐地走過去。

她緩緩抬頭，看了半天才認出我來。跟昨天一樣，她的金髮綁成了馬尾，把五官拉緊了，變得相當嚴厲。但和昨天不同的是，她的表情並沒有軟化。

「不，我不想，雷文科特勳爵，」她說，又回頭去看棋盤。「我今天已經有很多不愉快的事要做了。」

壓低的笑聲把我的血液化成了塵土。我從裡到外都瓦解了。

「拜託，伊芙琳，這事——」

「是哈德凱索小姐，雷文科特勳爵，」她尖銳地說。「人靠的是舉止有度，而不是有錢就能恣意妄為。」

我的胃破了一個羞恥的大洞。這是雷文科特最恐怖的惡夢。站在這裡，十二雙眼睛盯著我，我覺得自己像是個等著第一批石頭擲下的基督徒。

伊芙琳端詳著出汗又發抖的我，瞇起了眼睛，眼珠閃閃發光。

「這樣吧，跟我下棋，」她說，拍了拍棋盤。「你贏了，那我們就談。我贏了，你就一整天別來煩我。如何？」

明知是陷阱，但是我沒有反駁的立場，只好擦掉額上的汗，辛苦地坐進她對面的小椅子裡，倒是讓匯聚在此的小姐們看了場好戲。她要是強迫我上斷頭台，恐怕我還會更舒服一點。我的贅肉從椅子的兩邊往下掉，低矮的椅背實在算不上支撐，害我因為要拚命坐直而全身發抖。

伊芙琳對我的苦難視而不見，雙臂在桌上交叉，推進了一枚士兵。我下了城堡，對戰模式浮現在我的腦海中。我們的實力並不相當，而且我因為不舒服而難以專心，憑我的棋力想要戰勝伊芙琳真是太不自量力了。我最多也只能拖延棋局，而在半個小時的攻伐之後，我的耐性磨光了。

「妳有生命危險。」我脫口而出。

伊芙琳的手指在士兵上停頓，手微微地抖了一下，彷彿警鈴大作。她的目光掃過我的臉，再瞄了瞄我們後面的小姐們，看是否有人聽見。她的眼神慌亂，彷彿在努力把這一刻抹去。

她早就知道了。

「我以為我們已經說好了，雷文科特勳爵。」她打斷了我的話，表情變得更加嚴肅。

「但是——」

「你是想逼我離開嗎？」她說，兇巴巴的眼神扼殺了任何想進一步交談的企圖。

又下了幾著，可是我對她的反應實在是太迷惑了，我沒空去管什麼策略。無論今晚會發生什麼事，伊芙琳似乎都知道，然而她卻更恐懼別人會發現。我想破了腦袋也想不出是為什麼，而且顯然她是不會對雷文科特開誠佈公的。她對這個人是百分之百的厭惡，這也表示如果我要救她一命，我不是得換張她喜歡的臉，就是得獨自進行，不要她協助。事情如此演變實在是令人惱火，我正絞盡腦汁想找個方法重新架構我的辯駁，卻看見塞巴斯欽·貝爾站在門口，引起了最怪異的感覺。不管怎麼說，這個人就是我，但是看著他偷溜進房間，像隻老鼠似的貼著壁腳板跑，我實在是難以置信。他駝背低頭，胳臂僵硬地垂在兩側，每跨一步都少不了鬼鬼祟祟的掃視，如履薄冰。

「我祖母，海瑟·哈德凱索，」我身後傳來一位女士的聲音，「這畫倒是沒有逢迎誇大，不過她也不是個隨便就能被糊弄的人。」

「很抱歉，」貝爾說。「我……」

兩人的對話就跟昨天的一模一樣，她對這個軟弱傢伙的興趣居然引起我一陣的醋意，儘管我最擔心的事情不是這個。貝爾在重複我的一天，然而他卻相信他是在自由選擇，跟我一樣。當時我可能也是盲目地遵從由丹尼爾規劃出的方向，所以我也成了，什麼……回聲、回憶，或僅僅是急流中的漂浮木？

把棋盤掀翻，改變這一刻。證明你自己與眾不同。

我伸出了手，但是想到伊芙琳的反應、她的嫌惡、室內女士的笑聲，太讓人難堪了。羞恥在我的心湖中蕩漾開來，我猛地抽回了手。還會有別的機會，我需要冷眼旁觀情勢的發展。

徹徹底底的心灰意冷，再加上輸掉這一盤也是不可避免的事，所以我隨隨便便下完最後幾步，然後以狀似悠緩的態度推倒了國王，再蹣跚離開房間。塞巴斯欽·貝爾的聲音在我背後漸漸變小。

15

康寧漢遵照我的吩咐在圖書室等我。他坐在椅子上，顫抖的手上攤著我寫的信。我一進去他就站起來，但是我一心只想把日光室甩在腦後，因此走得太快了。我能聽見自己急促的呼吸，從我負擔過重的肺裡迸出咻咻的窘迫噴氣聲。

他沒有過來扶我。

「您是怎麼知道客廳會發生什麼事的？」他問。

我想回答，可是既說不了話，也喘不過氣來。我只好先調整呼吸，眼睛盯著書房。我大口吸氣的樣子，就像雷文科特在囫圇享用美食。我本希望能在瘟疫醫生去找貝爾說話時逮著他，但是我警告伊芙琳未果一事拖了太久的時間。

也許我不應該這麼驚訝。

正如我在通往村子的馬路上所見，瘟疫醫生似乎知道我會在哪裡，幾時會出現，他無疑算準了時間，讓我不能偷襲他。

「事情經過就跟您預料的一模一樣，」康寧漢接著說，滿腹狐疑地盯著那張紙。「泰德・斯坦溫侮辱了女僕，丹尼爾，柯立芝出面干預。他們甚至也說了您寫在紙上的話。他們說的話跟您寫的一模一樣。」

我能解釋，但是他還沒講到煩心的部分。我步履蹣跚走向椅子，很辛苦地坐了進去，可憐的雙腿終於得到休息。

「是在耍什麼把戲嗎？」他問。

「不算把戲。」我說。

「那這個……最後一行，您說……」

「對。」

「……說您不是雷文科特勳爵。」

「我不是雷文科特。」我說。

「您不是？」

「我不是。倒杯酒喝吧，你的臉色有點蒼白。」

他照我說的做，服從似乎是他的個性中唯一沒有被丟棄的。他端著一杯東西回來，坐下來，慢慢啜飲，眼睛始終盯著我，雙腿併攏，肩膀下垂。

我什麼都跟他說了，從森林中的命案到我當貝爾的第一天，一直說到沒有盡頭的馬路和我與丹尼爾最近的對話。他的臉上閃過懷疑，每出現一個證據，他都要看一眼手中的信，我甚至覺得有些對不起他了。

「你還需要再來一杯嗎？」我說，看著他半空的酒杯。

「如果你不是雷文科特，那他人呢？」

「我不知道。」

「他還活著嗎？」

他幾乎不敢跟我視線接觸。

「你寧可他死了嗎？」我問。

「雷文科特勳爵對我很好。」他說，怒火掠過臉龐。

但是他並沒有回答問題。

我又看著康寧漢。他下垂的眼皮和髒污的手，放浪的過去留下的塗抹過的刺青。我忽地靈光一閃，了解了他是在害怕，但怕的不是我告訴他的事情。他是在害怕某個早就目睹這一天的人可能會知道的事。他在隱瞞什麼，我很肯定。

「我需要你幫忙，康寧漢，」我說。「我被禁錮於雷文科特的身體裡，但還有很多事要做，可我的腿實在是寸步難行。」

他喝光了酒，站了起來。烈酒讓他的臉頰多了兩團紅暈，他說話時，每個字都帶著向酒精借來的勇氣。

「那我現在告辭了，明天再回來工作，等雷文科特勳爵……」他打住，思索妥當的說法——「回來後。」

他僵硬地鞠躬，這才朝門口走。

「等他知道了你的秘密，你覺得他還會要你嗎？」我唐突地說，像是一顆石頭落進池塘裡，撲通一聲，腦子裡冒出了一個想法。要是我猜對了，康寧漢真的有所隱瞞，雖然可恥，但是我可以借力使力。

他在我的椅子旁僵住，雙手攥成了拳頭。

「這是什麼意思？」他說，直視前方。

「看看你剛才坐的那張椅子的椅墊下面。」我說，努力不讓聲音緊張。我的邏輯是成立的，但並不保證就管用。

他瞧了瞧椅子，再回頭看著我。二話不說就照我的吩咐去做，找到了一個小小的白色信封。他把信封撕開，肩膀下上聳動，我的嘴唇勾起得意的笑容。

「你是怎麼知道的？」他問，聲音沙啞。

「我什麼也不知道，可是等我在下一個宿主的身上醒來，我會使出全力去揭開你的秘密。然後我會回到這個房間，把你的秘密寫下來放進信封裡等你來發現。要是這次的談話沒有按照我希望的方向走，我會把信封放在其他賓客能找到的地方。」

他對我的話嗤之以鼻，那輕蔑的神情像一巴掌甩在我臉上。

「你可能不是雷文科特，不過你說話的語氣就跟他一模一樣。」

這個說法太讓人震驚，一時間我啞口無言。在此刻之前我都假設我本人的個性——無論是怎樣的——都會一起進入新宿主的體內，裝滿他們，就像口袋裡裝滿零錢，可要是我錯了呢？

我前面的宿主都不會想到要勒索康寧漢，更別說有那個意願要把威脅付諸實現了。事實上，回頭看塞巴斯欽・貝爾、羅傑・柯林斯、唐納德・達維斯和現在的雷文科特，我從他們的行為看不出什麼共同點來。會不會是我屈服於他們的意志，而不是反過來？果真如此的話，我必須提高警覺。被困在這些人的體內是一回事，順服他們的欲望而完全拋棄自我就是另一碼子事了。

我的思緒被康寧漢打斷了，他從口袋裡掏出打火機點燃了信的一角。

「你要我做什麼？」他以嚴厲平板的聲音說，將燃燒的信丟進壁爐裡。

「先做四件事情。」我說，用我粗短的手指頭數。「第一，我需要你去通往村子的馬路那兒找到一口老井，石頭縫裡會塞了一封信。讀完，放回去，再回來告訴我寫了什麼。動作要快，那封信一個小時之內就會不見。第二，你需要找出我之前說過的那套瘟疫醫生道具服。第三，我要你像天女散花一般在黑石南館散播安娜的名字，讓大家知道雷文科特勳爵在找她。最後，我要你去向塞巴斯欽・貝爾自我介紹。」

「塞巴斯欽・貝爾，那個醫生？」

「就是他。」

「為什麼？」

「因為我記得當過塞巴斯欽・貝爾，卻不記得見過你，」我說。「要是我們改變了這一點，我就能跟自己證明今天還有別的事是可以改變的。」

「伊芙琳・哈德凱索的死？」

「正是。」

康寧漢吐出長長一口氣，轉過來面對我。他似乎萎縮了，恍如我們的交談是沙漠，而他花了一星期的時間穿越。

「要是我做完這些事，我是否可以認為這封信的內容只有我們兩個人知道？」他說，表情傳達的希望多過了期待。

「是的，我跟你保證。」

我伸出了汗濕的手。

「那麼我好像是別無選擇了。」他堅定地跟我握手，只是臉上掠過了一絲厭惡。

他匆匆離開，可能是害怕多留一分鐘又會多出更多的任務。他離開之後，潮濕的空氣包裹住我，浸入我的衣服，浸入我的骨髓。我判斷圖書室實在不是個適合久留之地，就掙扎著站起來，藉枴杖之力，把自己弄出了椅子。

我經過了書房，朝雷文科特的客廳前進，我會在那裡等待跟海蓮娜·哈德凱索的會面。要是她計畫要在今晚殺害伊芙琳，那麼上天啊，我要讓她回心轉意。

房子靜悄悄的，男人出去打獵了，而女人則在日光室小酌。就連僕人都消失了，退回底下的樓層為舞會準備。他們一走，屋子就被寂靜籠罩，我唯一的夥伴是打在窗戶上的雨滴，彷彿在乞求放它們進來。貝爾沒聽見這種聲音，但是以一個對他人的惡意極其敏感的人來說，雷文科特卻覺得這種寂靜令人耳目一新，像是給發霉的房間通風。

沉重的腳步聲打擾了我的白日夢，每一步都小心翼翼，而且徐緩遲慢，彷彿是刻意要吸引我的注意。我已經走到餐廳這裡來了，一張長橡木桌上堆滿了成堆早已屠宰的動物，皮毛褪盡，積滿了灰塵。餐廳空蕩蕩的，腳步聲在四周迴響，像是有人在模仿我蹣跚的步態。

我僵住，腳下停滯，額上冒出汗珠。

迴盪的腳步聲也停了下來。

我擦拭額頭，緊張地東張西望，希望貝爾的拆信刀還在手邊。被埋藏在雷文科特的贅肉下，我覺得像是一個拖著鐵錨的人，既不能跑，也不能打，而就算可以，我也只是對空揮拳。這裡只有我一個人。

短暫的遲疑之後，我又邁開了步子，而那些鬼魅似的足聲也跟著我。我猛地打住，足聲也跟著停住，四壁間飄來陰險的吃吃笑聲。我的心臟狂跳，胳臂上的寒毛倒豎，驚恐讓我衝向了從客廳門口能看見的安全門廳。這時足聲不再模仿我了，反而在跳舞，吃吃笑聲似乎來自四面八方。

我衝到門口時已經上氣不接下氣，視線被汗水遮掩。我的動作太快，很可能會被自己的枴杖絆倒。我進入了門廳，笑聲戛然而止，換成低語聲追躡在我身後。

「我們很快會見面的，小兔子。」

16

十分鐘後，低語聲早就消散了，但是它激發的恐怖卻盤桓不去。這句話中沒有任何威嚇的字眼，甚至還帶著歡快的語氣。這聲警告預示著將要到來的鮮血和痛苦，唯有傻子才看不出幕後之人是那個隨從。

我舉起一隻手，查看抖得有多兇，判定我起碼稍稍恢復了之後，就繼續往房間走。我只走了一兩步就聽見門廳後方的黑暗門口傳來哭聲。我在周邊徘徊了整整一分鐘，凝視著昏暗處，唯恐是圈套。那個隨從總不會這麼快就又使出什麼奸計來吧？他總沒有辦法在這麼短的時間內就設計出我現在聽進耳裡的這些傷心可憐的抽噎吧？

同情心讓我不得不戰戰兢兢邁步向前，而我發現自己來到了一條窄廊，壁面上裝點著哈德凱索家族的肖像。畫像按在世時間依次排開，現有成員的畫像掛在最靠近門的地方。海蓮娜．哈德凱索夫人莊重地坐著，她的丈夫站立在旁，兩人都是暗色頭髮、暗色眼眸，姿態優雅，神情倨傲。旁邊是孩子們的肖像，伊芙琳立在窗邊，微微撩起窗帘，彷彿在觀望著某人的到來。邁可坐著，一條腿掛在椅臂上，一本書拋在地上。他一臉無聊，眼神中閃爍著躁動的能量。兩幅畫的一角都有鮮明的簽名，如果沒有看錯的話，畫家是葛瑞格理．戈爾德。管家慘遭這個畫家毒手的回憶猶新，我發現自己抓緊了枴杖，口中又一次嚐到血腥味。伊芙琳跟我說戈爾德受雇到黑石南館是來畫肖像的，我也看出了其中的道理。這個人可能是瘋子，但確實有才華。

另一聲哭泣從房間角落傳來。

長廊上沒有窗戶，只燃著油燈，光線實在是太昏暗了，我得瞇著眼睛才能找出蜷縮在陰影中的女僕，她正拿著濕漉漉的手帕掩面哭泣。最適當的策略是悄悄接近，可是雷文科特實在不是一塊神出鬼沒的材料。我的枴杖敲著地面，我的沉重呼吸聲都讓我人未現形先聞其聲。女僕看見了我，一躍而起，帽子鬆脫，紅色鬈髮掉了出來。

我一眼就認出了她，是露西．哈波，泰德．斯坦溫在午餐時欺負的那個女僕，也是在我以管家的身分醒來時，扶著我下樓到廚房的女子。溫暖的回憶在我心中迴盪，胸中湧出的暖意和憐惜不禁讓我開口。

「對不起，露西，我不是故意要嚇妳的。」我說。

「不，先生，不是……我不應該……」她眼珠子亂轉，尋找逃走的方法，卻讓她更陷入禮節的泥淖之中。

「我聽到妳在哭。」我說，盡力在臉上擠出同情的笑容。要用別人的嘴巴來完成這樣一件事實在很困難，尤其是臉上的肥肉太多，很難移動。

「喔，先生，你不需要……是我不好。我在午餐時犯了錯。」她說，把最後幾滴眼淚擦掉。

「泰德．斯坦溫對妳很惡毒。」我說，沒想到她的臉上居然出現驚恐。

「不，先生，你不能這麼說，」她說，聲音升高了八度。「泰德，我是說斯坦溫先生，他對我們僕人一直很好，總是對我們很公正，一直都是。他只是……現在他是位紳士，不能再被別人看作……」

她又要掉眼淚了。

「我了解，」我趕緊說。「他不想要其他賓客把他當成僕人一樣看待。」

她綻開了笑顏。

「就是這樣，先生，就是這樣。要不是泰德，他們絕對抓不到查理．卡佛，可是別的紳士還是把他當作是我們這些人。不過哈德凱索老爺不會，他稱呼他斯坦溫先生，很尊敬他。」

「好的，妳沒事就行。」我說，對她語氣中的驕傲甚為吃驚。

「我沒事，先生，我真的沒事，」她認真地說，膽子也大了些，把地板上的帽子撿了起來。「我應該回去了，他們會奇怪我跑哪兒去了。」

她朝門口走了幾步，但是動作不夠快，才讓我有時間問她這個問題。

「露西，妳認不認識叫安娜的人？」我問。「我在想她可能是僕人。」

「安娜？」她頓住，專心在腦海中搜尋。「不，先生，我不認識。」

「有沒有哪個女僕的行為古怪？」

「唉唷，先生，可真是奇怪了，你是今天第三個問這個問題的人了。」她說，用手指絞著一綹頭髮。

「第三個？」

「對啊，德比太太一個小時前才下來到廚房裡，問了同一件事。嚇了我們好大一跳。像她那樣出身高貴的淑女會逛到樓下來，聽都沒聽過。」

我握緊了枴杖。無論這個德比太太是誰，她都行為怪異，而且還問了跟我一樣的問題。說不定我又找到了一個對手。

或是另一個宿主。

這個暗示害我臉紅，雷文科特跟女人的熟絡程度僅限於知道世上還有女性存在。變成女人對他而言完全是無法理解的，就跟一整天在水裡呼吸一樣。

「妳能跟我說說這位德比太太嗎？」我問。

「沒什麼可說的，先生，」露西說。「年紀比較大，聲音很尖。我很喜歡她。還有一件事不知道有沒有用，可是還有一個隨從，在德比太太走了以後進來，也問了同樣的問題：有沒有哪個僕人行為古怪？」

我的手把杖頭握得更緊了，得咬住舌頭才沒罵髒話。

「隨從？」我說。「長得什麼樣子？」

「金髮，個子高，可是……」她一句話沒說完，表情困擾。「我也說不上來，好像對自己很滿意。可能是哪位紳士的隨從，先生，他們都會那樣，裝腔作勢。他的鼻梁斷了，烏青烏青的，好像是最近才斷的。我猜大概是有人看他不順眼吧。」

「那妳跟他說了什麼？」

「我沒有，先生，但是廚娘德拉吉太太和他說了。說了她跟德比太太一樣的話，僕人們都很好，只是客人們瘋……」她臉紅了——「喔，請原諒，先生，我的意思不是……」

「放心好了，露西，我也跟妳一樣覺得這棟屋子裡的人大都很古怪，不知道他們在幹些什麼。」

她做個鬼臉，眼神飄向門口，作賊似的。等她再開口，她的聲音低到幾乎被吱嘎叫的地板淹沒。

「嗯，今天早晨哈德凱索小姐跟貼身女僕到森林裡去了，她的女僕是法國人，您總能聽到她說話，*quelle*❸這個*quelle*那個的。有人在查理．卡佛的舊屋子外面攻擊了她們，顯然是某一個客人，可是她們不肯說是誰。」

「攻擊？妳確定？」我說，回憶我當貝爾的那個早晨，以及我看見在森林裡奔逃的女子。我假設她是安娜，可要是我錯了呢？這不是我在黑石南館第一次搞錯了。

「他們是這樣說的，先生。」她說，被我的急迫弄得不好意思。

「我覺得我需要找那個法國女僕談一談，她叫什麼名字？」

「瑪德琳．歐貝赫，先生，不過可以請您別說是誰告訴您的嗎？他們不願意讓別人知道。」

瑪德琳．歐貝赫。就是她在昨天的晚餐時給貝爾傳信。一件事接一件事紛至沓來，我都忘了他的胳臂被割傷了。

「我一個字都不會洩漏，露西，謝謝妳，」我說，做出封住嘴巴的動作。「不過，我還是非得找她不可。妳能不能去跟她說我在找她？妳不必告訴她原因，不過如果她到我的客廳來，妳們倆都有賞。」

她一臉懷疑，卻仍欣然同意，我還沒來得及許給她更多好處，她就溜走了。

如果雷文科特不是那麼笨重的話，我肯定會一蹦一跳地離開長廊。無論伊芙琳對雷文科特有多反感，她仍是我的朋友，而我想拯救她的意願仍舊不變。如果今早有人在森林裡威脅她，那麼同一個人會涉及她今晚的命案就不會是牽強的假設了。我必得要盡己所能來干預，同時希望這位瑪德琳．歐貝赫能夠幫得上忙。搞不好到明天的這個時候，我已經查出兇手的姓名了呢。如果瘟疫醫生說話算話，我就能逃離這棟屋子，毋須再勞煩其他宿主了。

這份歡欣的心情只持續到我走到走廊為止，我越是拉開了和明亮的門廳的距離，每一步就越是氣喘吁吁。隨從的陰影籠罩著黑石南館，每個跳躍的陰影裡，每個陰暗的角落裡，都是想像中的殺人現場，而他則輕而易舉地以各種花樣置人於死地。我那本就負擔過重的心臟，因為每個細

❸ Quelle等於英文的what，用於問句。

微聲音而狂跳，等我回到我的客廳，我已經全身被汗水濕透了，胸口打結。

我關上了門，吐出悠長顫抖的一口氣。照這麼看來，不需要那個隨從動手殺我，我的身體就會先出毛病。

客廳是個美麗的房間，一張貴妃椅和一張單人沙發，頭頂上是大吊燈，反映著旺盛的爐火。一個餐具櫃上擺滿了酒類和調酒器、切片水果、苦味劑和一桶半融化的冰塊。旁邊則是堆得如小山高的烤牛肉三明治，芥末醬從切過的邊上溢流下來。我的胃會把我拖向食物，可我的身體卻癱瘓不動。

我需要休息。

單人沙發吱嘎怪叫，承受了我的體重，椅腿在我的重量下彎曲。雨點敲打著窗戶，天空像瘀血似的一片黑一片紫。這些就是昨天落下的雨點，是昨天的雲嗎？兔子挖出相同的洞穴，打擾了相同的昆蟲嗎？相同的小鳥飛著相同的路徑，撞上相同的窗戶嗎？如果這是陷阱，它究竟是想要捕獲什麼樣的獵物？

「我得喝一杯。」我嘟囔著說，揉了揉悸痛的太陽穴。

「來。」有個女人從我背後說，酒從我的肩後遞過來，小小的手，手指如柴，長滿了老繭。

我想轉身，可是雷文科特的贅肉太多，而座位太小。

女人不耐地搖晃酒杯，杯裡的冰塊晃動著。

「這酒應該在冰融化前就喝掉。」她說。

「從我不認識的女士手上接過飲料來喝會害我犯疑。」我說。

她低頭附著我的耳朵，暖暖的呼吸吹在我的脖子上。

「可是你認識我啊，」她低聲說。「我跟管家一塊坐馬車，我叫安娜。」

「安娜！」我說，想要把身體從椅子上舉起來。

她的手有如鐵砧壓著我的肩膀，把我按回了椅子裡。

「別動，等你站起來我都走了，」她說。「我們很快會再見的，但是你別再找我。」

「不能再找你，為什麼？」

「因為不是只有你在找，」她說，稍微退開。「那個隨從也在追捕我，而他知道我們兩個在合作。要是你繼續找，你就會替他帶路。我隱藏得好，我們兩個就都安全，所以快撤回找我的手下吧。」

我感覺到她逐漸後退，腳步朝遠處的門而去。

「等等，」我大喊。「妳知道我是誰，我們為什麼會來這裡嗎？拜託，妳一定知道什麼。」

她停住，思忖了一會兒。

「我醒來時只記得一個名字，」她說。「我想是你的名字。」

我的雙手握緊了椅臂。

「是什麼？」我問。

「艾登・畢夏，」她說。「好了，我滿足你的要求了，所以照我的要求做。不要再找我了。」

17

「艾登．畢夏，」我說，品味著這個名字。「艾登……畢夏。艾登，艾登，艾登。」

半個鐘頭來，我拿我的名字試過不同的組合，聲調和唸法，盼望能從我亂無章法的心靈中誘發出什麼回憶來。目前為止，我只是害自己口乾舌燥。實在是一種令人洩氣的消磨時間的方法，但是我也沒有多少選擇。一點半過去了，海蓮娜．哈德凱索並沒有來，她也沒有為自己的爽約捎來隻字片語。我召來女僕去請她，卻得知從今晨開始就沒有人見過屋子的女主人。這個可惡的女人在搞失蹤。

雪上加霜的是，康寧漢沒回來，瑪德琳．歐貝赫也沒來，我是不怎麼指望伊芙琳的女僕會回應我的召喚，可連康寧漢都去了幾小時沒有消息。我想像不出他會因為什麼事而耽擱了，可是我越來越不耐煩了。我們有那麼多事情要做，而眼看時間越來越少了。

「哈囉，西索，」有個沙啞的聲音說。「海蓮娜在這裡嗎？我聽說你跟她有約。」

站在門口的是一位年長的女士，埋在巨大的紅大衣下，幾乎及膝長的靴子沾滿了泥濘。她的臉頰被寒氣凍紅了，緊擰的眉頭像是凍結在臉上。

「恐怕我並沒見到她，」我說。「我一直在等她。」

「你也是嗎？可惡的女人，今天早晨應該到花園來找我的，害我在椅子上等了一個鐘頭，凍得我直發抖。」她說，重重走向壁爐。她穿著太多層衣服，火星子要是迸上去就會讓她像維京式葬禮一樣燒成灰燼。

「真不知道她是跑哪兒去了？」她說，脫掉手套，拋向我旁邊的椅子。「黑石南館又不是有什麼事情好忙。要來一杯嗎？」

「這杯還沒喝完呢。」我說，朝她的方向搖了搖杯子。

「還是你聰明。我突發奇想，要去散步，可等我回來，卻找不到人幫我開門。我捶窗子捶了半個鐘頭，卻連一個僕人都沒看見。簡直像是到了美國了。」

玻璃酒瓶離開了托盤，酒杯砰然落在木桌面上。冰塊敲擊著玻璃，烈酒倒上去，冰塊發出碎裂聲。然後是嘶嘶響，接著是輕快的撲通聲，緊接著是大口的吞嚥和一聲欣喜的長嘆。

「這酒不錯。」她說，又一輪玻璃玎玎聲，表示第一杯只是暖身。「我就跟海蓮娜說開派對是個餿主意，可是她不肯聽，現在可好，彼得躲在門房，邁可連沾都不想沾，而伊芙琳在玩裝扮遊戲。這場派對一定會是大災難，等著瞧吧。」

飲料在手，年長女士又回到壁爐前。剝掉了幾層衣服之後，她整個人縮了好幾號，露出了粉紅色的臉頰和粉紅色的小手，頭上頂著不聽話的灰髮。

「這是什麼玩意？」她說，從壁爐架上拿起了一張白色卡片。「你是打算寫信給我嗎，西索？」

「妳說什麼？」

她把卡片交給我，上頭只有簡單的一行字。

去見米麗森・德比

A.

無疑是安娜的手筆。

先是燃燒的手套，現在是引介。儘管這一整天都有人在我的面前撒麵包屑是很奇怪的事情，但是知道在這個地方我還有朋友倒是令人欣慰，即使它確實證實了我的推論，德比太太是我的對手，或是另一個宿主。這位年長女士太自我了，容不下別人藏身其中。

那她為什麼要到廚房去東聞西嗅，打聽女僕的消息？

「我叫康寧漢去請妳過來喝一杯，」我圓滑地說，喝了一口自己的威士忌。「他一定是在寫卡片的時候分了心了。」

「讓低下階層做重要差事就是會出岔子，」米麗森不屑地說，在附近的一張椅子坐下。「走著瞧，西索，有一天你會發現他把你的銀行帳戶都提光，還帶著你的一個女僕跑了。看那個混帳泰德・斯坦溫就知道了。以前還是管理員的時候，跟一陣清風似的飄，現在你還以為他是這地方的主人呢。哼，好不要臉。」

「斯坦溫是個令人討厭的傢伙，我同意，可是我對這裡的員工印象倒是不錯，」我說。「他們待我極親切。對了，聽說妳稍早還跑到廚房去了，所以妳不可能覺得他們都很差勁。」

她朝我揮酒杯，朝我的反對意見潑灑威士忌。

「喔，那個啊，對……」她沒說完，小口喝酒，拖延時間。「我覺得有個女僕偷了我房間裡的東西，就是這樣。就跟我說的，你絕不曉得底下有什麼骯髒事。記得我先生吧？」

「隱約記得。」我說，欣賞她改變話題的優雅熟練。無論她是為了什麼跑到廚房去的，我覺得都不可能是因為偷竊。

「隨便，」她嗤之以鼻。「可怕的低層背景，卻白手起家，弄出四十幾個棉花廠來，卻從頭到尾是混蛋一個。結婚五十年我沒笑過，等我把他埋了以後，我到現在都還笑得合不攏嘴。」

走廊傳來的吱呀聲打斷了她的話，緊接著是樞紐轉動的聲音。

「說不定是海蓮娜，」米麗森說，從椅子上站起來。「她的房間就在隔壁。」

「不是說哈德凱索夫婦住在門房那兒？」

「是彼得住在門房那兒，」她說，挑高了一道眉毛。「海蓮娜住在這裡，是她堅持的。這兩人一直都是貌合神離，現在更是各走各的路了。我跟你說，西索，光是為醜聞過來這裡就值回票價了。」

老婦人朝走廊而去，一面喊著海蓮娜的名字，卻只是倏忽停止。「怎麼回事……」她嘀咕著，這才又把頭探入我的客廳來。「起來，西索，」她緊張地說。「有點不對勁。」

我焦慮地站起身來，走到走廊，只見海蓮娜的臥室門被風吹得來回擺動，門鎖被打壞了，碎木頭落在地上。

「有人闖了進來。」米麗森壓低聲音說，躲在我後面。

我拿枴杖緩緩推開了門，我們兩個都探頭注視裡面。

房間空無一人，而且看樣子空了一段時間了。窗簾仍然合著，光線完全是靠走廊上的油燈。四柱大床鋪得很整齊，化妝台上擺滿了乳霜、脂粉等各類化妝品。

確定是安全的，米麗森就從我後面出來，她冷冷地瞅了我一眼，像是道歉，卻帶著好鬥的意味；然後她才繞過床鋪去把厚重的窗帘拉開，驅散了陰暗。

房裡唯一動過的地方是一個核桃木書桌，桌面是可以收捲起來的，抽屜都沒關。桌面上四散著墨水瓶、信封和緞帶，還有一個大漆盒，裡頭的襯墊是兩把左輪槍的形狀，但是槍枝卻不見了，不過我懷疑其中一把是被伊芙琳帶到墓園去了。她確實說槍是她母親的。

「嗯，至少我們知道他們是在找什麼了，」米麗森說，輕敲漆盒。「不過一點道理也沒有。如果有人要槍，去馬廄就能偷到了，那兒有幾十把，誰也不會眨一下眼皮。」

米麗森把盒子推開，找到了一本絨毛皮記事本，翻了起來，手指在約會和事項、備忘錄和註記上梭巡。看內容大概就是忙碌卻也枯燥的生活，但是最後一頁被撕掉了。

「怪了，今天的行程都不見了，」她說，氣惱變成了懷疑。「海蓮娜幹嘛要把這些撕掉？」

「妳相信是她自己撕的？」我說。

「別人要這個有什麼用？」米麗森說。「依我看，海蓮娜一定是心裡有什麼傻念頭，不想讓別人知道。西索，如果你不介意，我想先告辭，必須找她聊聊，像平時一樣，勸她別做傻事。」

她把記事本往床上一丟，大步離開臥室，進了走廊。我幾乎沒注意到她走了，我更關心的是內頁上黑色模糊的指紋。我的男僕來過這兒，而且他顯然也在找海蓮娜・哈德凱索。

18

窗外的世界在雨中瑟縮，天穹越來越黑，天邊遍布烏雲。去打獵的人開始從森林中出現，跋涉過草皮，像龐大的鳥群。我在客廳裡等著康寧漢回來，越等越不耐煩，所以就走向圖書室去查看那本百科全書。

可很快我就後悔這個決定了。

走了一整天把我的精力全消耗光了，這副沉重的身軀每一秒都變得更加沉重。更糟糕的是，屋子裡熱鬧了起來，有的女僕在拍打椅墊，有的在插花，衝過來衝過去，像一群受驚的魚。我被她們的活力弄得很難為情，被她們的優雅弄得很怯懦。

等我走到門廳，那兒已經擠滿了獵人在抖掉帽子上的雨水，腳邊積著水窪。他們全身濕透，凍得臉色發青，活力被雨水沖刷殆盡。他們顯然是挨過了一個悲慘的下午。

我緊張地走過去，視線下垂，心裡在猜這些楸然不悅的臉孔中是否有那個隨從。露西．哈波跟我說他去廚房時鼻梁斷了，給了我一些希望，我的宿主畢竟是反擊了，這樣再把他揪出來就容易多了。

看起來沒什麼危險，我笨拙的步伐中便添了自信，獵人們紛紛讓路，讓我曳著腳步走向圖書室，裡頭的沉重窗帘已經合上了，壁爐生了火，空氣帶著隱約的香水味。粗蠟燭立在盤子上，一縷縷溫暖的光芒戳破了陰影，照亮了三個蜷縮在椅子上的女人，各自專心看著攤在腿上的書。

我朝原本放百科全書的架子走，在黑暗中摸索，卻只摸了個空。我拿起了附近桌上的蠟燭，照著書架，希望書是被移動了，結果卻是不見蹤影。我長長吐了口氣，像是因為某種恐怖的陣痛而慘嚎。在此之前，我一直不了解我在百科全書上，或是在跟我未來的宿主見面上，寄託了多少希望。我不僅想要他們的信息，還想有機會來研究他們，就像研究自己在鏡廊中的扭曲鏡像。在這樣的觀察中我勢必能夠找到一些重複的特質，一片真實的自我跟著滲入了每一個人，不受宿主的性格玷污吧？少了這個機會，我沒把握要如何辨認我自己的邊邊角角，劃分我自己的個性跟宿主的個性。據我所知，我和那個隨從唯一的差異，就是我和宿主的意識是混合的。

這一天的重擔壓著我的肩膀，逼得我不得不坐在壁爐對面的椅子上。堆疊的木頭嗶剝嗶剝響，空氣中升騰飄散著熱氣。

忽然，我的呼吸停滯。

那本百科全書就在熊熊爐火之中，幾乎燃燒殆盡，但還維持著書的形狀，一陣風吹過便會煙消雲散。

絕對是那個隨從的傑作。

我覺得自己被打了一拳，而顯然這就是他的意圖。無論我去哪裡，他似乎都能搶先一步，然而，只是贏還不夠，他還要讓我知道，還要讓我害怕。不知為何，他要讓我痛苦。

我仍然因為這個明擺在眼前的輕視舉動而頭暈目眩，迷失在火焰之中，把我一切的擔憂疑慮都撒入火裡，直到康寧漢在門口叫我。

「雷文科特勳爵？」

「你到底去哪兒了？」我厲聲說，完全管不住自己的脾氣了。

他繞過我的椅子，在壁爐附近站定，烘著雙手。他的樣子像是被困在暴風雨中，而雖然已換了衣服，用毛巾擦過的濕髮仍沒有梳理。

「看見雷文科特的脾氣仍然沒變，真讓人欣慰，」他平靜地說。「要是少了每天的排頭，那我可真不知道該怎麼過了。」

「少跟我來這一套，」我說，朝他搖手指。「你去了好幾個鐘頭了。」

「慢工才能出細活。」他說，把一樣東西拋到我腿上。

我拿起來就著光，瞪著一具白瓷鳥喙面具空洞的眼睛，怒氣立馬蒸發。康寧漢壓低聲音，瞧了瞧三個女人，她們正公然好奇地盯著我們。

「是一個叫菲利普．薩特克里夫的傢伙的，」康寧漢說。「有個僕人在他的衣櫃裡看到了，所以我就趁著他去打獵偷溜進他房間。果然沒錯，那頂高禮帽和那件大斗篷也在裡頭，還有一張字條寫著要在舞會中跟哈德凱索勳爵見面。我想我們可以攔下他。」

我一巴掌拍著膝蓋，朝他咧嘴笑，笑得像個瘋子。「幹得好，康寧漢，好個慢工出細活。」

「我就覺得你會開心，」他說。「可惜，我的好消息到此為止。在水井那兒等著哈德凱索小姐的字條，怎麼說……非常的……古怪。」

「古怪，有何古怪？」我說著，將烏鴉面具罩在了自己的臉上。瓷質面具冷冷地貼上了我的肌膚，竟然大小剛好合適。

「雨水把字跡弄糊了，但我可以勉強看出來上面寫著『離米麗森．德比遠一點』，下面還畫著一個城堡的簡筆畫，其他就什麼也沒有了。」

「這種警告還挺特別的。」我說。

「警告？我覺得是威脅。」康寧漢說。

「你覺得米麗森．德比會拿著棒針去追殺伊芙琳嗎？」我說，揚起了一邊眉毛。

「別因為她老了就小看她，」他說，以撥火棒撥旺了漸弱的爐火。「有一段時間，這個屋子裡一半的人都得要聽米麗森．德比的。沒有哪個骯髒的秘密是她查不出來的，沒有哪個骯髒的手段是她不會用的。泰德．斯坦溫跟她比起來，只是個門外漢。」

「你領教過？」

「雷文科特領教過，而且他不信任她，」他說。「那人是個混蛋，卻一點也不蠢。」

「多謝了，」我說。「你見到塞巴斯欽．貝爾了嗎？」

「還沒有，我今晚會去找他。我也沒辦法找出那個神秘的安娜的什麼事來。」

「喔，不需要，她剛才來見我了。」我說著，挑起椅臂上一片脫落的皮革。

「真的嗎，她想要什麼？」

「她沒說。」

「好，可她是怎麼認出你的？」

「我們還沒來得及說到那裡。」

「她是朋友嗎？」

「也許是。」

「那還是有好處的吧？」他狡黠地說，把撥火棒插回架子。「說到這個，我們應該帶你去沐浴了。晚餐是八點整，而你的味道快要像過熟的水果了。我們就別讓大家有更多理由討厭你吧。」

他過來要扶我，我卻揮手要他退開。

「不，我需要你整個晚上形影不離跟著伊芙琳保護她。」我說，掙扎著把自己從椅子上弄起來。地心引力總是想和我作對。

「跟到什麼時候？」他問，對我皺眉。

「有人計畫要殺害她。」我說。

「對，那你怎麼知道那個人不是我呢。」他平淡地說，彷彿不過是在推薦一間喜愛的音樂廳。

我卻如冷水澆頭，才從椅子上爬起來一半，又重重坐了回去，木頭被我壓得吱嘎響。雷文科特百分之百信任康寧漢，我也毫不懷疑地接收了過來，儘管知道他有個不可告人的秘密，我也像雷文科特一樣從來沒有質疑過他。事實上，他和其他人一樣可疑。

康寧漢敲了敲自己的鼻子。

「你想想，」他說，把我的一條胳臂抬到他的肩上。「等我把你弄進澡盆裡我就會去找貝爾，不過我是認為你反正是要坐在伊芙琳隔壁的，最好是你自己形影不離跟著她。而我呢也會緊緊跟著你，你就可以排除我的嫌疑了。我的人生已經夠複雜了，不需要八個你追著我滿屋子亂跑，指控我殺人。」

「你看起來很擅長處理這類事情啊。」我說，努力從眼角審視他的反應。

「嗯，我並不是一直是男僕。」他說。

「那你還做過什麼？」

「我沒有必要告訴你這些。」他說完就皺眉使勁扶我起來。

「那你何不告訴我你闖進海蓮娜‧哈德凱索的臥房是為了什麼？」我提示他。「你在翻閱她的記事本時沾上了墨水，我今天早晨在你的手上看到了。」

他驚訝地吸了口氣。

「你還真沒閒著呢。」他的聲音變得冷漠。「這倒怪了，你居然還沒聽說我跟哈德凱索夫婦驚世駭俗的關係。喔，我可不要壞了你的驚喜。隨便跟誰打聽，這件事不算是什麼秘密，而且我敢說一定會有人巴不得一五一十說給你聽。」

「是你闖進去的嗎，康寧漢？」我質問道。「兩把手槍不見了，她的記事本還有一頁被撕掉。」

「我不需要硬闖，我是受邀進去的，」他說。「手槍的事我不知道，但是記事本在我離開的時候還是完整的。我親眼看見的。我大概可以解釋我去那兒做什麼，以及我為什麼不是人犯，不過，如果你還有腦子，你一個字都不會相信，所以你還不如自己去查清楚。如此一來你就能確定我沒說謊。」

扶我起身的時候，我們倆都滿頭大汗，康寧漢先幫我擦掉我額頭上的汗，然後才把枴杖交給我。

「告訴我，康寧漢，」我說。「為什麼像你這樣的人會願意做這種工作？」

這句話讓他僵住，通常不動聲色的臉孔也神色黯淡。

「人生並不總是讓你自由選擇要怎麼過，」他嚴肅地說。「走吧，我們還得去阻止一場謀殺呢。」

19

巨大的枝狀燭台從頂上瀉下燭光，照亮了下面的晚宴餐桌，這是一個雞骨、魚刺、龍蝦殼和肥豬肉的墓場。儘管外頭漆黑一片，窗帘仍是拉開的，可以看到外面暴雨肆虐的樹林。

我能聽到自己進食，喀喳喀喳、唏哩呼嚕。肉汁從我的雙下巴流下來，我滿嘴油膩，閃著噁心的亮光。我的胃口就是有這麼如狼似虎，我在每一口間喘息，餐巾則成了食物殘骸的戰場。其他的賓客以眼角瞥著這場可憎的表演，一邊勉強交談，即使今晚的禮節正被我的牙齒咬得粉碎。怎麼會有人這麼餓？他是在填補多大的一個洞？

邁可·哈德凱索坐在我左手邊，雖然從我抵達之後我們就沒說過兩句話。他大多時間都低聲跟伊芙琳交談，兩個腦袋湊得很近，姊弟感情深厚得外人無法穿透。對一個明知自己有危險的女人來說，她似乎鎮定得出奇。

或許是因為她相信自己被保護得很好。

「你去過東方嗎，雷文科特勳爵？」

真可惜我右邊的客人不像左邊的一樣當我不存在。右邊的座位被克里佛·黑靈頓中校填滿了，他是位漸禿的前海軍軍官，制服上勳章耀眼。跟這個人共度一小時之後，我實在很難想像他英勇作戰的模樣。可能是他軟弱無力的下巴以及迴避接觸的視線，有種好像隨時要道歉的感覺。

更可能的是在他眼裡閃爍的醉鬼氣質。

黑靈頓整頓飯都在講些枯燥乏味的經歷，還不是出於避免冷場的禮節。而眼下我們毫無話興，話題擱置在亞洲海灘。我抿了口酒來掩蓋自己的心煩意亂，發現這酒格外辛辣，看到我齜牙咧嘴的樣子，黑靈頓親暱地靠了過來。

「我也覺得這酒太辣，」他說，熱熱的酒氣直衝我的臉。「我剛問了一個僕人這酒的釀造期，可問他還不如問我這個酒杯呢。」

燭光在他的臉上投射下駭人的黃光，他的眼睛蒙上了一層醉意，令人反感。我把酒放下，左顧右盼想找點別的事做。餐桌邊大約有十五個人，法語、西班牙語、德語為枯燥的對話添加了一點風味。昂貴的珠寶與酒杯碰撞，侍者收走盤子，刀叉玎玎。餐廳的氣氛陰鬱，人們時而緘默、時而迫切地交談，還有十幾個座位空著。這真是怪異，但每個人似乎都在顧左右而言他。我不知道這是出於良好的教養，還是不知情的緣故。

我尋找著熟悉的臉孔，但是康寧漢去找貝爾了，也沒見到米麗森・德比、狄基醫生，甚至連討厭的泰德・斯坦溫都不見人影。除了伊芙琳和邁可之外，我只認得丹尼爾・柯立芝，他坐在桌子的另一頭，附近是一個瘦子，兩人端著半滿的酒杯正在打量其他賓客。某人在丹尼爾的俊臉上留下了記號，他的嘴唇破了，一隻眼睛紅腫，明天一定是青一塊紫一塊，假設明天真的會來的話。但是他似乎完全不受傷勢影響，反倒是我神經兮兮。在這一刻之前，我都認為丹尼爾對這地方的機制是免疫的，假設他對未來的知識讓他可以輕鬆就躲過不幸。看見他慘遭不測就像是看見了撲克牌從魔術師的袖子裡掉出來，撒了一地。

丹尼爾的用餐同伴聽著他說的笑話，愉快地捶桌子，吸引了我的注意。我覺得好像認識這個傢伙，卻想不起是誰來。

可能是我未來的宿主。

我當然希望不是。他是個黏膩的傢伙，頭髮抹著髮油，一張臉蒼白，五官像擠在一塊，而他的態度彷彿室內的每一個人都在他之下。我從他身上感覺到奸詐，還有殘酷；不過我不懂是從哪裡得到這樣的印象的。

「他們的療法真夠奇特。」克里佛．黑靈頓說，微微拉高嗓門來企圖吸引我的注意。

我迷惑地朝他眨眼睛。

「雷文科特勳爵，那些東方人啊。」他說，笑得親切。

「可不是，」我說。「不，我恐怕沒去過那裡。」

「神奇的地方，令人難以置信。他們的那些醫院啊……」

我舉起一隻手召喚侍者。要是我逃不掉這番談話，那至少得喝兩杯。有失必有得。

「我昨天晚上跟貝爾醫生聊到他的那些鴉片。」他接著說。

快閉嘴吧……

「你對食物還滿意嗎，雷文科特勳爵？」邁可．哈德凱索說，不落痕跡地打岔。

我轉頭迎向他，感激之情溢於言表。

他端著一杯紅酒正往嘴邊送，綠眸閃著調皮的光芒。跟伊芙琳實在是驚人的對比，她的目光能把我的皮膚撕成一條一條的。她穿著藍色晚禮服，戴著頭冠，金髮一捲一捲的，露出了頸上的奢華鑽石項鍊。是同一件裝束，只是少了披風和長靴，等會兒她會穿著這件衣服陪同塞巴斯欽・貝爾到墓園去。

我擦拭嘴巴，點了點頭。

「好極了，我只是覺得遺憾沒有更多人來享用，」我說，比了比錯落的空椅。「我特別希望能見到薩特克里夫先生呢。」

以及他的瘟疫醫生裝扮，我在心裡想。

「喔，你運氣不錯，」克里佛・黑靈頓插嘴說。「老薩特克里夫是我的好朋友，說不定我可以在舞會的時候幫你們介紹。」

「那還得要他會參加，」邁可說。「他跟家父現在已經倒在酒櫃後面了，家母現在一定是在設法把他們弄醒。」

「哈德凱索夫人今晚也會來嗎？」我問。「我聽說今天似乎沒有多少人見到她。」

「回到黑石南館對她而言太艱難了，」邁可說，壓低了聲音，彷彿是在分享什麼秘密。「她當然會在派對之前先驅除一些鬼魂。不過放心好了，她一定會出席。」

我們被一個侍者打斷了，他傾身向邁可附耳低語。年輕人的表情立刻黯淡，侍者退下後，他把消息告訴姊姊，她也一樣臉上掠過烏雲。兩人彼此凝視了一會兒，握住彼此的手，然後邁可才拿叉子敲酒杯，站了起來。他站起來的時候好像完全舒展開了，顯得特別高，遠遠超出了燭光的範圍，變成從陰影中說話。

室內安靜無聲，所有的目光都落在他身上。

「我是寧願家父家母會出席，省得我得來敬酒，」他說。「他們顯然是計畫要在舞會隆重出場，了解家父家母的人就會知道有多隆重。」

人們默默地笑著，邁可羞赧一笑。

我的視線掠過賓客們，筆直迎上丹尼爾饒富興味的眼神。他以餐巾擦嘴唇，朝邁可使了個眼色，要我留意。

他知道接下來會發生什麼。

「家父想謝謝各位今晚蒞臨，我相信他在稍後會更詳細地表達謝意。」邁可說。

他說話帶著抖音，意味著他非常不自在。「在此謹代表他向每一位來歡迎家姊伊芙琳從巴黎返鄉的貴客表達我個人的感激之意。」

她回應了他的手足之愛，兩人相視一笑，跟這個房間或是這些人都無關。即使如此，大家還是舉起了酒杯，整張桌子的人都互道感謝。

邁可等著騷動停止，再接著往下說：「她很快就又要展開全新的旅程了，因為……」他停住，注視著眾人。「因為她就要嫁給西索・雷文科特勳爵了。」

沉默包圍住我們，所有的眼睛都朝我這邊轉。震驚變成了困惑，接著是厭惡，每個人的臉都映照出我自己的感覺。雷文科特和伊芙琳一定相差了三十歲，他吃過的飯比她多了一千頓，難怪今天早上她的態度那麼差。如果哈德凱索勳爵伉儷真有那麼責怪女兒害死了湯瑪斯，那他們的懲罰還真是煞費苦心。他們就要奪走伊芙琳的青春歲月。

我看著伊芙琳，但是她在擺弄餐巾，咬著嘴唇，輕鬆的心情蕩然無存。邁可的額頭流下了一滴汗，他酒杯裡的酒在晃動。他甚至不敢看他的姊姊，而她也無法看著別處。從來沒有人像我現在一樣覺得桌巾是這麼的引人入勝。

「雷文科特勳爵是我們家族的老朋友，」邁可冷冰冰地說，勇敢地打破沉默。「我想像不出還有誰更能好好照顧家姊。」

最後，他看著伊芙琳，四目相對。

「小愛，我想妳有話要說。」

她點頭，餐巾在手中扭絞。

所有人都盯著她看，誰也沒動。就連僕人都瞪大了眼睛，站在牆邊，端著髒盤子和剛開的酒。最後，伊芙琳抬起了頭，迎視排列在她面前的期待臉孔。無論她準備了什麼話，都棄她而去了，代之而起的是悲悽的哭聲，緊接著她飛奔離開，邁可也追了上去。

賓客們都朝我這邊轉，我在窸窣聲中找出丹尼爾來。他之前那種饒有興味的表情不見了，目光落在窗戶上。我很想知道他觀看了我的臉頰緩緩泛紅幾次，他是否記得這種羞恥是什麼感覺。所以他現在才不敢看著我？輪到我的時候，我會做得比較好嗎？

我彷彿被孤零零地遺棄在晚宴上，本能地只想要像邁可和伊芙琳一樣逃離，可是我還不如希望月亮會伸出手來把我從這張椅子上拔起來。沉默滿屋子盤旋，直到克里佛・黑靈頓站了起來，舉高酒杯，燭光照耀著他的海軍勳章。

「祝百年好合。」他說，似乎不帶諷刺。

賓客一個接一個舉起了酒杯，祝福聲在餐廳裡一遍遍響起。

而在桌子的另一頭，丹尼爾則朝我眨眼睛。

20

餐廳裡的賓客早走光了，僕人也終於清理了最後的盤子，這時康寧漢才來找我。他在外頭站了一個多小時，可每次想進來，我都揮手拒絕。在晚餐的羞辱之後，讓任何人看見我的男僕來把我從椅子上弄出來都會是無法承受的恥辱。等他慢慢走進來時，他臉上掛著冷笑。無疑我的恥辱早已傳遍了整棟屋子：痴肥的老雷文科特跟他逃走的新娘。

「你為什麼不告訴我雷文科特要娶伊芙琳？」我質問道，讓他中途停步。

「就是為了羞辱你。」他說。

我僵住，臉頰漲紅，而他迎視著我的目光。

他的眼睛是綠色的，兩邊瞳孔大小不一，像是潑灑出來的墨水。這目光中蘊含的堅定信念，足以攻城掠地甚至改宗換代。萬一這個男人決定不再當雷文科特的侍從，那可要謝天謝地了。

「雷文科特是個虛榮的男人，很容易就會難堪，」康寧漢以平淡的聲音往下說。「我注意到你也繼承了這一點，所以我就加以利用了。」

「為什麼？」我問，被他的坦誠嚇到。

「你勒索過我，」他說，聳了聳肩。「你不會以為我會嚥下這口氣吧？」

我朝他眨眼，眨了幾秒，忽然噗哧一聲笑出來。是捧腹大笑，我身上的一層層肥肉抖個不停，很欣賞他的膽識。我羞辱了他，他也以牙還牙，而且他只不過是耐著性子等待時機到來。有誰能不為這種英勇事蹟傾倒？

康寧漢朝我皺眉，兩條眉毛連成一條了。

「你不生氣？」他問。

「我想我就算生氣你也不在乎，」我擦去笑出來的眼淚。「話說回來，是我先丟石頭的，如果有塊大岩石掉到我的頭上來，我也沒法抱怨。」

我和這位夥伴會心一笑。

「看來你跟雷文科特勳爵畢竟是有些不同的。」他說，斟酌著每一個字。

「至少名字不一樣，」我說，伸出了手。「我叫艾登．畢夏。」

他用力跟我握手，笑意漸濃。

「非常高興能認識你，艾登，我是查爾斯。」

「咳，我沒有意思要把你的秘密說出去，查爾斯，我為勒索你道歉。我只是希望能救伊芙琳．哈德凱索的命，然後離開黑石南館，而且我的時間不多，需要一個朋友。」

「也許一個朋友不夠。」他說，用袖子擦眼鏡。「說實話，這件事太詭異了，我現在即使想走，也說不好到底能不能走。」

「那麼我們走吧，」我說。「照丹尼爾的說法，伊芙琳會在十一點整在派對上被殺。我們如果要救她，就得去參加。」

舞廳是在門廳的另一側，康寧漢扶著我的手肘走向那裡。馬車已經從村子抵達了，在外頭的碎石路上排成長龍。馬匹在嘶叫，僕役為裝扮華麗的賓客開門，而他們則像是籠子裡放出來的金絲雀般飛舞。

「伊芙琳為什麼會被迫嫁給雷文科特？」我向康寧漢低聲說。

「為了錢。」他說。「哈德凱索勳爵老是投資錯誤，又沒有足夠的聰明才智來從錯誤中學習。謠言說他快把家產敗光了。把伊芙琳嫁出去，哈德凱索勳爵伉儷就能收到相當可觀的聘金，雷文科特也答應在幾年後以不小的金額買下黑石南館。」

「原來如此，」我說。「哈德凱索夫婦手頭拮据，所以把女兒像舊珠寶一樣當了。」

我的思緒飛回今天早晨的棋賽，我畏縮著離開日光室時伊芙琳臉上的笑容。雷文科特花錢買的不是新娘，而是無窮無盡的怨念。我很好奇這個老傻瓜知不知道自己究竟是蹚進了什麼渾水裡。

「那塞巴斯欽．貝爾呢？」我說，想起了我派他去做的事。「你跟他說上話了嗎？」

「恐怕沒有，我去他房間，那個可憐的傢伙昏死在地板上。」他說，聲音中帶著真正的同情。「我看見了死兔子，看來你的隨從有一種很扭曲的幽默感。我叫了醫生來，交給他們處理了。你的實驗得等改天了。」

我的失望被舞廳緊閉的門後傳來的節拍聲淹沒了，樂聲翻翻滾滾湧向走廊，有一名僕人為我們打開了門。室內至少有五十個人，在大吊燈柔和的燭光下旋轉。緊挨著另一頭的牆邊有支樂隊在演奏，但室內絕大多數的空間都挪出來當舞池，一大堆濃裝豔抹的埃及女王和嬉皮笑臉的魔鬼在跳舞。弄臣跳上跳下，嘲笑模仿，扯掉上粉的假髮和以長棍支撐的黃金面具。禮服、斗篷、風帽搖曳生姿，掃過地板，身體互相碰撞，讓人分不清東西南北。唯一的空間出現在邁可・哈德凱索的四周，他戴著耀眼的太陽面具，尖銳的陽光朝四面八方伸展，這讓靠近他會有些危險。

我們在一處夾層樓面俯視著舞池裡的一切，從一段短階梯拾級而下就能走進舞池。我的手指在敲欄杆，隨著音樂的節拍。部分的我，仍是雷文科特的那部分，知道這首歌，而且正在享受音樂。甚至渴望拿起樂器來演奏。

「雷文科特是音樂家？」我問康寧漢。

「年輕的時候，」他說。「很有天分的小提琴手。騎馬摔斷了手臂，再也不能拉琴了。他仍然很想念吧。」

「他是想念。」我說，意外於他的渴望強度。

我撇開他的渴望不管，回頭注意手邊的任務，可是我完全不知道如何在人群中找出薩特克里夫來。

或是那個隨從。

我的心往下沉。我沒想到這一點。在噪音和肢體接觸之間，輕易就能用一把刀子殺人，再消失無蹤，神不知鬼不覺。

這樣的思維會讓貝爾逃回他的房間，但是雷文科特的膽量較大。如果有人會在這裡取走伊芙琳的性命，那麼我就得待在這兒，無論會發生什麼事，所以我讓查爾斯攙著我的胳臂，我們拾級而下，仍躲在舞廳陰暗的邊緣。

幾個小丑拍我的背，女人在我的眼前飛旋，手上拿著蝴蝶面具。我大多不予理會，只推擠著向前，鎖定了落地窗邊的沙發，我才能好好休息疲憊的兩條腿。

在此之前，我只見過小批的賓客，他們的憎惡稀薄地分佈了房子。現在被困在他們全體之中，卻是完全另一碼事，我越是深入人叢中，他們的惡意就似乎越濃。大多數的男人像是一整個下午都泡在酒缸裡，而此刻步履蹣跚，不是在跳舞，而是咆哮瞪眼，行為野蠻。年輕的女人仰頭大笑，化妝糊了，頭髮鬆脫，被一個男人傳到下一個男人，不斷激怒一小撮已婚婦女，她們為了安全而群聚在一起，提防著這些氣喘連連、眼神荒淫的生物。

面具最能夠揭穿一個人的真面目。

查爾斯站在我身邊，每一步都更緊繃，手指頭掐進了我的胳臂肉裡。這一切都不對。慶祝太過放縱恣意。這是罪惡之城蛾摩拉被天火焚毀之前的最後一場派對。

我們走到了一張沙發前，查爾斯扶著我坐進去。女侍在人群中走動，端著飲料，但是要召喚她們過來我們這個偏僻的位置是不可能的。噪音太大，講話聽不到，但是查爾斯指著香檳桌，賓客們挽著臂踉踉蹌蹌從桌前走開。我點頭，擦拭額頭上的汗珠。說不定來杯酒能讓我的神經鎮定下來。他過去拿了一整瓶來，我覺得皮膚上有一陣涼風，發現有人打開了落地窗，可能是要讓空氣循環。外頭伸手不見五指，但是點燃了火盆，跳躍不定的火焰一路蜿蜒到被樹林包圍的一方倒影池前。

黑暗旋轉，逐漸出現形狀，凝聚定型，狂掃進來，燭光落在一張蒼白的臉上。

那不是一張臉，是個面具。

白瓷鳥喙面具。

我轉頭找查爾斯，希望他就在附近能一把捉住這傢伙，但是人群把他沖散了。回頭看著落地窗，我看見瘟疫醫生側身溜進了縱酒狂歡的人群中。

我緊握著枴杖，把自己撐起來。把海床上的沉船殘骸打撈出水面都還比我不費力，但是我一跛一跛地朝那些擋住我的獵物的紅男綠女過去。我追循的是驚鴻一瞥——面具的閃光，斗篷的擺動——但是他就像森林中的霧，無法捕捉。

我在遠處的角落追丟了他。

我在原地轉身，想要看見他，但是某人撞上了我。我憤怒地大吼，發現自己望著一雙褐眸，從白瓷鳥喙面具中向外看。我的心頭一震，身體也一震，因為面具立刻就摘掉了，露出一張男孩子氣的臉孔。

「唉唷，對不起，」他說。「我不是——」

「羅切斯特，羅切斯特，在這邊！」有人大聲喊他。

我倆同時轉身，又一個一身瘟疫醫生裝扮的人向我們過來。他後面還有一個，人群中還有三個。我的獵物加倍了，然而沒有一個可能是那個跟我說過話的人。他們不是太矮壯就是太高瘦，太多不完美的複製品。他們想把朋友拖走，但是我攫住了最靠近的一條胳臂——隨便一條，反正都一樣。

「你們是從哪裡弄來這些道具的？」我問。

那傢伙對我大皺眉頭，灰眸充血，既沒有光澤，也沒有表情。只是空洞的門口，後面並沒有一貫的思路。他甩開了我的手，戳我的胸膛。

「你說話客氣一點。」他醉醺醺地說，發音不清。他想找架打，我揮出枴杖，讓他稱心如意。沉重的木頭打中了他的腿，他口中溜出一句髒話，單膝跪地，單掌支地想要穩住身體。我用枴杖點住了他的手掌，要他乖乖跪在那兒。

「道具，」我大喊。「是從哪兒弄來的？」

「閣樓，」他說，臉色現在就跟掉落在旁的面具一樣雪白。「有個架子上掛了幾十個。」

他作勢要掙脫，但我只用了十分之一的體重壓在枴杖上。我再施加一點重量，痛得他擠眉弄眼。

「那你是怎麼知道的？」我問，減輕了一點他手上的壓力。

「有個僕人昨晚幫我們找到的，」他說，眼中帶淚。「他老是戴著，面具和帽子，全套的。我們沒有戲服，所以他就帶我們上去閣樓找。他幫忙每一個人，一定有二十幾個人上去過，我發誓。」

看來瘟疫醫生不想被找到。

我盯著他蠕動了一兩秒鐘，估量著他的說法跟他痛苦的表情是否可信。我斷定兩者都是真的，就拿開了枴杖，讓他緊抓著疼痛的手跌跌撞撞離開。就在他快離開我的視線之前，邁可從人群中出現，老遠就看見了我，筆直朝我過來。他神情慌亂，兩腮緋紅，嘴巴動個不停，但是話聲卻被音樂和笑聲掩蓋。

我用手勢表示聽不懂，他就更靠近一些。

「你有沒有看見我姊姊？」他大喊。

我搖頭，突然害怕了起來。我能從他眼中看出出事了，可是我還沒能進一步追問，他就又掉頭推擠著旋轉個不停的舞者。既熱又暈眩，被一種不祥之感壓迫住，我奮力走向沙發，摘掉了蝴蝶結，鬆開衣領。戴面具的人掠過，赤裸的手臂閃爍著汗光。

我覺得噁心想吐，看見什麼都引不起興趣。我在思索是否也要去尋找伊芙琳，正好康寧漢捧著一銀桶的冰鎮香檳回來了，臂下還夾著兩只高腳酒杯。水桶在出水，康寧漢也在出汗。我都快忘了他是去做什麼的了，我對著他的耳朵大喊：

「你去哪兒了？」

「本來想……看見薩特克里夫，」他也吼回來，一半的字沒入樂聲。「……戲服。」

顯然康寧漢的經歷也跟我差不多。

我點頭表示理解，我們坐著，沉默地喝酒，睜大眼睛找伊芙琳，我的挫敗感逐漸升高。我需要站起來，到屋子裡搜索，詢問賓客，可是雷文科特做不到這些事。這個房間太擁擠，他的身體太沉重了。他深思熟慮、善於觀察，卻不是行動派，而如果我要幫助伊芙琳，我就得好好利用這些特點。明天我會衝刺，可今天我必須冷眼旁觀。我需要看見在舞廳中發生的一切，不放過任何一個細節，以便為今晚的事件提前部署。

香檳讓我冷靜了下來，但是我放下了酒杯，生怕喝太多會害我的能力變遲鈍。就在這時我看見了邁可，爬上通往可俯瞰舞廳的夾層的樓梯。

樂隊停止了演奏，談笑聲緩緩止歇，人人都轉過來看著主人。

「很抱歉打擾了，」邁可說，緊握著欄杆。「我覺得這麼問很傻，可是有沒有人知道我姊姊在哪裡？」

賓客面面相覷，響起一陣交談聲，很快就發現伊芙琳根本不在舞廳裡。是康寧漢先看見她的。

他碰了我的胳臂，指著伊芙琳，她醉醺醺地循著火盆走向反映著火光的倒影池，她已經拉開相當的距離了，時而出現在火光中，時而隱入黑暗。她的手上握著一把銀色手槍，閃爍著亮光。

「快去找邁可。」我大吼。

康寧漢推開人群，我用力把自己推起來，撲向窗戶。誰也沒看見她，喧鬧聲又漸漸變大，短暫的宣布引起的大驚小怪已消散了。小提琴手拉了一個音，時鐘指著十一點。

我趕到了落地窗前，這時伊芙琳已經走到水邊了。

她身體搖晃，抖個不停。

而就在咫尺之外，瘟疫醫生站在樹林裡，袖手旁觀，火盆的火焰反映在他的面具上。

銀手槍閃動，伊芙琳舉起手槍對準了胃，槍聲劃破了交談聲和音樂聲。

然而，剎那間，一切似乎安好。

伊芙琳仍然站在水邊，好似在欣賞自己的倒影。但說時遲那時快，她的兩腿一軟，手槍落地，她面朝下倒進了倒影池裡，瘟疫醫生低著頭，消失在暗黑的樹林中。

我只隱約知覺到尖叫聲，或是背後的人群蜂擁而出，衝上了草皮，這時煙火也準時在空中綻放，照得倒影池五光十色。我盯著邁可看，他全速衝入黑暗中，朝他已經無法拯救的姊姊奔去。他高聲嘶吼著她的名字，聲音被煙火淹沒，他涉入如墨的水中，抱起了她的身體，想把她拖出倒影池，終於將她的屍身拖出池子，癱倒在池邊，伊芙琳仍被他抱在懷裡。他吻著她的臉，懇求她張開眼睛，卻只是奢望。死神擲出了骰子，伊芙琳付清了她的債。一切有價之物都被奪走了。

邁可把臉埋進她的濕髮中，哭了出來。

人群聚集，他渾然不覺，強壯的手臂掰開了他的胳臂，把他姊姊毫無生氣的身體抬到草皮上讓狄基醫生能跪下來檢查。不過他的醫術是用不上了，她肚子上的洞和草地上的銀色手槍就足以說明了。但是，他仍留連不去，手指按住她的頸子檢查脈搏，這才溫柔地拭去她臉上的髒水。

他仍跪著，揮手要邁可靠近，握住了傷心的弟弟的手，他低頭，嘴巴開始嘟囔，像是壓低聲音禱告。

他對死者的尊敬令人感激。

有些女士埋進同伴的肩膀哭，但是她們的表現帶著幾分虛情假意。就彷彿是舞會仍未結束，她們仍然在跳舞，只是改變了舞步。伊芙琳不應該供她鄙夷之人消遣。醫生彷彿看透了這一點，他的動作，無論多麼細微，都在捍衛著伊芙琳的些許尊嚴。

禱告只花了一分鐘，結束後，他用外套蓋住了伊芙琳的臉，好似她眨也不眨的瞪視比起染紅了她的禮服的鮮血還要更讓人不自在。

他站起來時頰上有淚，他伸臂摟住了邁可，帶著伊芙琳哭泣的弟弟離開。在我眼中，他們離開的身形更蒼老、更遲緩，彎腰駝背，肩上扛著沉重的哀傷。

他們一進屋子，謠言就在人群中傳播開來了。警察來了，發現了遺書，查理・卡佛的鬼魂又奪走了一名哈德凱索家的孩子。故事從一張嘴傳到另一張嘴，等傳到我這兒時，已經多出了許多的細節和模式，豐富得足以當成事實散播到莊園之外。

我尋找康寧漢，但是到處都找不著他。我想像不出到了這個地步他還能做什麼。康寧漢不像我，他目光敏銳，又很勤快，肯定能發現事件中的緣由。這槍聲幾乎讓我崩潰。

我回到現在已空蕩蕩的舞廳，重重坐回剛才的沙發上，渾身顫抖，大腦飛速運轉。

我知道我的朋友明天又會活著，但是卻改變不了發生的事，或是我親眼目睹時的慘痛。伊芙琳自殺了，而責任在我。她下嫁雷文科特是一種懲罰，一種羞辱，就是為了要逼她崩潰，而無論我是否知情，我都插了一腳。她痛恨的是我的臉，我的存在，化作了她手中的槍，將她推下水池。

那瘟疫醫生呢？他說破解一件看似非他殺的命案我就能重返自由，可是我看著伊芙琳從晚餐中途絕望地逃走，然後飲彈自盡。她的行為或動機都毋庸置疑，我不得不琢磨起囚禁我的人的動機了。他的提議只是另一種折磨嗎？一種幽微的希望之光，引誘我去瘋狂追逐？

那墓園呢？手槍呢？

如果伊芙琳真有這麼的懊喪消沉，為何晚宴後兩個小時裡，她陪貝爾去墓園時心情很好？還有她帶的那把手槍呢？是一支黑色的大左輪，她的晚宴包幾乎裝不下。而她用來自殺的則是一把銀色手槍。她為什麼要更換武器？

我不知道我坐著思索了多久，周圍是假惺惺的哀悼者，警察卻一直沒有來。人群逐漸散去，燭光漸漸熄滅，聚會慢慢散場。

我在沙發上不知不覺睡著了。

21

第二天（繼續）

疼痛讓我醒來，每一口呼吸都令我痛苦不已。我眨眼驅散了殘餘的睡意，眼前是一堵白牆和白色床單，枕頭上一團乾掉的血跡。我的臉頰壓著手，口水把我的上唇跟指關節黏在一起。

我知道這一刻，我從貝爾的眼中看見的。

我又回到管家身上了，在他被送到門房之後。

有人在我的床邊踱步，從她的黑衣白圍裙來看，是女僕。她捧著一本大書，正憤怒地翻頁。我昏昏沉沉，只看得見她的腰部以上，只好呻吟一聲叫她過來。

「啊，天哪，你醒了。」她說，停下了腳步。「雷文科特幾時才會一個人？你沒有寫下這些，那個傻瓜總讓他的男僕在廚房裡打聽消息……」

「妳是——」我的喉嚨被血和痰堵住了。

床頭櫃上有瓶水，女僕匆匆過來幫我倒水，把書放在櫃子上，傾斜杯子貼著我的嘴唇。我的頭動了一點點，想要仰視她的臉，但是立刻就覺得天旋地轉。

「你不應該說話。」她說，用圍裙幫我抹掉下巴的一滴水。

她停住。

「我的意思是你可以說話，只是要身體康復了才行。」

她又停住。

「其實呢，我真的需要你回答我的問題，免得雷文科特害我被殺掉。」

「妳是誰？」我沙啞地問。

「那個傻瓜把你揍得太狠了……等等——」她彎下腰來直視我的臉，褐色眼珠搜尋著什麼。她臉頰豐滿，面色蒼白，糾結的金髮一綹綹從帽子底下溜出來。我心中一驚，明白了這是貝爾和伊芙琳遇見的女僕，那個在照顧管家的女孩。

「你有過幾個宿主了？」她問。

「我不——」

「幾個宿主？」她追問，坐在床沿上。「你寄生過幾個身體了？」

「妳是安娜。」我說，扭轉脖子想把她看得更仔細些，骨頭卻痛得像著了火。她非常輕柔地把我按回床墊上。

「對，我是安娜，」她耐心地說。「幾個宿主？」

喜悅的眼淚刺痛了我的眼睛，情感有如溫水流過我全身。即使我不記得這個女人，我仍能感覺到我們之間的多年友情，一種基於直覺的信任。更有甚者，我因為這次的重逢而莫名感動。儘管這樣子說一個我壓根就不記得的人很奇怪，但是我這時恍然大悟，我很想她。

看出我臉上的情緒，安娜的眼中也泛起淚光，她傾身輕輕擁抱我。

「我也想你。」她說，說出了我的心緒。

我們就這麼依偎了一會兒，她才清清喉嚨，擦掉眼淚。

「好了，夠了，」她吸了吸鼻子。「兩個人對泣是成不了什麼事的。我需要你告訴我你的宿主，我們以後有的是時間哭泣。」

「我……我……」我試著講話，喉嚨好像堵著一塊異物。「我醒來後是貝爾，然後是管家，然後是唐納德．達維斯，然後又是管家，再來是雷文科特，現在——」

「又是管家，」她若有所思地說。「第三次回到同一個宿主的身體裡，真是個魔咒，是吧？」

她拂開我額上的一綹頭髮，挨得更近。

「我就當我們還沒有介紹過，至少你還不知道我是誰，」她說。「我叫安娜，而你是艾登．畢夏，我們這樣就算是認識了？你老是不按照次序來，我老搞不清楚我們在幹什麼。」

「妳遇到過我其他的宿主嗎？」

「他們不時出現，又離去，」她說，屋子裡的某處有人說話，她瞥著門口。「通常是找我幹活的。」

「那妳的宿主呢，他們——」

「我沒有別的宿主，只有這一個，」她說。「瘟疫醫生沒有找過我，我對那些日子也沒有記憶。明天我就記不起今天發生了什麼，如果按照今天發生的這些事情看，倒算是運氣不錯。」

「可妳知道發生了什麼事吧？妳知道伊芙琳自殺了嗎？」

「是謀殺，我一醒來就知道了。」她說，拉直我的被子。「我記不起我自己的名字，可是我知道你的，也知道除非我們查出兇手是誰，而且證明他們有罪，然後在晚上十一點整趕到湖邊，否則我們就逃不出這裡。這就像是什麼規則吧。刻在我的腦子裡了，所以我不會忘記。」

「我醒來的時候什麼也記不得，」我回她，想要了解我們的苦難為什麼會不同。「除了妳的名字，瘟疫醫生把所有事情都告訴我了。」

「那是當然的，你是他的特別計畫，」她邊說邊調整我的枕頭。「至於我做什麼，他連屁都不管。一整天也沒聽到他的動靜。不過他不會放過你的一舉一動，只差沒趴在你的床底下窺視了。」

「他說，我們兩個人中只有一人能逃走。」我說。

「沒錯，顯然他希望逃走的人是你，」她說，聲音中透著怒氣，但來得急去得也快。她搖搖頭。「對不起，我不應該拿你出氣的，可我就是甩不掉那種他在耍什麼陰謀詭計的感覺，我一點也不喜歡。」

「我知道妳的意思，」我說。「可如果我們只有一個能逃脫——」

「那我們為什麼在幫助彼此？」她打斷了我的話。「因為你想到了把我們兩個人都救出去的方案。」

「我有嗎？」

「嗯，你自己說的啊。」

說話以來頭一次，她的信心動搖了，擔憂地皺起了眉頭，但在我能追問之前，走廊上傳來吱嘎聲，有人上樓來。感覺整棟屋子都跟著他們的腳步搖晃。

「等一下。」她說，拿起了櫃子上的書，直到現在我才看見那是一本畫家的素描簿，褐色皮革封面裡都是一頁頁的活頁紙，很不整齊地綁著繩子。她把書藏到床底下，拿出了一把獵槍，槍托抵著肩膀，走到門邊，打開了一條縫，方便聽清外頭的騷動。

「喔，糟糕，」安娜說，把門踢上。「是醫生來給你打鎮靜劑。快點，雷文科特幾時才會一個人？我需要叫他不要再找我了。」

「為什麼，誰在——」

「沒時間了，艾登，」她說，把獵槍滑進床底下。「下次等你醒過來我還會在這裡，我們可以再好好談一談，可是現在快點跟我說雷文科特的事，只要你記得的都好。」

她靠近我，緊握著我的一隻手，眼神懇求。

「他凌晨一點十五分會在他的客廳裡，」我說。「妳遞了杯威士忌給他，聊了聊，然後米麗森．德比就來了。妳留了張卡片給他，介紹了米麗森。」

她緊緊閉著眼睛，無聲唸著時間和名字，一遍又一遍，銘刻到記憶中。直到現在，她的臉才因專注而變得平靜，我這才發現她有多年輕，不超過我猜想的十九歲，雖然辛苦勞動為她的外貌添上了幾年的歲月。

「還有一件事，」她輕輕說道，捧著我的臉頰，臉孔靠得好近，我都能看見她褐眸中的琥珀斑點。「要是你在外頭看見了我，要假裝不認識。可以的話，別靠近我。有一個隨從……我之後，或是之前，會跟你說這個人。重點是，我們被看到在一起是很危險的。有什麼話要說，我們就在這裡說。」

她吻了我的額頭，蜻蜓點水的一下，最後再檢查了房間一眼，確定一切正常。

腳步聲來到了走廊上，兩個人的說話聲混雜在一塊，比他們先到。我認出了狄基，卻認不出第二個人。那個聲音低沉急切，不過我也聽不出他們在談什麼。

「跟狄基在一起的是誰？」我問。

「最有可能是哈德凱索勳爵，」她說。「他一整個早上都時不時會過來看你的情況。」

這倒說得通。伊芙琳跟我說管家是哈德凱索勳爵在戰時的副官，兩人的交情就是葛瑞格理．戈爾德會被吊在對面房間的原因。

「情況總是像這樣嗎？」我問。「還沒等問問題，你就已經知道了答案？」

「我不知道。」她說，站了起來，撫平圍裙。「兩個小時了，我一直待在這裡，我接到的只有命令。」

狄基醫生打開了門，八字鬍就跟我第一次見到的一樣可笑。他的視線掠過安娜，定在我身上，再回頭，像是想從我們支支吾吾的談話中窺探出點秘密。一見沒有答案，他就把黑色醫療包擺在床頭櫃上，走過來俯瞰我。

「看來你醒了。」他說，以腳跟為支點，身體前後搖晃，手伸進背心的口袋裡掏懷錶。

「下去吧，丫頭。」他對安娜說，而她行禮過後就離開了房間，出去時還匆匆瞄了我一眼。

「你現在覺得如何？」他問。「沒有因為馬車的顛簸而惡化吧？」

「還好——」我開口說，但是他掀開了錶蓋，拿起我的手測量脈搏。即使是這麼溫和的動作就足以造成陣陣的劇痛，我剛開口，就痛得齜牙咧嘴，回答得斷斷續續。

「有點痠痛是吧，」他說，放下了我的手臂。「也難怪，你挨了一頓毒打。知不知道葛瑞格理．戈爾德那傢伙是想要你做什麼？」

「不知道。他肯定是認錯人了，先生。」

「先生」兩個字不像是我自己要說的，應該是這個管家的習慣，我很詫異它有多輕易就溜上了我的舌尖。

醫生精明地聽著我的回答，目光裡充滿懷疑。他投來短暫的一抹嚴肅的微笑，彷彿與我同謀，既令人安心又隱含脅迫。無論走廊上發生了什麼事，這位貌似慈善的狄基醫生彷彿知道了太多不該知道的事情。

他啪的一聲打開醫療袋，拿出了一只褐瓶和一根針管。他緊盯著我，把針頭戳進瓶子的封蠟，針管吸飽了透明的液體。

我的手緊緊抓住被單。

「我沒事，醫生，真的。」我說。

「對，我擔心的就是這個，」他說，把針管刺入我的脖子，讓我沒有機會抗議。

溫暖的液體湧入我的血管，淹沒了我的思緒。醫生消失了，我眼前五彩繽紛的顏色綻放，又沒入黑暗之中。

「睡吧，羅傑，」他說。「我會處理戈爾德先生的。」

22

第五天

我咳出肺裡的雪茄煙，睜開一雙眼睛，發現自己幾乎是衣著整齊地躺在木地板上，一隻手以勝利者的姿態擺在沒被動過的床鋪上。我的長褲落在足踝上，肚子上抱著一瓶白蘭地。昨晚顯然是想要脫衣服，但是連寬衣解帶這麼平常的事情似乎都不是我的新宿主做得到的，他的呼吸臭得就像一張舊啤酒杯墊。

我呻吟著抓著床邊往上爬，卻引發了一陣頭痛，險些就害我又倒回地板上。

這個房間跟貝爾的那間差不多，昨夜的爐火餘燼在壁爐中朝我眨眼。窗簾拉開了，天空露出了魚肚白。

伊芙琳在森林裡，你需要找到她。

我把長褲拉到腰際，跌跌撞撞走向鏡子，仔細看看我現在寄居的傻瓜是什麼模樣。

我幾乎一頭撞上鏡子。

被雷文科特桎梏了那麼久，這個新的傢伙感覺毫無重量，有如被微風吹動的一片葉子。我在鏡中看見他時並不算太驚訝。他又矮又瘦，大約年近三十，褐色頭髮嫌長，充血的藍眸下是修剪整齊的落腮鬍。我試試他的笑容，發現了一排微微歪斜的白牙。

是一張流氓的臉。

我的所有物在床頭几上擺成一堆，一張請帖的收信人是強納森．德比。至少我知道該為這種宿醉罵誰了。我以指尖篩揀這些東西，找到了一把袖珍小刀，一只飽經風霜的扁酒瓶，一只腕錶，時間指著八點四十三分，還有三個褐色小瓶，以軟木塞封口，卻沒貼標籤。我拉開了一個軟木塞，嗅了嗅裡頭的液體，立刻因為這種甜膩的味道而反胃。

這一定是貝爾販賣的鴉片酊。

我能了解為什麼銷路這麼好。只要聞一聞這玩意就能讓我的腦袋充滿了明亮的光。

角落的小洗臉台邊有一罐冷水，我脫光了衣服，洗掉昨晚的汗水和污垢，挖出掩藏在酒精和污垢底下的那個人。剩下的水我都倒進嘴裡，一直喝到肚子裡有嘩啦聲。可惜，我雖然想淹沒宿醉，卻也只是稀釋了一點，我全身的每一根骨頭，每一束肌肉都在痛。

這個早晨的天氣很差，所以我穿上了我能找到的最厚的衣服：毛呢獵裝和一件黑色風衣，在我離開房間時下襬還拖在地上。

儘管是一大清早，有兩個酒鬼已經在樓梯口拌嘴了。兩人穿的還是昨晚的衣服，手上仍抓著酒瓶，彼此互相指責，嗓門越來越大，我經過時拉開了一段距離，躲避他們亂揮的胳臂。兩人的爭吵追著我進入門廳，門廳因為昨晚的惡作劇而改頭換面了。蝴蝶結從大吊燈上垂下來，樹葉和一個玻璃酒壺的碎片散落在大理石地面上。兩名女僕在打掃，讓我不由得好奇在打掃之前是何等慘況。

我想問她們查理．卡佛的屋子在哪裡，但是她們就像綿羊一樣沉默，垂著視線，搖頭回應我的每一個問題。

她們的沉默真是氣死人。

如果露西．哈波的八卦有幾分的真實性，那麼伊芙琳就會跟女僕在小屋附近被攻擊。要是我能揪出是誰在威脅她，也許我就能救她一命，同時也逃離這個地方——不過我要如何幫助安娜也一起逃走，我是一點線索都沒有。她把自己的計畫擺到一邊，只為了輔助我，相信我有計畫能夠釋放我們兩個。目前，我怎麼樣都覺得那只是個空洞的承諾，而從我們在門房裡談到這件事時她擔憂的皺眉來看，她也開始懷疑了。

我唯一的希望就是我未來的宿主是比我之前的那些要聰明許多的人。

越是追問女僕就越讓她們沉默，我不得不四處尋找協助。門廳兩邊的房間都一片死寂，屋子仍然深陷昨晚的狼藉之中，看不出有別的選擇，我自行穿越滿地的碎玻璃，下樓往廚房走。

到廚房的通道比我記憶中還要陰暗，盤子碰撞聲和烤肉的味道害我想吐。僕人在經過時上下打量我，只要我開口要提問，他們就別開臉。很顯然他們認為我不應該來這裡，同樣清楚的是他們不知道要如何擺脫我。這裡是他們的地盤，是在屋子底下流動的一條毫無戒心的談話和吃吃笑的八卦之河。而我以我的存在玷污了這條河。

我心煩意亂，耳朵彷彿在打鼓。我覺得又累又皮膚刺痛，空氣像是砂紙做的。

「有什麼我能幫忙的地方嗎？」我後面有人說話。

這句話像被人捲起，拋向我的後背。

我轉身就看見了廚娘德拉吉太太，抬頭瞪著我，圓潤的雙手扠在圓潤的腰上。從我這雙眼睛看來，她就像個小孩子用黏土捏出來的泥人，變形的身體上有個小小的頭，五官被笨拙的拇指壓進了臉裡面。她一臉嚴厲，絲毫沒有幾小時後給管家熱司康吃的慈藹。

「我在找伊芙琳・哈德凱索，」我說，迎視她兇巴巴的眼神。「她跟她的女僕瑪德琳・歐貝赫去森林散步了。」

「關你什麼事？」

她的語氣好唐突，我幾乎嚇到。我的雙手緊握成拳，拚命壓抑漸升的怒氣。僕人們在快步經過時都伸長了脖子，急著想看好戲，但是又被劍拔弩張的氣場震懾住了。

「有人要傷害她，」我咬著牙說。「如果妳能告訴我查理・卡佛的小屋在哪裡，我就能去警告她。」

「喔，你昨晚就是這樣對瑪德琳的嗎？去警告她嗎？所以她的上衣才會被撕破，所以她才會哭？」

她的額頭上有青筋搏動，每個字下面都冒出沸騰的泡泡。她上前一步，一根手指戳我的胸口。

「我知道——」她說。

我怒不可遏，想也不想就甩了她一耳光，把她往後推，同時逼近，猶如惡魔般步步緊逼。

「告訴我她去了哪裡！」我高聲叫，口沫四濺。

德拉吉太太把流血的嘴唇抿得死緊，惡狠狠瞪著我。

我的兩手握成拳頭。

走開。

現在就走開。

我凝聚意志力，背對著德拉吉太太，大步走上突然死寂的走道。僕人在我經過時紛紛躲開，怒氣蒙蔽了我的雙眼。

過了轉角，我癱靠在牆上，吐出長長一口氣。我的雙手在發抖，心中的迷霧消散了。在那恐怖的幾秒鐘裡，德比完全不受我控制，是他的毒藥灑入了我的口中，他的憤怒在我的血管中流動。我能感覺它靜止了下來。皮膚出油，骨頭像有針在刺，一種想做什麼惡事的渴望。今天無論發生什麼事，我都需要緊緊管住我的脾氣，否則這頭野獸就會再次掙脫，而天知道他會做出什麼事情來。

而這才是真正嚇人的地方。
我的宿主會反噬。

23

我匆匆衝進陰暗的林中，沾了一靴底的泥巴，但我無暇顧及。無法從廚房取得資訊之後，我衝進了樹林，希望能在任何一條有標記的小徑上遇見伊芙琳。我希望能用努力來補上盤算失敗的地方。就算沒有用，我也得讓德比躲開黑石南館的種種誘惑。

我順著紅旗沒走多遠就來到了一條小溪，溪水從一塊大石頭四周湧出。有一只破酒瓶被泥巴裹住了一半，旁邊是厚重的黑色風衣，貝爾的銀色指南針掉在口袋外頭。我把指南針從泥濘中拔出來，在掌心翻動，就如我第一晚的舉動，我的手指摩挲著蓋子下方雕刻的字母SB。塞巴斯欽．貝爾的縮寫。丹尼爾指明這一點時，我覺得自己好蠢。地上丟棄了六根菸蒂，可見得貝爾站在這裡有一陣子，可能是在等人。這裡一定就是他在晚餐時收到字條之後來赴約的地方，不過他是為了什麼會甘冒風雨又在那麼晚的時間跑出來，我實在想不透。搜查他棄置的風衣也找不到線索，他的口袋裡什麼也沒有，只有一把銀色鑰匙，可能是他的行李箱鑰匙。

唯恐會輸給之前的宿主更多的時間，我把鑰匙和指南針丟進自己的口袋裡，出發去尋找下一面紅旗，張大眼睛注意那個隨從是否尾隨在後。這裡會是他突襲我的完美地點。

天知道我走了多久才終於誤打誤撞找到了查理．卡佛的老屋的廢墟。大火吞噬過它，燒毀了大半片屋頂，留下四面焦黑的牆。我踏進去，每次下腳都會踩到殘骸，驚嚇到一些兔子，牠們飛奔進樹林裡，皮毛被潮濕的灰燼染黑了。角落傾倒著一張床，只剩下骨架子，地板上有一支桌腳，是被打斷的人生的殘跡。伊芙琳跟我說過小屋在卡佛上絞架那天付於祝融。

更可能是哈德凱索勳爵伉儷把回憶拋上了柴堆，親自點的火。

誰能怪他們呢？卡佛在湖邊奪走了他們兒子的生命，而他們想要用火來擺脫掉他似乎是合情合理之舉。

一道腐朽的籬笆標識出小屋後方的花園，荒廢了多年許多的木板都掉了。四面八方都有一叢叢紫色黃色的花朵怒放，紅色漿果垂掛在攀爬在籬笆柱上的蔓藤上。

我跪下來綁鞋帶時，有個女僕從樹林中出來。

如此的驚恐，我希望不會再見到。

她的臉上血色盡失，籃子落在地上，裡頭的蘑菇散落一地。

「妳是瑪德琳嗎？」我開口說話，但是她已經在後退，東張西望找幫手。「我不是來傷害妳的，我是想要——」

我還沒能多說一個字她就不見了，衝進了樹林裡。我追上去，被雜草絆到腳，上半身摔在籬笆上。

我爬起來，瞥見她在林間穿行的身影，她身穿黑色的裙子，飛跑的速度超過我的想像。我大聲喊，不過我的聲音卻像鞭子一樣抽打著她的背，讓她逃得更遠。即使如此，我還是比她快、比她強壯。雖然我不想嚇壞這個女孩子，為了伊芙琳，我卻不能追丟她。

「安娜！」貝爾在附近某處大喊。

「救命！」瑪德琳尖聲回應，哭泣中帶著驚恐。

我非常接近了，我伸出手，希望能把她拉回來，但是手指只拂過她的衣服，而且我一個重心不穩，又讓她跑遠了。

她低頭躲過一根樹枝，腳步踉蹌，但極其輕微。我抓住了她的衣服，害得她又尖叫起來，說時遲那時快，一發子彈從我的臉邊掠過，射入了我後面的一棵樹。

驚訝之餘我放開了瑪德琳，她跌跌撞撞跑向從樹林中出現的伊芙琳。她將會帶去墓園的黑色手槍握在她的雙手中，但是卻比不上她憤怒的表情那麼嚇人。我敢說，她射偏一點就能送我上西天。

「不是那樣的……我能解釋。」我喘著氣說，雙手按著膝蓋。

「像你這樣的男人永遠找得到藉口。」伊芙琳說，伸出一隻胳臂把受驚的女孩掃到她的後面。

瑪德琳在哭，整個身體都劇烈抖動。老天明鑑，可是德比卻樂在其中。他被對方的恐懼撩撥得極其亢奮，這種經歷他並不陌生。

「所有這一切……對不起……不過是誤會。」我喘著氣說，求和地向前一步。

「退後，強納森，」伊芙琳兇巴巴地說，雙手握緊了手槍。「不要招惹這個女孩子，不要招惹所有的女孩子。」

「我不是故意要——」

「你母親是我們家的朋友，所以我才會放你走，」伊芙琳打斷了我。「可要是再讓我看見你接近別的女人，再讓我聽說有這種事，我發誓我會賞你一槍。」

伊芙琳一邊仔細把槍對準我，一邊脫下大衣，披在瑪德琳抖動不停的肩上。

「妳今天就待在我身邊，」她跟嚇壞的女僕說。「我不會讓別人傷害妳的。」

兩人蹣跚走入林間，把我一個人丟在森林裡。我仰頭看天，吸入冰冷的空氣，希望打在臉上的雨水能夠冷卻我的沮喪。我來這裡是為了要阻止別人攻擊伊芙琳，相信我能夠在過程中揪出殺人兇手，結果，我反倒成了那個我拚命想要阻止的惡徒。我是在追逐我自己的尾巴，而在過程中還嚇壞了一個無辜的女人。說不定丹尼爾說得對，或許我們無法逆轉未來的命運。

「你又在浪費時間。」身後傳來瘟疫醫生的聲音。

他站在空地的另一頭，就像一條影子。一如既往，他似乎估住了最理想的位置。距離夠遠，讓我不可能碰得到他，卻又近到可以輕鬆談話。

「我原以為能幫上忙。」我的語氣中透著一絲苦澀，這一切刺痛了我。

「你還是可以幫忙，」他說。「塞巴斯欽．貝爾在樹林裡迷路了。」

這就對了。我來這裡不是為了伊芙琳，我是為貝爾來的。我來是要確定迴圈再次展開。命運正牽著我的鼻子走。

我從口袋裡掏出指南針，握在掌心，想起了今天早晨我跟著指南針晃動的指針前進時有多麼的躑躅不定。少了這個，貝爾就幾乎不可能走出去。

我把指南針拋到瘟疫醫生的腳下。

「我就要這樣改變事情，」我說，掉頭走開。「你自己拿給他。」

「你誤會我來這裡的目的，」他說，尖銳的語氣讓我猝然止步。「你如果讓塞巴斯欽・貝爾一個人在森林裡亂晃，他就永遠也見不到伊芙琳・哈德凱索，也永遠無法培養出你高度重視的友誼。拋棄他你就不會在乎救不救得了她。」

「你是說我會忘記她？」我問，心頭一驚。

「我的意思是，你應該注意那些被忽視的環節，」他說。「要是你拋棄貝爾，你也會拋棄伊芙琳。那將殘忍至極，就我對你的了解，你不是個殘忍的人。」

說不定是我想像的，但是這是頭一次他的語氣中出現了一絲溫暖。這就足以令我心頭動盪，我又一次轉過頭面對他。

「我需要改變這一天，」我的聲音中透出一股不服輸。「我需要看見這件事可以做得到。」

「你的沮喪是可以理解的，可是你既然放火燒了房子，那麼重新排列家具又有什麼用？」

他彎下腰拾起了指南針，以手指揩掉上頭的泥巴。聽他呻吟，看他挺直腰時的遲滯，可見得在化妝的底下是一個年長的人。等他覺得擦乾淨了之後，他就把指南針拋給我，可惡的東西險些從我的手中滑掉，因為外表太濕了。

「拿著，去解開伊芙琳的命案。」

「她是自殺的，我親眼看見了。」

「如果你覺得有那麼簡單，你的進度可比我料想的還要慢。」

「而你比我估計的還要殘忍得多，」我吼道。「既然你知道是怎麼回事，你為什麼不去阻止？何必玩這種把戲？在兇手能傷害她之前就把他絞死啊。」

「這個想法滿有意思的，可惜，我不知道誰是兇手。」

「怎麼可能？」我說，難以置信。「我都還沒想到要採取什麼行動，你就每一步都知道了。你怎麼可能會對這棟屋子裡最重要的真相盲目無知？」

「因為那不是我該管的，我監視你，你監視伊芙琳．哈德凱索。我們都有自己的角色。」

「那我可以隨便抓個人來頂罪，」我雙手一攤喊著：「是海蓮娜．哈德凱索殺的。好了，破案了！快放了我吧！」

「你忘了我需要證據，而不只是你的一面之詞。」

「那要是我救了她呢，又會怎麼樣？」

「我不覺得有可能，你是在為自己的調查設障礙，我的條件還是那些。伊芙琳昨晚被謀殺了，之前的每一晚都是。即使你今晚能救她，也改變不了這一點。把那個殺害或是預謀殺害伊芙琳・哈德凱索的人的名字帶給我，我就會釋放你。」

來到黑石南館以來第二次，我發現自己握著指南針，琢磨著某個我不信任的人給予的指示。照著瘟疫醫生的要求去做就等於讓我自己投入一個執意要殺死伊芙琳的日子，可是又似乎找不出別的法子能在不讓情況惡化的條件下扭轉乾坤。假設他說的是實話，我不是去解救我的第一個宿主，就是放棄伊芙琳。

「你懷疑我的意圖？」我的猶豫不決讓他有些惱怒。

「我當然懷疑你的意圖，」我說。「你戴著面具，說話像打啞謎，我連一分鐘都不相信你把我帶來這裡只是為了要解開一個謎團。你到底在隱瞞什麼？」

「而你認為揭開我的面具就能夠水落石出？」他譏笑道。「臉不過是另一種面具罷了，你比誰都清楚；不過你說得對，我是有所隱瞞。如果你聽了會比較心安的話，我不是在隱瞞你。要是你當真成功了，撕下了這張面具，我只會被別人替換，而你的任務仍舊不變。我會讓你決定需不需要這麼麻煩。至於你來到黑石南館，說不定讓你知道帶你來此的人的名字能夠稍微平息你的疑慮。」

「是誰？」

「艾登・畢夏，」他說。「你跟別的對手不一樣，你是自願來到黑石南館的。今天發生的一切，都是你自找的。」

他的聲音透著後悔，但是鳥嘴面具沒有表情，讓這番話更難以理解。

「不可能，」我頑固地說。「我為什麼會出於自由意志來到這裡？為什麼會有人要惡整自己？」

「你在來到黑石南館之前的人生與我無關，畢夏先生。解開伊芙琳．哈德凱索的命案，你就能夠得到你要的所有回答，」他說。「在此同時，貝爾需要你伸出援手。」他指著我後面。「他在那邊。」

二話不說，他就退入了森林，黑暗徹底吞沒了他。我的腦袋被無數小問題堵塞住，卻沒有一個能在這片森林中幫得了我的忙，所以我把問題推到一邊，動身去尋找貝爾。他正蹲伏在地上，耗盡力氣，渾身顫抖。我一步步接近他，他聽到我腳下的小樹枝嘎吱作響，便僵住了，一動不動。

他的膽怯令我反感。

儘管瑪德琳判斷失誤，但至少她還知道逃跑。

我圍著這位前宿主打轉，不讓他看見我的臉。我想解釋一二，但是那些嚇傻了的人無法成為你的盟友，尤其是那些早已認定你是殺人犯的人。

我只需要貝爾活下來。

再兩步我就來到了他的背後，湊得夠近，可以跟他耳語。他的身體冒出一顆顆的汗珠，味道像污穢的抹布，直衝向我的臉。我只能按捺作嘔的衝動，把話說完。

「向東走。」我說，把指南針扔到他的口袋裡。

我往後退，向樹林裡卡佛被燒毀的小屋走去。貝爾會再迷失個一小時左右，讓我有充足的時間能沿著旗子回到屋子裡而不會撞見他。

儘管我盡了全力，一切仍按照我記憶中的模樣進行，分毫不差。

24

黑石南館的輪廓很快出現在婆娑的樹影間。我繞到宅子後面，這裡比前面還亟需整修。好幾扇窗玻璃裂了，磚頭崩落。一道石欄杆從屋頂上塌落到草皮上，覆蓋著厚厚的苔蘚。哈德凱索夫婦顯然只整修了賓客會看見的區域——也難怪了，誰叫他們手頭拮据呢。

正如我第一個早晨在森林邊緣徘徊一樣，我現在發現自己穿過花園，心頭有同樣的不祥之兆。如果我是自願來此的，我一定有個理由，可無論我有多努力搜索記憶，就是想不起來。

我是願意相信我是個好人，是來幫忙的，可如果是這樣，我卻只是越幫越忙。今晚，一如每一晚，伊芙琳會自殺，而如果今天早晨的行動可以當指標的話，我從災難划開的企圖反而會害我們加速衝進災難。據我所知，我想拯救伊芙琳的拙劣努力，就是害她最後以銀色手槍在倒影池飲彈自殺的原因。

我實在是太專心想著這些事了，所以是在幾乎快摔在米麗森身上時才發現她。老婦人坐在可以一覽花園的鐵椅上渾身發抖，抱著雙臂抵擋寒風。三件毫無形狀的大衣緊緊包著她，圍巾包著嘴巴，而她的眼睛從圍巾後往外看。她凍得發青，帽子壓得低低的蓋住耳朵。聽見我的腳步聲，她轉過頭來，皺巴巴的臉上露出驚訝。

「要命啊，看你這副鬼樣。」她說，把圍巾從嘴巴上拉下來。

「早安啊，米麗森。」我說，乍見她我的心中就泛起一陣溫暖，這讓我吃了一驚。

「米麗森？」她說，抿緊了嘴唇。「你還真是摩登啊，親愛的。可以的話，我寧願你叫我『母親』。我可不想讓別人以為你是我從街上撿來的。不過有時候我還真覺得我還不如去撿一個來養。」

我張大了嘴巴。我之前一直沒聯想到強納森．德比和米麗森．德比有關係，興許是因為想像他是被聖經上的瘟疫送到地球上來的比較容易。

「抱歉，母親。」我說，把手塞進口袋裡，坐在她旁邊。

她朝我挑起一道眉毛，那雙聰慧的灰眸亮著好玩的光芒。

「中午不到就道歉，而且還下床活動了，你沒有哪裡不對吧？」她問。

「可能是因為鄉間的新鮮空氣，」我說。「妳呢，這麼冷的早上怎麼待在外面？」

她咕噥一聲，把自己裹得更緊了。「我本來約了海蓮娜一塊去散步的，可那女人連個影子都沒看見。她一定是又把時間弄錯了。我知道她今天下午要跟西索．雷文科特見面，她八成是跑他那兒去了。」

「她沒有，」我說。「雷文科特還在睡覺。」

米麗森好奇地注視我。

「康寧漢跟我說的，雷文科特的男僕。」我謊稱。

「你認識他？」

「不怎麼熟。」

「哼，要是我，就不會跟那個人來往。」她不以為然地說。「我知道你有一群狐朋狗友，可是從西索的話裡，我聽得出這傢伙不大可靠，就算是以你的低標準來看。」

這話可讓我有些生氣。我喜歡這個男僕，但他是在我拿他隱瞞的秘密威脅他之後才同意幫我的。在我發掘出他隱瞞了什麼事之前，我是不能依靠他的，而米麗森或許就是挖掘的關鍵。

「怎麼說？」我隨口問。

「喔，我也不知道，」她說，朝我揮了揮手。「你也知道西索的，他身上的每一層肥肉都埋藏了秘密。聽說，他雇用康寧漢完全是因為海蓮娜的要求。現在他揭發了這個小子的一些不道德的勾當，正在考慮要辭退他。」

「不道德？」我說。

「唉，西索是這麼說的，可我怎麼問也問不出來。那可惡的傢伙口風很緊，不過你也知道他有多討厭醜聞了。康寧漢有那樣的身世，要是他會擔心，那絕對是淫亂不堪。真可惜我不知道是怎麼回事。」

「康寧漢的身世？」我問。「我大概是哪裡漏掉了。」

「那個小子是在黑石南館長大的，」她說。「是廚娘的兒子，至少大家都是這麼傳的。」

「其實不是真的？」

老婦人咯咯笑著，狡黠地看著我。

「聽說彼得・哈德凱索勳爵大人不時會到倫敦去縱情聲色，唉，有一次人家跟著他回到黑石南館來了，懷裡還抱著一個孩子，說是他的。彼得準備把孩子送去教會，可是海蓮娜卻出面了，執意把孩子留下來。」

「她為什麼要這麼做？」

「我了解海蓮娜，她可能覺得這是對他的羞辱，」米麗森嗤之以鼻，別開臉躲避寒風。「她一直都不是非常喜歡她先生，把他的恥辱往家裡帶，這個點子一定讓她心癢難耐。可憐的彼得可能在這三十三年來每天晚上都是哭著入睡的。反正呢，他們把孩子交給了德拉吉太太，那個廚娘來撫養，而海蓮娜則讓每個人都知道他是誰的孩子。」

「那康寧漢自己知道嗎？」

「他怎麼會不知道，秘密總會一傳十，十傳百。」老婦人說，從袖子裡抽出手帕來擦鼻水。「既然你們兩個交情那麼好，你可以自己問他啊。我們去走一走吧？沒必要在這長椅上凍著，我等的那個女人不會來啦。」

她在我能回應之前就站了起來，重重跺了跺腳，對著戴手套的手呵氣。今天的天氣實在很糟，灰色天空吐出雨點，變成泡沫，融入翻騰的暴風雨中。

「你們為什麼要在室外見面？」我問，腳下踩著環繞屋子的碎石小徑。「難道不能在屋裡頭跟哈德凱索夫人見面嗎？」

「裡頭有太多人我寧可不要遇到。」她說。

所以她才早上跑到廚房去？

「說到遇到別人，我聽說妳早上還去了廚房。」我說。

「誰說的？」她停下來。

「這個——」

「我根本就沒有靠近過廚房，」她往下說，不等人回答。「骯髒污穢的地方。味道幾個禮拜都散不了。」

她似乎是真心被我的話惹惱了，也就是說她可能還沒去過。一分鐘後她好脾氣地用手肘頂了頂我，聲音忽然變得歡悅。「你聽說唐納德．達維斯的事了嗎？他昨晚顯然是開了輛汽車逃回倫敦去了。馬廄管理員看見了，說他在傾盆大雨中現身，身上的衣服花不溜丟的。」

我聞言止步。對啊，我現在應該是回到唐納德．達維斯身上才對，就跟我回到管家身上一樣。他是我的第三個宿主，安娜跟我說我必須在每一個身上過完一整天，無論我願不願意。我把他丟在馬路上睡覺時早晨才過了一半，那我為什麼沒有再看見他？

你讓他手無寸鐵還落單了。

我覺得一陣愧疚。只怕那個隨從已經找到他了。

「你有沒有在聽啊？」米麗森氣惱地說。「我說唐納德．達維斯開著汽車跑掉了。那一家子都有毛病，每一個都是，這可是醫生說的。」

「妳和狄基說過話。」我漫不經心地說，腦子裡仍在想著達維斯。

「是他和我說過話。」她譏笑道。「三十分鐘我都忙著不去看他的八字鬍，他的聲音能穿得透鬍子，我還真意外呢。」

這句話逗得我笑起來。

「黑石南館裡有誰是妳瞧得上眼的嗎，母親？」

「還真沒有我看著順眼的，可有我嫉妒的人啊。社交就像在跳舞，親愛的，而我太老了，跳不動了。說到跳舞，街頭賣藝的來了。」

我順著她的視線看見丹尼爾從相反方向接近我們。儘管寒冷，他只穿著板球毛衣和亞麻長褲，他在門廳第一次遇見貝爾時也是這一身裝束。我看了看錶，他們的會面很快就要發生了。

「柯立芝先生。」米麗森高聲吆喝，語氣強顏歡笑。

「德比太太，」他說，走到我們旁邊。「今早您又讓哪位男士傷心了？」

「真可惜，柯立芝先生，他們的心現在連抖都不會抖了。」她的語氣中帶著謹慎，彷彿是在走過一條她認定會斷的橋。「是什麼不正經的事讓你在天氣這麼壞的早晨出來啊？」

「我有事想請妳兒子幫忙，而且我保證，絕對光明正大。」

「唉，那可令人有些失望。」

「誰說不是呢。」他這才把目光轉向我。「借用一分鐘，德比？」

我們走到一旁，米麗森竭力裝出不感興趣的模樣，圍巾上方的眼睛卻不時朝我們投來臆測的眼神。

「怎麼了？」我問。

「我要去逮那個隨從。」他說，英俊的臉龐浮現介於恐懼與興奮之間的表情。

「怎麼逮？」我馬上被他的主意吸引了。

「我們知道他會在一點左右到餐廳去折磨雷文科特，」他說。「我建議我們在那裡逮住他。」單單是回想那種幽魂似的腳步和邪惡的笑聲就足以害我的脖子冒出雞皮疙瘩，而想到終於可以抓住那隻惡鬼，我的血管就像著了火。這種猛烈的感覺跟德比在森林中的感覺，在我們追逐女僕時的感覺相去不遠，我因而立刻就提高了戒心。對這名宿主，我連一吋都不能退讓。

「你有什麼計畫？」我說，克制住自己的衝動。「我那時單獨在餐廳，根本就想像不出他能躲在哪裡。」

「我也一樣，幸好昨晚在晚餐上跟哈德凱索夫婦的一個老朋友聊了聊，」他說，把我又帶遠了一點，因為米麗森正悄悄蹭過來偷聽。「原來地板下有四通八達的地道，那就是他藏身的地方，而我們也會在那兒結束他的生命。」

「怎麼做？」

「我的新朋友說在圖書室、客廳和畫廊各有一個地道入口。我建議我們各自看守一個入口，等他出來時抓住他。」

「聽起來很完美，」我說，努力壓制德比漸升的興奮。「我負責圖書室，你負責客廳。那畫廊呢？」

「讓安娜去吧，」他說，「可是我們都不夠強壯，一個人制不住隨從。你們兩個何不一起看守圖書室，我會去找我們的其他宿主來幫我看守客廳和畫廊？」

「好極了。」我說，粲然一笑。

要不是我盡力控制德比的意志，他已經提著燈拿著菜刀衝進地道裡了。

「好，」他說，朝我亮出那麼有感情的笑容，很難想像我們倆還有過不愉快。「在一點之前就位。運氣好的話，晚餐之前就能了結了。」

他轉身要走，我抓住他的胳臂。

「你能不能告訴安娜你找到了好辦法？如果她能幫我們，我和她就都可以逃出去。」

他定睛看著我，我趕緊收回了手。

「好的。」他說。

「那是個謊言，是嗎？」我說。「我們之中只有一個能逃出黑石南館。」

「現在還說不準。我尚未放棄任何希望，我們最終會成功的。」

「你是我最後一個宿主，你還剩多少希望？」

「並不是很多，」他的表情變得柔和。「我知道你喜歡她。相信我，我還沒忘記那種感覺，可是我們需要她的協助。如果我們得把一整天的時間都花在留意隨從以及安娜上，我們是逃不出這棟屋子的。」

「我必須告訴她真相。」我說，被他對我的朋友這種冷酷無情的漠視嚇到了。

他變得冰冷。

「你那麼做，只會把她變成敵人，」他輕聲說著，環顧四周以免有人偷聽。「那樣，就真的沒有希望能幫到她了。」

他鼓著腮幫子，抓了抓頭髮，對我微笑，焦躁有如穿孔的氣球洩氣一樣從他的身上漏出來。

「你認為是對的就去做吧，」他說。「不過至少等到我們抓住隨從。」他看了看錶。「再三個小時，我只要求這麼多。」

我們的視線交會，我的眼中滿是疑惑，他的眼中滿是懇求。我沒辦法，只能同意。

「好吧。」我說。

「你不會後悔的。」他說。

他捏了捏我的肩膀，朝米麗森開心地揮手，然後大步向黑石南館而去。他這個人不達目的絕不罷休。

我轉身發現米麗森抿著嘴唇在端詳我。

「你還真交了些爛朋友。」她說。

「我也是個爛傢伙啊。」我回嘴，迎視她的目光，最後她搖搖頭，繼續前進，放緩腳步好讓我和她並肩同行。我們來到了一處長形的溫室，大多數的玻璃都裂了，裡頭的植物枝繁葉茂，抵住了玻璃。米麗森向裡面張望，可目光被繁密的植被遮住了。她示意要我跟上，我們走向另一頭，發現門上換了新的鐵鍊和鎖頭。

「可惜，」她徒勞地搖晃著鎖。「我年輕一點的時候很喜歡來這裡。」

「妳以前來過黑石南館？」

「我小時候在這裡避暑，我們都是：西索・雷文科特，柯提斯家的雙胞胎，彼得・哈德凱索跟海蓮娜——他們就是這樣認識的。我結婚以後，帶你哥哥姊姊來過，他們差不多是跟伊芙琳、邁可、湯瑪斯一塊長大的。」

她挽著我的臂，繼續散步。

「喔，我以前好喜歡那些夏天，」她說。「海蓮娜對你姊姊簡直就是嫉妒得要命，因為伊芙琳長得不夠漂亮。邁可也好不到哪兒去，生了一張大餅臉。湯瑪斯是唯一一個漂亮的孩子，可是卻死在那個湖裡，我忍不住想，命運是打擊了那個可憐的女人兩次。不過，他們沒有一個能跟你比，我英俊的兒子。」她說，捧著我的面頰。

「伊芙琳長大了還不難看啊，」我抗議道。「其實她還滿漂亮的。」

「真的？」米麗森說，不敢相信。「一定是在巴黎女大十八變了，我哪會知道。那個丫頭一整個早晨都躲著我，有其母必有其女吧。不過也難怪西索會一直圍著她打轉。沒見過這麼虛榮的男人，雖然你父親也差不多，我忍受了他五十年。」

「哈德凱索一家很討厭她，知道嗎？我是說伊芙琳。」

「胡說八道，誰告訴你的？」米麗森說，抓住我的胳臂，晃動著腳，想甩掉靴底的泥巴。

「邁可愛死她了。他幾乎每個月都往巴黎跑，據我所知，打從她回來之後，姊弟兩個一直親密無間。而且彼得也不討厭他，他只是冷漠。只有海蓮娜，她從湯瑪斯死後就一直不太正常。你知道的，他們還跑到這裡來。每年在他的忌日，她都會沿著湖邊散步，有時甚至還會跟他說話。我親耳聽到的。」

這條路引著我們來到了倒影池，伊芙琳今晚就會在這裡自殺，而這裡也跟黑石南館的其他地方一樣，遠觀才顯得美麗。從舞廳看，這面倒影池景色如畫，像一面長鏡子映照出屋子的所有戲劇性事件。不過來到近處，也不過是個污穢的水池，石頭龜裂，石面上覆滿了毯子似的青苔。

為什麼要在這裡自殺？為什麼不在臥室裡，或是門廳？

「你沒事吧，親愛的？」米麗森問。「你的臉色有點發白。」

「我在想他們任這個地方荒廢實在是很可惜。」我說，陪著笑臉。

「喔，我知道，可是他們還有什麼法子？」她說，調整了一下圍巾。「命案發生之後他們沒辦法住在這裡，知道黑石南館發生的事情，也沒人願意買下這個莊園。要我說啊，就該讓這宅子在樹林裡荒廢掉。」

這個想法令人傷感，但是什麼都無法在強納森．德比的心裡留存太久，我也因為可能從旁邊的舞廳窗戶看見今晚的派對準備工作而很快就分散了心神，僕役和工人在擦洗地板，粉刷牆壁，而女僕踩著搖搖晃晃的梯子拿著長雞毛撢子撢塵。舞廳的另一頭，滿臉無聊的樂師在用晶亮的樂器拉出十六分音符。而伊芙琳．哈德凱索則站在房間中央指指點點，發號施令。她從這邊跑到那邊，碰別人的胳臂，表示善意，這讓我心裡隱隱作痛，想起貝爾和她度過的那個午後。

我尋找著瑪德琳．歐貝赫，發現她在跟露西．哈波一起笑——就是那個受斯坦溫欺負，而雷文科特向其示好的女孩子——她們兩個一塊抬著一張貴妃椅到舞台邊。這兩名受欺負的女人在彼此身上找到慰藉，讓我也稍稍感到一點安慰，儘管絲毫不能減輕我對早晨的事件的愧赧。

「我上次就跟你說過了，我不會再幫你收拾爛攤子了。」米麗森厲聲說道。

她看見我正盯著女僕出神，她的眼神中愛恨交織，那氤氳霧氣中浮現出德比的秘密。我之前只是隱約了解的事情，如今明明白白擺在眼前。德比是個強暴犯，而且還是個慣犯。她們都在這裡，米麗森全看在眼裡，他攻擊過的每一個女人，他摧毀的每一條生命。這些擔子都由她背負著。無論強納森．德比的心中潛伏著什麼黑暗，米麗森都把它藏在黑夜裡。

「你總是挑上那些弱者，是不是？」她說。「總是那些——」

她忽地打住，嘴巴合不攏，彷彿下一句話就在她的唇間蒸發了。

「我得走了，」她突然說，捏了捏我的手。「我有個非常奇怪的想法。晚餐見了，親愛的。」

二話不說，米麗森就又回頭走上來時路，消失在屋子的轉角。我一頭霧水，回頭望著舞廳，想看出她是看見了什麼，但是除了樂隊之外，每個人都變換了位置。就是這時我注意到窗台上的棋子。我沒弄錯的話，這是我在貝爾的行李箱中看見的同一枚手工棋子，沾到了白漆，並且以雕工拙劣的眼睛看著我的那枚棋子。而且在棋子上方的髒玻璃上留下了一句話。

在你後面。

果不其然，安娜在森林邊緣朝我揮手，小小的身體被灰色大衣裹住。我把棋子放進口袋裡，左瞧右瞧，確保沒有旁人，這才跟著她深入樹林，遠離黑石南館的視線。看她的樣子像是等了有一陣子了，這會兒跳來跳去，保持溫暖。但是她的臉頰仍然凍得發青，顯然是沒有什麼作用。她穿得這麼單薄，也難怪。她一身灰色，大衣破舊脫線，針織帽薄如蟬翼，這些衣服都是一代傳一代，補丁了太多次，已經看不出原始的材質。

「你大概沒有蘋果之類的吧？」她跳著腳說。「我餓扁了。」

「我有一個扁酒瓶。」我說，拿出來給她。

「只能湊合了。」她說，接了過去，轉開瓶蓋。

「在門房外見面不是太危險了嗎？」

「誰說的？」她喝了口酒，皺著眉頭。

「妳啊。」我說。

「這是我將要說的話。」

「什麼？」

「我將要跟你說，我們再見面不安全，但是我還沒說，」她說。「我不可能說過了，我才剛醒來幾個小時，大多數時間都在阻止那個隨從把你未來的宿主捅成蜂窩，連早餐都忙得沒法吃。」

我朝她眨眼，試著釐清順序完全被打亂的一天。這已經不是第一次了，我發現自己渴望能像雷文科特那樣聰明。被禁錮在強納森．德比這愚笨的大腦裡，像是往濃湯裡攪拌油炸麵包丁。

看出了我的困惑，她皺起眉頭。

「你知道隨從幹了什麼嗎？我不知道還會發生什麼。」

我趕緊把貝爾發現的死兔子以及在餐廳糾纏雷文科特的鬼魅腳步都告訴了她，她的表情隨著每一段新訊息而變得更晦暗。

「那個王八蛋，」她聽我說完後就開罵。她來回移動，緊握雙拳，肩膀向前轉動。「等我抓到他就會讓他好看。」她說，朝屋子投了帶著殺氣的一眼。

「不久就有機會了，」我說。「丹尼爾覺得他是在地道裡。地道有幾個出入口，可是我們要守著圖書室。他要我們在一點之前就位。」

「這樣做，我們很可能送命，這倒幫那個隨從省了麻煩。」她說，語氣坦率平淡。她看著我彷彿我是失心瘋了。

「妳為什麼這麼說？」

「那個隨從不是白痴，」她說。「要是我們知道他在哪裡，是因為我們本來就應該要知道。從一開始，他就總是領先我們一步。要是他埋伏在那裡，等著將計就計，我是一點也不會吃驚的。」

「我們總得做點什麼啊！」我抗議。

「我們會做，可是明明可以做點聰明事卻偏偏要去做蠢事，那有什麼意義？」她耐著性子說。「聽我說，艾登，我知道你很絕望，可是我們是有約定的，你跟我。我保住你的命，讓你去找出殺害伊芙琳的人，然後我們兩個一起逃出這裡。我現在就是在履約，換你答應我不會去逮那個隨從。」

她的論點有道理，但是對上了我的恐懼卻無足輕重。如果有機會能夠在這個瘋子找上我之前制住他，我就要試一試，無論風險有多大。我寧可站著死也不要縮在角落裡。

「我答應。」我說，又往謊言堆上加了一條。

謝天謝地，安娜太冷了沒聽出我的音調變化。雖然扁酒瓶裡的玩意害她酒醉，她卻冷得整張臉都變綠了。為了躲避寒風，她緊挨著我，我能聞到她皮膚上的香皂味，我強迫自己轉移視線。我不想讓她看見德比的慾望在我的體內蠢動。

察覺到我的不安，她歪頭迎視我下俯的臉。

「你的其他宿主比較好，我保證，」她說。「你得把持住自己，別向他投降。」

「這我哪能辨得到？我又不知道何時是他們，何時是我。」

「如果不是你，德比已經對我上下其手了，」她說。「就憑這個你就知道你是什麼樣的人。你不只是記得，而且還身體力行，而且一直在做你自己。」

話雖如此，她仍退開了一步，讓我不會那麼不自在。

「這麼冷的天氣妳不應該跑出來，」我說，摘掉了圍巾，包住她的頸子。「妳會凍死的。」

「你再繼續這樣子，大家可能會把強納森．德比當成個人看。」她說，把圍巾的兩端塞進大衣內。

「去跟伊芙琳．哈德凱索說吧，」我說。「她今天早晨差點就開槍打我。」

「你應該要回她一槍，」安娜平靜地說。「那我們就能解開她的謀殺之謎了。」

「我聽不出妳是不是在開玩笑。」我說。

「當然是開玩笑啊，」她說，對著皸裂的雙手呵氣。「有那麼簡單的話，我們早八百輩子前就逃出這裡了。不過呢，我也不確定救她的命是不是一個比較好的計畫。」

「妳覺得我應該就讓她死？」

「我覺得我們花了很多時間沒去做我們被要求的事。」

「我們不知道是誰想要伊芙琳死，沒法子保護她，」我說。「查出一件才能幫我們做另一件。」

「但願你是對的。」她懷疑地說。

我本來以為她會像預想的那樣來鼓勵我，但是她的懷疑好像鑽進了我的皮膚底下，讓我渾身發癢。我跟她說過挽救伊芙琳的性命就能夠揪出兇手來，可我是在避重就輕。我壓根就沒有計畫，我甚至不知道是否救得了伊芙琳了。我是在盲目的感情衝動之下行事，因此而讓那個隨從佔了先機。安娜不應該得到這樣的待遇，可我完全不知道要如何在不放棄伊芙琳的條件之下給她更好的將來——而不知為何我一想到這裡就覺得無法面對。

小徑上傳來騷動，吹過林間的風帶來說話聲。安娜挽住我的手臂，把我往森林裡拉。

「這聽起來有些滑稽，但我其實是來請你幫忙的。」

「儘管說，我能幫什麼忙？」

「現在幾點了？」她說，從口袋裡掏出畫家的素描簿。跟我在門房裡看見的是同一本，紙張皺褶，封面打了很多洞。她舉著本子，我看不見裡面，但從她翻閱時小心翼翼的動作，裡頭有很重要的東西。

我看了看錶。「現在是十點零八分，」我說，好奇得不得了。「簿子裡有什麼？」

「筆記信息什麼的，我設法獲取的你那八個宿主的情況，還有他們都做了些什麼。」她心不在焉地說，手指拂過某一頁。「別問你能不能看，因為你不能看。你要是知道了後面的事，就會毀了這一天，我們可不能冒這個險。」

「我沒要看。」我抗議，急忙避開視線。

「好，十點零八分。好極了。再一分鐘，我就要去草地上擺個石頭。我需要你在伊芙琳自殺的時候站在旁邊。你不能動，艾登，一吋都不能動，懂了嗎？」

「妳這麼做有什麼用意，安娜？」

「就說是備用計畫吧。」她輕吻了我的臉頰一下，冰冷的唇迎上麻痺的肌膚，同時她把簿子放回了口袋裡。

她剛走開一步就彈手指，又回過頭來，手掌上有兩錠白色藥丸。

「等一下吃，」她說。「我趁狄基醫生去看管家的時候從他的袋子裡偷來的。」

「什麼藥？」

「頭痛藥，我要用它來交換我的棋子。」

「這個醜死了的舊東西？」我問，把手刻的主教還給她。「妳為什麼想要？」

她朝我微笑，盯著我拆開藍色小手絹包著的藥丸。

「因為是你送我的，」她緊緊地把棋子握在手心，「是你給我的第一個承諾。就是這個醜死了的舊東西才讓我不再害怕這個地方，讓我不再怕你。」

「我？妳為什麼會怕我？」我說，想到我們之間有芥蒂，真的很傷心。

「喔，艾登，」她說，一面搖頭。「如果我們這件事做對了，屋子裡的每個人都會怕你。」

她隨著這句話走了，被吹入林中，再出現到環繞著倒影池的草皮上。興許是她的年輕，或是她的個性，或是環繞著我們的各種悲慘成分冶煉出來的奇特魔力，但是我在她身上看不見一丁點的懷疑。無論她有什麼計畫，她似乎都自信滿滿。說不定有些太過自負。

我從林子這邊看過去，安娜從花床裡撿起一塊白色大石頭，走出六步，再把石頭丟在草地上。她伸長一條胳臂，測量出到舞廳落地窗的一條直線，然後，似乎滿意了，她擦掉手上的泥，雙手插入口袋，慢慢走開。

不知為何，她的舉動令我不安。

我是自願來到此地的，安娜卻不是。瘟疫醫生為了某個原因把她帶來黑石南館，而我完全不知道可能的原因是什麼。

無論安娜究竟是誰，我都會盲目地追隨她。

25

臥室門上鎖了，裡頭也沒有聲響。我本希望能在海蓮娜展開一天之前攔住她，但看來屋子的女主人不是個怠惰懶散的人。我再次轉動門把，耳朵貼著木門。除了賺來路過的賓客好奇的幾瞥之外，我完全白忙一場。她不在裡頭。

我正要走開，忽地靈光一閃：房間還沒有人闖進去。雷文科特在今天下午會發現門被撞開了，所以事情會在接下來的幾小時內發生。

我很好奇會是誰，又為什麼這麼不顧一切要闖進去。我原本懷疑是伊芙琳，因為她有一把從海蓮娜的五斗櫃裡偷來的手槍，可是她在今天早晨險些用那把槍殺了我。如果她早已經得到了手槍，她就不需要闖進去。

除非她還想要別的東西。

另一個顯然不見了的東西是海蓮娜的行事曆上記載約會的那一頁。米麗森相信是海蓮娜自己撕掉的，為了要隱瞞什麼可疑的行為，可是康寧漢的指紋卻佈滿在其餘的紙頁上。他不肯解釋，也否認闖入，但如果我能當場逮到他以肩膀頂開了門，他就只得出來自清了。

我心意已決，大步躲到走廊另一頭的陰影中，開始監視。

五分鐘後，德比就覺得厭煩得不行。

我在躁動不安，來回踱步。我沒辦法讓他安分下來。

我不知所措，只能循著早餐的香氣走向客廳，打算要端一盤食物跟一張椅子回走廊。運氣好的話，這樣子能夠安慰我的宿主半小時，之後我就得再想個新點子來娛樂他。

我發現室內萎靡不振，談話聲充滿了濃濃的睡意。大多數的賓客都是剛起床，渾身散發出昨晚的臭味，汗味和雪茄煙鑽進了他們的皮膚，每一口呼吸都充斥著酒味。他們小聲交談，行動遲緩，像是帶有裂紋的瓷人。

我從餐具櫃取了一個大盤子，舀了一大堆炒蛋和腰子，又停下來吃了根大淺盤上的香腸，拿衣袖擦掉嘴上的油膩。我心裡想著別的事情，過了一會兒才發覺人人都安靜了下來。

有條魁梧壯漢站在門口，視線從一張臉掃過另一張臉，被他放過的人都不由得鬆一口氣。這種緊張氣氛毫沒來由。他是個模樣野蠻的傢伙，紅金色鬍子，臉頰下垂，鼻梁斷過太多次，就像是用炒鍋邊緣敲破的一顆蛋。他那身又舊又破的套裝把胸膛繃得緊緊的，雨點在肩部閃爍，那副肩膀寬得簡直可以擺放全套的自助餐。

他的視線落在我身上，儼然像是一塊大岩石落在大腿上。

「斯坦溫先生想見你。」他說。

他聲音沙啞，口齒不清。

「有事嗎？」我問。

「我想他會告訴你。」

「喔，那替我向斯坦溫先生說聲對不起，恐怕目前我很忙。」

「你要嘛就自己走去，要嘛就被我扛著去。」他聲音低沉地說。

德比的脾氣逐漸沸騰，可沒必要在這裡大吵大鬧。我打不過這個人，最多只能希望跟斯坦溫可以匆匆一會，再回來忙我的任務。況且，我也很好奇他為什麼想見我。

我把一盤食物放到餐具櫃上，站起來跟著斯坦溫的打手離開房間。這名大漢請我走在他前方，指引我上樓，叫我到頂端右轉，進入封閉的右廂房。我拂開帘子，一陣潮濕的微風吹上我的臉，眼前是一條長廊。房間的門樞紐都鬆脫了，房間裡覆滿了灰塵，四柱大床也塌陷了。我一呼吸喉嚨就發癢。

「你何不在那邊的房間等著，我去通知斯坦溫先生你來了。」這位押送者用下巴朝我左邊的房間動了動。

我照他的話做，進入了一間育嬰室，輕快的黃色壁紙此刻軟趴趴地垂在牆上，地板上散落著遊戲和木玩具，一架破舊的木馬在門邊養老。兒童棋盤上還有棋賽，白子被黑子殺得丟盔棄甲。

我才走進去就聽見了伊芙琳在旁邊的房間尖叫。我跟德比還是第一次行動一致，才衝過轉角就發現門被那個紅髮惡棍擋住了。

「斯坦溫先生還在忙，夥計。」他一邊說，一邊前後搖晃。

「我在找伊芙琳・哈德凱索，我聽見她尖叫。」我上氣不接下氣地說。

「就算是吧，你好像也幫不上忙，對吧？」

我從他的肩膀往後看，希望能看見伊芙琳。看來這個房間像是會客室，卻空無一人。家具都披著泛黃的床單，邊緣出現了黑色的黴點。窗戶貼著舊報紙，牆壁只能說是腐朽的木板。另一邊的牆上還有扇門，卻是關著的。他們一定就在裡面。

我回頭看著這條漢子，他對我微笑，露出了一排又歪又黃的牙齒。

「還有什麼事嗎？」他說。

「我需要確定她沒事。」

我想衝過去，但是這個想法太不自量力。他有我三倍重，比我高出半個身子。更要命的是，他知道如何使用力氣。他一掌貼著我的胃，把我往後推，眼皮連眨都沒眨一下。

「省省吧，」他說。「我拿錢就是要站在這裡，確保像你這樣的紳士不會因為亂闖到不應該進去的地方而發生不幸。」

他說得輕鬆，卻像往壁爐裡添煤炭。我的血液沸騰，我繞過他，而且還傻傻的以為成功了，卻發現自己的雙腳騰空，被丟在走廊上。

我手忙腳亂爬起來，吼叫連連。

他動也沒動，也不喘氣。他不在乎。

「你爸媽什麼都給了你，就是沒給你腦子，對吧？」他說，完全缺乏感情的語氣像是潑了我一盆冰水。「斯坦溫先生不是在傷害她，你要是操這個心的話。等個幾分鐘，等她出來以後你可以自己問她。」

我們瞪著彼此一會兒，然後我才撤回育嬰室。他說得對，我是過不了他那一關的，但是我也不能等伊芙琳出來。在今早之後她是不會告訴強納森．德比一個字的，而在那道門後無論發生了什麼，都可能是她在今晚自盡的原因。

我匆匆走到牆邊，把耳朵貼在木板上。要是我沒弄錯，伊芙琳就在隔壁房間跟斯坦溫說話，只隔著幾片腐朽的木板。我很快就聽見了他們的說話聲，卻太模糊，聽不出個所以然來。我掏出了小刀，把壁紙割開，把刀刃插入鬆垮的木板間，木板太潮濕了，一撬就開，木屑落在我的手上。

「……告訴她她最好別跟我玩什麼花樣，否則的話妳們兩個就都完了。」斯坦溫說，聲音從隔離的牆間透過來。

「要說你自己去說，我又不是你的丫鬟。」伊芙琳冷冷地說。

「我想把妳當什麼妳就是什麼，只要還是由我在付帳單。」

「我不喜歡你的口氣，斯坦溫先生。」伊芙琳說。

「而我不喜歡被當成傻瓜，哈德凱索小姐。」他說，把她的名字說得像在吐口水。「妳忘了我在這裡幹了快十五年的活。這地方的每個角落我都知道，誰在哪裡我也知道。別把我當成了那些妳用來包圍住自己的心胸狹窄的混蛋。」

他的恨意極明顯，觸手可及。都能擰出汁來裝瓶了。

「那信呢？」伊芙琳輕聲問，憤怒被制服了。

「我會留著，妳才不會搞不清楚我們的協議。」

「你是個邪惡無恥的禽獸，你知道嗎？」

斯坦溫以響亮的笑聲擊斃了她的侮辱。

「至少我是個真小人，」他說。「這棟屋子裡還有幾個人敢這麼說？妳可以走了。別忘了為我傳話。」

我聽見斯坦溫的房間門打開了，幾分鐘後伊芙琳氣呼呼地經過了育嬰室。我很想要跟上去，但是跟上去追問不會有什麼用處。再說了，伊芙琳提到了一封信，現在被斯坦溫拿去了。她似乎很在意，也就是說我需要看一看。誰知道呢，說不定斯坦溫和德比是朋友呢。

「強納森．德比在育嬰室裡等你。」我聽見了那條大漢在向斯坦溫通報。

「好，」斯坦溫說，拉開了抽屜。「我先換好打獵裝，然後我們再去跟這個油頭滑面的小笨蛋談一談。」

誰和誰聊還不一定呢。

26

我坐著，腳架在桌子上，棋盤在旁邊。我一手托腮，瞪著棋局，努力想從棋子的佈局來解讀出某種策略來。結果卻是白忙一場。德比太輕佻了，不是塊潛心研究的材料。他的注意力老是飄向窗子，飄向空中的灰塵和走廊上的噪音。他壓根就靜不下來。

丹尼爾警告過我我們的每一個宿主都有不同的思維模式，但直到此刻我才理解他的話中含意。貝爾是懦夫，雷文科特冷酷無情，但是兩人都能專心一志。德比則否。他的腦袋瓜裡像裝滿了綠頭蒼蠅，飛個不停，只能安分個幾分鐘，怎麼也定不下心來。

有個聲響讓我轉而注意門口，泰德．斯坦溫抖出一根火柴，一面從菸斗上方打量我。他比我記憶中要高大，石板似的一個人，橫向擴展，像是一塊三角形的融化奶油。

「沒想到你還會下棋，強納森。」他說，把舊木馬推得前後搖擺，撞到地板。

「我在自學。」我說。

「很好，男人就應該要上進。」

他的眼睛在我身上徘徊，然後才被拉向窗戶。雖然斯坦溫沒有威脅的舉動，也沒放什麼狠話，德比卻怕他。我的脈搏以摩斯密碼向我傳達這一點。

我瞄了瞄門口，隨時準備要衝，但是那條大漢雙臂抱胸，倚著走廊的牆。他朝我微微點頭，像同牢房的兩個人那麼友善。

「你母親欠的錢有點逾期了，」斯坦溫說，額頭抵著窗戶。「一切都還好吧？」

「還好。」我說。

「我可不希望有什麼變化。」

我在椅子上欠動，對準他的目光。

「你是在威脅我嗎，斯坦溫先生？」

他轉了過來，朝走廊上的傢伙微笑，然後再朝我笑。

「當然不是了，強納森，我是在威脅你母親。你不會以為我會為了你這麼一個一無是處的小子費這麼大的精神吧？」

他吸了口菸斗，拿起了一個玩偶，漫不經心地拋向棋盤，棋子彈射出去，落得到處都是。憤怒像操偶師一般拉扯繩子，把我牽了起來，向他撲過去，但是他凌空抓住了我的拳頭，把我轉了個圈，一條巨大的胳臂鎖住了我的喉嚨。

他的呼吸吹在我的脖子上，跟腐肉一樣臭。

「勸勸你母親，強納森，」他冷笑道，用力擠壓我的喉管，害我的眼角有黑點在浮動。「否則的話，我大概也只好去拜訪她了。」

他讓他的話沉澱，這才放開了我。

我雙膝落地，緊抓著喉嚨，大口喘息。

「你這個脾氣早晚會吃大虧，」他說，菸斗朝我的方向戳點。「我要是你就會好好管住自己的脾氣。放心好了，我這個朋友很擅長幫別人學習新的東西。」

我跪在那兒惡狠狠瞪著他，但是他已經往外走了。跨進走廊時他朝他的同伴點點頭，他就走了進來，面無表情地看著我，脫掉了外套。

「站起來，小子，」他說。「我們越快開始，就能越快結束。」

不知怎地，他似乎比站在門口時還要高大。他的胸膛是一面盾牌，胳臂把白襯衫的縫線繃得死緊。恐懼籠罩住我，看著他縮短我們之間的距離，我的手盲目地摸索武器，找到了桌上的沉重棋盤。

想也不想，我抓起來就往他身上丟。

棋盤在空中轉彎，生了翅膀似的，時間似乎停止，我的性命垂危，未來懸於一線。很明顯，命運待我不薄，因為棋盤砰的一聲擊中他的臉，他向後飛，撞上了牆，發出模糊的叫聲。

他的指間溢出鮮血，我站了起來，拔腿就跑，只聽見斯坦溫的憤怒聲音追在我的身後。匆匆向後一瞥，我發現斯坦溫一半的身體露在會客室的外面，臉孔漲紅。我快跑下樓，循著嘰哩咕嚕的說話聲來到客廳，這時客廳裡充滿了紅著眼睛的賓客，埋頭大吃早餐。狄基醫生跟邁可．哈德凱索和克里佛．黑靈頓在大笑，就是那個我在晚餐上認識的海軍軍官，而康寧漢則忙著往大銀盤上堆食物，等著端上樓去靜候雷文科特起床。

談話聲突然變小讓我知道斯坦溫來了，我溜進了書房裡，躲在門後。我半歇斯底里了，心臟狂跳，都快把肋骨撞碎了。我既想笑又想哭，想拿起武器攻向斯坦溫，放聲大叫。我使盡了吃奶的力氣才能直挺挺地站著，否則的話，我會失去這個宿主以及珍貴的一天。

我從門框和門的縫隙裡往外望，看著斯坦溫抓住別人的肩，扳過來看是否是我的臉。男人讓路給他，在他走近時嘟囔著道歉。無論他抓住了這些人的什麼把柄，都足以讓他們對他的粗魯無禮不敢作聲。他大可就在地毯中央把我打死，他們也吭都不敢吭一聲。我在這裡得不到幫助。

什麼冰冷的東西碰到我的手指，我低頭一瞧，發現手上抓著架子上一個沉甸甸的香菸盒。

德比武裝起自己了。

我不悅地責怪他，放開了盒子，又回頭注意客廳，險些失聲驚呼。

斯坦溫就在幾步之外，而且他筆直朝書房走來。

我到處找地方躲，卻一個也沒有，而我也沒法逃進圖書室卻不經過他正要穿過的那道門。我被困住了。

我拿起了香菸盒，深吸一口氣，準備在他走進來時重擊他的腦袋。

沒有人出現。

我又溜回到門縫那兒，看著客廳。他不見人影了。

我全身發抖，放心不下。德比不是個優柔寡斷的人，他沒那個耐性，我都還沒察覺他就已經偷溜到門口想看個清楚了。

而我立刻就看見了斯坦溫。

他背對著我，在跟狄基醫生說話。我隔得太遠，聽不出他們在談什麼，大概是讓好心的醫生離開房間，去治療斯坦溫受到重創的保鑣。

他有鎮靜劑。

這個想法完完整整地送上門來。

我只需要神不知鬼不覺離開這裡。

桌子附近有人喊斯坦溫，他一離開我的視線，我就放下香菸盒，逃進畫廊，繞遠路到門廳去。

我在狄基醫生離開臥室之前攔住他，他的醫藥包在手上搖晃。他看見我就露出笑容，可笑的八字鬍約莫跳了有兩吋高。

「啊，年輕的強納森少爺，」他愉快地說，而我走到他的旁邊。「還好吧？你好像有點喘。」

「我沒事。」我說，加快腳步跟上他。「嗯，其實有事，我想討個人情。」

他瞇起了眼睛，愉快的口吻也消失了。「你這次又做了什麼？」

「你要去看的那個人，我需要你給他打鎮靜劑。」

「打鎮靜劑？我為什麼要給他打鎮靜劑？」

「因為他要對我母親不利。」

「米麗森？」他猝然止步，一把抓住我的胳臂，力道大得嚇人。「究竟是怎麼回事，強納森？」

「她欠斯坦溫錢。」

他的表情一垮，放鬆了手上的力道。少了歡快的態度，他似乎消了氣，變成了一個疲憊的老東西，臉上的線條又深了一點，哀愁更明顯。一時間，我覺得有點內疚，如此對待他，可我又想起了他幫管家打鎮靜劑時的眼神，我的一切疑慮也都抹去了。

「原來他控制住親愛的米麗森了是吧？」他說，嘆了口氣。「算來也不意外吧，那個惡魔抓住了我們大家的把柄。不過，我覺得……」

他繼續走，只是慢得多。我們來到了通向門廳的樓梯，冷得要死。大門打開了，一群老人正要去散步，哄笑聲不斷。

我到處都沒看到斯坦溫。

「那麼是這個傢伙威脅你母親，而你打了他？」狄基說，顯然是下了決心。他朝我眉開眼笑，拍我的背。「你畢竟還是你父親的兒子，可是給這個流氓打鎮靜劑又有什麼幫助呢？」

「我需要在他找到我母親之前先跟她談一談。」

儘管德比缺點一大堆，說起謊來卻真是溜，花言巧語秩序井然地在他的舌尖上排隊。我們走入廢棄的右廂房時，狄基醫生沉默不語，在心中衡量這個說法，揉搓成形。

「我剛好有這樣東西，應該能讓這個討厭的傢伙整個下午都不會醒。」他說，彈著手指。

「你在這兒等，打完了之後我再叫你。」

他挺起肩膀和胸膛，大步走向斯坦溫的臥室，有如老戰士奔向最後一場戰役。

走廊上太暴露了，所以一等狄基進了臥室，我就躲進最近的一扇門，我的身影從一面龜裂的鏡子上回瞪著我。昨天，我沒法想像還有什麼比困在雷文科特的身體內還要恐怖的事情，但是德比卻是截然不同的一種折磨——一個坐立不安，心性惡毒的小頑童，在他自己設計出的悲劇之間行色匆匆。我巴不得趕快甩掉他。

十分鐘後，外頭的地板吱嘎響。

「強納森，」狄基醫生低聲喊。「強納森，你在哪裡？」

「這裡。」我說，探出了頭。

他已經走過去了，被我的聲音嚇了一跳。

「小聲點，年輕人，老人不經嚇，」他說，拍了拍胸。「地獄犬睡著了，會睡上個一整天。好，我要去跟斯坦溫先生說明我的診斷結果，我建議你利用這段時間好好藏起來，免得讓他找到。阿根廷應該不錯。祝你好運。」

他立正敬禮，我也向他立正敬禮，贏來了肩膀上的一拍，接著他就悠哉悠哉沿著走廊離開了，還哼著不成調的曲子。

我是很懷疑他的開心是因為我，但是我一點也不想躲起來。斯坦溫至少會被狄基拖住個幾分鐘，讓我有機會去翻找他的私人物品，找出伊芙琳的信來。

我穿過了之前由斯坦溫的保鑣看守的會客室，打開了這個勒索者的臥室門。臥室環堵蕭然，木地板上只有一張破舊的地毯，牆邊有一張鐵床，鐵鏽上還有幾片白漆打死不退。唯一舒適的東西是奄奄一息的爐火，噴出灰燼來，還有一張小小的床頭桌，上頭擺了兩本舊書。果然沒錯，斯坦溫的手下睡在床上，就像是個所有繩索都被割斷的龐大木偶。他的臉包著繃帶，而且他在大聲打呼，手指不時抽動。我想他一定是在夢中掐我的脖子。

我一隻耳朵留神斯坦溫是否回來，迅速打開櫃子，翻找他的外套和長褲口袋，只找到棉絨和樟腦丸。他的行李箱也一樣缺少私人物品，這個人似乎對任何一種的多愁善感都免疫。

沮喪之餘，我看了看手錶。

我已經停留得太久了，隨時都可能有危險，但是德比不是一個能輕易阻止的人。我的宿主很懂欺騙，他懂得像斯坦溫這樣的人以及他們保守的秘密。這個勒索恐嚇的人願意的話，絕對能住進屋子裡最豪華的房間，他卻偏偏選擇獨居在廢墟裡。他是個疑神疑鬼而且狡猾多智的人。無論他有什麼秘密，都不會隨身攜帶，尤其是被敵人包圍之時。

東西在這裡。藏了起來，而且保護得好好的。

我的視線落在壁爐以及它奄奄一息的火焰上。怪了，臥室這麼冷，火還不燒旺一點？我跪下來，伸手向上，摸索著排煙道，找到了一個小架子，手指頭抓住了一本書。我把書拿出來，看見是一本黑面日誌，封面上滿是刮痕，道盡了它這一生所受的凌虐。斯坦溫不讓爐火熊熊燃燒就是怕燒焦了他的寶貝。

我翻閱著破爛的紙頁，發現是一本帳簿，有一系列日期，可以追溯到十九年前，還有條目寫著奇怪的符號。

一定是什麼密碼。

伊芙琳的信就塞在最後兩頁裡。

最親愛的伊芙琳，

斯坦溫先生告知我妳的痛苦，我很能理解妳的煩惱。妳母親的行為確實令人不安，而妳對她醞釀的陰謀有所防範也是對的。我隨時可以幫忙，但是恐怕單憑斯坦溫先生的話還不夠。我需要證據證明妳介入了這些事。我常在社交版上看見妳戴著一枚圖章戒指，雕刻著一座小城堡。把戒指送過來給我，我就會知道妳是認真的。

最真摯的問候，

菲麗瑟緹．梅道克斯

看來精明的伊芙琳並不如我一開始所以為的那麼認命。她向某個叫菲麗瑟緹．梅道克斯的人求援，而信中提到的小城堡也讓我想起了水井裡那封信上畫的東西。很可能是充當簽名的用途，也就是說，信上說的「離米麗森．德比遠一點」是來自菲麗瑟緹的留言。

保鑣打呼。

我沒法再從信上看出什麼端倪了，就把信放回帳簿裡，塞進了我的口袋。

「幸虧有人多長了一個心眼。」我嘀咕著說，跨出臥室門。

「是這樣嗎？」有人在我後面說。

痛苦在我的腦袋瓜裡爆裂開來，我撞上了地板。

27

第二天（繼續）

我咳出了血，紅色斑點噴在我的枕頭上。我又回到管家的身體來了，我猛地抬頭，疼痛的身體也跟著尖叫。瘟疫醫生坐在安娜的椅子上，蹺著二郎腿，高禮帽擺在大腿上，當作鼓在敲，一發現我動了，他的手指就停住了。

「歡迎回來，畢夏先生。」他說，聲音被面具弄得模糊。

我茫然瞪著他，咳嗽減輕了，我也開始把這一天的模式一點一滴拼湊起來。我第一次跑進這具身體裡是早晨，我幫貝爾開門，接著在跑上樓去找答案時撞見了戈爾德。第二次就在十五分鐘以後，我被馬車運送到門房，安娜陪著我。我醒來時一定是中午了，我們正式自我介紹，但是從窗外的光線來看，現在是剛過午後。說得通。安娜跟我說我們的每一個宿主都有一整天的時間，但是我始終沒想過我會在同一個宿主的身上過得這麼斷斷續續的。

感覺像什麼病態的笑話。

我得到的承諾是有八個宿主來解開這個謎團，而我也得到了，只是貝爾是個孬種，管家被打個半死，唐納德．達維斯逃跑了，雷文科特連動都不太能動，而德比則沒腦子。

感覺像是我被要求拿著麻雀組成的鏟子去挖洞。

瘟疫醫生在椅子上欠動，靠了過來。他的衣服發霉，是那種通風很差的老閣樓的味道，什麼東西被長年遺忘在上面。

「我們上一次的對話相當倉促，」他說。「所以我覺得你可能要報告你的進度。你有沒有發現——」

「為什麼一定是這副身體？」我打斷了他，身體側面一陣劇痛，痛得我顰眉蹙額。「為什麼把我困在這些身體裡？雷文科特走個兩步路都累，管家沒有行動能力，而德比是個禽獸。如果你真的想要我逃出黑石南館，為什麼偏偏跟我作對？一定有更好的人選吧。」

「更有能力，也許，但是這些人跟伊芙琳的命案多少都有關聯，」他說。「所以他們最有助於你破解它。」

「他們是嫌犯？」

「證人會是更適當的描述。」

我打了個大哈欠，我的精力已經不足了。狄基醫生一定是又給我打了鎮靜劑。我覺得好像被人從腳底擠壓出這副身體。

「那次序是由誰決定的？」我說。「我為什麼第一次醒來是貝爾，今天又是德比？我有什麼辦法能預測下一個會是誰嗎？」

他靠過來，十指指尖互觸，歪著頭。這次的沉默很漫長，在重新評估，重新調整。無論他對於他發現的事是滿意或氣惱，我都無從判斷。

「你為什麼會問這些問題？」他終於說。

「好奇，」我說，看他不回應，又說：「而且我希望能在答案中找到一點好處。」

他發出贊許的悶哼。

「很高興看到你終於認真了，」他說。「很好。在正常的情況下，你的宿主是按照他們起床的時間為順序的。幸好，我一直在干涉。」

「干涉？」

「我們以前跳過這支舞許多次，你跟我，多得我都數不清了。一回又一回，我交付你破解伊芙琳．哈德凱索命案的任務，但每一次都失敗。起先，我認為完全是因為你的錯，但後來我漸漸了解宿主的次序也是大問題。比方說吧，唐納德．達維斯在半夜三點十九分醒來，所以他應該是你的第一個宿主。結果卻不成，因為他的人生太舒坦了。他在這棟屋子有好朋友，有家人。所以你把時間都花在找回這些東西上，而不是設法逃脫。就因為這樣，我把你的第一個宿主換成了比較漂泊無根的塞巴斯欽．貝爾，」他說，撩高褲管露出了足踝上的刮傷。「雷文科特勳爵正相反，他要到早晨十點半才起床，也就是說你在更深入這個迴圈之前不應該會造訪他，而迴圈中的那個時段的關鍵在於行動快捷，而不是智力。」

我能聽出他聲音中的得意，那種旁觀者往後站，欣賞著他所打造的機制的感覺。「我實驗的每一個新的迴圈，都為你的宿主做這類的決定，以你此刻經歷的次序排列，」他說，寬厚地攤開雙手。「以我之見，這樣的順序最能夠讓你有機會解開謎團。」

「那麼我為什麼沒有回到唐納德．達維斯身上，像我老是回到這個管家身上一樣？」

「因為你讓他走上了通往村子的那條沒有盡頭的道路，走了幾乎八小時，把他累得虛脫了，」瘟疫醫生說，語氣中帶著責備。「目前他睡得很熟，要到」——他看看手錶——「晚上九點三十八分才會起床。在那之前，你會繼續在管家和其他宿主之間拉扯。」

走廊有吱嘎聲。我考慮要喊安娜，我的想法必定是顯露在臉上了，因為瘟疫醫生朝我發出嘖聲。

「唉呀呀，你是覺得我有多笨？」他說。「安娜不久之前去找雷文科特勳爵了。相信我，我知道這棟房子的例行作息，就跟導演知道演員該做什麼一樣。要是我懷疑我們在這裡會受到打擾，我也不會來了。」

我有種感覺，好像他覺得我很煩，是在校長辦公室裡跑腿的小廝。幾乎不值得斥罵。

我又打了哈欠，又長又響。我的腦子變漿糊了。

「在你又睡著之前我們還有幾分鐘，」瘟疫醫生說，緊握住雙手，皮手套吱吱響。「如果你還有問題要問我，趕緊把握時間。」

「安娜為什麼會在黑石南館？」我趕緊說。「你說我是自願來這裡的，我的對手不是。也就是說她並不是自願來的。你為什麼要這樣子對她？」

「問別的，別問這件事，」他說。「自願走入黑石南館會有某種好處，但是也有壞處，你的對手憑本能就能了解一些事情，你卻不行。我就是來填補空白的，如此而已。好，伊芙琳．哈德凱索的命案調查得如何了？」

「她只是一個女孩子，」我疲倦地說，努力不閉眼。藥效以溫暖的雙手在拉扯我。「憑什麼她的死要費這麼大的事？」

「我也可以問你相同的問題，」他說。「你特地來拯救哈德凱索小姐，儘管所有的證據都指明那是不可能的。又是為什麼？」

「我不能眼睜睜看著她死卻袖手不理。」我說。

「你非常高尚，」他說，歪著頭。「那就讓我好心地告訴你吧，哈德凱索小姐的命案始終就沒有破解過，我也不相信這種事應該就任由它存在。這樣你滿意了嗎？」

「每天都有人被謀殺，」我說。「昭雪一件命案不可能是這一切的唯一理由。」

「說得好，」他說，激賞地鼓掌。「可是誰能說沒有像你一樣的人在忙著為別的靈魂尋求正義呢？」

「有嗎？」

「不一定，不過這種想法很美好，不是嗎？」

我覺察到我很費力在聽，眼皮子很重，房間也在我的四周融化。

「恐怕我們沒有什麼時間了，」瘟疫醫生說。「我應該——」

「等等……我需要……為什麼……」我的話變得遲緩，黏在舌頭上。「你問過我……你問……我的記憶……」

瘟疫醫生站了起來，衣料窸窸窣窣響了好一陣子。他拿起餐具櫃上的一杯水，潑向我的臉。水冷死人，我的身體像挨了一鞭一樣抽搐，把我又拖回了我自己。

「抱歉，這事太出格了，」他說，瞪著空杯，顯然對自己的行為很意外。「通常我會讓你回去睡，可是……嗯，我很好奇。」他緩緩放下了杯子。「你剛才要問我什麼？請小心選詞用字，滿重要的。」

水刺痛了我的眼睛，從我的嘴唇上滴下來，水珠漸漸濕透了我的棉睡衣。

「我們第一次見面時，你問我在我以貝爾的身分醒來時說了什麼，」我說。「那為什麼要緊？」

「每次你失敗，我們就會除去你的記憶，讓迴圈重新開始，可你總是能找到辦法記住一些重要的事，說是線索也可以，」他說，拿手帕擦掉我額頭上的水。「這一次是安娜的名字。」

「你當時說遺憾。」我說。

「是很遺憾。」

「為什麼？」

「除了你的宿主次序之外，你選擇記住不忘的東西通常是跟迴圈如何鋪展有關的重要影響，」他說。「要是你記得那個隨從，你就會動手去揪出他來。至少那會有用。但是你反而跟安娜聯手，她是你的對手。」

「她是我的朋友。」我說。

「在黑石南館沒有人有朋友，畢夏先生，要是你還沒學會這一點，恐怕你就沒有希望了。」

「我們……」鎮靜劑的藥效又一次牽動我。「我們能兩個一塊逃出去嗎？」

「不能，」他說，把濕手帕折好，放進口袋。「一個答案換一個出口，規矩就是如此。晚上十一點整，你們之中的一個來到湖邊，把兇手的名字交給我，那個人就能夠離開。你得選擇離開的是誰。」

他從胸前口袋掏出金錶，查看時間。

「時光飛逝，我還得按表操課。」他說，取回了放在門邊的枴杖。「通常，我在這些事情上都不偏不倚，不過在你被自己的高尚絆倒之前，有一件事情你應當知道。其實安娜對上一個迴圈記得的事情比她告訴你的還多。」

他戴著手套的手仰起了我的下巴，臉跟我靠得好近，我能聽見他面具後的呼吸聲。他有藍色的眼睛。蒼老，哀傷的藍色眼睛。

「她會出賣你。」

我張口欲駁，舌頭卻重得動不了，最後我只看見瘟疫醫生消失在門口，一條駝背的影子拖著整個世界。

28

第五天（繼續）

生命捶打著我的眼皮。

我眨眼睛，一次、兩次，卻痛得睜不開。我的頭像破掉的雞蛋，我的喉嚨發出聲音，既像呻吟，又像哀號，是動物落入陷阱發出的低沉喉音。我想把自己弄起來，但是疼痛有如海洋，不斷拍打我的頭顱。我連抬頭的力氣都沒有。

時間流逝，我說不出過去了多久。不是那種時間。我看著我的胃起起伏伏，等我有信心它能自己起伏之後，我就把自己撐起來坐著，靠著傾圮的牆。我沮喪地發現我又回到了強納森．德比的身上，躺在育嬰室的地板上。花瓶的碎片到處都是，還有我的頭皮。一定是有人在我離開斯坦溫的臥室時從背後偷襲我，再把我拖到沒人看得見的地方。

那封信，笨蛋。

我的手飛向了口袋，尋找我從斯坦溫那兒偷來的菲麗瑟緹的信和帳本，卻不見了，連貝爾的行李箱鑰匙都不翼而飛。只有安娜給我的兩顆頭痛藥留著，仍然包在藍色的手帕裡。

她會出賣你。

會是她嗎？瘟疫醫生的警告再清楚也不過，然而如果是敵人絕不會引發這種溫暖或是親密的感覺吧？說不定安娜確實是記得很多我們上一個迴圈的事情卻不承認，但如果那份資料注定是要害我們變成敵人的話，我為什麼要把她的名字從一段人生牽到另一段人生，明明白白地像狗追逐燃燒的棍子一樣追逐著它？不，如果真的有進行中的背叛，也是因為我做了空洞的承諾，而這一點是糾正得過來的。我需要找到適當的方法告訴安娜真相。

我把藥丸乾吞下肚，扶著牆爬起來，跌跌撞撞回到斯坦溫的房間。

保鑣仍在床上睡得人事不知，窗外的光線變弱了。我看了看手錶，晚上六點了，也就是說去打獵的人，包括斯坦溫，可能已經踏上了歸途。據我所知，他們正在穿越草皮，甚至此刻已經登上樓梯了。

我需要在他回來之前離開。

即使服了藥，我仍然頭昏眼花，世界在我的腳下溜走，我跌跌撞撞穿過東廂房，推開帘子，來到了門廳上方的平台。每一步都很艱難，好不容易我才摔進狄基醫生的門裡，險些吐在他的地板上。他的臥室跟走廊上的其他房間一模一樣，一邊牆擺著四柱大床，對面的屏風後是浴缸和洗手台。不像貝爾，狄基把自己佈置得很舒適。他孫兒的照片點綴著房間，一面牆上掛著十字架。他甚至還鋪了張小地毯，可能是為了在晨間不讓腳受凍。

這種熟悉感對我而言是一種奇蹟，我發現自己對著狄基的東西張口結舌，暫時忘了傷勢。拿起了他孫兒的相片，我頭一次懷疑在黑石南館之外我是否也有個家：父母或孩子，會想念我的朋友？

我被經過走廊的足聲驚動，急忙將相片放回床頭几上，意外打破了相框玻璃。腳步聲逕自通過，但意識到危險，我把動作加快。

狄基的醫療包就放在他的床底下，我把它拎到床上，把瓶子、剪刀、針筒、繃帶都擺在床單上。最後拿出來的是一本欽定版聖經，落到了地板上，書頁攤開。如同塞巴斯欽．貝爾房裡的那一本一樣，某些字詞和段落以紅墨水劃了線。

是密碼。

德比的臉上露出狼一樣的笑容，無賴認出了騙子。要我猜的話，我會說狄基是隱身在貝爾販毒生意之後的同夥，也就難怪他會那麼關心那位醫生的狀況，他是怕他會說出什麼來。

我冷哼了一聲。這又是滿屋子秘密裡面的另一個秘密，卻不是我今天想要追查的。

我從床上這堆東西裡拿了繃帶和優碘，拿到洗手台邊，動手治療。

過程亂七八糟。

每次我拉掉一塊皮，指間就會鮮血泉湧，流下我的臉孔，從下巴滴到水槽裡。我剝掉頭上的瓷花瓶頭冠，痛得淚眼模糊，將近三十分鐘只看得見白花花的一團。我唯一的安慰是強納森．德比大概也跟我一樣痛。

等我確定每一塊碎瓷片都拿掉之後，我就動手在頭上纏繃帶，拿安全別針固定住，對鏡檢查成果。

繃帶倒還不錯，我卻是一副慘狀。

我的面色蒼白，眼睛空洞。鮮血染紅了我的襯衫，我不得不脫掉，只穿著內衣。我是個灰心喪志的人，從縫線的地方撕裂。我能感覺到自己要散架了。

「怎麼回事！」狄基醫生在門口說。

他剛剛打獵回來，渾身濕透，抖個不停，就像壁爐裡的煤灰一樣灰白。就連他的八字鬍都下垂了。

我順著他難以置信的表情掃視房間，透過他的眼睛看見了一片狼藉。他孫兒的照片玻璃裂了，他的醫療包丟在地板上，內容物散佈在床上。洗臉盆裡滿是血水，我的襯衫在他的浴缸裡。這幅景象恐怕比截肢後的慘況好不了多少。

看見我只穿著內衣，額頭上的繃帶掉下來，他的震驚轉變為怒氣。

「你做了什麼，強納森？」他不客氣地問，聲音滿是怒火。

「對不起，我不知道能去哪裡，」我說，慌了手腳。「你離開之後，我去搜查斯坦溫的房間，想找到能幫媽的東西，結果找到了一本帳簿。」

「帳簿？」他以被勒住的聲音說。「你拿了他的東西？你得還回去。現在就去，強納森！」他大吼，察覺到我的猶豫。

「沒辦法，我被攻擊了。有人往我的腦袋上砸了一只花瓶，把帳本偷走了。我在流血，而那個保鑣就快醒了，所以我才來這裡。」

恐怖的沉默吞噬了故事的結尾，狄基醫生立好孫兒的相片，把床上的東西慢吞吞地收拾回醫療包，滑進床底下。

他的動作像戴著鐐銬，把我的秘密拖在後面。

「都怪我，」他嘟囔著說。「我知道你是不能相信的，可我對你母親的情意……」

他搖頭，從我面前走過去拿我的襯衫。他的舉動中的那份認命嚇到了我。

「我不是故意——」我開口說。

「你利用我來偷泰德・斯坦溫的東西，」他悄聲說，緊抓著浴缸邊緣。「他只要一彈手指就能毀了我。」

「對不起。」我說。

他倏地踅身，怒火更熾。

「對不起三個字被你弄得很廉價，強納森！在我們遮掩過安德雷園的那件事之後，你說對不起，然後是小漢普敦。還記得嗎？現在你又逼我吞下這個空洞的道歉。」

他把我的襯衫按在我的胸口，臉頰氣得通紅，眼裡浮現淚水。「你霸王硬上弓了多少女人？你自己記得嗎？你有多少次躲在你母親懷裡哭，哀求她去解決，保證不會再犯，卻明明知道自己還會再犯？而現在你又來了，對我故技重施，我這個該死的、愚蠢的狄基醫生。哼，我受夠了，我再也不能忍了。自從我把你接生到這個世界之後，你就只會幹壞事。」

我朝他邁了一步，面帶懇求，但是他從口袋裡掏出了一把銀色手槍，垂在身側，他甚至不看我。

「滾出去，強納森，否則的話，我會親手殺了你。」

我一隻眼睛盯著手槍，倒退出房間，一踏上走廊就關上了門。

我的心怦怦跳。

狄基醫生的手槍跟伊芙琳今晚用來自殺的手槍是同一把。他手裡握著的就是兇器。

29

我在臥室裡對鏡瞪著強納森・德比多久，我不知道。我是在尋找那個內在的人，我真正的臉孔的蛛絲馬跡。

我要德比看著他的行刑者。

威士忌溫暖了我的喉嚨，酒是從客廳偷來的，已經喝掉了半瓶。我需要它來制止我發抖的手，讓我能綁好蝴蝶結。狄基醫生的證詞確認了我已經知道的事情。德比是個禽獸，而他母親用錢來洗清他的罪行。這個男人毋須面對正義，或是審判，或是懲罰。如果要讓他為自己的罪惡償命，我得親自送他上絞架，而我也正打算這麼做。

不過首先，我們得拯救伊芙琳・哈德凱索的性命。

我的視線被狄基醫生的銀色手槍吸引了過去，手槍擺在扶手椅上，毫無殺傷力，像一隻被打下來的蒼蠅。偷走手槍輕而易舉，也不過就是派個僕人以捏造的緊急事件將醫生騙出房間，再讓我溜進去從床頭几上把手槍偷走。我讓這一天來宰制我太久了，但到此為止。要是有人想要用這把手槍殺害伊芙琳，他們得先過我這一關。瘟疫醫生的謎團去死吧！我不相信他，我也不會呆呆站在一邊，任由恐怖之事在我的眼前發生。也該是讓強納森・德比為這個世界做點好事的時候了。

我把手槍放進外套口袋裡，再喝了一口威士忌，這才步入走廊，跟著其他賓客下樓去吃晚餐。他們或許沒禮貌，品味卻無懈可擊。晚禮服露出白皙的背，雪白的皮膚點綴著晶瑩的珠寶。早先的無精打采消失了，現在是魅力無窮。終於，夜晚降臨，他們全都生龍活虎。

按照慣例，我在這一張張經過的臉孔中搜尋那個隨從的蹤跡。他早該來找我了，而時間越晚，我就越肯定有什麼可怕的事情要來了。至少會是一場公平的打鬥。德比沒有多少值得稱頌之處，但是他的憤怒讓他是一個難纏的人。我只能勉強控制住他，所以我無法想像看著他撲向別人，仇恨像水一樣滴出來，會是什麼情景。

邁可．哈德凱索站在門廳，掛著應酬的笑容，歡迎那些下樓的人，彷彿真心高興看見每一個討厭鬼。我打算要詢問他那個神秘的菲麗瑟緹．梅道克斯的事，還有井裡的字條，但我得等一會兒。我們之間隔了一堵堅不可摧的塔夫綢和蝴蝶結牆。

鋼琴聲拖著我穿過人叢進了長廊，賓客端著飲料在交際應酬，而僕人則在門後的餐廳中準備。我從經過的托盤上拿了一杯威士忌，留意著米麗森是否出現。我是希望讓德比道別，但是她卻不見人影。事實上，我唯一認得的人是塞巴斯欽．貝爾，他從門廳飄過，正要上樓。

我攔下一名女僕，詢問海蓮娜．哈德凱索的去向，希望女主人可能就在附近，但是她尚未抵達。也就是說，她一整天都不見蹤影。缺席正式變成失蹤。哈德凱索夫人在她女兒死亡的當天無影無蹤，不可能是巧合，不過我還無法斷定她是嫌犯或是被害人。無論如何，我勢必會查出來。

我的杯子空了，我的頭像被迷霧包住。我被談笑聲包圍，朋友和情人。歡樂氣氛攪起了德比的苦澀，我能感覺到他的嫌惡，他的憎恨。他恨這些人，恨這個世界。他恨自己。

僕人端著銀色大盤經過，伊芙琳的最後一餐井然有序地送達。

她為什麼不害怕？

我站在這兒就能聽見她在笑，她在和賓客交際，彷彿未來的日子還多著，然而雷文科特在今天早晨提出警告時，她顯然是知道哪裡不對勁。

我拋下了酒杯，走向門廳，進入通往伊芙琳臥室的走廊。如果有答案，也許就藏在她的房間裡。

油燈的火焰調得低低的。這裡寂靜無聲，壓迫窒悶，是一個被遺忘的角落。我正走到一半就發現陰影中有紅色的閃光。

是隨從的制服。

他堵住了通道。

我凍住，瞄了瞄後面，想判斷是否能在他追上我之前衝到門廳。機率渺茫。我甚至不確定兩條腿會不會聽我的話。

「抱歉，先生，」一個活潑輕快的聲音說，說話人靠近一步，現出原形，是一個矮小精瘦的男孩子，不超過十三歲，臉上有酒渦，掛著緊張的笑容。「對不起。」他過了一會兒後又說，我才明白我擋住了他的路。我喃喃道歉，讓他通過，重重吐了口氣。

那個隨從讓我這麼害怕，光是想到他在，就連德比都跟著動彈不得，而德比可是個連被太陽曬傷都會朝太陽揮拳的人。這是他的意圖嗎？所以他才會嘲弄貝爾和雷文科特，而不是索性殺了他們？這種情況持續下去的話，他能夠不費吹灰之力就把我的宿主個個擊破。

我正在不斷虧負他給我的「小兔子」綽號。

我步步為營，繼續走向伊芙琳的臥室，卻發現鎖住了。敲門也沒有人回應，而不願意空手離開，我退後一步，想用肩膀去撞門，就在這時，我注意到海蓮娜的臥室門位置就跟雷文科特的會客室門一樣。我把頭探進兩個房間裡，發現格局也是一模一樣的。可見得伊芙琳的臥室曾是會客室。這樣的話，海蓮娜的房間會有一扇相連的門，那就派得上用場了，因為門鎖早上已經被破壞了。

我的猜測證實是對的：相連的門隱藏在牆上掛的一幅華麗繡帷的後面。謝天謝地，沒上鎖，我能夠偷溜進伊芙琳的房間。

有鑑於她與父母關係失和，我半以為她是睡在掃帚櫃裡，但臥室雖然簡樸卻夠舒服了。中央是一張四柱大床，帘子後是一個浴缸和洗臉盆。顯然女僕有一陣子不准進來了，因為浴缸裡的水又冷又髒，毛巾濕漉漉地堆在地板上，一條項鍊拋在梳妝台上，旁邊有一堆捏皺的衛生紙，全都沾著化妝品。窗帘是合上的，伊芙琳的壁爐裡堆滿了木柴。房間四角各有一盞油燈，明滅不定的燈光和壁爐的火光把陰影催逼得侷促不安。

我在喜悅地顫抖，德比對這次的闖入亢奮難禁，我全身湧過一道暖流。我能感覺到我的精神想從我的宿主身上撤退，我使盡了全力才能把持住自己，搜檢伊芙琳的私人物品，尋找任何可能會驅使她稍後到那方倒影池的東西。她是個雜亂無章的人，脫下來的衣服隨手塞到能塞的地方，抽屜裡堆著人造珠寶，纏著舊圍巾和披肩。完全沒有系統，沒有次序，沒有跡象顯示她允許女僕來為她整理。無論她有什麼秘密，她都嚴防別人知道。

我發現自己在撫摸一件絲質上衣，我對著自己的手皺眉，這才明白不是我想要這麼做，是他。是德比。

我暗叫一聲，抽回了手，砰地關上了衣櫥。

我能感覺到他的慾念。他會逼我跪下來，在她的物品中抓扒，吸入她的氣息。他是一頭禽獸，而且有一秒鐘他奪走了控制權。

我擦掉額頭上的慾望汗珠，深吸一口氣，鎮定下來，這才繼續搜查。

我把專注力凝聚成一個點，釘住我的思維，不讓他能見縫插針。即便如此，調查仍然毫無所獲。唯一值得留意的物品是一本舊剪貼簿，收藏著伊芙琳人生中的各種奇珍：她和邁可以前寫的信，她童年時的相片，青少年時期寫的幾句詩和感言，在在映照出一個非常寂寞的女人，極其寵愛她的弟弟，而現在深深想念他。

我合上了書，把它再推回床底下，悄然離開了房間，拖著一個拚命抗拒的德比。

30

我坐在門廳陰暗角落的一張扶手椅上，從這位置可以讓我清楚看見伊芙琳的臥室門。賓客正在用晚餐，但是伊芙琳會在三個小時後死亡，而我打算要一步步跟著她到那面池塘。

這樣的耐性通常不是我的宿主會有的，但我發現了他喜歡抽菸，倒是滿方便的，因為讓我也量陶陶的，減輕了我認為德比會得癌症的想法。這種繼承來的習慣雖然出乎預料，卻是滿愉快的。

「他們準備好了，隨時可以上場。」康寧漢說，從煙霧中出現，蹲伏在我的椅邊，愉快地咧嘴笑，我卻完全摸不著頭腦。

「誰準備好了？」我問，看著他。

笑容消失了，換上的是尷尬，他一躍而起。

「抱歉，德比先生，我以為你是另一個人。」他急忙說。

「我是另一個人，康寧漢，是我，艾登。不過我還是聽不懂你在說什麼。」

「你要我去找些人來。」他說。

「我沒有。」

我們的困惑一定反映在彼此的臉上，因為康寧漢的眉頭打結，而我也腦袋打結。

「抱歉，他說你會了解的。」康寧漢說。

「誰說的？」

門廳的聲響拉走了我的注意，我在椅子上轉身，看見伊芙琳飛奔而過大理石地板，掩面哭泣。

「拿去，我得走了。」康寧漢說，塞了張紙到我的手裡，上頭寫著「他們全部」。

「等等！我不知道這是什麼意思。」我大聲喊，但是來不及了，他已經不見了。

我是想要追上去的，可是邁可正追著伊芙琳來到了門廳，而我是為了這個才在這裡的。這是將伊芙琳從我當貝爾時遇見的勇敢親切的女人轉變為在倒影池邊自殺的女繼承人的時刻。

「小愛，小愛，別走啊，告訴我我能做什麼。」邁可說，捉住了她的手肘。

她搖頭，淚水在燭光下閃爍，髮際的鑽石也輝映著光芒。

「我……」她語不成聲。「我需要……」

她搖搖頭，甩開了他的手，從我面前飛奔而過，上樓到她的臥室。她摸索著鑰匙開門，一閃而入，重重關上了門。邁可無奈地看著她走，瑪德琳正好端著一盤波特酒要送到餐廳去，他順手抓起了一杯。

一口就喝乾了，臉頰立刻緋紅。

他端起了瑪德琳手上的托盤，揮手要女僕去伊芙琳的房間。

「別管這個了，去看看妳家小姐。」他命令道。

他的這個舉動很高尚，豈料隨之而來的卻是不知所措，他忙著找地方安頓他接手過來的這三十杯雪利、波特和白蘭地。

我從我的位置盯著瑪德琳敲伊芙琳的房門，可憐的女僕完全得不到回應，越來越沮喪，最後，她回到門廳，邁可仍然在東張西望找地方放托盤。

「恐怕小姐……」瑪德琳做出絕望的手勢。

「沒關係，瑪德琳，」邁可疲憊地說。「今天是難過的一天，妳現在還是先別管她好了。我相信她需要妳的時候就會叫妳的。」

瑪德琳猶豫不決，回頭看著伊芙琳的房間，但過了一會兒她就按照邁可的吩咐，從僕役的樓梯下去廚房了。

邁可左顧右盼，想擺脫掉托盤，發現我盯著他看。

「我一定像個蠢蛋。」他說，紅了臉。

「比較像是沒用的僕人。」我率直地說。「那麼晚餐進行得不順利是吧？」

「都是雷文科特的那件事，」他說，顫巍巍地把托盤架到附近一張椅子的椅臂上。「你還有菸嗎？」

我從煙霧中現身，遞給他一根菸，幫他點燃。「她真的非得嫁給他不可嗎？」我問。

「我們快破產了，老兄，」他嘆著氣說，猛吸了一口菸。「父親買下了帝國內的每一處空礦場和染上枯萎病的農園。我看再一兩年我們的資金就徹底枯竭了。」

「可伊芙琳跟你父母不是不和嗎？她為什麼會同意？」

「為了我，」他說，搖搖頭。「我父母威脅說如果她不聽話，就要剝奪我的繼承權。我要不是因為羞愧，還真會覺得美得冒泡呢。」

「一定有別的法子。」

「父親已經從少數兩家還被他的頭銜唬住的銀行榨出了每一分錢。要是我們拿不到這筆錢，唉……說實話，我不知道會怎麼樣，我們會一窮二白，而且我滿肯定我們過不了窮日子。」

「大多數的人都是。」我說。

「哎，至少他們還練習過。」他說，把菸灰撢到大理石地板上。「你的頭上為什麼包了繃帶？」

我不自在地摸了摸，自己都快忘記了。

「我惹惱了斯坦溫，」我說。「我聽見他跟伊芙琳在為了一個叫菲麗瑟緹．梅道克斯的人吵架，想要插手。」

「菲麗瑟緹？」他說，露出認識的神情。

「你知道這個名字？」

他愣住，深吸了一口菸，再緩緩吐出。

「我姊的老朋友，」他說。「想不出他們為什麼會為了她吵。伊芙琳有好幾年沒見過她了。」

「她在黑石南館這裡，」我說。「她在水井裡給伊芙琳留了字條。」

「你確定嗎？」他懷疑地問。「她不在賓客名單上，而且伊芙琳什麼也沒跟我說。」

我們被門口的聲響打斷了，狄基醫生急急忙忙朝我過來，一手按著我的肩，靠向我的耳朵。

「是你母親，」他低聲說。「你需要跟我來。」

無論發生了什麼事都一定很可怕，否則他不會嚥得下對我的厭惡。

我向邁可道歉，跟在醫生後面跑，每一步都更恐懼，最後他把我送進了她的臥室。

窗戶開著，一股冷風吹襲著為房間照明的蠟燭，過了幾秒鐘我的眼睛才適應了昏暗，但最後我找到了她。米麗森側躺在床上，閉著眼睛，胸膛不動，彷彿是鑽進被子底下打個盹。她已經為晚餐換好了衣服，也把通常不聽話的灰髮梳直了，綁了一個髻。

「很遺憾，強納森，我知道你們有多親近。」他說。

悲傷攫住了我。無論我怎麼跟自己說這個女人不是我的母親，我就是無法不傷心。

我的眼淚猝然落下，悄然無聲。我全身發抖，在床邊的木椅上坐下來，握住了她仍溫的手。

「是心臟病，」狄基醫生以痛苦的聲音說。「發生得很突然。」

他站在床的另一側，感情全寫在臉上，跟我一樣。他擦掉一顆淚珠，把窗子關上，阻隔了寒風。蠟燭立正站好，房間裡的光線穩定下來，形成溫暖金黃的光圈。

「我能警告她嗎？」我說，想到了我明天可以糾正的事情。

他一臉迷糊，過了一秒，顯然是把我的話歸之於傷心過度，就以親切的口吻回答了我。

「不能，」他搖著頭說。「你沒辦法警告她。」

「如果——」

「她是大限已至，強納森。」他輕聲說。

我點頭，我只能點頭。他又停留了一會兒，說了些話安慰我，我卻既聽不見也感覺不到。我的傷心像一口無底的井，我只能掉下去，希望能撞到井底。然而，我越是向下墜落，就越是明白我不單是為了米麗森・德比在哭泣。底下還有什麼，比我的宿主的傷心還要深，是屬於艾登・畢夏的。生猛絕望，哀傷憤怒，捶打著我的核心。德比的哀傷把它揭了開來，但無論我有多努力就是沒辦法把它從黑暗中拉出來。

就讓它埋在那兒吧。

「是什麼？」

一小塊的你，好了，別去動它了。

敲門聲讓我分了神，我看著時鐘才明白一小時過去了。醫生不見人影。他一定是悄悄離開了。

伊芙琳探頭進來，臉色蒼白，臉頰凍得紅通通的。她仍穿著藍色晚禮服，不過比我上次見到時多了些皺褶。頭冠從她的米色長大衣口袋裡露出來，長靴在地板上留下了一條泥巴和枯葉的痕跡。她一定是剛跟貝爾從墓園回來。

「伊芙琳……」

我想說話，卻被傷心噎住。

伊芙琳把情況拼湊起來，口中嘖嘖有聲，走入房間，直接走向餐具櫃上的一瓶威士忌。酒杯剛剛碰到我的嘴唇，她就把杯子傾斜，強迫我一口氣喝掉。

我嗆到，推開酒杯，威士忌從下巴流下來。

「妳為什麼——」

「哼，以你目前的情況，你能幫我什麼忙。」她說。

「幫妳？」

她打量我，在心裡把我翻來覆去地研究。

她遞給我一條手帕。

「下巴擦一擦，你一副鬼樣，」她說。「恐怕傷心跟那張自大的臉孔一點也不搭配。」

「妳——」

「說來話長，」她說。「而且只怕我們有點趕時間。」

我麻痺地坐著，盡力豎著耳朵聽，真希望能有雷文科特的清晰頭腦。發生了太多事情，我有太多地方拼湊不起來。我已經覺得我像是透過一面矇朧的放大鏡在瞪著線索，而此刻伊芙琳在這裡，拉起床單覆住米麗森的臉，泰然自若。我雖然很努力，卻搞不清楚狀況。事情明擺在眼前，晚餐時她針對訂婚宴的小脾氣只是在演戲，因為現在的她看不出一絲一毫的悲痛。她的眼神清澈，語氣深思熟慮。

「原來今晚不是只有我一個人死，」她說，輕撫著老婦人的頭髮。「真是悲哀。」

我震驚得手中的杯子落地。

「妳知道——」

「那面池塘，對。很奇怪，是不是？」

她有一種夢幻的語氣，彷彿在描述她曾聽見過的什麼，而此刻只是一半在回憶。要不是她的語氣透著犀利，我會懷疑她的心靈多少是變形了。

「妳好像滿能接受這個消息的。」我謹慎地說。

「你真應該看看今天早上的我，我氣壞了，把牆壁都踢出了洞來。」

伊芙琳一手拂過梳妝台，打開了米麗森的珠寶盒，摸著珍珠柄髮梳。我會把她的行為描述成貪戀垂涎，只不過她的行為也有等量的尊重。

「是誰要妳死，伊芙琳？」我問，被她那種奇怪的表現弄得緊張不安。

「我不知道，」她說。「我醒來的時候就發現門縫裡塞進來一封信。信上的指示非常明確。」

「可是妳不知道信是誰送來的？」

「睿胥頓警長有個推論，可是他死也不肯說。」

「睿胥頓？」

「你的朋友？他跟我說你在幫他調查。」懷疑和不屑從每個字往外滴，但我太好奇了，沒放在心上。這一個睿胥頓會不會是另一個宿主？說不定就是他要求康寧漢送來那張「他們全部」的紙條的，要求他去找人。無論是不是，他似乎都把我捲入了他的計畫之中。而我能不能相信他則是另一回事。

「睿胥頓是在哪裡接觸妳的？」我問。

「德比先生，」她堅定地說。「我非常願意坐下來回答你所有的問題，但是我們真的沒有時間了。我在十分鐘後就得趕到池塘去，不能遲到。事實上，這就是我來這裡的原因，我需要你從醫生那兒拿走的那把銀色手槍。」

「妳不可能真的要這麼做吧。」我說，驚訝地從椅子上跳起來。

「據我所知，你的朋友們就快揭穿殺害我的準兇手的真面目了。他們只需要再多一點時間。我要是不去，兇手就會知道不對勁，我不能冒這個風險。」

我兩步就來到她身邊，脈搏狂跳。

「妳是說他們知道幕後黑手是誰嗎？」我興奮地說。「他們有沒有暗示妳可能是誰？」

伊芙琳正拿著米麗森．德比的一個浮雕首飾就著光端詳，是藍色蕾絲繫著的一張象牙人像。她的手在發抖。這還是我看見的第一個害怕的徵兆。

「沒有，但是我希望他們很快就能查出來。我相信你的朋友能在我做出什麼……最後的事情之前能救我。」

「最後？」我說。

「信上的指示很明確，我不在晚上十一點到池塘邊自殺的話，我極關心的某個人就會代替我死。」

「菲麗瑟緹嗎？」我問。「我知道妳從水井那兒拿了她給妳的字條，妳也請求她協助應付妳母親。邁可說她是老朋友。她有危險嗎？是不是有人囚禁了她？」

這可以說明我為什麼找不到她。

珠寶盒砰地關上。伊芙琳轉過來面對我，雙手用力按著梳妝台。

「我不想要不耐煩，可你不是有什麼地方要去？」她說。「有人要我提醒你一塊需要注意的石頭。你聽著耳熟嗎？」

我點頭，想起了安娜稍早時要求我的事。我得在伊芙琳自殺時站在那塊石頭旁，不能移動，一吋也不能，她說。

「既然如此，我的任務就完成了，我該走了，」伊芙琳說。「銀色手槍呢？」

即使她的手很小，手槍也很不起眼，更像裝飾而不是武器，但是以此來自我了斷實在是叫人情何以堪。我不禁好奇重點是否就在這裡，這個死亡的工具莫不是一種默默的譴責，和死亡的方式一樣。伊芙琳不僅僅是被謀殺，她還被羞辱，被主宰。

她的每一個選擇都被奪走了。

「這種死法還真淒美，」伊芙琳說，瞪著手槍。「拜託別遲到了，德比先生，我想我的一條命就看它了。」

最後再瞥了珠寶盒一眼，她離開了。

31

我抱著身體抵禦寒冷，站在安娜精心佈置的石頭上，不敢向左偏移一步，即使那兒有火盆可以給我取暖。我不知道為何過來，但如果這是拯救伊芙琳計畫的一個環節，那我就會站在這兒一直站到血液變成冰為止。

我瞧了瞧樹林，看見瘟疫醫生又站在老位置，被陰影半掩住。我用雷文科特的眼睛看見這一幕時，他並沒有看著池塘，而是看著右手邊。從他轉頭的角度看得出他是在和某人說話，不過距離太遠，我看不見是誰。無論如何，這個跡象令人鼓舞。聽伊芙琳的說法，她在我的宿主中找到了盟友，而當然有人躲在這些灌木叢中等著要救援她吧？

伊芙琳在十一點整抵達，銀色手槍垂在她無力的手中。她從陰影移到火光中，順著火盆前進，藍色晚禮服拖在草地上。我巴不得把手槍從她的手中奪下來，但是在我看不見的地方有一個隱形人在操弄這一切，拉動著我無法理解的槓桿。現在隨時都會有人大喊，我很確定。我的一個未來的宿主會衝入黑暗，告訴伊芙琳結束了，兇手落網了。她會拋下手槍，哭著道謝，而丹尼爾則公布可以讓安娜和我相偕逃脫的計畫。

這件事開始以來頭一遭，我覺得自己是什麼大局的一部分。受到了鼓舞，我立定腳跟，在石頭上留連。

伊芙琳在水邊停步，看著附近的樹林。一時間，我以為她會看見瘟疫醫生，可她卻在看到他之前就收回了視線。她身體不穩，微微搖晃，彷彿是跟著只有她聽得見的音樂在擺動。火盆的火焰輝映在她的鑽石項鍊上，彷彿液態的火從她的喉間傾洩而下。她在顫抖，臉上的絕望漸增。

不對勁。

我瞄了瞄後方的舞廳，尋找窗邊的雷文科特，渴望地看著他的朋友。他的嘴巴動了動，卻為時以晚。

「上帝助我。」伊芙琳對著夜色喃喃說。

眼淚自她的兩腮滾落，她調轉槍口對著自己的肚腹，扣了扳機。

槍聲好響，驚裂了世界，淹沒了我痛心疾首的叫聲。

舞廳中，賓客屏息。

驚訝的臉孔紛紛轉向倒影池，每一雙眼睛都搜索著伊芙琳。她緊抱著肚腹，鮮血從指間滲出。她滿臉迷惑，彷彿是誰給了她一個她不應該有的東西，但在她能想通之前，她的身體一軟，朝水裡倒。

煙火在夜空中綻放，賓客魚貫走出落地窗，指指點點，張口結舌。某人朝我跑來，腳步聲重重踩著泥土。我剛轉身就被他們撞個正著，整個人飛了出去，摔在地上。

他們也忙著爬起來，卻用手指抓傷了我的臉，某人的膝蓋頂進了我的肚子。德比的脾氣早已在抓扒一個洩洪口，這時佔了上風。我狂喝一聲，在黑暗中捶打某個形體，死揪住他們的衣服，即使他們盡力想要脫身。

我挫敗地嚎叫，被人從地上拉起來，我的對手也一樣，我們兩個都被僕人抓得牢牢的。燈籠光灑落，照亮了狂怒的邁可．哈德凱索氣急敗壞地想要掙脫康寧漢強壯的胳臂，是他攔著邁可不讓他衝到伊芙琳的遺體那兒的。

我愕然瞪著他。

變了。

這份領悟讓我不再掙扎，我的身體在僕人的懷中變得虛弱，我瞪著倒影池。

我還是雷文科特時，邁可緊緊抱著他姊姊，搬不動她。這時卻是一個穿風衣的高個子在把她從水裡拉出來，拿狄基的外套覆住她沾滿血的身體。

僕人放開了我，我跪了下去，正好看到哭泣的邁可．哈德凱索被康寧漢帶開。決定要盡可能浸淫在這個奇蹟之中，我的眼珠子滴溜溜地轉。倒影池邊只見狄基醫生跪在伊芙琳的屍體旁，跟另一個男人在討論什麼，這個男人顯然是當家作主的人。雷文科特退到舞廳的一張沙發上，正拄著枴杖癱坐著，迷失在思緒之中。樂隊被喝醉的賓客責罵，他們完全不知道外頭發生的事，命令樂隊繼續演奏，而僕人則呆呆站著，往身上劃十字，漸漸靠近外套下的屍體。

天知道我在黑暗中坐了多久，盯著眼前這一幕鋪展開來。我直坐到每個人都被那個風衣男請進了屋子裡。直坐到伊芙琳毫無生氣的身體被抬走。直坐到我的身體變冷，變得僵硬。直坐到那個隨從找到我。

他從屋子很遠的角落轉過來，腰上繫著一個小布袋，兩手在滴血。他拔出刀子，在火盆的邊緣來回移動。我看不出他是在磨刀呢，或只是在加熱，不過我猜都不要緊。他是要我看見，聽見令人惴慄的金屬刮擦金屬聲。

他直盯著我，等待我的反應，而此時看著他，我很奇怪怎麼會有人誤會他是僕人。雖然他穿著隨從的紅白制服，卻壓根沒有傳統的馴服態度。他又高又瘦，行動慵懶，金髮髒髒的，一張淚滴似的臉，嘴上掛著冷笑，暗色眼珠若不是那麼空洞還滿迷人的。然後是斷掉的鼻梁。又紫又腫，扭曲了他的五官。火盆的光一照，他就像是打扮成人類的生物，面具快掉下來了。

隨從舉起了刀子，仔細檢查。滿意了之後，就用來割斷了腰上的布袋繫繩，將布袋拋在我的腳下。

袋子砰地一聲落地，布料被血浸透了，拉繩拉得很緊。他要我打開來，但是我一點也不想讓他順心如意。

我站了起來，脫掉外套，轉了轉脖子。

在內心深處，我能聽見安娜在朝我尖叫，命令我逃跑。她是對的，我是應該害怕，而換作是在別的宿主體內，我也會害怕。這很明顯是陷阱，可是我厭倦了怕這個人了。

該是戰鬥的時候了，就算是為了證明我能戰鬥。

我們對視了一會兒，雨點落下，夜風呼嘯。想也知道，先動作的是那個隨從，他一轉身就衝進了黑暗的森林中。

我吼得像個瘋子，直追了上去。

我一衝進樹林，樹木就包圍了我，樹枝抽打我的臉，樹葉越來越濃密。

我的腿累了，但我仍一直跑，最後我才發覺我聽不到他了。

我猛地停下，原地轉身，喘個不停。

不出幾秒鐘他就撲了上來，摀住我的嘴，壓制住我的叫聲，同時刀刃插入了我的體側，往上割，割進我的肋骨，鮮血湧入了我的喉嚨。我的膝蓋虛弱無力，但是被他強壯的胳臂箍住，我才沒有跌倒。他呼吸得很淺很急，但不是疲憊的聲音，是興奮和期待。

一根火柴亮了，小小的一個光點舉在我的面前。

他就跪在我對面，無情的黑眸死盯著我。

「勇敢的小兔子。」他說，割斷了我的喉嚨。

32

第六天

「醒醒！醒醒！艾登！」

某人在捶我的房門。

「你得醒一醒，艾登，艾登！」

我嚥下疲倦，對著周遭環境眨眼。我坐在椅子上，全身是汗，衣服扭絞，緊緊纏著身體。現在是晚上，附近桌上有一支蠟燭。我的腿上鋪了一條格子呢毯子，老人的手擺在一本破舊的書上。皺縮的肌膚上血管突起，佈滿了棋盤狀的乾涸墨水和肝斑。我伸展手指，手指卻因年老而僵硬。

「艾登，拜託！」走廊的聲音說。

我從椅子上起身，走向門口，渾身都在痛，活像捅了馬蜂窩。樞紐很鬆，門的底部一角刮過地板，門外站著的是瘦長的葛瑞格理．戈爾德，頹然倚著門框。他的樣子很像他攻擊管家時的模樣，不過他的晚宴外套撕破了，還沾了一層泥巴，而且他呼吸急促。

他緊抓著安娜給我的棋子，又叫的是我的本名，在在足以讓我相信他是我的另一個宿主。通常，我會歡迎這類的會面，但他的模樣令人悚懼，激躁不安，又蓬頭垢面，是被拖到地獄又逃回來的人。

一看見我，他就抓住我的肩膀，暗色眼睛充血，眼珠轉個不停。

「別下馬車，」他說，唾沫掛在嘴唇上。「無論如何，不要下馬車。」

他的恐懼是一種傳染病，擴散到我的全身。

「你是怎麼了？」我問，聲音在發抖。

「他……他不會停……」

「不會停什麼？」我問。

戈爾德搖頭，捶打太陽穴。淚水從臉頰上滾落，但我不知道該如何安慰他。

「不會停什麼，戈爾德？」我又問。

「割人。」他說，撩起袖子露出了臂上的刀傷，就跟第一天早晨貝爾醒來的刀傷一模一樣。

「你不會想要，你不會，可是你會放棄她，你會說，你什麼都會說，你不想要，可是你會說，」他喋喋不休。「他們有兩個人，兩個。都長得一樣，可是有兩個。」

他的神智渙散了，我現在看出來了。這個人已經沒有一丁點的理性。我伸出手，希望能把他拉進房間裡，可他卻嚇到，不停退後，最後撞上了另一頭的牆，只有聲音仍沒斷。

「別下馬車。」他嘶聲跟我說，快步離開走廊。

我追了一步，但是太暗了，什麼也看不見，等我回去拿蠟燭，走廊已經空無一人了。

33

第二天（繼續）

管家的身體，管家的痛，被鎮靜劑弄得沉甸甸的。

就像回家。

我不算清醒，而且已經又回頭去睡了。

天色變暗了。有個人在斗室中來回踱步，捧著一把獵槍。

不是瘟疫醫生。不是戈爾德。

他聽見我的動靜，就轉了過來。他在陰影裡，我看不出是誰。

我張口欲言卻發不出聲音。

我閉上眼睛，又墜入夢鄉。

34

第六天（繼續）

「父親。」

我被一個紅髮藍眸的年輕男人佈滿雀斑的臉嚇到，他的臉距我只有幾吋遠。我又回到了老人的身體裡，坐在椅子上，腿上鋪著格子呢毛毯。這個男孩九十度彎腰，雙手背在後面，好像不能確信自己的手會做出什麼事來。

我不悅的表情把他推開了一步。

「你要我九點十一分叫醒你。」他道歉似地說。

他有威士忌、菸草和恐懼的味道，在他的體內升湧，把他的眼白染黃了。他的眼神警惕，有如被追獵，像一頭等著槍響的動物。

窗外有天光，我的蠟燭早已熄滅，爐火也僅餘灰燼。我隱約記得自己之前是管家，可見得我在戈爾德來過之後睡著了，但是我不記得有睡著。戈爾德承受的巨大痛苦——我很快也必須承受——讓我步入了清晨時光。

別下馬車。

這是一句警告，也是懇求。他要我改變這一天，而儘管令人興奮，也令人不安，我知道這是辦得到的，我親眼見過，但是如果我聰明到能改變事情，那個隨從也可以。據我所知，我們是在繞著圈子破壞彼此的進度。現在已不僅僅是找出正確的答案了，而是要撐得夠久，把答案帶給瘟疫醫生。

我一有機會就得跟這位畫家談一談。

我在椅子上欠動，把格子呢毯子拉開，那個男孩極輕微的縮了縮。他身體僵硬，斜眼看我，看我是否發覺。可憐的孩子，他身上的勇氣都給打掉了，而現在又因為膽小而受責。我對這位宿主的同情心大減，他對兒子是百分之百的厭惡。他認為這個男孩的怯懦令人火冒三丈，他的沉默是一種冒犯。他是個失敗，一個不可原諒的失敗。

我唯一的失敗。

我搖頭，想要把自己從這個人的悔恨中拔出來。貝爾、雷文科特和德比的記憶都已在霧中，但是目前這段人生的林林總總卻在我的四周散落，我不想絆到也難。

儘管腿上的毯子表示我的雙腿無力，我還是略微僵硬地站了起來，個子還挺高的。我兒子退縮到房間一角，隱在陰暗中。儘管距離不是很遠，對我的宿主而言卻是太遠了，他的視線在一半的距離停住。我搜尋眼鏡，卻知道不會有收穫。這個人認為年老是一種弱點，是意志不堅的後果。不會有眼鏡，不會有枴杖，不會有任何的輔助。無論我揹上了什麼負擔，我都得要忍受。一個人。

我能感覺到我兒子在衡量我的心情，盯著我的臉色，像大家盯著暴風雨來臨之前的烏雲。

「有話就說。」我粗聲粗氣地說，被他的沉默惹火了。

「我在想，今天下午的打獵我就不參加了。」他說。

話擺在我的腳邊，兩隻死兔子等著一頭餓狼。

就連這麼簡單的請求都讓我心煩。哪個年輕人會不想打獵？哪個年輕人會偷偷摸摸，踮著腳尖走在世界的邊緣而不是踏在頂上？我當下就想拒絕，讓他為他是這麼一個二愣子而受苦，但是我把衝動嚥了回去。另一個人不在眼前，我們兩個都會快活些。

「行。」我說，揮手遣退他。

「謝謝，父親。」他說，逃出了房間，以免我改變主意。他一走，我的呼吸就變得平緩，兩隻拳頭也鬆開了。憤怒從我的胸口鬆開了手，讓我自由地調查這個房間，研究房間主人。

床頭几上的書擺了三排，都是複雜難懂的法律條文。我的舞會邀請函被當作書簽，收件人是愛德華及蕊貝嘉．丹斯。單是這個名字就能讓我崩潰。我記得蕊貝嘉的臉，她的氣味。在她附近的感覺。我的手指找到了頸上的項鍊盒，裡頭有她的肖像。丹斯的傷心是一種默默的傷痛，一天只掉一滴淚。他只允許自己這樣的放縱。

我把哀傷推開，以手指輕敲邀請函。

「丹斯。」我喃喃說。

這麼一個缺少歡樂的人卻有這麼奇特的姓[4]。

敲門聲刺穿了寂靜，門把轉動，幾秒之後門開了。進來的人是條大漢，腳步拖曳，他抓了抓一頭白髮，頭皮屑掉得到處都是。他滿臉的白色落腮鬍，眼睛充血，穿著皺巴巴的藍色套裝。他雖然模樣邋遢，態度卻安適愜意，否則的話還真嚇人。

他抓頭抓一半就打住，迷惘地朝我眨眼睛。

「這是你的房間啊，愛德華？」陌生人問。

「唔，我是在這裡醒過來的。」我警戒地說。

「要命，我不記得他們給我的是哪間了。」

「你昨晚在哪兒睡的？」

「日光室，」他說，抓著胳肢窩。「黑靈頓賭我不能在十五分鐘之內喝掉一瓶波特，我只記得這個，早晨還是戈爾德那個無賴把我叫醒的，大呼小叫的跟個瘋子一樣。」

提到戈爾德，把我帶回到昨晚他語無倫次的警告上，以及他手臂上的傷疤。別下馬車，他是這麼說的。所以說我會在某個時刻離開嗎？去旅行？我已經知道我是到不了村子的，所以似乎是不可能。

「戈爾德說了什麼嗎？」我問。「你知不知道他去哪兒，或是有什麼計畫？」

「我沒留下來跟那傢伙吃飯，丹斯，」他說，不以為意。「我只是打量了他，讓他知道我無

❹丹斯的英文是Dance，意思是跳舞。

論如何是不會把他看在眼裡的。」他東瞄西瞄。「我是不是在這裡留了只酒瓶？我需要什麼來治一治這個可惡的頭痛。」

我還沒能開口回答，他就拉開了我的抽屜東翻西找，關都懶得關，又去搜揀衣櫃。在拍打過我的套裝口袋之後，他轉過來，掃視房間，活像剛聽見有一頭獅子埋伏在灌木叢裡。

又有人敲門，又一張臉孔。這一個是克里佛．黑靈頓中校，那個晚餐時坐在雷文科特旁邊的無聊海軍軍官。

「你們兩個，快點，」他說，查看手錶。「老哈德凱索在等我們。」

他不受烈酒所苦，腰桿筆直，威儀堂堂。

「知道他找我們做什麼嗎？」我問。

「不知道，不過我猜到了那兒他自然會告訴我們。」他精神奕奕地說。

「我需要我的威士忌才走得動。」我的同伴說。

「門房那兒一定有，薩特克里夫，」黑靈頓說，懶得掩飾他的不耐。「再說了，你也知道哈德凱索的，他最近嚴肅得要命，最好還是別醉醺醺地赴約。」

我跟丹斯的連結就有這麼強，一聽到哈德凱索勳爵的名字，我就氣得鼓著腮幫子。我的宿主來到黑石南館純粹是出於義務，只是短暫造訪，只要處理完這一家的事情就立馬走人。但我卻相反，我急於詢問這棟屋子的主人他的妻子的去向，而我對會面的熱切也摩擦著丹斯的焦躁，像砂紙在摩擦皮膚。

不知怎地，我在惹惱我自己。

又被不耐煩的海軍軍官催促，腳步蹣跚的薩特克里夫舉起一隻手，哀求再一分鐘，這才離開了我的櫃子。他嗅著空氣，衝向床鋪，掀起床墊，在彈簧上找到了一瓶偷來的威士忌。

「帶路吧，黑靈頓，老小子。」他豪邁地說，打開瓶蓋，灌了一大口。

黑靈頓搖搖頭，示意我們走到走廊上，薩特克里夫拉開嗓門說笑話，他的朋友設法叫他安靜，卻不成功。他們兩個都是丑角，歡天喜地的態度帶著一種自大，氣得我牙癢癢。我的宿主對於多餘的事物沒有什麼耐心，他會很樂意大步走在前面，可是我不想一個人走在這些走廊上。我落後兩步，可以省去交談的麻煩，卻又不至於離得太遠，讓那個隨從有可乘之機。

我們在樓梯底遇見了某個叫克里斯多福．派特格儒的人，原來他就是在晚餐時跟丹尼爾互換消息的油滑傢伙。他是瘦子，天生就是來冷嘲熱諷的，旁分的暗色頭髮油膩膩的。他就跟我記憶中一樣哈著腰，流裡流氣的，他的眼睛先掃過我的口袋才注意我的臉孔。我不禁猜想兩個晚上前他是否是我一個未來的宿主，但果真如此的話，我也一定放任他縱情惡習，因為他已經因為酒精而軟化，開心地接過跟他的哥們分享的酒瓶。酒瓶始終沒有遞到我的面前來，也就是說我用不著拒絕。顯而易見，愛德華．丹斯跟這一群烏合之眾是和而不群，我也很開心是這樣。他們是很古怪的一幫；朋友，當然是，卻有不得不的苦衷，像三個同被困在荒島上的人。幸好，我們離房子越遠，他們的歡樂心情就變得越少，笑聲遭到風雨鞭笞，酒瓶不得不收進溫暖的口袋裡，連同握著酒瓶的冰冷的手。

「今天早晨是不是每一個人都被雷文科特的貴賓狗咬過？」油滑的派特格儒說，這時他全身只露出圍巾上的一雙油滑的眼睛。「他叫什麼來著？」

他咂咂舌，想要喚起記憶。

「查爾斯・康寧漢。」我隔著一段距離說，只有一半耳朵在聽。在小徑的前方，我確定我看見樹林裡有人。只是一晃而逝，卻足以令人起疑，只除了他們穿的是隨從的制服。我一隻手扶著喉嚨，一時間又感覺到他的刀子。

我打個哆嗦，瞇眼盯著樹木，想要從丹斯糟糕的視力榨出點用途來，但如果那是我的敵人，他也早已消失了。

「就是他，混蛋查爾斯・康寧漢。」派特格儒說。

「他是不是在打聽湯瑪斯・哈德凱索的命案？」黑靈頓說，毅然把臉對著寒風，無疑是出於當海軍的老習慣。「我聽說他今天早上去找斯坦溫，攔住了他。」他又說。

「真是不知死活，」派特格儒說。「你呢，丹斯，他有沒有來東問西問？」

「我倒不曉得。」我說，仍瞪著森林。我們正經過我認為我看見那個隨從的地點，但現在我看到紅顏色是釘在樹上的路標。是我的想像力在描繪樹林中的妖怪。

「康寧漢是想做什麼？」我說，不情願地回頭來注意我的同伴。

「不是他，」派特格儒說。「他是幫雷文科特來打聽的，看來那個又老又胖的銀行家對湯瑪斯・哈德凱索的死有了興趣。」

一句話點醒了我。我當雷文科特時差遣了康寧漢一堆事情，打聽湯瑪斯・哈德凱索的命案卻不在其中。無論康寧漢在做什麼，他都打著雷文科特的名號。說不定這就是他極力想阻止我洩漏的秘密，必須找個方法裝進信封裡塞在圖書室的椅子下的那個秘密。

「他都問了什麼？」我說，第一次感覺到有興趣。

「一直問我第二個兇手，斯坦溫說在那人逃跑前被他開槍打中的那個，」黑靈頓說，正拿著扁酒瓶在喝。「想知道有沒有人說了什麼謠言，他們是誰，又是怎麼描述的。」

「有嗎？」我問。

「沒聽說，」黑靈頓說。「就算有我也不會告訴他。我把他轟走了。」

「不過西索會叫康寧漢來打聽也不奇怪，」薩特克里夫說，搔著鬍子。「他跟領黑石南館薪水的每一個清潔婦和園丁的交情都好得很，八成比我們還了解這地方的內情。」

「怎麼說？」我問。

「命案發生的時候他住在這兒，」薩特克里夫說，轉頭從肩膀看我。「那時候當然年紀還小，只比伊芙琳大一點，我記得。謠言說他是彼得的私生子，海蓮娜把他給了廚娘撫養之類的。始終想不透她這是在懲罰誰。」

他的聲音若有所思，從這個邋遢、身材走樣的人口中說出來滿奇怪的。「那個小廚娘挺漂亮的，丈夫戰死了，」他沉吟道。「哈德凱索夫婦供這個男孩受教育，甚至在他年紀到了之後還幫他在雷文科特那兒找了差事。」

「雷文科特打聽十九年前的命案是想幹什麼？」派特格儒問。

「審慎調查啊，」黑靈頓直言無諱，繞過一坨馬糞。「雷文科特要買下一個哈德凱索，他想知道她會帶著什麼包袱。」

他們的談話很快就轉為其他雞毛蒜皮的小事，但我的心思仍釘在康寧漢上。昨晚，他塞了張字條到德比的手上，上頭寫著「他們全部」，還說他代表一名將來的宿主召集了人手。可見得我可以信任他，但是他在黑石南館顯然有自己的目的。我知道他是彼得．哈德凱索的私生子，也知道他在打聽他同父異母兄弟的命案，而在這兩點之間隱藏著一個他亟欲保守的秘密，甚至願意為此被勒索。

我咬緊牙關。在這個地方要是能找到一個人表裡一致，那倒是新鮮了。

經過通往馬廄的圓石小徑之後，我們沿著通往村子的無盡道路向南走，終於來到了門房。我們一個接一個填滿了逼仄的走廊，掛好大衣，抖掉衣服上的雨水，同時抱怨著天氣太差。

「這邊來，夥計。」有個人從我們右手邊的門後說。

我們循聲進入一間昏暗的客廳，壁爐裡燃著火，彼得．哈德凱索勳爵坐在窗邊的一張扶手椅上，蹺著二郎腿，大腿上攤開一本書。他比肖像要老一點，不過仍然胸膛寬闊，健康精壯。暗色的眉毛呈V字形，指著一個長鼻子，悶悶不樂的嘴巴嘴角下撇。他的相貌仍然隱約殘留著從前的俊美，但是輝煌存量幾乎消耗殆盡了。

「幹嘛叫我們大老遠跑到這裡來會面？」派特格儒不高興地問，一屁股坐在椅子上。「你明明有一棟舒服……」——他比了比黑石南館的方向——「嗯，馬路那頭有一棟很像房子的東西。」

「那棟該死的房子打從我小時候起就是這個家的詛咒，」彼得・哈德凱索說，往五只杯子裡斟酒。「除非必要，否則我絕不要踏進去一步。」

「在你舉辦史上最沒品的派對以前，你也許就應該要想到這一點，」派特格儒說。「你真打算要在你兒子的忌日上宣布伊芙琳訂婚？」

「你難道以為這是我的主意？」哈德凱索問，砰地放下酒瓶，兇巴巴瞪著派特格儒。「你以為我想在這裡？」

「別發火，彼得，」薩特克里夫安慰他，拖著腳走過去笨拙地輕拍朋友的肩。「克里斯多福愛抱怨是因為，唉，他是克里斯多福嘛。」

「說得對，」哈德凱索說，但是紅透的臉頰卻是另一回事。「只是……海蓮娜簡直是怪透了，現在又這樣。實在是讓人受不了。」

他又回去斟酒，一陣緊張的沉默壓得沒人敢開口，只有雨水敲打著窗戶。

我的同伴們一路走來時步伐很快，追上他們是件苦差事。現在我需要喘口氣，但是骨氣讓我必須要瞞著大家。所以我不說話，反倒環顧四周，其實並沒有什麼可看的。房間狹長，家具堆在牆邊，活像河岸的殘骸。地毯都磨出洞來了，花朵圖案的壁紙很俗氣。空氣中散發出濃濃的老邁味道，彷彿上一批主人在這裡直坐到化為塵土。比起斯坦溫遺世獨居的東廂房來，這裡雖沒有那麼不舒服，但是發現黑石南館的主人住在這裡也實在很奇怪。

我還沒有理由詢問哈德凱索勳爵在他女兒的命案上可能扮演的角色，但是從他選擇的居所來看，他是想避人耳目。但問題是，他這樣隱居是有何打算？

飲料擺在我們的面前，哈德凱索回原位坐下。他的酒杯在雙掌之間滾動，順便收拾思緒。他的態度有一種討喜的彆扭，立刻就讓我想到邁可。

我左手邊的薩特克里夫已經把他的威士忌加蘇打水喝掉了一半，從外套裡掏出一份文件，遞給了我，示意我應該傳給哈德凱索。那是一份由丹斯、派特格儒暨薩特克里夫事務所擬定的婚姻協議書。顯然我本人，憂鬱嚴肅的菲利普．薩特克里夫和油滑的克里斯多福．派特格儒是生意夥伴。即使如此，我也敢斷言哈德凱索要我們來不是為了討論伊芙琳的婚禮的。他太心不在焉，太煩躁不安了。再者，如果只需要律師，又何必請黑靈頓一塊過來呢。

哈德凱索證實了我的懷疑，他接過文件，只隨便瞄了一眼，就丟在桌上了。

「這是我跟丹斯親自擬定的，」薩特克里夫說，站起來再去倒酒。「讓雷文科特和伊芙琳在底下簽名，你就會又是有錢人了。雷文科特在簽名時會付一大筆錢，婚禮之後還有一大筆錢會交付信託。幾年後他就會把黑石南館從你的手中接過去。我得說這筆買賣還不賴。」

「老雷文科特呢？」派特格儒問，瞧了瞧門。「他不是也應該過來？」

「海蓮娜在照料他。」哈德凱索說，從壁爐上方的橫楣上拿下了一個木盒，打開來，裡頭是幾排粗雪茄，引得眾人發出幼稚的咕嚕聲。我拒絕了，只盯著哈德凱索提供給大家。他的笑容隱藏著一股窘迫的急切，他這種歡樂的展示是別的事情的濫觴。

他想要些什麼。

「海蓮娜好嗎？」我問，品嚐著飲料。是水。丹斯甚至連飲酒的快樂也不允許。「這件事一定讓她很難受。」

「我倒希望是，回來這裡都是她的餿點子，」哈德凱索從鼻子裡出聲，自己拿了根雪茄，關上了盒子。「知道吧，男人想要盡全力，事事支持，可是去他的，我們回來以後我幾乎見不到她的人。三槓子都打不出一個屁來。我要是信靈魂那一套，我會覺得她是被鬼附身了。」

火柴傳來傳去，每個人都盡情享受他自己的點雪茄儀式。派特格儒的手來來回回，黑靈頓點一下頓一下，薩特克里夫則劃著小圈圈，而哈德凱索則只是點燃雪茄，懊惱地瞅了我一眼。

我心中燃起了一小簇多情的火花，是某種強烈感情的殘餘化為了灰燼。

「各位，我今天請你們過來是因為我們都有共同點。」他的演說生硬，排練過了。「我們都被泰德．斯坦溫勒索，不過我有法子能解決，只要你們聽我說完。」

他盯著我們每個人的反應。

派特格儒和黑靈頓默不作聲，但是駑鈍的薩特克里夫卻嗆到，急忙喝了口酒。

「說下去，彼得。」派特格儒說。

「我捏住了斯坦溫的小辮子，可以交換我們的自由。」

房間裡掉一根針都聽得見。派特格儒坐在椅子邊緣，忘了手上的雪茄。

「那你為什麼等到現在？」他問。

「因為我們大家都有份。」哈德凱索說。

「比較可能是因為太冒險了吧，」紅著臉的薩特克里夫打岔。「要是我們之中有哪個敢對付斯坦溫，你們都知道後果是什麼。他只要公開我們的把柄，我們就都完蛋了。就跟麥爾森的下場一樣。」

「他快把我們的血吸乾了。」哈德凱索激烈地說。

「他要吸乾的是你的血，彼得，」薩特克里夫說，粗壯的手指戳著桌子。「你就快從雷文科特那兒弄到一大筆錢了，而你不想讓斯坦溫染指。」

「那隻惡鬼從我的口袋裡拿錢已經拿了快二十年了，」哈德凱索高聲說，微微臉紅。「我還要忍受多久？」

他轉向派特格儒。

「克里斯多福，你總會聽我說吧。斯坦溫是……」——他的灰臉上掠過難為情的烏雲——「咳，也許艾絲貝不會離開，如果……」

派特格儒輕啜著飲料，既不反駁也不慫恿他繼續說下去。只有我看見他的脖子變紅，手指抓緊了酒杯，指甲後的皮膚都變白了。

哈德凱索匆匆轉而注意我。

「我們可以把斯坦溫掐著我們脖子的手掰開，不過我們需要一塊面對他，」他說，一拳擊中掌心。「只要讓他知道我們全都準備好要對抗他，他才會聽。」

薩特克里夫鼓著腮幫子。「這太——」

「閉嘴，菲利普，」黑靈頓打斷了他，海軍中校的眼睛始終盯著哈德凱索。「你抓住了斯坦溫什麼把柄？」

哈德凱索朝門口投出疑心的一眼，這才壓低聲音。

「他有個女兒，藏在某個地方，」他說。「他把她藏起來就是怕她會被人拿來對付他，不過丹尼爾．柯立芝說已經查出了她的名字。」

「那個賭鬼？」派特格儒說。「他又是怎麼攪進來的？」

「直接問他的話太不小心了，老夥計，」哈德凱索說，搖晃著酒。「有些人走在黑暗的地方，那是我們這些人不該涉足的。」

「聽說他付錢給倫敦一半的僕役，就為了打聽他們主人的消息。」黑靈頓說，拉扯嘴唇。「他在黑石南館重施故技我是不會意外的，而斯坦溫在這裡幹活的時間也夠長了，有什麼秘密也該漏出縫來了。這件事是有點意思。」

聽著他們討論丹尼爾讓我有股怪異的興奮感。我已經知道他是我最後一個宿主，但是他是在我的未來行動的，我一直不覺得跟他真的有什麼關聯。看著我們的調查以這種方式匯集，就像是看見了在地平線上找了很久的東西。終於，我們之間有了一條道路。

哈德凱索站了起來，湊到壁爐前烘手，火光一照就發現歲月賜予他的東西比不上取走的多。

他的核心因為不確定而龜裂，破壞了一切代表穩固或是力量的跡象。這個人被折成了兩半，再拼湊回來時卻拼歪了，要我猜的話，我會說正中央有一個兒童形狀的大洞。

「柯立芝對我們有什麼要求？」我問。

哈德凱索以視而不見的茫然眼神看著我。

「你說什麼？」他說。

「你說丹尼爾．柯立芝有斯坦溫的把柄，也就是說他要我們拿什麼來換。我猜你就是為了這個才把我們都找來的。」

「沒錯，」哈德凱索說，玩著外套上一顆鬆脫的鈕釦。「他想討個人情。」

「只有一個？」派特格儒說。

「我們每人一個。我們要答應在他來找我們時，無論是什麼事，我們都會幫忙。」

大家你瞧我我瞧你，懷疑從一張臉孔傳到另一張臉上。我覺得自己像是敵營中的間諜。我不確定丹尼爾有什麼盤算，但我顯然是要幫他敲邊鼓的。為我自己好。無論這個人情債會是什麼，但願都能讓我們和安娜從這個鬼地方逃出去。

「我贊成，」我慨然表態。「斯坦溫佔上風也佔得太久了。」

「我附議，」派特格儒說，揮散面前的雪茄煙。「他的手掐著我的脖子已經太久了。你呢，克里佛？」

「我同意。」老海軍說。

每個人都轉頭看著薩特克里夫，而他的眼睛則在房間裡亂轉。

「我們是在跟魔鬼交易。」邋遢的律師終於說。

「也許吧，」哈德凱索說。「不過我讀過但丁，菲利普。地獄並不會眾生平等。好，你怎麼說？」

他不甘不願地點頭，低眉看著酒杯。

「好，」哈德凱索說。「我會跟柯立芝見面，我們晚餐前去找斯坦溫。事情順利的話，這一切就會在我們宣布婚禮之前結束。」

「而我們就從一個口袋又爬進了另一個口袋裡了，」派特格儒說，喝完了酒。「當紳士真是風光啊。」

35

我們的事情談定了，薩特克里夫、派特格儒和黑靈頓魚貫走出客廳，留下了一條長長的雪茄煙，而彼得．哈德凱索則走向餐具櫃上的留聲機。他用棉布擦拭唱片上的灰塵，放下了轉針，按下開關，布拉姆斯就從喇叭狀的銅管中昂然響起。

我揮手要其他人不用等我，關上了走廊的門。彼得坐在爐火邊，打開了他自己的思維之窗。他還沒注意到我留了下來，我們之間感覺像有什麼鴻溝，儘管實際上他只離我一兩步遠。

丹斯的沉默寡言讓人癱瘓無力。他是個厭惡被打擾的人，所以也同樣不願意打擾別人，而我必須要問的那些問題又是很私人的，所以只是讓情形更棘手。我被我的宿主的禮貌弄得舉步維艱。兩天前，這根本就不是障礙，但是每一個宿主都比前一個要強，而跟丹斯戰鬥就像是走入狂風。

我遵從禮貌上的要求先輕咳一聲，哈德凱索在座位上轉身，看見我在門口。

「啊，丹斯老傢伙，」他說。「你忘了什麼嗎？」

「我在想是否能私下聊一聊。」

「是合約有問題嗎？」他警戒地說。「我得承認，我在擔心薩特克里夫喝酒可能——」

「不是薩特克里夫，是伊芙琳。」我說。

「伊芙琳，」他說，警戒換成了疲憊。「對，當然。來，坐到火邊來，這棟該死的屋子不用天氣冷就四面透風了。」

趁我坐下來，他拉高了褲腿，一隻腳在爐火前舞動。無論他有多少缺點，他的禮貌都無可挑剔。

「好，」他過了一會兒說，認定禮儀上的工夫都已經做足了。「伊芙琳怎麼樣？是不是她不同意這件婚事？」

我找不出法子來解釋這件事，決定開門見山。

「恐怕還要嚴重得多，」我說。「有人下定決心要殺害你的女兒。」

「殺害？」

他皺眉，淡淡一笑，等著聽笑話的下半部。但是我認真的態度令他警醒，他向前傾，滿臉是迷惑。

「你不是開玩笑？」他說，緊握雙手。

「不是。」

「你知道是誰嗎？又是為什麼？」

「只知道手法。她被迫自殺，否則的話，她愛的某人就會替她死。這個條件寫在信裡。」

「信？」他皺眉。「我倒覺得有詐。八成只是在胡鬧。你也知道女孩子的花樣有多少。」

「不是胡鬧，彼得。」我嚴厲地說，把懷疑從他的臉上敲走。

「那可以請問你是怎麼知道的呢？」

「跟我得知所有的情報一樣，我聆聽。」

他嘆氣，捏捏鼻子，衡量事實以及將事實帶來給他的男人。

「你相信是有人想要破壞我們和雷文科特的交易嗎？」他問。

「我倒沒想到這一點。」我說，驚訝於他的反應。我本以為他會關心自己女兒的生死，說不定因而擬出什麼計畫來，確保她的平安。但伊芙琳只是旁枝末節，他只擔心會損失財富。

「你能想到有誰會因伊芙琳的死而受益嗎？」我說，極力壓抑對這個男人的瞬間鄙夷。

「誰都會有敵人，古老的家族會很樂意看著我們毀掉，可是沒有一個會使出這種手段。他們寧可竊竊私語，在派對上八封，在《泰晤士報》上發表惡毒的評論，你也清楚啊。」

他沮喪地拍打椅臂。

「可惡，丹斯，你確定嗎？感覺不太可信。」

「我很確定，但是說實話，我比較懷疑家裡的人。」我說。

「某個僕人？」他問，壓低了聲音，視線跳向門口。

「海蓮娜。」我說。

他老婆的名字如一記重拳打中他。

「海蓮娜，你一定……我是說……老兄弟……」

他的臉孔轉紅，言語有如沸騰的水溢出了嘴巴。我能感覺到自己的臉頰也有一陣熟悉的熱氣。問題的走向對丹斯而言就像毒藥。

「聽伊芙琳的意思，她們母女倆的關係有芥蒂。」我急急忙忙說，像把石頭扔進沼澤地一樣把話丟出來。

哈德凱索走到窗邊，背對著我。顯然是礙於文明，不能當面直言，不過我看見他的身體發抖，兩手緊緊握在背後。

「我不否認海蓮娜不太喜歡伊芙琳，可是沒有她，我們一兩年內就會破產，」他說，斟酌著每個字，同時竭力克制脾氣。「她不會拿我們的將來開玩笑。」

他並沒有說她做不出這種事來。

「可——」

「可惡，丹斯，這個醜聞又干你什麼事？」他大吼，對著玻璃上我的倒影吼叫，免得他得對著我吼叫。

這就對了。丹斯夠了解彼得．哈德凱索，知道他的耐心已經到了極限。我的下一個回答會決定他是否敞開心胸，或是把我轟出去。我需要小心選詞，也就是說追問他最關心的事情。我不是直接告訴他我在設法拯救他的女兒，就是……

「抱歉，彼得，」我說，聲音安撫。「如果有人想破壞跟雷文科特的這樁交易，我一定得阻止，因為我是你的朋友，也是你的法律顧問。」

他洩了氣。

「對，對，一定的，」他說，扭頭看著我。「對不起，老朋友，只是……這個謀殺的說法……唉，翻起了一些舊事……你知道的。當然了，如果你認為伊芙琳有危險，我會全力幫忙，可如果你相信海蓮娜會傷害伊芙琳，那你就錯了。她們母女倆是有嫌隙，但是她們是愛彼此的。我很肯定。」

我讓自己發出放心的嘆息。跟丹斯戰鬥令人筋疲力盡，但我總算是問到了一些答案的邊邊角角。

「你女兒聯絡了某個叫菲麗瑟緹．梅道克斯的人，宣稱她很擔心海蓮娜的行為。」我接著說，順著我宿主的需求，以適當的次序來排列事實。「她不在賓客名單上，但是我相信菲麗瑟緹來到這裡預備幫忙，而她很可能被扣下來當人質要脅伊芙琳，以免她不按照吩咐自殺。邁可跟我說她是你女兒童年的朋友，但是他想不起別的事情來。你記不記得這個女孩子？會不會在屋子裡見過她？我有理由相信她今天早晨在圖書室裡。」

哈德凱索一臉迷糊。

「不記得，不過我得承認從伊芙琳回來以後，我跟她沒說上幾句話。她返家的情況，婚事……都造成了阻礙。不過邁可沒能告訴你什麼就怪了，從她回來以後他們就形影不離，而且我知道他經常到巴黎去看伊芙琳，也常常通信。如果說有誰會認識這個菲麗瑟緹的話，我會說是邁可。」

「我會再找他談一談，不過信上寫得沒錯，是不是？海蓮娜的行為古怪？」

留聲機上的唱片卡住了，高昂的小提琴獨奏一遍又一遍被扯下來，有如風箏被過於急切的孩子亂拉。

彼得瞥了一眼，皺起眉頭，希望靠他的不悅就能修好機器。失敗之下，他移向留聲機，舉起針頭，吹掉唱片上的灰塵，舉高就著光檢查。

「刮傷了。」他搖著頭說。

他換了張唱片，不同的音樂揚起。

「跟我說說海蓮娜，」我催促他。「是她主張在湯瑪斯的忌日上宣布訂婚消息，並且在黑石南館辦派對的，是吧？」

「她始終都沒原諒伊芙琳那天早晨丟下湯瑪斯，」他說，盯著唱片旋轉。「我承認，我是以為時間可以減輕她的痛苦，可是……」——他兩手一攤——「這件事，實在是……」他深吸一口氣，鎮定下來。「海蓮娜是想要讓伊芙琳難堪，我承認。她把這件婚事當作懲罰，可其實是門當戶對，如果仔細看細節。雷文科特碰都不會碰伊芙琳，他自己跟我說的。『我太老了，沒那個胃口。』這是他的原話。她可以管理他的家，有不錯的津貼，過她願意過的生活，只要不讓他難看。而作為回報，他會……咳，你也知道他那些貼身男僕的謠言。漂亮的小夥子二十四小時來來去去。都是那些愛嚼舌根的，不過結了婚謠言自然就會止息。」他頓了頓，目光桀驁。「所以嘛，丹斯，海蓮娜如果想要殺害伊芙琳，何必還這麼麻煩？她不會的，她不能。不管怎麼說，她愛伊芙琳，不算多愛，我承認，但是也夠了。她需要感覺伊芙琳被徹徹底底懲罰了，然後她就會開始彌補。等著瞧吧，海蓮娜會回心轉意的，伊芙琳也會了解這件婚事是福不是禍。相信我，你是找錯人了。」

「我還是需要跟你太太談一談，彼得。」

「我的行事曆在抽屜裡，上頭有她的一切約會。」他陰森森地笑。「最近我們的婚姻就是不停重疊的責任，不過它應該能讓你知道上哪兒找她。」

我衝向抽屜，無法抑制我的興奮。

屋裡的某個人，可能是海蓮娜自己，從她的記事簿裡撕去了這些約會，以便掩蓋她的活動。無論是誰，要不是忘了，就是不知道她先生也有一份複本，現在被我弄到手了。就在此時此刻，我們可能終於挖掘出這一切的麻煩所為何來。

抽屜很難拉，木頭被濕氣弄得膨脹，好不容易才勉強拉開，裡頭有一本綁著繩子的硬面筆記本。我翻閱每一頁，很快找到了海蓮娜的約會，樂觀之情立刻涓滴不剩。大多數都是我已經知道的。海蓮娜跟康寧漢在早上七點半見面，並沒說是為什麼。之後她安排在八點十五分見伊芙琳，九點整見米麗森．德比，但是都失約。她和馬廄管理員約在十一點半，也就是一小時之後，然後她要在正午剛過不久到雷文科特的會客室去找他。

她不會去。

我的手指順著行程劃下來，尋找著可疑的地方。伊芙琳和雷文科特是我知道的，米麗森是老朋友，兩人見面也在情理之中，可她是為了什麼緊急大事居然會在一大清早就約見她丈夫的私生子？

康寧漢在我追問時不肯回答我，但他是今天唯一見過海蓮娜．哈德凱索的人，也就是說我不能再任由他迴避了。

我一定得從他口中問出實話來。

在此之前，我得到馬廄走一趟。

有史以來第一次，我知道了這一家那位神龍見首不見尾的女主人是要去哪裡。

「你知道海蓮娜為什麼早上要見查爾斯．康寧漢嗎？」我問彼得，同時把筆記本放回抽屜。

「海蓮娜可能是想打個招呼，」他說，給自己倒了杯酒。「她跟那個孩子一向很親。」

「查爾斯．康寧漢是斯坦溫勒索你的原因嗎？」我問。「斯坦溫知道他是你兒子？」

「拜託，丹斯！」他說，惡狠狠瞪著我。

我迎視他的目光，我的宿主也是。丹斯正往我的舌尖堆道歉的話，催促我逃出房間。實在是很討厭。每次我開口說話，我都得把另一個人的難堪先推到一邊去。

「你了解我，彼得，所以你也知道我會這麼說有多不得已，」我說。「我一定得把這件討厭的事情的每一條線索都攥在手裡。」

他考慮著我的話，回到窗邊。外頭其實沒有什麼可看的。樹木太靠近屋子，樹枝就壓在玻璃上。以彼得所受制的禮法來看，要是可以，他早邀請它們進屋了。

「查爾斯．康寧漢的出身並不是我被勒索的原因，」他說。「那點醜聞當時上了每一份報紙的社交版，是海蓮娜的手筆。這件事榨不出錢來。」
「那麼斯坦溫是知道了什麼？」
「我需要你保證不會有第三個人知道。」他說。
「當然。」我說，脈搏加快。
「那是，」——他喝了口酒壯膽——「在湯瑪斯遇害之前，海蓮娜跟查理・卡佛外遇。」
「那個殺害湯瑪斯的人？」我驚呼，略微坐直了一些。
「他們管這種事叫戴綠帽，對吧？」他說，在窗邊站得挺直。「到我這裡就是個完美得出奇的比喻了。他奪走了我的兒子，把他自己的兒子放進了我的巢裡。」
「他自己的兒子？」
「康寧漢不是我的私生子，丹斯。是我老婆的。查理・卡佛是他的父親。」
「那個無賴！」我高聲罵，暫時失掉了對丹斯的控制，他的震怒反映了我的驚愕。「到底是怎麼發生的？」
「卡佛和海蓮娜相愛，」他懊悔地說。「我們的婚姻一直不……我有頭銜，海蓮娜的家族有錢。權宜之計，也可能有人會說是必須的，但是卻沒有感情。卡佛和海蓮娜一塊長大，他父親是她們家的獵場管理員。她把兩人的事瞞著我，卻在我們婚後把卡佛帶來黑石南館。我很遺憾地說，我的風流韻事傳進了她的耳裡，我們的婚姻岌岌可危，大概一年後她就跳上了卡佛的床，沒多久就懷孕了。」

「可是你沒有把康寧漢當親生兒子撫養？」

「不，她在懷孕期間讓我相信孩子是我的，可她自己也不能肯定真正的父親是誰，因為我繼續……咳，男人的需要……你懂的吧？」

「我想我懂。」我冷冷地說，想起了丹斯多年婚姻的主旋律是愛與尊重。

「總之呢，康寧漢出生的時候我出外打獵去了，所以她讓產婆把他偷偷送到村子裡去。等我回來，只知道孩子難產死了，可半年後，等她確定他長得不太像卡佛以後，孩子又出現在我們家門口，被某個我不幸在倫敦沾惹過的姑娘抱著，她很樂意收下我老婆的錢，假裝孩子是我的。海蓮娜扮演被害者，堅持要我把孩子留下來，我同意了。我們把孩子交給了廚娘德拉吉太太，她把他當親生的一樣養大。信不信由你，之後我們還真的過了幾年太平日子。伊芙琳、湯瑪斯和邁可相繼出生，有一陣子我們是幸福的一家人。」

在他敘述時我一直緊盯著他的臉，尋找一絲一毫的情緒，但他只是木然複述事實。我又一次領教了這個男人的幼稚淺薄。一個小時前，我會假設湯瑪斯的死使他的感情化為灰燼，但此刻我卻懷疑他心田的土壤是否本來就是貧瘠的。除了貪婪之外，這個男人的心裡什麼也長不出來。

「你是如何發覺真相的？」我問。

「純粹是運氣，」他說，雙手貼在窗子兩邊的牆上。「我去散步，撞見了卡佛和海蓮娜為了孩子的未來在吵架。她什麼都承認了。」

「那為什麼不跟她離婚？」我問。

「然後讓每個人都知道我的恥辱嗎？」他說，驚懼不已。「這些日子來私生子滿街都是，可是想想，要是讓別人發現彼得·哈德凱索勳爵讓一個普通的園丁戴了綠帽子，那還成什麼體統。不，丹斯，絕對不行。」

「那在你發現之後呢？」

「我讓卡佛走，給他一天的時間離開莊園。」

「他就是在那天殺死湯瑪斯的嗎？」

「一點也沒錯，我們的對質讓他勃然大怒，而他……他……」

他的眼睛模糊，因為酒而充血。他整個早晨都在乾杯再倒酒。

「斯坦溫幾個月後就來找海蓮娜，跟她伸手要錢。你看，丹斯，我不是被直接勒索的，是海蓮娜，以及我跟她的名譽。我只能付錢。」

「那邁可、伊芙琳和康寧漢呢？」我問。「他們知道嗎？」

「據我所知是不知道的。保守秘密已經很困難了，犯不著還把秘密往孩子的嘴裡塞。」

「那斯坦溫又是怎麼知道的？」

「我也一直在問這個問題，問了十九年，卻一點頭緒也沒有。說不定他是卡佛的朋友，畢竟僕人都會說三道四的。不然的話，我就完全沒有線索了。我只知道萬一傳了出去，我就完了。雷文科特對醜聞很敏感，他絕對不會跟一個上頭版的家庭結親的。」

他壓低了聲音，醉醺醺的，而且卑鄙僋俗，一根手指直指著我。

「別讓伊芙琳死了，你要什麼我都會給你，聽見了沒有？我不會讓那個賤貨葬送了我的將來，丹斯。我不准。」

36

彼得．哈德凱索喝醉了在生悶氣，死攥著酒杯，生怕會有人搶似的。看出他已經沒有用處了，我就從水果缽裡抓了個蘋果，找個藉口溜出房間，帶上了客廳的門，拾級而上時他或許就不會注意到。我需要跟戈爾德談一談，而我寧可不要在一團問題之中跋涉。

到了樓梯頂，迎面就是一股冷風在空中旋轉扭絞，從龜裂的窗戶和門縫裡溜進來，吹動了散落在地板上的枯葉。我想起了在當塞巴斯欽．貝爾時走過這些走廊，尋找管家，伊芙琳陪著我。在這裡想起這些事來很奇怪，仍記得貝爾和我是同一個人則更奇怪。他的懦弱令我心悸，但是現在他和我之間拉開了足夠的距離，我也能超然地看著他的懦弱。他感覺像是我曾在派對上聽過的某個令人難為情的故事。別人的恥辱。

丹斯瞧不起像貝爾這樣的人，但是我不能遽下批評。我並不了解我在黑石南館之外是個什麼樣的人，不知道我沒有被插進別人的心智中時有什麼樣的想法。就我所知，我就跟貝爾一般無二……那，會很糟糕嗎？我羨慕他的同情心，我也羨慕雷文科特的聰明，以及丹斯看穿事物核心的本事。如果我出了黑石南館後還能保有任何一樣的特質，我會很得意。

確定走廊上只有我一人之後，我進了葛瑞格理．戈爾德被吊在天花板的房間。他在喃喃低語，痛得抽動，想把某種持續不停的惡夢趕走。同情心驅使我去割斷縛住他手腕的繩子，可是安娜如果沒有好理由是不會讓他這樣子被吊起來的。

即使如此，我仍需要跟他談一談，所以我輕輕搖他，再搖得更用力。毫無反應。

我摑他耳光，再拿附近的水瓶來潑水在他臉上，他仍是一動不動。壞了。狄基醫生的鎮靜劑效力太強，無論戈爾德有多麼想掙脫混沌，就是無能為力。我的胃翻觔斗，骨子裡感到一股寒意。在此之前，未來的種種驚恐情事始終是影影綽綽，捉摸不著的，是迷霧中潛伏的暗影。但這個就是我，我的命運。我踮起腳尖，把他的衣袖往下拉，露出了他昨晚讓我看的胳臂上的刀傷。

「別下馬車。」我喃喃說，想起了他的警告。

「離他遠一點，」安娜在我後面說。「還有慢慢轉過來，我不會說第二次。」

我照她的話做。

她站在門口，獵槍指著我。金髮從帽子裡溜出來，表情兇狠。她的手臂很穩，手指貼著扳機。錯個一步，我毫不懷疑她會為了保護戈爾德而殺了我。儘管命運和我作對，但是知道有人這麼關心就足以讓丹斯冰冷的心變暖了。

「是我，安娜，」我說。「是艾登。」

「艾登？」

獵槍稍微放低了一點，她上前來，臉孔跟我的距離可以感覺到彼此的呼吸，她仔細檢查我新近得到的大大小小的皺紋。

「書上說你會變老，」她說，一手持槍。「沒說你的臉會變成一塊墓碑。」

她朝戈爾德點頭。

「在欣賞刀傷是吧？」她說。「醫生認為是他自己割的。可憐的傢伙把自己的手臂割成了肉條。」

「為什麼？」我驚恐地問，極力想像有什麼情況會讓我拿刀子自殘。

「你會比我清楚，」她吸口氣說。「我們去暖和的地方說吧。」

我跟著她進入對面的房間，管家在白色棉被下睡得很安寧。光線是從一扇高窗灑入的，壁爐裡燃著一小堆火。乾涸的血弄髒了枕頭，除此之外，這一幕很寧靜，多情又親密。

「他醒過來了嗎？」我說，朝管家點頭。

「一下子，在馬車裡。我們剛來沒多久。可憐的人連呼吸都痛。那丹斯呢？他是什麼樣的人？」安娜問，把獵槍藏到床底下。

「不懂幽默，討厭他的兒子，除此之外還可以。什麼都比強納森．德比好。」我說，拿桌上的水瓶幫自己倒了杯水。

「我今天早上遇見他了，」她冷漠地說。「很難想像困在那顆腦袋裡會有多愉快。」

說得一點也沒錯。

我把從客廳拿來的蘋果丟給她，說：「妳跟他說妳餓了，所以我幫妳帶了這個。我不確定妳有沒有機會吃飯。」

「沒有，」她說，用圍裙擦蘋果。「謝謝。」

我走向窗邊，以衣袖擦掉一塊塵垢。窗子對著馬路，我很意外竟看見瘟疫醫生指著門房。丹尼爾站在他旁邊，兩人在商議。

這一幕令我不安。到目前為止，我的代言人都謹慎地在我們之間樹立障礙。而我現在看見的親近感覺像是勾結，彷彿我向黑石南館低了頭，接受了伊芙琳的死以及瘟疫醫生說只有一個人能離開的說法。真相跟這個差遠了。知道我能改變這一天給了我繼續戰鬥的信念……所以，他們兩個是在底下談什麼？

「你看到了什麼？」安娜說。

「瘟疫醫生在跟丹尼爾說話。」我說。

「我還沒見過他，」她說，咬了一口蘋果。「還有瘟疫醫生究竟是什麼鬼東西？」

我朝她眨眼。「跟妳不按次序見面問題大了。」

「至少我只有一個，」她說。「跟我說說你的這個醫生。」

我急忙把瘟疫醫生的來歷告訴她，從我是塞巴斯欽．貝爾時在書房見面說起，再記述我想開車離開時被他攔下，以及最近，訓斥當強納森．德比的我在森林中追逐瑪德琳．歐貝赫。感覺已經像是上輩子的事了。

「聽起來像是你交了個朋友。」她說，咀嚼得很大聲。

「他在利用我，」我說。「我只是不知道他有什麼目的。」

「丹尼爾大概知道，他們好像交情滿好的，」她說，也來到窗邊。「知道他們在談什麼嗎？你解開了伊芙琳的命案卻忘了告訴我嗎？」

「如果我們做得對，就沒有什麼命案需要破解了。」我說，注意力回到底下的一幕。

「那你仍在設法營救她，即使瘟疫醫生說過幾乎是不可能的？」

「我有個規矩，他說的話我有一半都不理，」我冷冷地說。「就說是健康的懷疑吧，從面具後傳來的智慧之言可不能輕信。再說了，我知道這一天是可以改變的，我親眼見過了。」

「喔，拜託，艾登！」她忿忿地說。

「怎麼了？」我問，嚇了一跳。

「這個，這一切！」她說，氣惱地張開雙手。「我們說好了，你跟我。我坐在這個小房間裡，保護這兩人的安全，你會用你的八條命去解開命案。」

「我也是在這麼做啊。」我說，被她的憤怒搞糊塗了。

「不，才不是，」她說。「你是在繞著圈子跑，想要拯救那個要死的人，可我們能逃出去的最好機會就是那個人死掉。」

「她是我的朋友，安娜。」

「她是貝爾的朋友，」安娜反駁我。「她羞辱雷文科特，她差點就殺了德比。依我看啊，漫長的冬天都還比那個女人溫暖。」

「她有她的苦衷。」

這話說得很蹩腳，旨在避開問題，而不是回答它。安娜說得對，伊芙琳已經有很長一段時間不是我的朋友了，儘管對她的親切仍記憶猶存，卻不是我的動機。是別的，更深刻的，蠕動個不停的。一想到丟下她被宰割我就想吐。不是丹斯，不是我的任何一個宿主。是我，艾登・畢夏。

可惜，安娜氣昏了頭，不給我機會沉吟這份領悟。

「我不在乎她有什麼苦衷，我在乎的是你的理由，」她說，指著我。「也許你沒感覺到，可是內心深處，我知道我在這個地方有多久。幾十年了，艾登，我有把握。我需要離開，我非離開不可，而這是我最好的機會，跟你。你有八條命，你最終會離開這裡。我只有一次機會，然後就只能忘記。沒有你我就陷在這兒了，萬一下一次，你當貝爾醒過來卻不記得我呢？」

「我不會把妳丟在這兒的，安娜。」我說，被她聲音中的絕望震撼了。

「那就照瘟疫醫生說的，破解這樁可惡的命案；他說伊芙琳是救不了的，相信他！」

「我沒法信任他。」我說，也脾氣失控，背對著她。

「為什麼，他說的每一件事都發生了。他——」

「他說妳會出賣我。」我大吼。

「什麼？」

「他跟我說妳會出賣我。」我重複一遍，因這句坦白而顫抖。在此之前我並沒有真的把這句指控說出來，寧可在靜靜思索時不予理會。現在我說出了口，這就成了真正的一種可能，而這讓我擔心。安娜說得對，瘟疫醫生說的每一件事都成真了，儘管我和這個女人有很強的牽絆，我卻無法百分之百確定她不會反噬我一口。

她像挨了打一樣向後退，一面搖頭。

「我不會……艾登，我絕對不會出賣你，我發誓。」

「他說妳對我們上一個迴圈記得的事比妳承認的還多，」我說。「是真的嗎？妳有事情瞞著我？」

她猶豫了。

「是真的嗎，安娜？」我逼問。

「不是，」她有力地說。「他是想要離間我們，艾登。我不知道為什麼，可是你不能聽他的。」

「這就是我的重點啊，」我搶白道。「如果伊芙琳的事瘟疫醫生說的都是實話，那對妳的事他說的也是實話。我不相信他說的是實話。我認為他想要什麼，什麼我們不知道的東西，而我認為他在利用我們去取得。」

「就算是這樣，我也不懂你為什麼這麼堅持要救伊芙琳。」安娜說，仍然在消化我跟她說的話。

「因為真的有人要殺她，」我躊躇地說。「而且他們不是親自動手，他們把她捏在掌心裡揉搓，讓她自己動手，並且還要確定人人都看到。這麼殘忍，他們卻樂在其中，我不能……我們喜不喜歡她都無所謂，瘟疫醫生是對是錯也都無所謂，但就是不能要殺某個人還把他們拉出來示眾。她是無辜的，我們可以阻止這件事。我們也應該要阻止。」

我全身無力，氣喘不已，安娜的問題引發的一段回憶跳了出來。就好像是拉開了窗帘，以前的那個我幾乎能從縫隙中看得到。內疚又哀傷，這是鑰匙，我很肯定。就是它把我帶到了黑石南館，是它驅使我去拯救伊芙琳，但這件事不是我來到此地的目的，不真的是。

「還有別人，」我慢吞吞地說，緊揪著回憶的邊緣。「一個女人，我覺得。她是我來這裡的原因，可是我救不了她。」

「她叫什麼名字？」安娜問，握住我滿是皺紋的兩隻老手，仰望著我的臉。

「我想不起來。」我說，因為專心而頭痛。

「是我嗎？」

「我不知道。」我說。

回憶溜走了。我的腮上有淚，胸口發疼。我覺得自己像是失去了某個人，可我不知道是誰。

我望進安娜的褐色眼睛。

「消失了。」我虛弱地說。

「對不起，艾登。」

「不必，」我說。覺得力量回來了。「我們會離開黑石南館，我保證，可是我必須照我的方式來做。我會成功的，妳只是需要相信我，安娜。」

我等著她反對，但是她的笑容卻混淆了我。

「那，我們從哪裡開始？」她說。

「我要去找海蓮娜·哈德凱索，」我說，拿手帕擦臉。「妳有那個隨從的線索嗎？他昨晚殺了德比，而我覺得丹斯可能落後很多。」

「其實呢，我一直在弄一個計畫。」

她看著床底下，拉出那本素描簿，打開來，放在我腿上。這是一整天指引她的東西，可是卻完全沒有我期待中的密密麻麻的因果網絡。

在我看來，它的內容完全是莫名其妙。

「我不是不准看？」我說，伸長脖子讀她拙劣又上下顛倒的筆跡。「我受寵若驚。」

「那倒不必，我只是讓你看你需要看的部分。」她說。

圈起來的警語，不穩定的手草草畫下的今天的事件，片段的對話，沒有上下文可以解釋。我認出了幾個時刻，包括匆匆畫下的管家被戈爾德毒打的意外，但是絕大部分都毫無意義。

一直到我被這團混亂攻擊之後，我才逐漸看出安娜想要歸整排序的企圖。她用鉛筆勤勉地在每一條的旁邊寫筆記，有臆測，也有時間，我們的交談記錄了下來，跟書中其他的交叉比對，從中套出了有用的情報。

「這個大概幫不上你什麼忙，」安娜說，看著我苦苦研究。「你的一個宿主給我的，他乾脆用另種語言來寫算了。有一大堆都沒什麼道理，不過我一直在往上添加，用它來記錄你來來去去的時候。我對你的認識都在這裡面。每一個宿主，他們做的每一件事。我只有靠這個才能跟上情況，可是這個並不完整。有很多漏洞。所以我才需要你告訴我接近貝爾的最佳時間是在幾時。」

「貝爾，為什麼？」

「那個隨從在找我，所以我們打算告訴他我在哪裡，」她說，在一張鬆掉的紙上寫字條。「我們要召集你的其他宿主，在他抽出刀子的時候等著他。」

「那我們是要如何套住他？」我說。

「用這個，」——她把字條交給我。「只要你把貝爾的一天告訴我，我就能把字條放在他會找到的地方。一旦我在廚房說會在一個小時內會面，那個隨從一定就會聽到。」

別離開黑石南館，更多條性命要仰賴你，不只你一個人的。晚上十點二十分到家族墓園跟我會合。

愛你的安娜

我被送回了那一晚，伊芙琳和貝爾走入陰濕的墓園，手中持槍，卻只找到陰影和沾血的破指南針。

就跟惡兆一樣，既不能讓人安心，卻也並不是一成不變的。這是一段未來從整體中鬆脫了，而在我趕赴之前，我是不會知道是什麼意思的。

安娜在等我的反應，但是我的不安卻不足以讓我反對。

「你看到過這件事的結果嗎，行得通嗎？」她問，緊張地摸著袖口。

「我不知道，不過這是我們最好的計畫了。」我說。

「我們會需要幫手，而你的宿主越來越少了。」

「放心吧，我會找到的。」

我從口袋裡抽出一支自來水筆，在字條上又加了一行，可以讓可憐的貝爾減少大量的沮喪。

喔，別忘了手套，燒起來了。

37

在看見馬匹之前我先聽見馬蹄聲，幾十隻蹄子在我前方的鵝卵石路上響動，而不遠處是馬兒的氣味，一種發霉的味道混合了馬糞的臭，濃濃地纏絞在一起，風都吹不散。在被牠們模糊的概念攻擊之後，我才終於見到馬匹本身，三十匹左右被帶出了馬廄，來到通往村子的主幹道上，馬背上套著馬車。

馬夫們徒步牽引著馬匹，全都戴著扁帽，穿白襯衫和寬鬆的灰色長褲，使得他們跟他們照料的馬匹一樣難以辨識。

我緊張地盯著馬蹄。回憶閃過，我想起了小時候被掀下馬，那頭畜牲的蹄子踢中了我的胸口，我的骨頭斷裂……

別讓丹斯宰制你。

我硬生生從我宿主的記憶中扯開，放低了直覺摸上胸口的手。

但情況卻是越來越差。

貝爾的個性幾乎沒有浮出表面，但是在德比的色慾和丹斯的禮貌以及童年的創傷之間，幾乎越來越難把持一條直道。

馬群中央有幾匹馬在咬旁邊的馬，雄壯的褐色馬群中激起了一陣激躁的漣漪，足以讓我向路肩躲，這一躲卻害我踩中了一堆馬糞。

我正在把馬糞甩掉，一名馬夫越眾而出。

「有什麼我能幫忙的嗎，丹斯先生？」他說，朝我歪了歪帽子。

「你認得我？」我說，很詫異他認識我。

「抱歉，先生，我叫奧斯華，先生，你昨天騎的馬是我上的鞍。真是高興啊，先生，看著一位紳士騎在馬上。不是有很多人知道怎麼騎馬。」

他微笑，露出了兩排齒縫很大的牙齒，被菸草染成了褐色。

「啊，對，對，」我說，經過的馬匹頂著他的背。「其實呢，奧斯華，我是在找哈德凱索夫人。她應該是來找阿福．米勒，馬廄管理人的。」

「沒看到夫人，先生，不過你剛錯過了阿福。他十分鐘前跟別人走了，好像是去湖邊了，他們是走圍場邊的那條小路的。你從拱門底下過去以後就在你的右手邊，先生，走快一點的話，大概還能追上他們。」

「謝謝你，奧斯華。」

「小事，先生。」

他又頂了頂帽子，回到馬群中。

我走在路肩，一直走向馬廄，鬆散的卵石讓我沒法走得太快。若是另一個宿主，腳下的石頭滑動我只需要跳到一旁，可是丹斯年邁的雙腿卻不夠敏捷，而每一次有顆石頭被我的體重壓得滾動，我的腳踝和膝蓋就會扭到，隨時都會害我跌倒。

我氣惱地通過了拱門，發現院子裡四散著燕麥、乾草和壓扁的水果，有個男孩在盡力把殘骸掃到角落裡。要不是他只有掃帚的一半高，成果可能會更好。他害羞地看著我經過，想要脫帽致敬，卻只害得他的帽子被風吹走。我看到他的最後一眼是他急忙去追帽子，好像他的一切夢想都藏在帽子裡。

沿著圍場的小路充其量只是一條泥濘的步道，兩步就一個水坑，我才走了一半，長褲已經弄髒了。小樹枝嘎嘎響，雨點從樹上落下，我覺得有人在監視，雖然沒有證據能咬定只是我自己在疑神疑鬼，可是我發誓我感覺到樹林裡有人，有一雙眼睛緊盯著我的每一步。我只能希望自己弄錯了，因為如果那個隨從真的半路殺出來，我這身老骨頭是抵擋不了，也逃不掉的。我的壽命長短完全看他想要花多少時間宰了我。

看不到馬廄管理人或是哈德凱索夫人，我徹徹底底的失態了，我擔心地小跑步起來，把泥巴濺得整個背都是。

小徑很快就從圍場岔開，鑽入森林，我離馬廄越遠，那種被監視的感覺就越重。荊棘勾扯我的衣服，最後我聽見了漸近的喃喃說話聲以及湖水拍岸的聲音。我大大鬆了口氣，這才明白我一直憋著一口氣。我們只隔著兩步，雖然並不是哈德凱索夫人，我發現了馬廄管理人的同伴是康寧漢，雷文科特的貼身男僕。他穿著厚大衣，圍著紫色長圍巾，這條圍巾在他打斷雷文科特和丹尼爾談話時，他會一直忙著把它扯鬆。

他的主人一定是在圖書室裡睡覺。從這兩人看見我的驚慌表情來看，他們在談的事情絕不只是八卦新聞。

康寧漢先恢復過來，笑容可掬。

「丹斯先生，真是驚喜，」他說。「天氣這麼壞，您怎麼會跑出來呢？」

「我在找海蓮娜．哈德凱索，」我說，瞧了瞧康寧漢，又瞧了瞧馬廄管理人。「我以為她是跟米勒先生散步到這裡來。」

「沒有，先生，」米勒說，兩手擰著帽子。「我們約好在我的小屋裡見的，先生。我也該回去了。」

「那我們三個還真是湊巧了，」康寧漢說。「我也希望能找到她。也許我們可以一起走。我的事情應該不會太久，可是我樂意排隊。」

「那你是有什麼事？」我在邁步往馬廄走時問他。「據我所知，你在早餐前跟哈德凱索夫人見過面。」

我的單刀直入讓他的活潑態度出現短暫的變化，他的臉上閃過不悅。

「幫哈德凱索夫人做的幾件事，」他說。「您也知道的，一個麻煩又帶出另一個麻煩。」

「不過你今天見過女主人了？」我說。

「是的，一大早。」

「她怎麼樣？」

他聳聳肩，對我皺眉。「我不知道。我們只說了幾句話。我可以請問您這麼問有什麼用意嗎，丹斯先生？我覺得好像在被你審問。」

「今天沒有別人見過哈德凱索夫人，我覺得很奇怪。」

「說不定她是擔心會被人問一大堆的問題。」他說，怒氣爆發。

我們抵達了馬廄管理人的小屋，脾氣都不好，米勒先生不自在地蠕動，邀請我們進去。裡頭就跟我上次來時一樣乾淨整齊，只是空間太小，擠不下三個大男人外加他們各自的秘密。

我坐了桌邊的椅子，康寧漢去查看書架，馬廄管理人煩躁不安，盡全力整理已經打理得很整潔的小屋。

我們等了十分鐘，卻連哈德凱索夫人的影子也沒見著。

最後是康寧漢打破了沉默。

「咳，看來夫人有別的計畫，」他說，看了看錶。「我得走了，我得去圖書室報到。那就告辭了，丹斯先生，米勒先生。」他說，低頭行禮，隨即開門走掉了。

米勒緊張兮兮地抬頭看著我。

「那你呢，丹斯先生？」他說。「你要再等嗎？」

我不置可否，反倒跟他一塊站到壁爐前。

「你在跟康寧漢說什麼？」我問。

他瞪著窗戶，活像是會有信差幫他送答案來。我在他的面前彈手指，把他水汪汪的眼睛吸引過來。

「目前，我只是好奇，米勒先生，」我壓低聲音說，語氣中透著濃濃的不悅。「再等一會兒，我就會惱火了。把你們在談什麼告訴我。」

「他想要找人帶他到處看一看，」他說，下唇突出，露出了粉紅色的唇肉。「想去看湖，真的。」

米勒無論有什麼本領，說謊都不在其中。他年老的臉孔佈滿了皺紋和下垂的肉，都是讓他的情緒粉墨登場的好舞台。每一個皺眉都是一齣悲劇，每一個笑容都是一齣笑鬧劇。謊言，端坐在兩者之間，足以毀掉整場的表演。

我按著他的一邊肩膀，臉孔貼向他，盯著他迴避的視線。

「查爾斯・康寧漢是在這個莊園長大的，米勒先生，你心知肚明。他不需要導覽。好了，你們到底是在談什麼？」

他搖頭。「我發誓了——」

「我也可以發誓，米勒，不過你可不會喜歡。」

我的手指掐入他的鎖骨，力道足以令他痛得瑟縮。

「他在問那個被殺死的孩子。」他不情願地說。

「湯瑪斯・哈德凱索？」

「不是的，先生，是另一個。」

「什麼另一個?」

「凱思・帕克,那個馬童。」

「什麼馬童?你在說什麼啊?」

「誰也不記得他了,先生,又不是什麼重要的人,」他咬著牙說。「是我的一個馬童,很可愛的孩子,大概十四歲。在湯瑪斯少爺死前大概一個禮拜失蹤了。幾個剝皮工到森林裡找了找,找不到他的屍體,所以就說他逃跑了。我跟你說,先生,他絕沒有。他愛他的媽媽,愛他的工作,他是不會逃跑的。我當時也是這麼說的,只是沒人肯聽。」

「那麼後來找到他了嗎?」

「沒有,先生,一直沒找到。」

「你就是跟康寧漢說這個?」

「是的,先生。」

「你沒說別的?」

他的眼睛左閃右閃。

「還有,對不對?」我說。

「沒有了,先生。」

「別騙我,米勒。」我冷冷地說,頸後的寒毛豎了起來。丹斯痛恨別人想欺騙他,認為那是代表他容易上當,代表他愚蠢。即使只是嘗試,騙子也必定相信他們自己比他們想騙的人聰明,而這種假設讓他覺得是奇恥大辱。

「我沒有騙你，先生，」可憐的馬廄管理人抗議道，額頭上青筋暴突。

「你有！告訴我你知道什麼！」我命令他。

「我不行。」

「你行，不然我就毀了你，米勒先生，」我說，放手讓我的宿主撒野。「我會奪走你的一切，連一件衣服、你存的每一分錢都不留給你。」

丹斯的話從我的口中湧出，每個字都滴著毒藥。他就是這樣當律師的，以威脅和恫嚇痛打他的對手。從這一點來看，他和德比可能是一樣邪惡。

「我會挖出每一點——」

「那種說法是假的。」米勒脫口而出。

他臉如死灰，眼神幽杳。

「這是什麼意思？說清楚！」我說。

「他們說是查理・卡佛殺死了湯瑪斯少爺的，先生。」

「那是怎麼回事？」

「唉，不可能的，先生。查理跟我算得上是朋友。那天早晨查理跟哈德凱索勳爵在吵架，因為他被開除了，所以他決定要拿一點遣散費。」

「遣散費？」

「幾瓶白蘭地，先生，哈德凱索勳爵書房裡的。他就直接走進去拿了。」

「所以他是偷了幾瓶白蘭地，」我說。「這樣哪能證明他的清白？」

「我幫伊芙琳小姐上好馬鞍，讓她去騎馬以後，他就來找我到他那兒去。他說想跟朋友喝最後一杯，我總不能拒絕吧？我們兩個就你一瓶我一瓶的喝，我跟查理，可是大概在命案發生前半個鐘頭，他說我得走了。」

「走，為什麼？」

「他說有人要來找他。」

「誰？」

「我不知道，先生，他沒說。就只是——」

「只是怎樣啊？」我逼問道。

他囁嚅不語，摸索著答案的邊緣，因為他確定他會摔進去。

可憐的傢伙兩隻手絞個不停，左腳腳底把地毯弄皺了。

「他說事情都安排好了，先生，說他們要幫他在別的地方安插一個好職位。我想也許是……」

「是什麼？」

「看他說話的樣子，先生……我覺得……」

「有話快說有屁快放，米勒。」

「是哈德凱索夫人，先生，」他說，這還是第一次直視我的眼睛。「我覺得他要見的人可能是海蓮娜．哈德凱索夫人。他們的交情一直都不錯。」

我的手落在他的肩膀上。

「可是你沒看到她過來？」

「我……」

「你沒離開，對吧？」我說，逮住了他臉上的罪惡感。「你想看誰會過來，所以你就躲在附近。」

「只有一會兒，先生，只是想看，想確定他沒事。」

「你為什麼不跟大家說？」我說，對他皺眉頭。

「有人吩咐我不准說，先生。」

「誰？」

他抬頭看我，把沉默咀嚼成絕望的哀求。

「可惡，究竟是誰？」我追問。

「是、是哈德凱索夫人，先生。所以我才……咳，她是不會讓卡佛殺了她的兒子的，對不對？而且如果真的是他殺的，她也不會叫我不准說出去。因為沒道理嘛，對不對？他一定是無辜的。」

「而你這麼多年來一直守著秘密？」

「我很害怕，先生。怕死了，先生。」

「怕海蓮娜．哈德凱索？」

「怕那把刀，先生。殺死湯瑪斯的那把刀。他們是在卡佛的小屋裡找到的，藏在地板下面。最後就是這把刀給他定罪的，先生。」

「你為什麼要怕那把刀，米勒？」

「因為刀子是我的，先生。是修馬蹄的刀子。命案發生前幾天從我的屋子裡不見了。還有一條我床上的毯子。我怕他們可能會，嗯，怪到我頭上來，先生。好像我跟卡佛是同謀，先生。」

接下來的幾分鐘白花花的一團，我的思緒飄得遠遠的。我隱約知覺到我答應會幫米勒保密，隱約知覺到我離開了小屋，折回主屋，而雨水打濕了我的全身。

邁可．哈德凱索跟我說湯瑪斯死的那天早晨有人跟查理．卡佛在一起，在斯坦溫開槍打傷他們之後逃走了。那人有可能是哈德凱索夫人嗎？是的話，她的傷勢會需要悄悄治療。

狄基醫生？

哈德凱索夫婦在湯瑪斯被殺的那個週末舉辦派對，而根據伊芙琳的敘述，同一批賓客也獲邀來參加這次的舞會。狄基今天也來了，所以很可能他在十九年前也是。

他不會說的，他忠心得像條狗。

「他跟貝爾一塊販毒，」我說，想起了我當德比時在他房間裡找到的有記號的聖經。「這個把柄就可以逼他吐實了。」

我越來越興奮。要是狄基證實了哈德凱索夫人的肩膀受了槍傷，她就一定是湯瑪斯命案的一個嫌犯。可她究竟是為什麼要奪走親生兒子的生命，或是允許卡佛——一個哈德凱索勳爵宣稱是她愛的男人——代她扛起罪責呢？

丹斯能夠自鳴得意的地方也只到此為止，老律師這一生都在追逐真相，像條獵狗鼻孔中充滿了血腥味，一直到黑石南館出現在地平線上，我才終於覺察到我的周遭環境。站在這個距離，以這雙虛弱的眼睛來看，房子模糊骯髒，裂縫隱晦不明，任誰看見黑石南館看到的都會是它的昔日風華，是年輕的米麗森．德比來這裡和雷文科特以及哈德凱索夫婦共度夏日的模樣，是孩子們毫不害怕地到森林裡玩耍，而他們的父母親享受著派對音樂、歡笑歌唱的地方。

當年一定是金碧輝煌。

大家可以理解何以海蓮娜．哈德凱索可能會渴望那些往日時光，甚至可能想要再舉辦一次派對來找回舊日的美好。大家可以理解，但是只有傻子才會接受那就是現在發生的種種事情的緣由。

黑石南館是無法復興的。湯瑪斯．哈德凱索的命案挖空了它，讓它只適合腐朽，然而，儘管如此，她仍邀請同一批客人來參加同一場派對，在十九年之後。往昔被挖了出來，打扮妥當，但是，為了什麼？

如果米勒沒說錯，查理．卡佛並沒有殺死湯瑪斯．哈德凱索，那就有可能是海蓮娜．哈德凱索，織出這張纏住我們的可怕羅網，同時也是那個我越來越相信是一切的核心的女人。

很可能是她計畫要在今晚殺死伊芙琳，而我仍不曉得該如何找到她，更別說阻止她了。

38

幾位先生在黑石南館外抽菸，聊著昨晚縱情酒色的故事。他們歡快的寒暄跟著我上台階，但是我一言不發走了過去。我的腿痠痛，下背部亟需泡個熱水澡，可是我沒時間了。打獵在半個小時後出發，而我不能錯過。我有太多的問題，而大多數的答案需要揹著獵槍。

我在客廳裡拿了一瓶威士忌，回到房間，灌了幾口酒來減輕疼痛。我能感覺到丹斯在反對，他的嫌惡不僅是針對我對不適的認知，也針對我想要壓制不適的需求。我的宿主瞧不起他身上的變化，將老化看作是一種惡性腫瘤，一種消耗和一種腐蝕。

我脫掉了沾滿泥濘的衣服，走到鏡前，這才了解我還不知道丹斯的長相。每天換一具新的身體已經變成家常便飯，現在完全是因為我希望能夠瞥見真正的艾登．畢夏才會讓我一直照鏡子。

丹斯年近八十，外觀也和內在一樣老耄灰白。頭頂幾乎無毛，一張臉有如一條皺紋河，從頭骨上往下流，多虧了一個羅馬人似的大鼻子才阻住流勢。鼻子兩邊是小小的灰色八字鬍和了無生氣的暗色眼睛，暗示著一個內在空洞的人，不過，說不定，他的內在根本就沒有人。丹斯的本能似乎就是隱姓埋名，他的衣服儘管材質上等，卻都是灰色的，只有手帕和蝴蝶結是別的色彩，但也僅限於暗紅或是深藍，給人的印象是這個人想在自己的人生中偽裝起來。

他的獵裝在腰部有點緊，不過還可以將就；再喝了一杯威士忌暖喉之後，我穿過走廊到狄基醫生的房間，輕敲房門。

門後有腳步聲接近，狄基打開了門，也換好了打獵裝。

「我在診所都沒這麼忙，」他抱怨道。「我應該先警告你，我已經治療過刀傷、失憶和今天早上的一個嚴重挨打的病人，所以無論你有什麼毛病，都得要很有趣。最好是腰部以上的毛病。」

「你跟塞巴斯欽．貝爾合夥販毒，」我脫口就說，看著他的笑容消失。「他賣藥，你供貨。」

他的臉色白得跟床單一樣，不得不扶著門框穩住自己。

看見了弱點，我趁勢追擊。「泰德．斯坦溫會為這件事付一大筆錢，可是我不需要斯坦溫。我需要知道你是否治療過海蓮娜．哈德凱索，或是別人的槍傷，在湯瑪斯．哈德凱索被殺的那一天。」

「當時警察也問過我同樣的問題，我也據實回答了，」他的聲音刺耳，伸手鬆領口。「我沒有。」

我眉頭深鎖，轉身離開。「那我去找斯坦溫。」我說。

「可惡，我說的是實話。」他抓住了我的胳臂。

我們凝視彼此的眼睛。他的又老又暗，卻被恐懼點燃。無論他在我眼中看出什麼，都讓他立刻鬆開了手。

「海蓮娜．哈德凱索愛孩子勝過了她自己的性命，而且她最愛的是湯瑪斯，」他說。「她不可能會傷害他，她下不了手。我發誓，以我的紳士榮譽發誓，那天沒有人帶著槍傷來找我，我也完全不知道斯坦溫是射傷了誰。」

我注視他懇求的眼睛一秒鐘，尋找著某種欺騙的閃光，不過他說的是實話，我有把握。

我洩了氣，放過了醫生，回到門廳，其他的紳士在集合，抽菸的抽菸，閒聊的閒聊，不耐煩地等著打獵開始。我原本很肯定狄基會證實海蓮娜牽涉其中，而他的證言可以給我一個調查伊芙琳之死的起點。

我需要更深入了解湯瑪斯的命案，而我知道應該要問誰。

我踏進客廳去找泰德．斯坦溫，卻發現菲利普．薩特克里夫穿著綠色獵裝，強勢攻擊鋼琴琴鍵，技巧卻少得可憐，不成調的音樂把我帶回了我到這棟屋子的第一個早晨——這段記憶是以塞巴斯欽．貝爾的身分記下的，他獨自站在遠遠的一角，喝著一杯不知道名稱的酒，渾身不自在。我對他的同情被丹斯的惱怒平衡了，老律師對於無知是沒有多少耐性的。有機會的話，他會告訴貝爾一切，不顧後果，而我必須承認這個主意很誘人。

為什麼不能讓貝爾知道他今天早晨在森林裡看見的女僕叫瑪德琳．歐貝赫，而不是安娜？而且她們兩個都沒死，所以他的罪惡感是沒必要的？我可以向他解釋這種迴圈，以及逃脫之鑰就是解開伊芙琳的命案，阻止他在變成唐納德．達維斯時把時間浪費在逃離上面。康寧漢是查理．卡佛的兒子，我會這麼說，而且他似乎是想證明卡佛並沒有殺死湯瑪斯．哈德凱索。等時間到了，你可以用這個情報來勒索康寧漢，因為雷文科特痛恨醜聞，讓他發現的話，幾乎是一定會開除他的貼身男僕。我會叫他去找神秘的菲麗瑟緹．梅道克斯，以及，最重要的，海蓮娜．哈德凱索，因為每一條路都回溯到這位失蹤的女主人身上。

不管用的。

「我知道。」我懊惱地嘟囔。

貝爾的第一個想法一定是覺得我是從瘋人院裡逃出來的，而等他終於了解是真的之後，他的調查就會徹底改變這一天。儘管我很想要幫助他，我已經太接近答案，不能冒險拆開這個迴圈。

貝爾得靠他自己了。

一條胳臂碰了我的手肘，克里斯多福・派特格儒出現在我旁邊，手上端著盤子。我從沒這麼近距離看過他，若不是丹斯一絲不苟的禮貌，我的厭惡就會明擺在臉上。近距離之下，他簡直像是剛剛從土裡挖出來的。

「很快就能擺脫他了。」派特格儒說，朝我的肩膀後點頭，泰德・斯坦溫在那裡，從餐桌上拿冷切肉，同時瞇著眼睛盯著其他賓客，嫌惡的表情顯而易見。

在這一刻之前，我一直把他當成一個簡單的惡霸，但現在我知道並非如此。他是專幹勒索這一行的，也就是說他知道這棟屋子裡的每一件秘密，每一個不可告人的恥辱，每一條可能的醜聞及敗德的行為。尤有甚者，他知道還有誰未被發覺。他瞧不起黑石南館的每一個人，包括他自己，因為他為他們保守秘密，所以他每天都在找人吵架，只為了讓自己感覺舒服一點。

有人從我旁邊經過，是困惑的查爾斯・康寧漢從圖書室過來，手上拿著雷文科特的信，而女僕露西・哈波則在收拾空盤，對四周的暗潮洶湧渾然不覺。我忽地心中一痛，發覺她長得有點像我的亡妻蕊貝嘉，當然是像她年輕的時候。兩人的動作相似，輕柔徐緩，彷彿……

蕊貝嘉不是你的老婆。

「可惡，丹斯。」我說，擺脫掉他。

「抱歉，我沒聽清楚，老夥計。」派特格儒對著我皺眉頭。

我難堪地臉紅，張口要回話，卻被可憐的露西．哈波分了心，她正想從斯坦溫身邊擠過去拿空盤子。她比我記憶中漂亮，滿臉雀斑，藍色眼睛，努力把不聽話的紅髮塞進帽子裡。

「借過一下，泰德。」她說。

「泰德？」他悻悻地說，抓住她的手腕，用力擠壓，痛得她瑟縮。「妳這是在跟誰說話，露西？我是斯坦溫先生，我不再是樓下的老鼠了。」

既震驚又害怕，她搜尋著我們的臉，想要求援。

丹斯和塞巴斯欽．貝爾不同，他對人性的觀察極其敏銳，而看著這一幕在我的面前鋪展開來，我注意到某個古怪的地方。我第一次目擊這一刻時，只看到露西被粗暴對待的恐懼，但是她不只是恐懼，還有訝異，甚至是難過。而怪的是，斯坦溫也一樣。

「放開她，泰德。」丹尼爾．柯立芝站在門口說。

接下來的對峙就跟我記憶中一樣，斯坦溫撤退，丹尼爾去找貝爾，帶他到書房去見邁可，同時對我頷首招呼。

「我們走吧？」派特格儒問。「我猜好戲結束了。」

我很想去找斯坦溫，但我一點也不想爬樓梯，辛苦走到東廂去，反正我確定他是會去打獵的。最好是在這裡等他，我決定了。

我們側身擠出這群醜聞纏身的賓客，經過了門廳，出門站到車道上，發現薩特克里夫已經在等了，還有黑靈頓跟幾個我不認識的傢伙。烏雲一朵疊著一朵，醞釀著一場襲擊黑石南館的暴風雨，我已經見過六次了。獵人都簇擁在一起，按牢帽子，攏緊外套，被風拉扯著，像是有一千隻小偷的手在劫掠。只有獵犬迫不及待，用力拉著繫繩，對著暗處吠叫。下午會是風雨加交的惡劣天氣，而知道我會步入壞天氣之中更是讓我心情沮喪。

「來了？」薩特克里夫看見我們就說，外套肩上落滿了頭皮屑。

黑靈頓朝我們點頭，想刮掉鞋子上的什麼討厭東西。「看到丹尼爾．柯立芝跟斯坦溫的小對決了嗎？」他問。「看來我們是下對了賭注了。」

「再說吧，」薩特克里夫陰沉沉地說。「對了，丹尼爾是去哪兒了？」

我四處張望，但是到處都看不到丹尼爾，所以我也只能聳聳肩。

獵場管理人在發放獵槍給那些沒有自備武器的賓客，我也是其中之一。我的槍擦過，也上了油，槍管打開來，露出彈匣中的兩枚紅色子彈。其他人似乎對武器頗有經驗，立刻就檢查準星，瞄準天空中的想像目標，但是丹斯不像他們一樣熱衷，讓我也有點不知所措。看著我摸索了幾分鐘之後，不耐煩的獵場管理人就示範如何把槍架在前臂上，再給我一盒子彈，就移向下一個人了。

我得承認，擁槍讓我覺得舒服了一些。我一整天都覺得有人在監視我，而在森林包圍住我時，我會很樂意有一把武器。那個隨從顯然是在等我落單，我要是束手待斃，那我就死定了。

邁可．哈德凱索也不知打哪兒冒了出來，對著雙手呵氣。

「抱歉遲到了，各位，」他說。「家父要我代為致歉，不過他被絆住了。他請我們自行出發，不用等他了。」

「那要是我們看到了貝爾的女屍該怎麼辦？」派特格儒挖苦地說。

邁可朝他皺眉。「拜託拿出基督徒的慈悲來，」他說。「貝爾醫生已經吃了很多苦頭了。」

「至少五瓶酒，」薩特克里夫說，贏來眾人的哄笑聲，只有邁可例外。一看見年輕少爺嚴厲的表情，他就兩手往上一拋。「喔，得了，邁可，你也看見他昨晚的德行了。你總不會相信我們會找到什麼吧？又沒有人失蹤，那個人是在胡言亂語。」

「貝爾不會捏造這種事情，」邁可說。「我看見了他的手臂，有人狠狠割傷了他。」

「搞不好是跌在自己的酒瓶上了。」派特格儒冷笑著說，雙手互搓取暖。

我們被獵場管理人打斷，他給了邁可一把黑色手槍。除了槍管上的那道長刮傷之外，手槍就跟伊芙琳今晚帶到墓園的那把一模一樣，是海蓮娜．哈德凱索臥室中那一對手槍中的一把。

「上過油了。」獵場管理人說，頂了頂帽子，走開了。

邁可把槍插進腰上的槍套裡，恢復了談話，對我感興趣的打量渾然不覺。

「我真不懂大家為什麼這麼不高興，」他接著說。「打獵已經安排了好幾天了，我們只是走不同的方向，而不是原先安排的路線，如此而已。要是我們看見了什麼，那很好。要是沒有，我們也沒什麼損失，還能讓醫生放心。」

幾個人意味深長地瞄了瞄我，丹斯通常都是在這類事情上做決斷的人。狗吠聲讓我不需要發表意見，獵場管理人被牠們拉著走，把我們這一夥人帶過了草地，朝森林而去。

我回頭望著黑石南館，看見了貝爾。他被書房窗戶框住，身體半隱在紅色天鵝絨窗帘後。在這種光線下，又是這樣的距離，他有點像鬼魅，不過依現在的情況看來，應該是房子像鬼魂一樣在糾纏他。

其他的獵人已走入了森林，等我趕上時，一夥人已散成了小團體。我需要找斯坦溫問海蓮娜的事，但是他移動得很快，不與我們為伍。我能看見他的人就算不錯了，想跟他談話簡直是痴心妄想，最後我放棄了，決定等停下來休息時再來攔住他。

唯恐遇上那個隨從，我加入了薩特克里夫和派特格儒，他們仍在琢磨丹尼爾和哈德凱索勳爵的交易。兩人的好心情並沒有持久。一個小時後，森林陰森壓迫，把每一句話都壓制成耳語，再二十分鐘後，所有的交談都被碾為粉末。就連獵犬都靜悄悄的，東嗅西嗅著地面，把我們更往混沌之中拉扯。獵槍抱在我的懷中給了我一份慰藉，我死抱著不放，很快就累了，卻絕不讓自己落在太後面。

「好好享受啊，老頭子。」丹尼爾．柯立芝在我後面高喊。

「你說什麼？」我懶洋洋地從思維中醒來。

「丹斯是比較好的宿主，」丹尼爾說，漸漸靠近。「心智靈敏，態度冷靜，身體也還硬朗。」

「這副也還硬朗的身子骨感覺像是走了一千哩路了，而不是十哩。」我說，聽出了自己聲音中的疲倦。

「邁可安排讓打獵的一夥人分散開來，」他說。「年長的紳士會停下來休息，年輕的繼續。放心吧，你很快就有機會讓你的老腿休息的。」

濃密的灌木叢擋在我們中間，我們不得不盲目對話，像兩個在迷宮中遊戲的戀人。

「一天到晚都覺得累實在是很討厭，」我說，從樹葉間瞥見他的身影。「我很期待能有柯立芝的青春。」

「別讓他的這張俊臉愚弄了，」他沉吟道。「柯立芝的靈魂漆黑得一絲光都透不進來。管住他實在是很累人。記住我的話，等你套上了這具身體，你會以無限的喜愛回顧丹斯，所以趁著還有機會，盡情受用吧。」

灌木叢退去了，讓丹尼爾能夠走在我的旁邊。他有一隻眼睛烏青，而且微微跛行，每一步都伴隨著一陣痛苦。我想起了之前在晚餐時看見過這些傷勢，但是在溫柔的燭光下，傷勢遠沒有這麼嚴重。我一定是露出了震驚的表情，因為他無力地笑笑。

「沒有看起來那麼糟。」他說。

「發生了什麼事？」

「我在通道裡追逐那個隨從。」他說。

「你沒找我？」我說，訝於他的鹵莽。我們擬定在屋子底下圍困那個隨從時，很顯然是需要六個人才能成功，三個出口各需要兩個人把守。安娜拒絕幫忙，而德比又被打得不省人事，我以為丹尼爾會取消計畫。顯而易見，德比不是我最後一個冥頑不靈的宿主。

「沒辦法，兄弟，」他說。「我以為他逃不出我的手掌心，結果是我錯了。幸好，我在他抽刀之前想辦法打退了他。」

怒氣在每個字中沸騰。我只能想像被未來佔滿了心思，卻被現在打了個出其不意是什麼滋味。

「你找到方法釋放安娜了嗎？」我問。

丹尼爾痛苦地呻吟，把獵槍拉到他的胳臂上。即使是隨著我緩慢的腳步前進，他也幾乎站不直。

「還沒有，而且我也不覺得我能想得到，」他說。「對不起，雖然不中聽，但是我們之中只有一個能夠離開，而我們越接近晚上十一點，安娜就越有可能背叛我們。從現在開始我們只能信任彼此。」

她會出賣你。

這會是瘟疫醫生警告的那一刻嗎？對人人都有益的話，友情是很單純的事情，可現在……安娜知道丹尼爾要放棄她了，她會作何反應？

你又會作何反應？

察覺到我的遲疑，丹尼爾一隻手按著我的肩安慰我。我嚇了一跳，這才明白丹尼爾欣賞這個人。他覺得他的人生意義令人振奮，他的專心一志回應了某種我的宿主極重視的一種品行。說不定這就是丹尼爾會過來提供我情報的原因，而不是我的別的宿主。這兩個人映照了彼此。

「你沒跟她說吧？」他焦急地問。「說我們開的是空頭支票？」

「我一直為了這件事心煩意亂。」

「我知道很困難，可是你一定得守口如瓶。」丹尼爾說，對我推心置腹，有如小孩子在告訴別人秘密。「如果我們要智取那個隨從，我們就需要安娜的協助。而要是她知道我們無法兌現承諾，我們就得不到她的援手了。」

沉重的足聲在我們後方響起，我扭頭看去，只見邁可朝我們過來，慣常的嘻笑換成了皺眉不悅。

「唉呀，」丹尼爾說。「你一副有人踢了你的狗的樣子。究竟是怎麼了？」

「都是這個可惡的搜索，」他氣惱地說。「小貝看見有個女孩在這裡被殺害了，可我根本就沒法叫大家認真看待這件事。我要求的又不多，只請他們一邊走一邊到處看一看。說不定翻開一堆樹葉之類的。」

丹尼爾咳嗽，朝邁可投去難堪的一眼。

「喔，慘了，」邁可說，對他蹙眉。「壞消息，對不對？」

「其實是好消息，」丹尼爾趕緊說。「沒有女孩子死掉。完全是誤會。」

「誤會，」邁可慢吞吞地說。「怎麼可能是誤會？」

「是德比，」丹尼爾說。「他嚇到了一個女僕，後來情況變得很激烈，你姊姊就開槍打他。」

貝爾卻誤以為是殺人。」

「天殺的德比！」邁可猝然轉身朝屋子走。「我不准他再留下來，他可以滾到別人家裡。」

「不能怪他，」丹尼爾打岔。「起碼這一次不是他的錯。儘管匪夷所思，不過德比是想要幫忙。他只是剛好被誤會了。」

邁可止步，懷疑地打量丹尼爾。

「你確定？」他問。

「確定，」丹尼爾說，一條胳臂摟住了朋友緊繃的肩膀。「真的是個天大的誤會，誰都沒有錯。」

「這對德比來說倒是新鮮了。」

邁可懊惱地嘆了口氣，憤怒從臉上消散了。他是個情緒變化很快的人，容易發火，容易取悅，而我也不意外他也很容易覺得無聊。我稍微想像了一下寄居在這樣的心靈中會是什麼情況。丹斯的冷淡有它的缺點，但是跟邁可不定的心情比起來，仍是略勝一籌。

「我整個早上都在跟大家說這邊有具屍體，還說他們這麼嬉皮笑臉。實在是很丟臉，」邁可窘迫地說。「好像這個週末還過得不夠慘似的。」

「你是在幫助朋友。」丹尼爾給了他一個父親似的笑容。「沒有什麼好丟臉的。」

我對丹尼爾的親切感到驚訝，同時也感到高興。我雖然欣賞他要逃出黑石南館的決心，但他的無情手段卻令我心驚。懷疑已經是我的第一個情緒，而恐懼更像是綁住我的繩索，每一分鐘都收得更緊。很容易就會把每個人都當作敵人，並且以敵對的方式應付他們，所以看到丹尼爾仍能超脫這樣的思維，我深感振奮。

趁著丹尼爾和邁可走在一塊，我抓住機會詢問這個年輕人。「我忍不住注意到你的手槍，」我說，指著他的槍套。「是你母親的，是不是？」

「是嗎？」他似乎由衷驚訝。「我都不知道母親有槍呢。這是今天早上伊芙琳給我的。」

「她為什麼要給你一把手槍？」我問。

邁可難為情地臉紅。

「因為我不是非常喜歡打獵，」他說，踢著路上的枯葉。「鮮血四濺又劇烈扭動，讓我覺得很不舒服。我本來根本就不應該出來的，可是又要搜索，我父親又不參加，我實在沒有什麼選擇。我簡直是不知道該如何是好，不過還是伊芙琳聰明，她給了我這個，」——他拍了拍手槍——「說這把槍什麼也打不到，不過我開槍的樣子會很帥。」

丹尼爾努力抑制住笑聲，邁可也好脾氣地笑了笑。

「令尊令堂呢，邁可？」我說，不理睬他們的調侃。「這不是他們倆主辦的派對嗎？不過看來完全是靠你來挑大樑了。」

他搔搔後頸，一臉鬱悶。

「父親把他自己鎖在門房裡，愛德華叔叔。他像平常一樣在沉思。」

叔叔？

丹斯的片段回憶浮現，與彼得．哈德凱索一世的情誼使我成了這一家的名譽家人。無論我們有過什麼交情都早已變淡了，但是我被這份感情弄得很意外。我仍對這個孩子有感情。我看著他長大，我以他為榮。比我對自己的兒子還驕傲。

「至於母親，」邁可接著說，渾然不覺我的短暫困惑。「說實在話，她從我們到這兒之後就一直怪怪的。其實我是希望你能私下跟她談一談。我覺得她在躲我。」

「還有我，」我反駁他。「我一整天都找不到她的人。」

他停步，做了什麼決定。壓低聲音，以機密的口吻說：「我擔心她陷進去了。」

「陷進去？」

「她好像變了一個人，」他說，憂心忡忡。「上一分鐘開心，下一分鐘就生氣。簡直就沒辦法預測，而且她現在看我們的樣子，好像她不認得我們。」

另一個對手？

瘟疫醫生說我們一共是三個人：那個隨從、安娜和我自己。我看不出來他在這件事上扯謊能有什麼好處。我偷瞧了丹尼爾一眼，想要揣度出他是否知道，但他的注意力完全在邁可身上。

「這種行為是從幾時開始的？」我隨口問道。

「我也說不上來，感覺好像很久了。」

「那你第一次注意到是在什麼時候？」

他咬著嘴唇，回溯記憶。

「衣服！」他突然說。「一定就是。我有沒有跟你說過那些衣服？」他看著丹尼爾，而後者則茫然搖頭。「拜託，我一定說過？大概是一年以前？」

丹尼爾又搖頭。

「母親為她一年一度的病態朝聖來到黑石南館這裡，可是等她回倫敦，她衝進了我在梅菲爾的房子，大嚷大叫什麼找到了衣服，」邁可說，瞧他說得好像是以為丹尼爾隨時都會插口接續似的。「她就只是這麼說，說她找到了衣服，問我知不知道。」

「誰的衣服？」我說，順著他的話問道。

我聽到海蓮娜的性格大變時很是興奮，但如果她在一年之前就變了，那她就不可能是另一個對手。而雖然她鐵定是哪裡怪怪的，我卻看不出衣服能如何幫我解讀。

「我要是知道就好了，」他說，雙手上舉。「她沒有一句話合理，最後我好不容易才讓她平靜下來，可她還是一直在說什麼衣服，一直說大家都會知道。」

「知道什麼？」我問。

「她沒說，而且之後她馬上就走了，可是怎麼勸她都不聽。」

我們這一群人變少了，因為獵犬把獵人們帶往不同的方向，黑靈頓、薩特克里夫和派特格儒在前面一點的地方等我們。他們顯然是在等待進一步的指示。在向我們道別之後，邁可就慢跑過去指引方向。

「你聽出了什麼來？」我問丹尼爾。

「還沒有。」他語焉不詳地說。

他心有旁騖，目光追循著邁可。我們默默前進，最後來到了峭壁底下的一座荒村。八棟石屋圍繞著一條泥土交叉口而立，茅草屋頂腐爛了，支撐屋頂的木頭也崩落了。四處仍可見到從前的生活痕跡，石堆中有個水桶，馬路邊有傾倒的鐵砧。有人可能會覺得景色迷人，但我只看到了舊日艱困生活的遺跡，被人歡歡喜喜地拋棄了。

「時間快到了。」丹尼爾喃喃說，邁步朝村子走。

他的臉上有種表情，我說不上來是什麼，配上不耐煩、興奮又有點害怕的語氣，害我寒毛倒豎。有什麼重要的事即將在此地發生，但我就算猜上一輩子也猜不出會是什麼。邁可正在帶薩特克里夫和派特格儒看一棟舊石屋，而斯坦溫則倚著一棵樹，思緒飄向遠方。

「準備好。」丹尼爾說，像在打啞謎，隨即消失在樹林裡，我根本沒機會進一步詢問他。換作是別的宿主就會跟上去，但是我累壞了。我需要找個地方坐下來。

我挨著一堵塌陷的牆休息，其他人在聊天，我的眼皮卻越來越沉重。老年纏繞住我，獠牙咬住了我的脖子，在我最需要時吸走了我的力氣。這是一種不愉快的感覺，或許比雷文科特的龐然身軀還要討厭。至少在變成雷文科特的初始震驚消退之後，我可以慢慢習慣他生理上的限制，丹斯則不然，他仍自認為是個精力充沛的年輕人，只有在看見自己滿佈皺紋的雙手時才會驚覺自己的年齡。即使是現在，我也能感覺到他對我要坐下來、向疲倦投降的決定蹙眉不悅。

我捏著胳臂，極力想保持清醒，很氣惱自己的體力不濟。

我忍不住猜臆我在黑石南館之外是多大年紀。之前我不准自己去想，時間已經不夠用了，哪能浪費在無謂的沉吟上，但是此時此刻我祈求著青春、力量、健康和健全的心智。為了逃離這裡，卻發現自己被永遠困在……

39

第二天（繼續）

我驀然驚醒，驚動了瘟疫醫生，他正瞪著金懷錶，面具被他手持的燭蠟染上了病態的黃光。我又回到管家的身上，包覆在被子下。

「非常準時。」瘟疫醫生說，合上了懷錶。

天色像是黃昏時分，房間陰暗一片，我們的小小燭光只擊退了部分的黑暗。安娜的獵槍擺在床上我的旁邊。

「怎麼回事？」我說，聲音沙啞。

「丹斯靠著牆打瞌睡了。」瘟疫醫生輕笑著說，將蠟燭放在地上，坐在床邊的小椅子上。椅子對他來說太小了，他的大斗篷吞沒了整張座椅。

「不，我說的是獵槍。為什麼在我這兒？」

「你的某個宿主留給你的。不必叫安娜了，」他說，注意到我看著門。「她不在門房裡。我是來警告你的，你的對手就快解開命案了。我預計今晚他會到湖邊來找我。從現在起，你一定得加快腳步。」

我想要挺起身體，但是肋骨立刻痛得讓我又躺了回去。

「你為什麼對我這麼有興趣？」我問，讓痛楚再度落回它熟悉的崗位。

「你說什麼？」

「你為什麼一直來這裡說這些話？我知道你不在意安娜，我也敢賭你對那個隨從也不怎麼看重。」

「你叫什麼名字？」

「這又有——」

「回答我的問題。」他說，以枴杖敲地。

「愛德華．丹……不，是德比。我……」我不知所措了一會兒。「艾登……什麼的。」

「你快忘了自己了，畢夏先生。」他說，雙臂交抱，向後靠。「這種情況已經有一陣子了，所以我們才只給你八個宿主。再多的話，你的個性就會被他們壓抑住。」

他說得對。我的宿主一個比一個強，而我則越來越弱。這種情況是逐漸增加的，令人防不勝防。我就像是在海灘上睡著了，醒來卻發現自己被拋進了大海之中。

「那我要怎麼辦？」我說，感覺到一股惶恐。

「撐住，」他聳聳肩說。「你也只能這麼辦。你的心裡有個聲音，你現在一定已經聽見過了。澀澀的，微微有點遙遠？在你驚慌時，它冷靜；在你害怕時，它無懼。」

「我聽過。」

「那就是原始的艾登．畢夏殘餘的東西，那個剛進入黑石南館的人。它只是鳳毛麟角了，一丁點他的個性在迴圈之間殘存，不過如果你開始忘記自己，就去聽那個聲音。它是你的明燈，是那個曾經的你留下來的一切。」

衣服窸窣響，他站了起來，蠟燭被衣襬帶起的微風吹得搖晃不穩。他彎下腰，拾起地上的蠟燭就朝門口走。

「等等。」我說。

他駐足，背對著我。燭光使他的身體籠罩在光圈中。

「這種事我們做過幾次？」我問。

「幾千次吧。我都數不清了。」

「那我為什麼一直失敗？」

他嘆氣，扭頭看我。整個人散發著一股疲憊，彷彿每一次的迴圈都有一層沉澱堆積在他的身上。

「我也時常在思索這個問題，」他說，融化的蠟向下滴，弄髒了他的手套。「部分是由於機遇，在腳步穩健時踉蹌一下是還有得救的。不過，最主要的因素，我認為是你的天性。」

「我的天性？」我問。「你認為我天生就是會失敗？」

「天生？不。那只是一個藉口，而黑石南館是不會容忍藉口的，」他說。「這裡發生的一切都不是不可避免的，儘管乍看之下是如此。每件事每天都會再發生是因為你的那些賓客同伴每天都做同樣的決定，他們決定要去打獵，他們決定要出賣彼此；其中一個酒喝太多，不吃早餐，錯過了一次會面就會永久改變他的一生。他們看不出有別的方向，所以他們從不改變。你不同，畢夏先生。一個迴圈又一個迴圈，我看著你對親切以及殘忍的時刻做出反應，那是隨機的行為。你做不同的決定，卻在緊要關頭重複相同的錯誤。就好像你有某個部分老是被拉向深淵。」

「你的意思是我得變成別人才能逃得出去？」

「我說的是每個人都陷在自己打造的牢籠裡，」他說。「第一次來到黑石南館的艾登．畢夏，」——他嘆氣，彷彿回憶令他煩惱——「他想要的東西以及他去獲取的方式是……寧折不屈的。那個人永遠也逃不出黑石南館。而在我面前的這一個艾登．畢夏則不同。我認為你比之前都要更接近，不過我先前也這麼想過，卻被騙了。事實是，你還沒有受到考驗，而考驗就在眼前，如果你改變了，真正的改變了，那麼，誰知道，或許你是有希望的。」

他低頭躲過門楣，帶著蠟燭走進過道。

「在愛德華．丹斯之後你還有四個宿主，包括管家和唐納德．達維斯剩下的時間。要小心，畢夏先生，那個隨從在把他們盡數殺死之前是不會歇手的，而我不確定你是不是丟得起任何一個。」

說完，他就關上了門。

40

第六天（繼續）

丹斯的年紀有如一千個小擔子壓在我的身上。

邁可和斯坦溫在我的後方說話，薩特克里夫和派特格儒手上拿著酒哄然大笑。

蕊貝嘉端著托盤在我身旁逗留，盤中有最後一杯待取的白蘭地。

「蕊貝嘉，」我愛憐地喚，幾乎伸出手去摸我妻子的臉頰。

「不是的，先生，是露西，先生，露西．哈波，」女僕說，一臉關切。「抱歉吵醒了你，我擔心你會從牆上跌下去。」

我眨眼甩掉丹斯對亡妻的回憶，咒罵自己是傻子。居然會犯這麼荒唐的錯誤。謝天謝地，回想起露西對管家的親切壓住了我的脾氣，讓我不至於在如此多愁善感的一刻被發現而惱恨。

「你要喝一杯嗎，先生？」她問。「喝一點暖暖身？」

我越過她看見了伊芙琳的女僕瑪德琳．歐貝赫正在收拾髒杯子和半空的白蘭地瓶，放進提籃裡。她們兩人一定是從黑石南館那裡提過來的，在我睡覺時抵達的。我打盹的時間似乎比我自認的久，因為她們倆已經準備要離開了。

「我覺得我已經夠不穩了。」我說。

她的目光從我的肩頭閃向泰德．斯坦溫，他一手揪著邁可．哈德凱索的肩膀。她的臉上寫著大大的不確定，這也難怪，因為她午餐時才吃過他的苦頭。

「放心吧，露西，我拿過去給他，」我說，站了起來，拿走托盤上的那杯白蘭地。「反正我有話要跟他說。」

「謝謝你，先生。」她說，露出大大的笑容，在我變卦之前走開了。

斯坦溫和邁可在我走過去時都沒說話，但是我能聽見沒說出口的話以及填補沉默的緊張不安。

「邁可，我能跟斯坦溫先生私下談一談嗎？」我問。

「當然。」邁可說，點個頭就離開了。

我把酒交給斯坦溫，不理會他瞧著酒杯的懷疑。

「真稀罕，你居然會屈尊過來跟我說話，丹斯。」斯坦溫說，上下打量我，活像是拳擊手在打量擂台上的對手。

「我覺得我們可以互相幫忙。」我說。

「我對交朋友一向都有興趣。」

「我需要知道你在湯瑪斯．哈德凱索遇害的那天早上看見了什麼。」

「那是很久以前的事了。」他說，以一根手指劃著杯緣。

「不過還是很值得從當事人的口中聽一聽。」我說。

他看著我的肩後，盯著瑪德琳和露西拎著提籃離開。我有種感覺，他是在找什麼事來避重就輕。丹斯不知怎地讓他侷促不安。

「說說也無妨吧，」他悶哼一聲說，回頭注意我。「我那時還是黑石南館的獵場管理人，正繞著湖邊巡邏，就跟每天早上一樣，結果我看到卡佛跟某個惡魔，他背對著我，在用刀刺那個小男孩。我朝他開了一槍，可是他趁我和卡佛搏鬥的時候逃進了樹林裡。」

「因此哈德凱索勳爵和夫人才會賞了你一處農園？」我說。

「是的，我可沒要求。」他輕蔑地說。

「馬廄管理人阿福・米勒說海蓮娜・哈德凱索那天早晨和卡佛在一起，就在攻擊發生前幾分鐘。那你怎麼說？」

「他喝醉了，而且他是個該死的騙子。」斯坦溫圓滑地說。

我尋找某個輕微的顫動跡象，某種緊張不安的暗示，但這傢伙是個說謊都不會臉紅的騙子，他現在知道我要的是什麼了，之前的侷促不安就掩藏了起來。我能感覺到天平往他那一邊傾斜，他的自信漸漸增強。

我在這件事上是誤判了。

我相信我能夠嚇唬他，就跟我嚇唬馬廄管理人和狄基一樣，但是斯坦溫的緊張並不是害怕，而是源自他要在那一整堆的答案中找出單獨一個問題。

「丹斯先生，告訴我，」他說，湊過來跟我耳語。「你兒子的母親是誰？我知道不是你親愛的蕊貝嘉。別誤會了，我是有一些想法，不過如果你直接告訴我，就省得我還得去查證。說不定我還會給你之後每個月的款子打個折扣呢，報答你提供的服務。」

我的血液凍結。這個秘密深藏在丹斯的核心，這是他最大的恥辱，他唯一的弱點，此刻卻被斯坦溫伸手攫住了。

我就算想要回應也無能為力。

斯坦溫從我面前走開，手腕一振就把碰也沒碰的白蘭地灑進了灌木叢裡。

「下一次你來談買賣，最好是有籌碼——」

槍聲在我的後方爆開。

有什麼劃過我的臉龐，斯坦溫的身體向後倒，撞到地面，癱在那裡。我的耳朵耳鳴，我摸了摸臉頰，指尖上有血。

斯坦溫的血。

有人尖叫，其他人銳聲吸氣，張口大喊。

起初沒有人動，然後全部的人都動了。

邁可和克里佛．黑靈頓衝向屍體，高聲吆喝，要人去找狄基醫生來，但很顯然這個專事勒索的男人已經死了。他的胸膛炸開了一個口子，驅動他的那份惡毒猝然飛逝。他一隻完好的眼睛瞪著我這邊，背後隱藏著指控。我想告訴他不是我的錯，不是我做的。突然之間，這似乎是世上最重要的事情。

是震驚。

灌木叢分開，丹尼爾走了出來，獵槍槍口冒著煙。他俯視屍體，幾乎不帶什麼情緒，我幾乎能相信他是無辜的。

「你做了什麼，柯立芝？」邁可大喊，查看斯坦溫的脈搏。

「我做的是我答應你父親的事，」他木然地說。「我確定了泰德．斯坦溫不會再勒索你們任何一個人。」

「你殺了他！」

「對，」丹尼爾說，迎視他震驚的目光。「我是殺了他。」

丹尼爾伸手到口袋裡，掏出一條絲質手帕。

「把自己擦乾淨，老頭子。」他說。

我未加思索就接了過來，甚至還謝了他。我目眩神迷，迷惑不解。感覺不是真的。擦掉我臉上的斯坦溫的血，我瞪著手帕上的鮮紅色污痕，彷彿它能說明一切。我正在和斯坦溫說話，然後他就死了，我不明白怎麼可能。絕對不會就這樣吧？追逐，恐懼，某種的警告。我們不應該這麼輕易就死掉，感覺像個騙局。付出了那麼多，問了那麼多。

「我們毀了，」薩特克里夫哀號道，癱靠在樹幹上。「斯坦溫老是說要是他發生了什麼事，我們的秘密就會被公開。」

「你關心的是這個？」黑靈頓喝道，猛地轉向他。「柯立芝在我們的眼前殺了人！」

「一個我們都恨的人，」薩特克里夫搶白回去。「少裝了，你難道就沒想過要宰了他？你們都少給我裝模作樣的！斯坦溫活著的時候把我們的血都吸乾了，現在連死了他都要毀了我們。」

「不，不會的。」丹尼爾說，把獵槍架在肩上。

他是唯一冷靜的人，唯一沒有表現得像變了一個人似的。這一切對他一點意義也沒有。

「我們被他抓住的把柄——」派特格儒說。

「都寫在一本簿子裡，簿子現在在我這兒。」丹尼爾打斷了他，從銀盒中掏出香菸。

他的手甚至沒有發抖。我的手。黑石南館究竟是把我怎麼了？

「我委託某人幫我偷了來，」他隨意地往下說，點燃了香菸。「你們的秘密就是我的秘密，絕對不會見光。好，我相信你們每一個都欠了我一份承諾，承諾是這樣的：今天一整天你們都不能向外人提起這件事情。了解了嗎？有人問起的話，就說斯坦溫在我們離開時還落在我們後頭，他沒說為什麼，而且你們也沒再見到他。」

人人都茫然對視，每個人都驚愕到說不出話來。我看不出他們是因為親眼目睹的事情而太過驚駭，或是不敢相信自己的運氣這麼好。

至於我呢，震驚漸淡，丹尼爾的行動的恐怖之處最終滲透了進來。半個小時前，我還誇獎他對邁可展露出少量的親切，此時我卻覆著另一個男人的血，真真切切地明白了我把他的絕望低估得有多離譜。

我的絕望。我看見的是我的未來，而我覺得噁心。

「我需要聽見你們的承諾，各位先生，」丹尼爾說，嘴角吹出煙。「告訴我你們了解這裡的情況。」

承諾七嘴八舌地許下，聲音雖小卻真誠不虛。只有邁可一個人顯得難過。

「還有別忘了，你們的秘密都握在我的手上。」他讓大家消化這個消息。「好了，在有人出來找我們之前，你們應該往回走了。」

這聲建議得到了喃喃的附和聲，人人都沒入了森林中。丹尼爾示意我留下，一直等到他們離開了聽力範圍才開口。

「幫我搜他的口袋，」他說，捲起了衣袖。「其他打獵的人很快就會回到這條路上，我不想讓他們看見我們在屍體的旁邊。」

「你是做了什麼，丹尼爾？」我嘶聲說。

「他明天又會活著，」他說，不在意地揮了揮手。「我只是打倒了一個稻草人。」

「我們是應該要破解命案的，不是自己犯案。」

「給一個小男孩一套電動火車，他會立刻就想辦法讓它脫軌，」他說。「這種行為並不能代表他的個性，也不能作為我們評斷他的依憑。」

「你以為這是一場遊戲？」我厲聲說，指著斯坦溫的屍體。

「是一個拼圖，許多片都是可以拋棄的。拼出來，我們就能回家了。」他朝我皺眉，活像我是個陌生人在問一個壓根就不存在的地方該怎麼走。「我不懂你在擔心什麼。」

「如果我們按照你的建議去破解伊芙琳的命案，我們就不配回家！你不懂嗎，我們戴的這些面具出賣了我們，它們揭露了我們。」

「你在語無倫次。」他說，同時搜查斯坦溫的口袋。

「在我們自認為沒有人看的時候，我們的本色才是最清楚的時候，你難道不明白嗎？斯坦溫明天會不會活著是一回事，重要的是你在今天殺了他。你冷血殺害了一個人，這種事會污染你的靈魂一輩子。我不知道我們為什麼來到這裡，丹尼爾，也不知道我們為什麼會發生這種事情，可是我們應該要證明這是不公不義的，而不是讓我們自己降格來配合它。」

「你是被誤導了，」他說，鄙視滲入了聲音中。「我們無論對這些人怎麼樣都只是像把他們的影子投擲在牆上。我不懂你是在要求我什麼。」

「我在要求我們要讓自己有更高的標準，」我說，拉高了嗓門。「我們要比宿主更像個好人！殺死斯坦溫是丹尼爾．柯立芝的解決之道，卻不應該是你的。你是個好人，你不能看不清這一點。」

「好人，」他譏笑道。「迴避不愉快的行動不會讓你變成好人。看看我們的處境，看看我們的情況。逃離這個地方要求我們做需要做的事，即使違反了我們的天性。我知道這件事讓你神經質，你沒有那個膽量。我也一樣，可我再也沒那個時間為了遵守我的道德觀而謹小慎微了。我今晚就能結束這件事，而且我也有意要結束，所以別用我有多謹守我的善良來批評我，用我有多願意為了讓你謹守你的道德來批評我。我要是失敗了，你反正可以試別的法子。」

「那等你逃脫了，你又要如何面對自己？」我質問道。

「我會看著我的家人的每一張臉孔，然後知道無論我在這個地方喪失了什麼，都跟我逃脫所得到的報酬不能相提並論。」

「你不可能是說真的。」我說。

「我是，等你在這個地方再多待個幾天，你也會一樣，」他說。「好了，拜託，趁著那些獵人發現我們之前，快點幫我搜他的身。我可不希望把整晚的時間花在回答警察的訊問上。」

跟他爭辯只是徒費唇舌，他的眼睛後方已經關上了窗板。

我嘆口氣，拖著腳步走向屍體。

「你要我找什麼？」我問。

「老樣子，答案，」他說，解開了屍身上血淋淋的外套。「斯坦溫蒐集黑石南館中的每一個謊言，包括我們拼圖上的最後一塊，伊芙琳被殺的原因。他所有的每一條資料都寫在一本簿子裡，用密碼寫的，另外還有一本解碼簿可以解讀。我有第一本，另一本斯坦溫從不離身。」

就是德比從斯坦溫的臥室偷來的那一本。

「是你從德比那兒拿走的嗎？」我問。「我一拿到那本簿子差不多立刻就被敲了頭。」

「當然不是，」他說。「柯立芝在我控制住他之前早就委託某個人去偷簿子了，在那本簿子送到我手上之前，我甚至不知道他對斯坦溫的勒索生意有興趣。如果能讓你覺得安慰的話，我之前是有考慮要警告你的。」

「那你為什麼沒有？」

他聳聳肩。「德比是一隻有狂犬病的狗，讓他睡個幾小時對大家都好。好了，快點，我們沒時間了。」

我打個哆嗦，跪在屍體旁。一個人不應該這樣子死去，即使是像斯坦溫這樣的人。他的胸口血肉模糊，鮮血浸透了他的衣裳，我把手探入他的長褲口袋裡時，血也在我的指頭邊滲出。

我的動作緩慢，幾乎不敢看。

丹尼爾並不會良心不安，他拍打斯坦溫的襯衫和外套，看似不受他血肉模糊的傷口影響。等我們搜查完，我們只找到一個菸盒、一把折疊刀和一個打火機，並沒有那本密碼簿。

我們對瞧了一眼。

「我們得把他翻過來。」丹尼爾說，說出了我的想法。

斯坦溫是個壯漢，花了我們極大的力氣才把他翻過來。卻值得。搜查一具不是仰面看著我的屍體讓我安心多了。

丹尼爾的手沿著斯坦溫的褲腿摸索，我掀起他的外套，注意到襯裡有塊鼓起的地方，四周的縫線拙劣。

興奮的小漣漪令我慚愧。我最不願意的事就是合理化丹尼爾的手段，但眼前我們就快要發現什麼了，我也越來越歡欣。

我拿了死人自己的刀子，割開了縫線，讓密碼簿落入我的掌心。簿子一掉落，我就注意到裡頭還有東西。我伸手進去，拉出一個小銀鍊墜盒，鍊子已被摘掉了。裡頭有一幅畫，雖然又舊又有裂痕，卻看得出是個小女孩，紅頭髮，約莫七、八歲。

我拿給丹尼爾看，但他太忙著翻閱密碼簿，未加留意。

「就是這個，」他亢奮地說。「這就是我們的出路。」

「我當然希望如此，」我說。「我們可是付出了高昂的代價。」

他抬起頭時變了另一個人，不再是剛才讀密碼簿的那一個。這一個既不是貝爾眼中的丹尼爾，也不是雷文科特的。甚至不是幾分鐘之前在為自己的行動辯解的那一個。這個人得意洋洋，一隻腳已經踏到了門外。

「我對我做的事並不引以為榮，」他說。「可是我們沒有別的法子，你一定得相信。」

他或許不引以為榮，但是他也不引以為恥。這一點是很明顯的，而我不由得想到了瘟疫醫生的警告。

第一次來到黑石南館的艾登．畢夏……他想要的東西以及他去獲取的方式是……寧折不屈的。那個人永遠也逃不出黑石南館。

丹尼爾在絕望之下也鑄下了我總是會犯的錯，跟瘟疫醫生的警告一模一樣。

無論發生了什麼事，我都不能讓自己變成這樣。

「準備好要走了嗎？」丹尼爾說。

「你知道回家的路？」我說，搜尋著森林，忽而明白我根本不知道是如何來到這裡的。

「往東邊。」他說。

「東邊在哪邊？」

他伸手到口袋裡，掏出了貝爾的指南針。

「我今天早晨跟他借的，」他說，將指南針平放在掌心裡。「事情一再重複，挺奇怪的吧？」

41

突然之間屋子就出現在我們眼前，林木忽地開闊，露出泥濘的草地，屋子的窗戶被燭光照得很亮。我得承認我很高興能看到屋子。儘管有獵槍，這一趟路我卻一直扭頭在找那個隨從。如果密碼簿真如丹尼爾相信的那麼珍貴，我就必須假設我們的敵人也在找它。

他很快就會來對付我們兩個。

上層的窗戶有翦影來來回回，打獵的人蹣跚登上台階，進入門廳的金黃光圈中，扯下帽子和外套，隨手一丟，髒水在大理石地面上積成水窪。一個女僕端著雪利酒在我們之間移動，丹尼爾拿了兩杯，給我一杯。

他和我碰杯，一口喝乾，邁可也在此時來到我們旁邊。跟大家一樣，他像是剛從方舟爬下來，被雨水打濕的頭髮黏在雪白的臉上。我瞄了一眼他的手錶，發現是晚上六點零七分了。

「我派了兩個可靠的僕人去抬回斯坦溫，」他低聲說。「我跟他們說我打獵回來的路上絆到了他的屍體，我指示他們把他埋在舊的盆栽棚裡。不會有人找到他的，我也會等到明天一大早才報警。對不起，可是我不能就丟下他在森林裡腐爛。」

他緊握著一杯半滿的雪利酒，而儘管酒精讓他的臉頰多了一點顏色，卻遠遠不夠。

門廳的人群變得稀少了。兩名女僕已經提著兩桶肥皂水，握著拖把，皺著眉等在側翼，想讓我們發覺自己礙事，趕緊讓開好讓她們幹活。

邁可揉著眼睛，事發之後頭一次直視我們。

「我要去履行我對父親的承諾了，」他說。「但是我並不喜歡。」

「邁可——」丹尼爾說，伸出了一隻手，但是邁可閃開了。

「不，拜託，」他說，被出賣的感覺顯而易見。「我們改天再談，現在不行，今晚不行。」

他背對著我們，登上樓梯往他的臥室而去。

「不要管他，」丹尼爾說。「他認為我是出於貪婪，他不了解這件事有多重要。答案就在帳冊裡，我知道！」

他很興奮，像拿到新彈弓的小男孩。

「我們快成功了，丹斯，」他說。「我們快自由了。」

「然後呢？」我說。「是你從這裡走出去，還是我？我們沒辦法兩個人都逃脫，我們是同一個人。」

「我不知道，」他說。「有可能是艾登．畢夏再次醒來，回憶完整無缺。但願他不會記得我們兩個。我們是惡夢，遺忘了最好。」他看看錶。「目前先別想這麼多了，安娜約好了貝爾今晚在墓園見，如果她說得對，那個隨從會聽說這件事，一定會現身。她會需要我們幫忙捉住他。我們有四個鐘頭的時間從這本簿子裡挖出我們需要知道的事情。你何不去換衣服，然後到我的房間來？我們一起看。」

「我馬上就來。」我說。

他的飄飄然是很珍稀的刺激。今晚我們會對付那個隨從，把答案送給瘟疫醫生。在屋子裡的某處，我的其他宿主必然在改善他們拯救伊芙琳的計畫，也就是說我只需要想通如何順帶連安娜一起救的方法就行。我不相信她一直在騙我，而我也無法想像離開這個地方卻身邊沒有她，特別是在她為了幫我而做了那麼多事之後。

我回到房間，地板發出回音，房子也在返回的重量下嘟囔抱怨。每位賓客都在為晚餐做準備。我羨慕他們的夜晚，因為我自己的眼前是一個更黑暗的目標。

黑暗很多，那個隨從可不會乖乖就縛。

「你出現了，」我說，東瞧西瞧確定沒有人在聽。「你真的是那個原始的艾登・畢夏所剩下的？」

迎接我的問話的是沉默，而在內心深處我能感覺到丹斯在對我嗤之以鼻。我只能想像這位拘謹的老律師對一個如此自言自語的人會有什麼意見。

除了爐火的微弱光線之外，我的臥室被黑暗籠罩，僕人忘了在我回來之前先點燃蠟燭。我登時疑心大作，舉起了肩上的獵槍。我們進屋時有個獵場管理人想要收走我的槍，但我把他揮開，堅稱槍是我自己帶來的。

我點亮了門邊的燈籠，看見安娜站在房間角落，雙臂垂在身側，表情木然。

「安娜，」我說，很是意外，放低了獵槍。「妳怎麼——」

我後方的木板吱嘎響，我的一邊身體痛得如著火。一隻粗魯的手把我往後拽，覆住了我的嘴。我被向後轉，跟那個隨從面對面。他掛著冷笑，雙眼如刀刮著我的臉，彷彿是想挖出深埋在底下的東西。

那雙眼睛。

我想尖叫，但是他鉗住了我的下巴。

他舉高刀子，非常緩慢地把刀尖插入我的胸膛，再重重刺入我的胃，一刀比一刀重，最後只剩下劇痛。

我從來沒這麼冷過，從來沒感覺這麼靜過。

我的雙腿發軟，是他的胳臂撐住我的體重，小心地把我放到地板上。他自始至終都盯著我的眼睛，汲取從我的雙眼流逝的生命。

我張口想叫喊，卻發不出聲音。

「跑啊，小兔子，」他說，臉孔湊得很近。「跑啊。」

42

第二天（繼續）

我尖叫，在管家的床上想要坐起來，卻只是被那個隨從又按了回去。

「這就是他？」他說，扭頭看著安娜，她正站在窗邊。

「對。」她說，聲音發抖。

隨從俯身，聲音粗啞，濃濃的啤酒味熱熱地吹在我的臉頰上。

「沒跳多遠嘛，小兔子。」他說。

刀子刺入我的體側，鮮血流到床單上，也帶走了我的生命。

43

第七天

我對著窒人的黑暗尖叫，背抵著牆，膝蓋抵著下巴。直覺按向管家被刺的部位，咒罵我自己的愚蠢。瘟疫醫生說的是實話。安娜出賣了我。

我覺得想吐，心思飛轉，想找個合理的解釋，可我是親眼看見她的。她一直在騙我。

騙人的又不只她一個。

「閉嘴。」我忿忿地說。

我的心臟狂跳，呼吸淺促。我需要鎮定下來，不然我對誰都沒有用處。我花了一分鐘去想別的事情，卻意外的難。我之前都沒意識到，在寂靜中我的心思有多常飛到她那裡。

她是安全，是安慰。

她是我的朋友。

我換個姿勢，想要釐清我是在哪裡醒過來的，是否有立即的危險。乍看之下似乎沒有。我的肩膀兩邊都碰到牆壁，我的右耳附近有一束光線從裂縫中射進來，照亮了左邊的一些紙盒和腳邊的酒瓶。

我把手錶挪向光線，發現是早晨十點十三分。貝爾甚至還沒回到屋子。

「還是早晨，」我自言自語，鬆了口氣。「我還有時間。」

我的嘴唇乾澀，舌頭皸裂，空氣中的露水味很重，感覺像是我的喉嚨裡塞了一條髒抹布。來杯酒會很好，涼涼的，放冰塊的。距離我在棉被下醒來似乎隔了很長一段時間了，這一天的折磨耐心地排著隊在熱水澡的另一邊等待。

我不知道我可曾舒適過。

我的宿主必定是以這種姿勢睡了一整夜，因為現在的我動一下就痛。幸好，我右邊的鑲板很鬆，不費多少力氣就推開了，我的眼睛被屋外明亮的光線照得淚流不止。

我是在一條長廊上，長廊有整棟屋子那麼長，蜘蛛網從天花板上垂下來。牆壁是暗沉的木頭，地板上分佈著幾十件舊家具，都覆滿了厚厚的灰塵，幾乎被蛀蟲蛀空了。我撣了撣灰塵，站了起來，抖一抖鐵條似的四肢活絡氣血。原來我的宿主是在一間儲物櫃裡過夜的，儲物櫃嵌在一小段通往舞台的樓梯下方。蒙塵的大提琴前面擺著泛黃的樂譜，看著它，我覺得我這一睡彷彿是躲過了什麼大浩劫，我塞在儲物櫃時，上天的審判來了又走。

我究竟是在這底下做什麼？

全身痠痛，我跌跌撞撞走向長廊上的一排窗戶之一，玻璃被塵垢遮住了，我拿衣袖擦了擦，發現底下是黑石南館的花園。我是在屋子的頂樓。

出於習慣，我掏口袋找線索查明我的身分，卻發現沒有必要。我是吉姆．睿胥頓，二十七歲，是名警察，而我的父母瑪格麗特和亨利告訴別人時總是掛著得意的笑容。我有個姊姊，我養了一隻狗，而且我愛上了一個叫葛麗絲・達維斯的女人，所以我才會來參加派對。

無論我和我的宿主之間存在著什麼樣的障礙，都已經差不多完全打碎了。我幾乎無法分辨睿胥頓跟我自己的人生。可惜的是，關於我是如何淪落到儲物櫃裡的回憶卻被睿胥頓昨晚喝的那瓶威士忌蒙蔽了。我記得聊著陳年往事，大笑跳舞，在一個除了歡樂別無其他目的的夜晚像穿花蝴蝶一般浮浪。

那個隨從也在嗎？是他造成的？

我竭力回想，但昨晚只是醉裡看花。焦躁使我本能地伸手去拿睿胥頓放在口袋裡的皮菸盒，卻只找到一根香菸。我很想要點燃它，靠吸菸來鎮定我的神經，但是鑑於環境，焦慮的心情對我比較有利，尤其是我得要奮戰才能離開這裡。那個隨從把我從丹斯追殺到管家，所以睿胥頓能讓我找到避風港實在是挺可疑的。

眼下謹慎才是我真正的朋友。

我四處尋找武器，找到了一尊阿特拉斯[5]的銅像，我把銅像高舉過頭，悄悄潛行，在一牆又一牆的大型衣櫥和有如巨型蜘蛛網般交錯的椅子之中穿梭，最後來到了一幅褪色的黑帘前，黑帘遮擋了整個房間。紙板樹倚著牆，衣架上塞滿了戲服，其中有六、七套瘟疫醫生的戲服，地板上的

---

❺ 阿特拉斯是希臘神話中雙肩掮天的天神。

盒子裡堆滿了帽子和面具。看來這家人是把這裡當作了儲放道具的地方。

樓板吱呀響，我高舉著阿特拉斯——

安娜衝了出來，臉頰緋紅。

「喔，感謝上帝。」她說，看見了我。

她上氣不接下氣，充血的褐色眼睛四周是黑黑的一圈。她的金髮鬆散糾結，帽子緊緊捏在手裡。那本記錄了我每一個宿主樣貌的素描簿塞在圍裙裡，鼓鼓的。

「你是睿胥頓，對吧？快點，我們只有半個鐘頭能解救其他人。」她說，衝上來要拉我的手。

我向後退，仍舉著銅像，但是她自我介紹的匆促喘息讓我不知所措，她聲音中的毫無罪惡感也是。

「我不會跟妳到任何地方去。」我說，把阿特拉斯又握緊了一點。

她滿臉的困惑，緊接著是恍然大悟。

「是因為丹斯和管家嗎？」她問。「我什麼都不知道，不算知道。我很久沒上來了。我只是知道你會以八個不同的人物出現，有個隨從會殺死他們，而且我們需要去拯救剩下的那些人。」

「妳指望我會相信妳？」我說，驚愕不已。「妳引開丹斯的注意，讓那個隨從殺了他。他殺死管家的時候妳就站在房間裡。妳一直在幫他，我看見妳了！」

她搖頭。

「少白痴了，」她大喊。「我什麼都還沒做，而且就算我做了，也不會是因為我出賣了你。

要是我想讓你死，我會在你的宿主醒過來之前就下手，你根本連看都不會看到我，而且我也絕對不會跟一個保證會在結束的時候掉過頭來對付我的人合作。」

「那妳為什麼會在那裡？」我質問道。

「我不知道，那一段又還沒到，」她不客氣地回嘴。「你——我是說另一個你——在我醒來的時候等著我。他給了我一本簿子，簿子裡叫我去森林裡找德比，然後回來這裡救你。這就是我的一天，我也只知道這麼多。」

「這樣不行，」我粗率地說。「那些事我都沒做，所以我不知道妳說的是不是實話。」

我把銅像放下，從她面前走過，朝她穿過來的那道黑布帘走去。

「我不能信任妳，安娜。」我說。

「為什麼？」她問，抓住了我的手。「我就信任你啊。」

「那不——」

「你記得我們之前的迴圈的什麼事嗎？」

「只有妳的名字。」我說，俯視她的手指跟我的手指交纏，我的抗拒已經搖搖欲墜了。我太想相信她了。

「可是你不記得之前的迴圈是如何結束的？」

「不記得，」我不耐煩地說。「妳幹嘛問我這個？」

「因為我記得，」她說。「我會知道你的名字是因為我記得去門房接你。我們安排好在那裡會合。你遲到了，我很擔心。我看到你好開心，可後來我看到你的表情。」

她的眼睛迎上來，瞳孔又大又暗，帶著挑釁。誠實無欺。不用說，她不可能……

這棟屋子裡的每一個人都戴著面具。

「你就在我站著的地方殺了我，」她說，摸我的臉頰，研究這張我尚未看見的臉。「在你今天早晨找到我的時候，我好害怕，差點就跑掉了，可是你是那麼失魂落魄……那麼害怕。你所有的那幾條命都壓在你的身上，你分辨不出誰是誰，你甚至不知道你是誰。你把這本簿子塞進我的手裡，說你很抱歉。你一直說抱歉。你跟我說你不再是那個人了，我們一直犯同樣的錯，沒辦法逃出這裡。那是你說的最後一句話。」

回憶緩緩翻攪，遙不可及，我覺得像伸手到河的另一邊去捕捉蝴蝶。

她把棋子塞進我的手裡，再把我的指頭彎起來。

「這個可能有幫助，」她說。「我們在上一個迴圈裡用這些棋子來指認我們自己。主教是你，艾登．畢夏。騎士是我，是護衛，像現在。」

我記得那份內疚、那份哀愁。我記得那份悔恨。沒有影像，甚至沒有回憶。無所謂。我能感覺到她說的是實話，就像我們初遇時我就感覺到我們有交情，以及把我帶到黑石南館來的那份椎心之痛。她說得對，是我殺死了她。

「你現在記得了嗎？」她說。

我點頭，羞愧得無地自容。我不想傷害她，我知道。我們一直就像今天這樣合作，只是有什麼變了……我變得狗急跳牆。我看見自己逃出生天的機會逐漸溜走，而我驚慌失措。我答應過自己我會找到方法在我離開後也讓她逃出去。我以高貴的意圖粉飾了我的背叛，而且我做了可怕的事。

我打個冷顫，一波波的反胃沖刷全身。

「我不知道這個回憶是從哪個迴圈來的，」安娜說。「可是我覺得我抓著不放是為了當作給自己的警惕，警惕我不能再信任你。」

「對不起，安娜，」我說。「我……我讓自己忘了我自己的所作所為，只牢牢記得妳的名字。那是我對自己的承諾，還有對妳，下一次我會做得更好。」

「而且你也在履行承諾。」她安慰地說。

我真希望是真的，但我知道不是。我看見過我的未來，我跟他說過話，幫助他執行計畫。丹尼爾正在犯同樣的錯誤。我在上一個迴圈也犯過。絕望使他變得冷酷無情，除非我阻止他，否則他又會犧牲安娜。

「我們第一次相遇的時候妳為什麼不告訴我真相？」我說，仍羞愧無地。

「因為你已經知道了，」她說，額頭出現皺紋。「以我的觀點，我們是在兩個小時前認識的，而我的事你全都知道。」

「我第一次見到妳時，我是西索・雷文科特。」我說。

「我們又在中午時見面，那時我還不知道你是誰，」她說。「反正不要緊。我不會告訴他，或是任何一個，因為不要緊，在那些迴圈裡的不是我們。無論他們是誰，他們都做了不同的選擇，犯了不同的錯誤。我的選擇是相信你，艾登，而我需要你也相信我，因為這個地方……你也知道。無論在那個隨從殺死你的時候你認為我是做了什麼，都不是全部，不是事實。」

她說得似乎很篤定，只有喉頭緊張地上下顫動，一腳輕點著地板。我能感覺到她撫著我臉頰的手在輕顫，聽出她聲音中的緊繃。在勇敢的外表之下，她仍然怕我，怕以前的那個我，怕那個可能仍潛藏在底下的人。

我想像不出她得鼓起多大的勇氣才敢到這裡來。

「我不知道要怎麼把我們兩個都弄出這裡，安娜。」

「我知道。」

「可是我會的，我不會留下妳的，我保證。」

「我也知道。」

說時遲那時快，她甩了我一耳光。

「這是為了你殺了我，」她說，踮著腳站，在我熱辣辣的臉頰上印上一吻。「好了，我們走吧，我們得確定那個隨從不會再殺了任何一個你。」

44

木頭吱呀響，狹窄彎曲的樓梯越往下越暗，最後，我們沉入了底下的黑暗。

「妳知不知道我為什麼會在那間儲物櫃裡？」我問安娜，她走在我前面，動作極快，像是天快塌下來了。

「不知道，不過那救了你一命，」她說，扭頭瞧了瞧我。「簿子上說那個隨從大概會在這個時間來對睿胥頓下手。要是他昨晚是睡在他的臥室裡，那個隨從大概已經得手了。」

「說不定我們應該要讓他找到我，」我說，感覺一股興奮。「來，我有個點子。」

我越過安娜，開始三步併作兩步下樓。

如果那個隨從今早會來殺害睿胥頓，那麼很可能他仍然躲藏在這裡的通道裡。他會以為對方是躺在床上睡覺，也就是說，我終於佔了上風了。運氣好一點的話，我可以就此了結這件事。

樓梯突然就在一面白牆前打住，安娜仍在一半之處，叫我慢一點。身為一個相當高明的警察——是他自己大方承認的——睿胥頓對於見不得光的事情並不陌生。我的手指熟練地找出了一處偽裝的暗扣，整個人摔進了外頭的漆黑走廊上。壁式燭台後方有燭光閃爍，日光室在我的左邊，空蕩蕩的。我是從一樓出來的，而我出來的那道門已經融入牆壁了。

那個隨從就在不到二十碼之外，跪在地上，正在撬鎖，我直覺知道那是我的臥室。

「在找我嗎，王八蛋。」我恨恨地說，衝了上去，不讓他有機會拔刀。

沒想到他的動作那麼快，一下子就站了起來，往後倒躍，踢出一腳，正中我的胸口，把我肺裡的空氣都榨乾了。我笨重地落地，緊抓著肋骨，但是他沒有動。他站在那兒等，以手背擦拭嘴角的唾液。

「勇敢的小兔子，」他說，笑得不懷好意。「我要一刀一刀剮了你。」

我站起來撢撢衣服，舉起拳頭，擺出拳擊手的架式，瞬間知覺到我的胳臂有多沉重。在儲物櫃裡窩一晚沒給我一點好處，我的自信隨著每一秒鐘消減。這一次我不疾不徐地接近他，忽左忽右，誘他出招，等著他露出破綻，卻白費力氣。一拳打中我的臉頰，打得我向後仰頭。我甚至沒看到打中我的胃的第二拳，或是把我打趴到地上的第三拳。

我頭昏眼花，分不清東南西北，忙著喘氣，而那個隨從矗立在我上方，揪住我的頭髮把我往上拽，同時伸手拔刀。

「嘿！」安娜大喊。

儘管只是極其短暫的一滯，卻夠了。我掙脫了他的手，踢他的膝蓋，再用肩膀去頂他的臉，打斷了他的鼻子，鮮血噴濺在我的襯衫上。他倒退著旋轉，抓住了走廊上的一尊半身像單手向我擲來，逼得我向旁跳開，而他也趁機繞過轉角。

我想要追上去，可是我沒那個力氣。我順著牆往下滑坐到地上，緊抱著疼痛的肋骨。我全身發抖，惴慄不已。他太快了，太強了。如果打鬥再持續一會兒，我就死定了，我很確定。

「你這個該死的白痴！」安娜吼我，兇巴巴瞪著我。「你差點害自己送了命！」

「他有沒有看到妳？」我說，吐出口中的血。

「我想沒有，」她說，伸手把我扶起來。「我躲在陰影裡，而且在你打斷他的鼻梁以後，他可能看不清楚。」

「對不起，安娜，」我說。「我真的以為我們可以逮住他。」

「你是應該對不起，」她說，用力抱了我一下，嚇了我一跳。她全身都在抖。「你一定要小心，艾登。都是那個王八蛋害的，你只剩下幾個宿主了。你如果犯了錯，我們就全陷在這裡了。」

醒悟像一顆大石頭打中我。

「我只剩三個宿主了。」我說，驚駭不已。

塞巴斯欽．貝爾看見盒子裡的死兔子之後就暈倒了。管家、丹斯、德比被殺了，而雷文科特在目睹伊芙琳自殺之後就在舞廳睡著了。所以只剩下睿胥頓、達維斯和葛瑞格理．戈爾德。日子被分割，又跳來跳去，害我亂了數。

我應該是要及早知道的。

丹尼爾自稱是我最後一個宿主，但不可能是真的。

一張熱烘烘的羞愧之毯覆住了我的全身，我不敢相信我那麼容易被騙。那麼願意被騙。

不能完全怪你。

瘟疫醫生警告過我安娜會出賣我。他為什麼要這麼做？明明是丹尼爾在說謊騙我啊。而且明明就有四個人在設法逃出這棟屋子，他為什麼要告訴我只有三個？他是為了丹尼爾的詭計在跟他唱雙簧。

「我真是瞎了眼了。」我說，聲音空洞。

「怎麼了？」安娜說，抽開身，關切地看著我。

我囁嚅不答，心思動了起來，難為情換成了冷酷的盤算。丹尼爾的謊言很高明，但目的卻不明。我能理解他如果想從我的調查中撈到好處，自然是要贏得我的信任，但實際上卻並非如此。他幾乎不向我問情報；反倒是給了我先機，告訴我舞會中被殺的人是伊芙琳，他也警告我要留意那個隨從。

我不能再稱他是朋友了，但是我也不確定他是不是敵人。我需要知道他的立場，而最佳的方法就是維持無知的假象，讓他自己透露出他真正的企圖。

我得從安娜開始。

要是她把什麼消息傳遞給德比，或是丹斯，那只有上帝能救我們了。他們的第一個反應就是衝上去，即使那東西被層層的荊棘包圍。

安娜盯著我看，等著答案。

「我知道了一件事，」我說，迎視她的目光。「對我們兩個都很重要的事，可是我不能告訴妳是什麼。」

「你在擔心會改變這一天，」她說，彷彿這是再簡單不過的道理。「放心好了，這本簿子上記錄了一大堆我不准告訴你的事情。」她微笑，帶走了她的擔憂。「我相信你，艾登，不然的話，我不會來這裡。」

她伸出一隻手，把我從地上拉起來。

「我們不能待在這條走廊上，」她說。「我能活著全是因為他不知道我是誰。要是他看到我們在一起，我就沒命能再幫你了。」她撫平圍裙，扶正帽子，低垂下巴，顯得怯生生的。「我先走。十分鐘後到貝爾的臥室外面等我。眼睛睜大一點，那個隨從的傷一好就會來找你。」

我同意，但是我一點也沒有意思要在這條通風的走廊上等。今天發生的一切都有海蓮娜・哈德凱索的痕跡。我需要找她談一談，而這可能是我最後的機會。

我仍小心照料著我的自尊和肋骨，到客廳去找她，只聽到一些早起的人在八卦德比被斯坦溫的打手拖走。想當然耳，他那盤炒蛋和腰子仍擺在桌上，他原先丟下的地方。仍是熱的，所以他不可能離開太久。我朝他們點頭，走向海蓮娜的臥室，敲了門卻毫無回應。我沒時間了，就一腳踢開了門，踢碎了門鎖。

她的閨房被闖入之謎破解了。

窗帘拉著，四柱大床上床單凌亂，掉到了地上。房間有種輾轉難眠的氣氛，新鮮空氣仍未吹走作惡夢的冷汗味。衣櫃開著，梳妝台上灑滿了粉末，是從一個大錫罐裡灑出來的，化妝品打開來又推到一邊，可見得哈德凱索夫人行色匆匆。我按著床墊，發現是冷的。她已經離開一段時間了。

就如同我和米麗森・德比來造訪這個房間時一樣，桌面可收捲的書桌抽屜是打開的，海蓮娜的行事曆上今天的行程被撕走了，漆盒中的兩把手槍也不見了。伊芙琳一定是一大清早就來拿了，可能是在收到逼迫她自殺的字條之後。她毫無困難就能從連接她的臥室的那扇門溜進來。

可如果她計畫用那把手槍自盡，為什麼最後又換了那把德比從狄基醫生那兒偷走的銀手槍？她為何拿走盒子裡的兩把槍？我知道她給了邁可一把，讓他帶去打獵，可是我無法想像她在發現自己的生命以及朋友的生命受到威脅後，心裡還會先惦著這件事。

我的視線飄向了行事曆和被撕掉的一頁。這也是伊芙琳做的？抑或是別人？米麗森懷疑是海蓮娜・哈德凱索。

我用手指劃過撕裂的邊緣，逼自己思考。

我在哈德凱索勳爵的日誌上見過海蓮娜的行程，所以我知道撕去的一頁上記錄的是她和康寧漢、伊芙琳、米麗森・德比、馬廄管理人以及雷文科特的會面時間。而我唯一能確定她見過的人是康寧漢。他向丹斯承認了，而且他染上了墨水的指紋也遍佈在記事簿上。

我惱怒地合上了書。我還有太多事情不知道，可時間卻越來越少了。

我上樓去找安娜，各種點子像螞蟻一樣咬齧著我，她在貝爾的臥室外來回踱步，一面翻閱她的素描簿。我能聽到門後有模糊的談話聲，一定是丹尼爾在裡頭跟貝爾說話，也就是說管家在底下的廚房裡和德拉吉太太在一起。他很快就會過來。

「你看到戈爾德了嗎？他應該已經來了。」安娜說，瞪著陰影，可能是希望用她犀利的目光把他從黑暗中雕刻出來。

「沒有，」我說，緊張地環顧四周。「我們為什麼來這裡？」

「那個隨從會在今天早上殺死管家和戈爾德，除非我們把他們帶到安全的地方，讓我能保護他們。」她說。

「比方說門房。」

「沒錯。不過不能讓人看出來是我們做的。否則的話，那個隨從就會知道我是誰，會殺了我。要是他認為我只是一個看護，而且他們傷勢太重不具威脅，他就會暫時不管我們，正好符合我們的用意。簿子上說他們還有一個角色要扮演，只要我們能讓他們活著。」

「那你要我做什麼？」

「我要是知道就好了。我也不是很確定我該做什麼。簿子上說在這個時間把你帶來這裡，可是，」——她嘆氣，搖頭——「只有這一點指示是最清楚的，其他的都莫名其妙。我說過，你在交給我的時候並不是完全頭腦清楚。我這個鐘頭主要都在解讀上面寫的東西，我知道只要我誤解了，或是遲到了，你就會死掉。」

我顫抖，對未來的這倉促一瞥害我緊張不安。

這本素描簿必定是葛瑞格理．戈爾德，我最後一名宿主，交給安娜的。我仍能記得他在丹斯的門外喊著什麼馬車。我記得我覺得他有多可憐，多害怕。那雙暗色的眼睛既慌亂又迷失。

我一點也不期待明天。

我交抱雙臂，靠著牆，站在她旁邊，我們的肩膀相觸。知道你在前世殺了人似乎就把通往感情的康莊大道變窄了。

「你做得比我好，」我說。「第一次有人把我的將來交給我時，我卻跑去森林裡追逐一個叫瑪德琳．歐貝赫的女僕，還以為是在救她的命。結果我差點把那個可憐的女孩嚇死。」

「這一天應該要有指示的。」她悶悶不樂地說。

「船到橋頭自然直。」

「我不覺得逃走躲起來會對我們有幫助。」她說，沮喪之情被急忙上樓的腳步聲打斷。

我們一言不發，各自躲起來。安娜消失在轉角，我躲進一間門開著的臥室裡。好奇心讓我把門留了一條縫，正好看到管家跛行在走廊上，朝我們而來，燙傷的身體在行動中甚至更加慘不忍睹。他的樣子像是被揉成一團的廢棄物，全身的稜角掩在破舊的褐色家常袍和睡衣之下。

自從頭一個早晨開始我就重新活過這麼多的這些時刻，我會以為我已經麻木不仁了，但是在管家奔向貝爾的臥室去質問他這具他被困在內的新身體時，我能感覺到管家的沮喪和恐懼。

葛瑞格理．戈爾德正從臥室走出來，管家心事重重沒注意到。從這個距離看，那位畫家背對著我，好像一點形狀也沒有，更別說像個人了，最多也只是一條拖在牆上的影子。他的手上拿著撥火棒，而且，一點徵兆也沒有，他舉起撥火棒就往管家身上打去。

我記得這次的攻擊，這種的痛楚。

憐憫之心大作，一種噁心的無助感湧出，而撥火棍也打得鮮血四濺，噴在牆上。

管家瑟縮在地板上，哀求討饒，尋找著幫手，我感同身受。

而就在此時理性放手不管了。

我抓起一只餐具櫃上的花瓶，衝進走廊，滿腔怒火向戈爾德逼近，砸在他的頭上，瓷器碎片落在他的四周，他倒落在地板上。

沉默在空中凝結，我緊抓著花瓶的破瓶口，瞪著腳邊兩個失去意識的人。

安娜出現在我後面。

「這是怎麼回事？」她說，假裝驚訝。

「我——」

走廊盡頭有人群聚集，衣衫不整的男人和吃驚的女人，被騷動聲從床上吵醒。他們的眼睛移向牆上的血跡，再移向地板上的身體，以一種不相稱的好奇眼神鎖定了我。要是那個隨從也隱身其中，他也躲得不見人影。

說不定這樣最好。

我的怒火足以讓我再做出什麼莽撞的事情來。

狄基醫生衝上樓，他不像別的賓客，他已經服裝整齊，顯著的八字鬍仔細地抹上了油，漸禿的頭頂也閃爍著乳液的光芒。

「這裡究竟是怎麼回事？」他高聲喊道。

「戈爾德發瘋了，」我說，讓聲音中多一點輕顫。「他用撥火棍攻擊管家，所以我——」

我朝他揮了揮剩下的花瓶。

「去拿我的醫藥包來，丫頭，」狄基對安娜說，她特意站在他的視線之前。「在我的床鋪邊。」

安娜遵命，開始靈巧地把一片片的未來嵌合起來，而不顯得她是主導之人。醫生要求某個暖和安靜的地方讓管家靜養，所以安娜就推薦了門房，同時自告奮勇負責餵藥。由於沒有地方能把戈爾德關起來，所以權宜之計是也把他帶到門房去，為他定期施打鎮靜劑，再派僕人去村子找警察——安娜主動說她會去找個僕人。

他們以臨時做的擔架把管家抬下了樓，安娜走時投給我放心的一笑。我以困惑的皺眉回應。如此一番辛苦，我卻仍不確定我們是達成了什麼。管家會被送上床，讓他在晚上變成那個隨從唾手可得的靶子。葛瑞格理・戈爾德會被藥物弄得不省人事，五花大綁。他是能活著，但是他的心靈卻受損了。

考慮到我們現在遵循的是他的指示，這種做法實在很難讓人寬心。戈爾德給了安娜那本素描簿，而他又是我最後一個宿主，我一點也不明白他是想要達成什麼目標。我甚至不確定他知道，特別是在他受過這些罪之後。

我在記憶中挖掘，尋找那些我驚鴻一瞥、卻尚未經歷的未來，我仍然需要解讀康寧漢送給德比的那張「他們全部」的字條所指何意，他又為什麼說他召集了人手。我不知道伊芙琳明明就從她母親的房間拿走了那把黑色手槍，為何還要拿走德比偷去的銀色手槍，也不明白在伊芙琳自殺之時他為什麼要看守著一顆石頭。

實在是令人灰心。我能看到面前擺出了麵包屑，但就我所知，它們很可能會將我引向斷崖。

但不幸的是，沒有別的計畫可以遵循。

45

擺脫了愛德華．丹斯的老邁，我本希望也能甩掉他的全身痠痛，但是我在儲物櫃裡睡了一夜害我的骨頭像被針扎了似的。隨便一動，隨便一彎就會一陣抽痛，在小山一般的症狀上又添上一樣。就連回到我臥室的這趟路都變成漫漫長途。睿胥頓顯然在昨晚大出風頭，因為我走過之處都會有人熱烈地跟我握手，拍我的背。寒暄如亂拋的石頭一樣落在我的後方，他們的善意讓我的傷痛減輕了不少。

快到我的臥室時，我換下了強顏歡笑。地板上有個白信封，鼓鼓的。一定是有人塞進我的門縫下的。我撕開來，兩邊看了看，尋找那個留下信封的人。

你留下的。

裡面的信一開頭就這麼寫，信紙包著一枚棋子，幾乎跟安娜隨身攜帶的那枚一模一樣。

拿亞硝酸戊脂、亞硝酸鈉、大蘇打。

收藏好。

GG

「葛瑞格理·戈爾德。」我讀到縮寫名，嘆口氣說。

他一定是在攻擊管家前送來的。

這下子我知道安娜的感受了。信上的指示幾乎無法解讀，即使我能夠辨認出他差勁的筆跡，我也完全不知其所以然。

我把信和棋子都丟在櫃子上，鎖好門，再拿椅子擋住。通常，我會立刻翻找睿胥頓的個人物品或是照鏡子看看這張新臉孔，但是我已經知道他的抽屜中有什麼，他長什麼樣子了。我只需要讓思緒朝一個問題延伸，就能夠找到答案，所以我才會知道襪子抽屜裡藏了一套手指虎，是他幾年前從一個打架滋事的人那兒沒收的，而且還不止一次派上用場。我套了上去，腦子裡只想著那個隨從，以及他是如何低下臉來吸入我最後一口氣，歡悅地嘆息，把我加入了某個私人紀錄裡。

我雙手發抖，但是睿胥頓並不是貝爾。恐懼是他的驅動力，而不是害他裹足不前的腳鐐。他想要把那個隨從揪出來，給他一個了斷，拿回在之前的對決中所失去的自尊。回顧我們今早的打鬥，我很肯定是睿胥頓讓我衝下樓，跑進走廊的。那是他的怒火，他的傲氣。他主導一切，而我甚至沒發覺。

不能再有下一次了。

睿胥頓的莽撞會害我們送命，而我不能再浪費宿主了。要是我想把我和安娜從這一團亂麻中掙脫出來，我就需要超前那個隨從，而不是時時刻刻落在他後面，而我認為我知道某些能幫得上忙的人，雖然他們不會很容易說服。

我摘下了手指虎，裝滿洗臉盆的水，開始在鏡子前洗臉。

睿胥頓是個年輕人——不過可能不像他自認為的那麼年輕——個子高，身體結實，而且極為俊美。鼻梁上有雀斑，蜂蜜色的眼眸，金色短髮，一點一滴都在說他是個陽光男孩。唯一的瑕疵是肩上有道舊槍傷，參差的疤痕早已褪色。如果我自問的話，那段回憶就會浮現，但是我已經有夠多的痛苦了，不需要再把別人的慘事往自己的心靈裡邀。

我正在擦抹胸膛，門把嘎嘎響，我立刻就去抄起了手指虎。

「吉姆，你在嗎？有人把門鎖住了。」

是女人的聲音，沙啞乾澀。

我換上乾淨襯衫，拉開了椅子，打開門鎖，看見了一名滿臉困惑的年輕女子，正舉著拳頭要再敲門。藍眸從長長的睫毛下看著我，冷冰冰的臉上唯有唇上的一抹紅。她二十出頭，濃密的黑髮落在白襯衫上，下襬塞進馬褲裡。她一出現立刻就讓睿胥頓熱血沸騰。

「葛麗絲……」我的宿主把這名字塞進了我的口裡，還有很多別的。我是在欽慕、欣喜、亢奮以及自信不足的大釜中熬煮。

「你聽說了我那個傻哥哥做了什麼嗎？」她說，毫不客氣就進了房間。

「我想我就要知道了。」

「他昨晚借了一輛汽車，」她說，往床上一坐。「半夜兩點去把馬廄管理人叫醒，穿得跟彩虹似的，然後就往村子去了。」

她全搞錯了，但我是沒法搶救她哥哥的好名聲的。是我決定要開走汽車，逃離這裡，跑到村子去的。而此時此刻，唐納德．達維斯正睡在一條被我拋下的土路上，而我的宿主正想把我拖出門外。

他的忠心耿耿幾乎讓我難以招架，而搜尋理由之後，我登時被種種的驚恐情事困擾不已。睿胥頓對唐納德．達維斯的感情是用戰壕中的泥濘與鮮血鑄造出來的。他們兩個傻小子同去參戰，回來時成了弟兄，兩個人的創傷只有彼此看得到。

我能感覺到他對我對待他朋友的方式非常憤怒。

也可能我只是在對自己生氣。

我們全都混攪在一塊了，我再也無從分辨。

「都怪我，」葛麗絲垂頭喪氣地說。「他想從貝爾那兒買更多的毒藥，所以我就威脅他要告訴爹地。我知道他在生我的氣，可是我沒想到他會跑掉。」她無奈地嘆氣。「你覺得他不會是做了什麼傻事吧？」

「他沒事，」我安慰她說，坐到她的旁邊。「他只是緊張害怕，就這樣。」

「我真希望沒遇見那個可惡的醫生，」她說，撫平我襯衫上的皺褶。「自從貝爾拎著他那箱玩意出現之後，唐納德就像變了一個人。都是那個可惡的鴉片酊，害他著了魔。我差不多沒辦法跟他說話了。真希望我們能做點什麼……」

她的話猛然點醒了她自己。我能看見她退後一步瞪大眼睛盯著它，從起點到終點，就像盯著她在德比大賽賭的那匹馬。

「我有事得去找查爾斯。」她冒冒失失地說，吻了我的嘴唇，隨即衝進了走廊。

我來不及反應她就走了，門也沒關。

我站起來關門，又熱，又煩，而且不止一點點迷惑。看樣子，我睡在那間儲物櫃裡時事情還比較簡單。

46

我拖著步伐一步一步走在走廊上，每經過一個房間就探頭進去張望。我戴著老虎指，每個動靜都會嚇我一跳，提防著我確定一定會來臨的攻擊，心知肚明萬一被那個隨從偷襲了，我是抵抗不了的。

推開擋住走廊的天鵝絨帘子，我進入了黑石南館荒廢的東廂。猛然一陣風吹動了繡帷，繡帷拍打著牆，有如一片片的肉撞上屠夫的砧板。

我一直走到育嬰室才停下來。

德比昏迷不醒的身體並沒有讓人一眼就看見，因為他被拖到了角落的木馬後面，從門口看不見。他的頭上血液凝固，黏著瓷器碎片，不過他沒死，隱藏得很妥當。既然他是從斯坦溫的臥室裡出來時被攻擊的，下手的人無論是誰都顯然還有良心，沒讓那個專事勒索的傢伙找到德比，殺了他，不過這人也並沒有足夠的時間能把德比藏到更安全之處。

我手腳利索地翻找他的口袋，但是他從斯坦溫那兒拿的東西都被偷走了。反正我也不抱希望，只是因為他是這棟屋子的許多秘密的建築師，所以才不妨一試。

我讓他睡，繼續前往斯坦溫在走道盡頭的房間。他必定是因為恐懼才會避居到屋子遠離塵囂的這一角，遠離黑石南館其他部位。不過若不是以舒適度作為考量的基準，他倒是挺會選的。地板就是他的警報器，我的每一步都會吱嘎作響，而整條長廊也只有一個出入口。這個專門勒索別人的傢伙顯然是相信他的周遭全都是敵人，而這一點我或許能加以利用。

穿過了會客室，我敲了斯坦溫的房門。回應我的卻是怪異的靜默，某個人正忙著要悄無聲息。

「我是吉姆．睿胥頓警員，」我對著木門喊，收起了手指虎。「我需要跟你談一談。」

我的宣告引來的是急促的聲響。腳步聲輕輕穿過房間，抽屜被拉開，什麼東西被拿起又放下，最後才是說話聲從門縫傳了出來。

「進來。」泰德．斯坦溫說。

他坐在椅子上，一手塞進了左靴裡，正起勁地擦拭。我輕輕打了個哆嗦，一股強烈的神秘感震撼了我。上一次我看見這個人，他死在森林地上，而我在翻找他的口袋。黑石南館讓他扶搖直上，又如塵埃一般拂開他，現在又給他上緊發條好讓他再重來一遍。這裡就算不是地獄，魔鬼也鐵定在時時關注。

我看著他後面。他的保鑣在床上睡得很沉，包著繃帶的鼻子發出很吵的呼吸聲。我倒意外斯坦溫沒有移動他，更意外的是這個黑心的傢伙還把椅子面對著床鋪，就像安娜在照顧管家一樣。可見得斯坦溫對這個傢伙是有一些感情的。

我不禁想，要是他知道德比一直都在隔壁，不知會作何反應。

「啊，核心人物來了。」斯坦溫說，凝視著我，刷子停下。

「我恐怕是被你弄糊塗了。」我迷惑地說。

「我要是不能把人弄糊塗，那我勒索起別人來就不會這麼厲害了。」他說，指著壁爐邊一把快散架的椅子。我接受了他的邀請，把椅子拖到床鋪附近，小心避開了地上鋪的髒報紙和散置的鞋油。

斯坦溫的衣著相當於富人的馬夫制服，也就是白色棉襯衫熨得筆挺，黑長褲纖塵不染。這時看著他，衣著平凡，自己擦靴子，蟄居在一棟曾經風華絕代的豪宅的蕭瑟一角，我實在看不出十九年的勒索生涯帶給他什麼好處。他的臉頰和鼻子都有血管暴突，眼睛下陷，紅通通的，缺乏睡眠，時時刻刻都在提防妖魔鬼怪出現在他的門口。

他邀請來的妖魔鬼怪。

在他的囂張氣焰之下是一條化為灰燼的靈魂，曾經點燃他的火焰早已熄滅。現在的他只剩下一種被擊敗的零落蕭索，他的秘密是唯一僅存的溫暖。此時此刻，別說他的被害人怕他，他也一樣怕他們。

惻隱之心如針尖一樣刺著我。斯坦溫的處境竟讓我覺得極熟悉，而在內心深處，在我的眾多宿主底下，真正的艾登．畢夏駐足的地方，我能感覺到一段回憶蠢動。我是為了一個女人才來到這裡的。我想救她，卻無能為力。黑石南館是我的機會……做什麼……再試一次？

我是來做什麼的？

別管他。

「我們就打開天窗說亮話，」斯坦溫說，穩穩地看著我。「你跟西索．雷文科特、查爾斯．

康寧漢、丹尼爾・柯立芝和一些別的人是一夥的；你們這幫人在到處打聽一件十九年前發生的命案。」

我先前的想法消散了。

「喔，別一臉震驚，」他說，檢查靴子上的一處髒點。「康寧漢一大早就替他的那個胖主人來問過話了，丹尼爾・柯立芝也在幾分鐘之後過來東問西問的。他們兩個都想知道在我把殺害哈德凱索少爺的兇手趕跑的時候我是射傷了誰。現在你又來了。不難知道你是想幹嘛，尤其是你也有兩隻眼睛一個腦袋。」

他瞧了瞧我，渾不在意的面具掉下來，露出了底下的算計。我感知到他緊盯著我，忙著選擇妥當的說詞，只要能打消他的懷疑都好，但是沉默延長，越來越緊繃。

「不知道你是怎麼想的。」斯坦溫嘟囔著說，把靴子放在報紙上，拿抹布擦手。

等他再開口，聲音低沉輕柔，是說故事的語氣。「依我看吶，這種對正義突如其來的渴望只可能有兩個原因，」他說，拿小刀挑指縫裡的土。「不是雷文科特嗅到了醜聞的味道，付錢叫你們來幫他調查，就是你以為有個等著破解的大案子可以讓你上報，揚名立萬。」

他對我的沉默嗤之以鼻。

「聽著，睿胥頓，你不認識我，也不知道我是幹哪一行的，不過我倒認識像你這樣的人。你是個勞動階級，看上了一個你養不起的富家千金。往上爬沒有什麼不對，我自己就是這樣，可你會需要錢來往上爬，而我能幫忙。情報是有價的，也就是說我們可以互相幫忙。」

他凝視著我，卻不會讓我不舒服。他的頸子有一條血管搏動得很激烈，額頭也冒汗。這種做法有風險，他也知道。即使如此，我還是能感覺到他的條件很有誘惑力。睿胥頓會很樂意用錢來解決他和葛麗絲的事，他也很想買好一點的衣服，一個月能上一次館子。

問題是，他更愛當警察。

「有幾個人知道露西．哈波是你的女兒？」我淡定地說。

輪到我看著他的臉色大變了。

我看著他在午餐時霸凌露西就起了疑心了，全是因為她冒冒失失地直呼其名，請他讓開。我透過貝爾的眼睛看見時並沒有多想。斯坦溫是個粗人，是個勒索別人的惡棍，所以這種事似乎再正常也不過。但是我第二次以丹斯的眼睛來看，就發覺露西的聲音中帶著感情，而他的臉上則流露出恐懼。整個房間的人都會很樂意捅他一刀，而她卻幾乎是公然告訴大家她在乎他。那就等於是在她的背上畫標靶，難怪他會惡言相向，他需要她越快離開房間越好。

「哪個露西？」他說，手上的抹布越扭越緊。

「少裝了，斯坦溫，」我打斷了他。「她有你的紅髮，而且你把她的相片裝在鍊墜裡，藏在你的外套裡，還有一本詳細記錄你的勒索生意的密碼簿。這兩樣東西擺在一塊還真奇怪，除非是你唯一在乎的東西。你真應該聽聽她是怎麼在雷文科特面前幫你說話的。」

每一椿從我口中說出的真相都像一記重錘。

「要猜出來也不難，」我說。「尤其是有兩隻眼睛一個腦袋的人。」

「你想怎麼樣？」他小聲問。

「我需要知道湯瑪斯．哈德凱索被害的那天早晨的真正經過。」

他舔著嘴唇，心思飛轉，謊言給齒輪和排檔上潤滑油。

「查理．卡佛跟另一個男的把湯瑪斯帶到了湖邊，然後把他殺了，」他說，又拿起了那隻靴子。「我阻止了卡佛，但是另一個跑了。還有什麼老故事想知道的嗎？」

「我要是對謊言有興趣，我就會去問海蓮娜．哈德凱索了。」我說，身體前傾，雙手交握，置於兩膝之間。「她在場，對吧？就跟阿福．米勒說的一樣。大家都相信這家人送給你一處農園是為了答謝你想拯救那個小男孩，可是我知道事實並非如此。你勒索了海蓮娜．哈德凱索十九年，打從那個孩子死後。你那天早上看見了什麼，成了被你捏在手裡的小辮子。她跟她先生說，給錢是為了不讓康寧漢真正的身分曝光，其實並不是，對不對？是更大的事情。」

「要是我不把看見的事情告訴你，你要怎樣？」他咆哮，靴子丟到一邊。「你就放話出去，說露西．哈波的老頭子是這個惡名昭彰的泰德．斯坦溫，然後等著看是誰第一個殺了她？」

我張口要回應，卻該死的發不出聲音。這當然就是我的計畫，但是坐在這裡，我想起了樓梯上的那一刻，露西帶領一頭霧水的管家回廚房，以免他惹上什麼麻煩。露西不像她父親，她的心腸好，溫情脈脈，而且滿懷疑問——正適合我這樣的男人踐踏。難怪斯坦溫會隱身一側，讓她的母親自己撫養她。他可能多年來都有送點錢給她們，直到他能夠讓她們永遠脫離他有權有勢的敵人的勢力範圍。

「不，」我說，對我自己，也是對斯坦溫說。「露西在我需要善意的時候對我很親切，我不會害她置身危險，即使是為這件事。」

他露出笑容，笑容後隱藏著懊悔，倒是出乎我的意外。

「在這個屋子裡講感情，你是走不了幾步的。」他說。

「那常識呢？」我問。「伊芙琳．哈德凱索今晚就要被謀殺了，我認為是因為十九年前發生的事情。在我看來，讓伊芙琳活下去嫁給雷文科特對你是有好處的，你就可以繼續拿錢。」

他吹了聲口哨。「如果是真的，那知道誰是幕後主使就能賺更多，不過你可想歪了，」他強調說。「我不需要繼續拿錢，就這樣。我已經有一筆大款子要進來了，然後我就要把生意賣掉，金盆洗手。我會來黑石南館就是為了這個，把露西接走，結束生意。她要跟我一塊走。」

「你要賣給誰？」

「丹尼爾．柯立芝。」

「柯立芝計畫要在幾小時之後趁打獵時殺了你。這個情報值多少？」

斯坦溫以明顯的懷疑看著我。

「殺了我？」他說。「我們已經談好了交易，是公平交易，他跟我。我們要在森林裡把我們的事了結掉。」

「你的生意寫在兩本簿子裡，對吧？」我說。「所有的姓名、罪行和款項在一本裡，當然是用密碼寫的。而解讀的方法寫在另一本上。你分開保存，以為這樣就能萬無一失，可惜並沒有，無論是不是公平交易，你都會死在——」我拉起袖子看手錶，「四個小時後，那時柯立芝就會拿到兩本簿子，一毛錢都不用付。」

這還是第一次，斯坦溫面有疑色。

他伸手到床頭桌的抽屜，拿出一支菸斗和一小袋菸草，把菸草裝進菸斗裡，抹平，擦燃火柴，轉著圈點燃了菸草，吸了幾口讓火燄熄滅。等他把注意力再轉向我時，菸草正在燃燒，白煙在他有罪的腦袋上形成一個光圈。

「他要怎麼下手？」斯坦溫從嘴角說，菸斗咬在大黃牙間。

「你在湯瑪斯・哈德凱索遇害的那天早晨看見了什麼？」我問。

「原來是這樣？一件命案換一件？」

「公平交易。」我說。

他朝手心吐口水。

「那就握手成交。」他說。

我也照做，接著點了我最後一根菸。我對菸草的需求是逐漸染上的，宛如潮汐輕輕溢上河岸。我讓煙填滿我的喉嚨，我的眼睛愉快地濕潤了。

斯坦溫抓著鬍碴，開口說話，語氣若有所思。

「那天很奇怪，打從一開始就怪，」他說，調整嘴裡的菸斗。「參加派對的客人都已經到了，可是莊園的氣氛就是很怪。廚房裡在吵架，馬廄有人打架，就連賓客都不和，隨便從一扇關著的門走過去都能聽到裡頭拉高了嗓門。」

現在的他多了一份警覺，給人的印象是要打開一只裝滿了尖銳物品的行李箱。

「查理被開除並不是多大的意外，」他說。「他一直跟哈德凱索夫人藕斷絲連，也不知道多少年了。起先還很隱密，後來越來越公開，依我看是太公開了。他們想被逮到，我覺得。也不知道是哪根筋不對了，反正哈德凱索勳爵開除查理以後，消息就在廚房裡傳開來了，跟天花一樣。我們以為他會下樓來道別，可是連個屁也沒聽見，然後過了幾個鐘頭，有個女僕來找我，說她剛才看到查理喝醉了，在孩子們的臥室那兒徘徊。」

「孩子們的臥室，你確定？」

「她是這麼說的。他把頭探進每一個房間看，好像在找什麼。」

「知道是什麼嗎？」

「她覺得他是想說再見，可是孩子們都在外面玩。反正他走的時候肩上扛了個大皮袋。」

「而她不知道裡頭裝了什麼？」

「完全不知道。不管是什麼，誰也不會捨不得讓他帶走。他很有人緣，查理，我們都喜歡他。」

斯坦溫嘆氣，仰面看著天花板。

「後來呢？」我催促他，察覺到他不願意說下去。

「查理是我的朋友，」他說，語氣沉重。「所以我就去找他，只是想說再見。最後一個看到他的人說他往湖邊去了，我也往那兒去，可是沒看到他。誰都沒看到，起碼一開始是這樣的。我本來是要走的，可是我看到土裡有血。」

「你就跟著血跡走？」我說。

「噯，走到了湖邊……我就是在那裡看到那個孩子的。」

他吞嚥一口，伸手抹臉。記憶潛藏在他心靈的黑暗面太久了，我一點也不意外他要把它拖到光亮處得要費一番功夫。他會成為今天這樣的人都要怪這一粒有毒的種子。

「你看見了什麼，斯坦溫？」我問。

他放下了手，看著我，好似我是神父在要求他悔罪。

「起初，只有哈德凱索夫人，」他說。「她跪在泥巴裡，哭得心都要碎了。到處都是血。我沒看見孩子，她把他抱得好緊……可是她聽見我過來就轉過頭來。她切開了他的喉管，差點就把他的頭切掉了，真的。」

「她認罪了？」我說。

我能聽見自己聲音中的興奮。一低頭就發現自己的雙手握成拳頭，全身緊繃。我坐在椅子的邊緣，呼吸卡在喉頭。

我立刻就為自己感到羞愧。

「多少算是，」斯坦溫說。「只是一直說是意外，就這樣，說了一遍又一遍。是意外。」

「那麼卡佛是在幾時出現的？」我問。

「他晚一點才到。」

「是多晚？」

「我不知道……」

「五分鐘，二十分鐘？」我問。「這很重要，斯坦溫。」

「不到二十分鐘，大概十分鐘吧，不可能太晚。」

「他揹著那個袋子嗎？」

「袋子？」

「女僕說他從屋子裡拿走的褐色皮革袋啊？他帶著嗎？」

「沒有，沒有袋子。」他拿菸斗指著我。「你知道什麼，是不是？」

「我想是。拜託把故事說完。」

「卡佛過來了，把我帶到一邊。他很清醒，清醒得不得了，像震驚的時候那麼清醒。他要我把看到的事情忘了，告訴大家是他幹的。我說我不要，就算是為哈德凱索夫人，為哈德凱索一家，我也不能。可是他說他愛她，說那是個意外，而他只能為她做這件事，他只能給她這個。他覺得他反正也沒有將來了，因為他被黑石南館解雇了，不得不離開海蓮娜。他要我發誓幫她保密。」

「你也做到了，只是你逼她給你錢。」我說。

「換作是你就不一樣，是不是，條子？」他忿忿地說。「當場就給她戴上手銬，違背你對朋友的承諾。還是你就讓她逍遙法外，連一根寒毛也沒傷著？」

我搖頭。我沒有答案能給他，但是我也對他的自我辯護沒有興趣。在這個故事中只有兩名被害人：湯瑪斯・哈德凱索和查理・卡佛，一個被殺害的孩子以及一個為了保護自己心愛的女人而走上絞架的男人。我想幫助他們已為時太晚，但是我不會讓真相再被掩埋住。

它造成的損害已經夠多了。

47

灌木叢沙沙響，小樹枝被踩斷。丹尼爾在森林中移動迅速，絲毫不怕露出行藏。他也不需要。我的其他宿主都在忙，不是去打獵就是在日光室裡。

我的心臟狂跳。他在書房和貝爾、邁可說過話之後就偷溜出來，而我已經跟蹤了他十五分鐘，悄悄在林中穿行。我記得他在打獵剛開始時不見蹤影，是後來才追上丹斯的，而我很好奇他是被什麼事耽擱了。但願這次的任務能夠讓我再多了解一點他的計畫。

樹林瞬間變得開闊，露出了一片醜陋的空地。我們距離湖邊不遠，我能看見右邊些許的湖光。那個隨從像籠中獸般繞圈踱步，我得躲在一叢灌木後，以免被發現。

「痛快一點。」丹尼爾說，向他接近。

隨從揍了他的下巴。

丹尼爾踉蹌後退，挺直了身體，點頭要他再來一拳。這一拳打中了他的肚腹，緊接著又一拳將他擊倒在地。

「還要嗎？」隨從說，矗立在他上方。

「夠了，」丹尼爾說，輕點著破掉的嘴唇。「丹斯需要相信我打鬥過，而不是你差點殺了我。」

他們兩個是一夥的。

「你追得上他們嗎？」隨從說，把丹尼爾扶了起來。「打獵的人群已經領先好長一段路了。」

「都是一群老頭子，走不了多遠的。抓到安娜了嗎？」

「還沒，我一直在忙。」

「那就快點，我們的朋友越來越沒耐性了。」

原來如此。他們想要安娜。

所以在我是雷文科特時丹尼爾叫我要找到她，在我是德比時他要求我把她帶到圖書室去，託詞是要設陷阱逮住那個隨從。我是應該要把她交出去的，像待宰的羔羊。

我頭暈眼花，看著他們又交談了幾句，然後隨從朝屋子走。丹尼爾擦掉臉上的血，卻沒有移動，一秒鐘之後我知道了原因。瘟疫醫生走入空地，這一定就是丹尼爾剛剛說的「朋友」。

正好是我最怕的情況。他們是一夥的。丹尼爾跟隨從建立了合夥關係，他們代替瘟疫醫生在追捕安娜。我想像不出這種怨恨是從何而起的，但是卻解釋了何以瘟疫醫生一整天都忙著想讓我與她反目成仇。

瘟疫醫生一手按著丹尼爾的肩膀，把他帶到林間，離開了我的視線範圍。這種親密的姿態讓我大出意外。我想不起有哪一次瘟疫醫生碰過我，甚至是跟我近到伸手可及的距離。

我壓低身體，匆忙跟上去，停在樹林邊緣聆聽他們的聲音，卻什麼也聽不見。我在心裡暗罵，更深入樹林，偶爾停下來，希望能看見他們倆。卻白忙一場。他們不見了。

覺得像在作夢，我原路返回。

我那天看見的一切，有多少是真實的？有誰真的就是他們宣稱的那個人嗎？我相信丹尼爾和伊芙琳是我的朋友，瘟疫醫生是個瘋子，而我是一個叫塞巴斯欽．貝爾的醫生，最大的問題是喪失了記憶。我怎麼會知道這一些不過是賽跑的起始點，而且還沒有人跟我說我參加了賽跑？

你該注意的是終點。

「墓園。」我大聲說。

丹尼爾相信他能在那兒抓到安娜，我毫不懷疑他會帶著那個隨從。這一切都會在那裡結束，而我需要準備好。

我已經來到了那個許願井，伊芙琳在第一天早晨在此收到菲麗瑟緹的信。我把計畫付諸實踐，可我卻沒往屋子走，反倒左轉朝湖邊走去。這是睿胥頓在行動，是直覺，警察的直覺。他想要看命案現場，趁著斯坦溫的供詞仍記憶猶新。

小徑上雜草叢生，兩側樹木茂盛，樹根從土壤中穿出來。荊棘勾扯我的風衣，雨水從樹葉上灑落，最後我終於來到了泥濘的湖岸。

我只從遠處看見過，但是近看湖大多了，湖水是青苔的顏色，兩艘划槳船繫在右岸的船屋，船屋倒塌像一堆柴火。中央有個小島，坐落著一個舞台，剝落的青綠色屋頂和木結構飽受風雨的摧殘。

難怪哈德凱索夫婦選擇要離開黑石南館。這裡發生過某件邪惡的事，而且至今仍糾纏著這面湖。我悚然不安到險些就掉頭離開，但是內心有更大一部分需要理清十九年前所發生的憾事，所以我沿著湖邊走，繞了兩趟，差不多就像驗屍官繞著台子上的屍體。

一個鐘頭過去了。我的眼睛四處兜轉，卻找不到焦點。

斯坦溫的說法似乎被割斷風乾了，無法解釋往昔為什麼又追趕上來要帶走另一個哈德凱索家的孩子。它無法解釋誰是幕後主使，或是他們有何企圖。我以為來這裡能夠找到些許端倪，但無論湖泊記得什麼，都沒有意願分享。它不像斯坦溫可以交換條件，也不像馬廄管理人可以嚇唬。

又濕又冷，如果是我很可能會就此放棄，但是睿胥頓已經拖著我往那面倒影池而去。警察的眼睛不像我其他宿主那般遲鈍，他會尋找邊緣，缺失的事物。我對這地方的回憶對他而言還不夠，他需要以全新的眼光看一遍。於是，我雙手插入口袋裡，把自己安置在倒影池邊，池水幾乎能碰到我的鞋底。濛濛細雨灑落，水面泛起一圈圈的漣漪，搖蕩著一片片漂浮在水面上的厚青苔。

至少雨是一視同仁的。它在貝爾與伊芙琳同行時敲打著他的臉，在管家睡覺而戈爾德被吊起時敲打著門房的窗戶。雷文科特在他的會客室聽著雨聲，一面猜測康寧漢打聽到了什麼，而德比……唔，德比仍昏迷不醒，對他反倒最好。達維斯癱倒在馬路上，說不定正在走回來，反正他都會淋濕。丹斯也一樣，他正在森林中遊蕩，臂上吊著獵槍，心裡巴不得是在別處。

至於我呢，我就站在伊芙琳今晚會站的地方，她會以銀色手槍抵著肚子，扣下扳機。

我看見的正是她會看見的。

並且努力理解。

兇手想出了法子逼迫伊芙琳自殺，但為什麼不讓她在臥室中飲彈自盡？何必要在派對進行中叫她出來這裡？

好讓每個人都看見啊。

「那為什麼不選舞池中央，或是舞台上？」我喃喃自問。

這一切都太戲劇化了。

睿胥頓調查過幾十宗的命案，都不是事先預謀的，都是一時衝動。男人辛苦幹了一天的活之後爬進了酒缸裡，攪起了沉澱在其下的苦澀。夫妻倆吵架，老婆受夠了被打出黑眼圈，順手拿起最近的一把菜刀。死亡發生在巷弄以及桌上鋪著桌布的安靜房間裡。樹倒人亡，凶器落地。大家都會照以前的死法死掉，快速，沒耐性，或是走楣運；這裡則否，這裡有一百個穿晚禮服的男女。

哪種人會把謀殺弄得像演戲？

我掉頭往屋子走，想記起伊芙琳走到池塘的路線，想起了她是如何從火光中飄向黑暗，有如酒醉一般搖晃。我想起了那把銀色手槍在她的手上發光，那聲槍響，那片寂靜以及在她跌入水中時的煙火。

一把槍就夠了，何必拿走兩把？

不像謀殺案的謀殺案。

瘟疫醫生是這麼形容的……可假如……我的心思掏摸著某個想法的邊緣，逗引它從晦暗不明處出來。一個想法出現了，是最光怪陸離的想法。

也是唯一說得通的。

有人輕拍我的肩膀，嚇了我一跳，險些就滾進池塘裡了。幸好葛麗絲抓住了我，把我拉回她的懷抱。我得承認，這種困境一點也不會不愉快，尤其是我一回身迎向那對藍眸，眸子帶著愛與笑意仰視著我。

「你跑到這兒來做什麼？」她問。「我到處在找你。你錯過了午餐。」

她的聲音中有關懷。她定睛看著我，搜尋我的眼睛，不過我不知道她是想找什麼。

「我來散步，」我說，想幫她甩開擔憂。「然後就開始想像這個地方在最輝煌的時期的盛況。」

她的臉上閃過疑慮，但美麗的雙眼一眨就讓它消失了，她挽住我的胳臂，熱熱的身體讓我也暖了起來。

「現在很難回想了，」她說。「我對這個地方的每一段回憶，就連是快樂的，都被湯瑪斯發生的事玷污了。」

「事發當時妳也在？」

「我沒跟你說過嗎？」她說，頭靠著我的肩。「也許沒有吧，我那時年紀很小。對，我在這裡，今天在這裡的人差不多都在。」

「妳看見了嗎？」

「謝天謝地，沒有，」她說，一臉驚惶。「伊芙琳為孩子們安排了尋寶遊戲。我那時最大也不過七歲，湯瑪斯也一樣。伊芙琳十歲，已經是大人了，所以那天她要負責照顧我們。」

她變得疏遠，陷入了湧現的回憶中。

「當然了，我現在知道她只想要去騎馬，不想照顧我們，可是那時我們覺得她好親切。我們在森林裡彼此追逐，尋找線索，玩得好開心，突然間湯瑪斯就跑掉了。我們再也沒看到他。」

「跑掉？他有沒有說為什麼離開，或是要去哪裡？」

「你好像警察在偵訊我欸，」她說，把我摟得更緊。「沒有，他沒讓我們有問問題的時間，他只問幾點了，然後就離開了。」

「他問幾點了？」

「對，他好像是得去哪裡。」

「而他沒說他要去哪裡？」

「沒有。」

「他的行為古怪嗎？他說了什麼奇怪的話嗎？」

「其實呢，我們差不多沒辦法從他嘴裡挖出一句話來，」她說。「現在回想起來，他一整個禮拜都很奇怪，很退縮，悶悶不樂的，一點也不像他。」

「那他平常是什麼樣子？」

她聳聳肩。「大多數時間是討厭鬼，他剛好在那個年紀。喜歡拉我們的辮子，嚇我們。他會跟蹤我們穿過樹林，然後在我們最意想不到的時候跳出來嚇我們。」

「可是他一整個禮拜都怪怪的？」我說。「妳確定是一個禮拜？」

「嗯，在派對之前我們是在黑石南館住了一個禮拜，所以，對。」她這時打個哆嗦，抬頭看我。「你的腦袋瓜是抓到了什麼，睿胥頓先生？」她問。

「抓到？」

「我看得出那道小紋路，」──她輕點我的眉間──「每次有什麼心煩事，就會出現。」

「我還不確定。」

「嗯，在你見祖母的時候盡量不要。」

「不要皺眉頭？」

「不要動腦筋，傻瓜。」

「為什麼不要？」

「她不太喜歡想太多的年輕人，她相信那就意味著遊手好閒。」

氣溫急遽下降。白晝僅有的天色都被陰森森的暴風雨烏雲趕出了天空。

「我們進屋去吧？」葛麗絲說，跺著腳保暖。「我跟別人一樣不喜歡黑石南館，可並沒有不喜歡到寧願害自己凍死也不願進去。」

我瞧瞧那面倒影池，覺得有點希望渺茫，可是在和伊芙琳先談過之前，我沒法有進一步的行動，而她現在正和貝爾在外頭。無論我的腦筋抓到了什麼——借用葛麗絲的說法——都得等她回來之後。更何況，跟某個並沒有牽扯進今天的種種悲劇的人消磨一段時光可是一件賞心樂事。

我們的肩膀緊緊相依，返回屋子，到達門廳時正好看見查爾斯・康寧漢小跑步下樓。他皺著眉，滿腹心事。

「你還好嗎，查爾斯？」葛麗絲問，吸引他的注意。「真是的，這個屋子裡的男人今天都是怎麼回事啊？你們全都像走在雲端。」

他咧開嘴笑，看見我們的歡喜跟他通常和我打招呼的嚴肅滿不協調的。

「啊，我最喜歡的兩個人，」他煞有介事地說，從第三階上跳下來，拍了我們兩個的肩膀。「對不起，我的心思飄到九霄雲外去了。」

好感讓我的臉露出了大大的笑容。

在此之前，這個貼身男僕只是某個在我的一天裡進進出出的人，偶爾幫得上忙，但總是在追逐自己的目標，使他不可能被信任。透過睿胥頓的眼睛看他，就像是看著炭筆畫慢慢填上了色彩。

葛麗絲和唐納德・達維斯在黑石南館過暑假，跟邁可、伊芙琳、湯瑪斯和康寧漢一塊長大。儘管是由廚娘德拉吉太太撫養長大的，人人卻都相信他是彼得・哈德凱索的兒子，而這一點就把他的地位拉抬出廚房之上。海蓮娜・哈德凱索助長了這種觀點，指示家庭教師也教育康寧漢。他雖然變成了僕役，但是葛麗絲和唐納德卻不會把他當成下人，無論他們的父母怎麼說。這三個人可以說是一家人，所以康寧漢也是唐納德・達維斯在從戰場返鄉後介紹給睿胥頓的第一批人。他們三個親如骨肉。

「雷文科特一直在煩你嗎？」葛麗絲問。「你沒有又忘了他的第四份炒蛋吧？你也知道那會讓他變得多討厭。」

「沒有，沒有，不是那回事。」康寧漢若有所思地搖頭。「你也知道，你的一天開始是一個樣子，然後，莫名其妙就變了樣？雷文科特跟我說了很驚人的事情，而且，老實說，我到現在還沒想通呢。」

「他說了什麼？」葛麗絲歪著頭問。

「說他不是……」他欲言又止，捏了捏鼻子。三思之後，他嘆口氣，不提這件事了。「最好還是等晚上喝著白蘭地時再告訴你們，等事情都有了結果。我現在也不知道該怎麼說。」

「你老是這樣，查爾斯，」她說，跺著腳。「刺激的故事老是開個頭，從來不說完。」

「那，也許這個可以讓妳的心情變好。」

他從口袋裡掏出了一支銀鑰匙，上面繫的紙卡寫明是塞巴斯欽・貝爾的。我上次看見這把鑰匙是在邪惡的德比的口袋裡，就在某人在斯坦溫的臥室外砸破他的頭，偷走鑰匙之前。

我能感覺到自己就定位，像是一面巨鐘的一個嵌齒，催動某個機制，但渺小的我沒有能力了解。

「你幫我找到的？」葛麗絲說，雙手互拍。

他朝我眉開眼笑。「葛麗絲要我從廚房偷一支貝爾房間的備用鑰匙來，我們才能偷走他的藥，」他說，把鑰匙晃來晃去。「我更厲害，找到了他的行李箱的鑰匙。」

「是很幼稚，可是我要貝爾也像唐納德一樣受苦。」她說，眼睛閃著惡毒的光芒。

「那你是怎麼弄到鑰匙的？」我問康寧漢。

「在做事的時候，」他略帶不安地說。「我的口袋裡有他的臥室鑰匙。把那些小藥瓶全都丟進湖裡，妳能想像嗎？」

「不要湖裡，」葛麗絲說，扮個鬼臉。「回到黑石南館來就夠糟的了，我絕對不要靠近那個鬼地方。」

「有一口井，」我說，「在門房附近。又老又深。要是我們把藥丟到那裡頭，誰也找不著。」

「好極了，」康寧漢說，興高采烈地搓著手。「那位好醫生跟哈德凱索小姐去散步了，所以我要說現在正是好時機。想要光天化日之下去搶劫嗎？」

48

葛麗絲在門口把風，康寧漢跟我溜進貝爾的臥室，懷舊之情把每樣東西都塗上了賞心悅目的色彩。在跟我其他宿主的強悍性格搏鬥過後，我對貝爾的態度有了相當的軟化。不像德比、雷文科特或是睿胥頓，塞巴斯欽．貝爾是一張茫然的帆布，一個向後撤退的人，甚至在撤離他自己。而我灌入了他，裝滿了所有的空洞，我甚至沒發覺他的形狀不對。

怪的是，他感覺像個老朋友。

「你覺得他會把東西藏在哪兒？」康寧漢問，關上了門。

儘管我心頭雪亮貝爾的行李箱藏在哪裡，我卻假裝無知，給自己機會趁他不在時多盤桓一會兒，享受著走回一段我曾駐足的生命的感覺。

康寧漢沒多久就找到了行李箱，要求我幫忙從衣櫃裡拖出來，擦過木地板時還發出了天大的噪音，幸虧大家都打獵去了，否則這個噪音連死人都吵得醒。

鑰匙正吻合，栓扣一轉就彈開了，箱子裡裝滿了褐色小瓶和大瓶，排列得整整齊齊。

康寧漢帶來了一只棉布袋，我們跪在箱子兩邊，開始把貝爾的貨裝進去。箱子裡不僅有那些為了讓別人臉上露出傻笑而調製的藥，還有各式各樣的酊劑和調配藥。其中還有一只扁瓶，裝了一半的番木鱉鹼，白色的顆粒怎麼看都像是鹽。

他拿這玩意做什麼？

「貝爾什麼都肯賣，是吧？」康寧漢說，發出不屑的咂舌聲，拿走了我手上的扁瓶，丟進布袋裡。「不過到此為止了。」

我拿起箱子裡的瓶子，記得戈爾德塞進我門縫裡的信，以及要求我取得的三樣東西。幸好，康寧漢全神貫注在手邊的事上，沒注意到我把那些瓶子偷塞進口袋裡，也沒發覺我丟進行李箱的棋子。在那麼多的設計籌謀中，這麼一樁小事似乎不值得費神，但我仍記得棋子帶給我多大的安慰，多大的力量。它是在我最需要時得到的溫暖，同時也讓我因為是那個收到棋子的人而覺得振奮。

「查爾斯，我需要你跟我說實話。」我開口說。

「我說過了，我不會介入你和葛麗絲的事，」他漫不經心地說，仔細地裝填布袋。「你們兩個這星期無論在吵什麼，你就承認是你錯了，在她接受你的道歉時心存感激就好。」

他咧嘴而笑，但一看見我嚴肅的表情，笑容就消散了。

「怎麼了？」他問。

「你是從哪裡弄到行李箱的鑰匙的？」我問。

「如果你非要知道的話，是一個僕人給我的。」他說，迴避我的視線，繼續打包。

「不對，不是別人，」我說，搔著脖子。「是你砸了強納森．德比的腦袋之後，從他那裡偷來的。丹尼爾．柯立芝雇用你去偷走斯坦溫的勒索帳本，對不對？」

「胡……胡說八道。」他說。

「拜託，查爾斯，」我說，聲音充滿了感情。「我已經跟斯坦溫談過了。」

多年來，睿胥頓一直依賴康寧漢的友誼和建議，而看著他在我的目光下囁嚅不安實在是令人難以忍受。

「我……我不是故意要打他的，」康寧漢說，一臉慚愧。「我才剛把雷文科特弄進澡缸裡，正要去吃早餐，就聽見樓梯上有騷動。我看到德比跑進書房，斯坦溫追在後面。我以為我能溜進斯坦溫的房間裡，趁大家都不注意，把帳本拿走，可是那個保鑣在裡頭，所以我就躲到對面房間裡，等著看會有什麼情況。」

「你看見狄基給那個保鑣打了鎮靜劑，然後德比找到了帳本，」我說。「你不能讓他帶著帳本離開，因為太珍貴了。」

康寧漢急切地點頭。

「斯坦溫知道那天早上的事，他知道究竟是誰殺了湯瑪斯，」他說。「他一直在說謊，但是都記在他的帳本裡。柯立芝要幫我解讀，然後大家都會知道我父親，我的親生父親，是無辜的。」

恐懼溢滿了他的雙眼。

「斯坦溫知道我和柯立芝談妥的交易嗎？」他忽然問。「所以你才會跟他見面？」

「他什麼也不知道，」我輕聲說。「是我自己去問湯瑪斯．哈德凱索的命案的。」

「而他告訴了你？」

「他欠我的，我救了他一命。」

康寧漢仍跪在地上，雙手緊揪住我的肩。「你是魔法師，小睿，」他說。「別吊我胃口。」

「他看見了哈德凱索夫人渾身是血，抱著湯瑪斯的屍體，」我說，仔細盯著他。「斯坦溫就作了最明顯的推論，可是卡佛幾分鐘後來了，堅持要斯坦溫說是他下的手。」

康寧漢瞪著我，好像我是透明的，他努力在一個尋覓多年的答案中挑漏洞。等他再開口，他的聲音中有苦澀。

「想也知道，」他說，身體無力地下垂。「我花了那麼多年的工夫想證明我父親是無辜的，所以查來查去當然會發現兇手是我母親。」

「你知道自己的親生父母是誰有多久了？」我說，話盡量說得很軟。

「我二十一歲時母親告訴我的，」他說。「她說我父親不是揹著虛名的那個怪物，卻不肯解釋清楚。從那時開始，我每一天都在研究她是什麼意思。」

「你今天早晨看見她了，是嗎？」

「我端茶給她，」他輕聲說。「她在床上喝的，我們順便聊天。我小時候常常這樣。她會問我快不快樂，問我的功課。她對我很好。那是我一天中最喜愛的時光。」

「那今天早晨呢？她應該沒提到什麼可疑的事吧？」

「說她殺了湯瑪斯嗎？沒有，沒提。」他諷刺地說。

「我說的是不像她的個性，不尋常的話。」

「不像她的個性，」他冷哼一聲。「她已經快一年沒有個性了。根本搞不懂她。前一分鐘還活潑愛鬧，下一分鐘就哭了。」

「一年，」我若有所思地說。「自從她在湯瑪斯的忌日來過黑石南館之後？」

就是在那次之後，她跑到邁可的住處胡言亂語什麼衣服。

「對……大概吧，」他說，拉著一邊耳垂。「喂，你不會是覺得她承受不了了吧？我是說罪惡感。那就可以解釋她的行為為什麼這麼古怪。說不定她是在鼓起勇氣，終於要承認罪行了。那就說得通她今天早晨的心情了。」

「咦，你為什麼這麼說？」

「她很平靜，有點疏遠。她說要把事情糾正過來，說她有多抱歉我得背負著父親的惡名長大。」他的神色變暗。「就是這麼回事，對不對？她想要在今晚的派對上認罪。所以她才會不怕麻煩重啟黑石南館，邀請同一批賓客回來。」

「也許吧，」我說，無力壓住疑問。「那她的行事曆上怎麼會到處都是你的指紋？你在找什麼？」

「我追問她一些事情，她叫我去看她幾點要跟馬廄管理人見面。她說她在那之後可以告訴我更多事情，我應該要到馬廄去。我去等了，可她一直沒來。我找了她一整天，誰也沒看到她。搞不好她是到村子裡了。」

我對他的回話置之不理。

「跟我說說那個不見了的馬廄小廝，」我說。「你去問過馬廄管理人。」

「真的沒什麼可說的。幾年前我跟調查湯瑪斯命案的督察一起喝醉了，他始終不相信我父親——我是指卡佛——是兇手，主要是因為這個男孩子，凱思．帕克，在一個星期前失蹤了，那時我父親跟哈德凱索勳爵在倫敦，他不喜歡這種巧合。督察打聽了那個男孩子的事，什麼也沒查到。據說帕克找到了更好的工作，就這麼不告而別了，沒有再回來過。他們也沒找到屍體，所以沒法駁斥是他自己逃走的謠傳。」

「你認識他嗎？」

「不算認識，他有時會跟我們一起玩，可是就連僕人的孩子都得要幹活。他大部分時間都在馬廄裡做事，我們很少看見他。」

他發覺了我的心情有異，詢問地看著我。

「你真的認為我母親是殺人兇手？」他說。

「這就是我需要你來幫忙調查的地方，」我說。「你母親把你託付給德拉吉太太，對吧？所以說她們很親近嘍？」

「非常親近，在斯坦溫發現之前，只有德拉吉太太知道我真正的父親是誰。」

「好，我要跟你討個人情。」

「什麼樣的人情？」

「其實是兩個，」我說。「我需要德拉吉太太去……喔！」

我剛剛領悟了一段過去。我一直在追尋的一個答案剛剛送到了我的眼前。現在我要確定這種事會再發生。

康寧漢在我的面前揮手。「你沒事吧，小睿？你好像有點怪怪的。」

「抱歉，兄弟，我在想別的事情，」我說，打散了他的困惑。「我剛才說，我需要德拉吉太太幫我澄清一些事情，然後我需要你去找一些人來。找到以後，你就去找強納森．德比，把你發現的事都告訴他。」

「德比？幹嘛需要那個無賴？」

門開了，葛麗絲探頭進來。

「幫幫忙，你們怎麼那麼慢？」她問。「再久一點，我們就得幫貝爾準備洗澡水，假裝我們是僕人了。」

「再一分鐘，」我說，一手按著康寧漢的胳臂。「我們會把這件事做好的，我保證。好，仔細聽，這事非常重要。」

49

我們走路時棉布袋玎玎響，布袋的重量跟高低不平的地面聯手害我腳步踉蹌，每趔趄一次葛麗絲就會同情地瑟縮。

康寧漢跑去幫我的忙了，葛麗絲對他的突然離開雖然迷惑卻不發一語。我感覺到想解釋的衝動，但是睿胥頓太了解這個女人了，知道她並不期待解釋。當年，唐納德．達維斯把這位在戰場上救了他一命的人介紹給他感激涕零的一家人才十分鐘，每一個長了眼睛、有一顆心的人都預知吉姆．睿胥頓和葛麗絲．達維斯將來有一天會結為連理。他們倆無懼於大相逕庭的家世，第一次晚餐就用多情又帶刺的話和刺探的問題搭起了橋梁，愛情就在擺設著睿胥頓完全不認得的餐具的桌上滋生。而那天萌芽的幼苗之後日漸茁壯，兩人逐漸在他們自己打造的世界中落腳。葛麗絲知道等事情結束後我就會把來龍去脈告訴她，那時真相的數量已足夠支持我的說法。而在此時，我們沉默但愉快地走在一起，因為有彼此的陪伴而幸福快樂。

我戴著我的手指虎，託詞貝爾和狄基醫生可能會有同黨，這個謊言很蹩腳，卻足以讓葛麗絲步步設防，懷疑地瞪著每一片滴水的樹葉。我們也就這樣來到了井邊，葛麗絲推開一根樹枝以免我進入空地時被勾住。我立刻就把布袋丟進井裡，它重重落地，發出很響脆的瓶子碎裂聲。

我轉了轉手臂，想甩掉肌肉的痠痛，葛麗絲則凝視著井裡。

「要許願嗎？」她問。

「我希望我不必再把那個布袋提回去。」我說。

「哎喲喂呀，有效吔，」她說。「你覺得我可以再許更多願嗎？」

「我覺得是沒用。」

「咳，這麼多年都沒再有人對它許願了，說不定還可以容納一些呢。」

「我可以問妳一個問題嗎？」我說。

「我都不曉得你問問題會害羞欸。」她說，上半身整個探進了井裡，兩腳懸空。

「湯瑪斯被殺的那天早晨，你們去尋寶，誰跟妳在一起？」

「唉唷，吉姆，都十九年前的事了欸。」她說，聲音被石頭掩蓋住。

「查爾斯也去了嗎？」

「查爾斯？」她把頭從井裡縮回來。「有啊，大概有吧。」

「大概有，還是真的有？這件事很重要，葛麗絲。」

「我明白了，」她說，離開了井口，在擦手。「他做錯了什麼嗎？」

「我真心希望沒有。」

「我也是，」她說，反映了我的擔憂。「我想想。等等，沒錯，他也去了！他從廚房偷了一整個水果蛋糕，我記得他還分給我跟唐納德。一定把德拉吉太太氣壞了。」

「那邁可．哈德凱索呢，他也去了嗎？」

「邁可？咦，我不知道……」

她一隻手往上伸，一根手指捲繞著一綹頭髮，一面回想。這是個熟悉的動作，一個讓睿胥頓充滿強烈愛意的小動作，力道之強幾乎把我完全推到一邊。

「他在床上吧，」她終於說。「生病了還是什麼的，就是小孩子會有的毛病。」

她包住了我的兩隻手，那雙美麗的藍眸鎖住了我。

「你是不是在做什麼危險的事，吉姆？」她問。

「對。」

「是為了查爾斯嗎？」

「部分是。」

「你會告訴我嗎？」

「會，等我知道該說什麼的時候。」

她踮著腳尖，吻了我的鼻頭。

「那你最好趕快去忙，」她說，幫我擦掉她的口紅印。「我知道你有骨頭要挖的時候是什麼樣子，除非讓你挖到了，否則你是不會開心的。」

「謝謝妳。」

「等你要告訴我的時候再一起謝我，而且要快一點。」

「我會的。」我說。

現在吻她的人是睿胥頓。等我好不容易能把這副身體拉開，我已經滿臉通紅，難為情極了，葛麗絲對我嘻嘻笑，眼裡閃動著調皮的光芒。我是狠下心才走開的，不過從這件事開始之後這還是頭一次我的手裡抓著真相了，但是除非我的指頭也掐了進去，我很擔心會被它溜掉。我需要跟安娜談一談。

我沿著卵石小路繞過門房的後面，甩掉風衣上的雨水，再掛在廚房的架子上。腳步聲響徹地板，心跳聲迴盪，我右手邊的客廳傳來騷動，那是丹斯及他的密友今早跟彼得．哈德凱索會面之處。我的第一個假設是其中一人又回來了，但是打開門我卻發現安娜站在彼得．哈德凱索的面前，而他則癱倒在稍早我看見他的那張椅子上。

他死了。

「安娜。」我輕聲說。

她轉過來，滿臉驚恐。

「我聽到聲音，就下來……」她說，指著屍體。她不像我，並沒有一整天在鮮血中跋涉，而發現屍體給她極大的震撼。

「妳何不去洗把臉？」我說，輕觸她的手臂。「我來四處看一看。」

她感激地向我點頭，最後再看了屍體一眼，才匆匆離開房間。這也不能怪她。他一度英俊的五官嚴重扭曲，右眼瞇成一條縫，左眼圓睜。雙手緊緊抓著椅臂，痛苦地拱著背。無論這裡是出了什麼事，都把他的尊嚴與生命同時奪走了。

我立刻就猜是心臟病，但是睿胥頓的直覺讓我小心謹慎。

我伸手要去合上他的眼睛，卻不敢碰他。我僅剩幾個宿主了，我寧可不要把死神的目光引回自己的身上。

他的上衣口袋裡突出了一封折起來的信，我抽了出來，展信閱讀。

我沒辦法嫁給雷文科特，我也沒辦法原諒逼我嫁的家人。這是他們自找的。

伊芙琳・哈德凱索

一扇打開的窗戶吹入了一股冷風，泥巴弄髒了窗框，可見得有人從這裡逃脫了。我唯一能看見的異常之處就是有個抽屜沒關。就是我當丹斯時翻找的那一個，不消說，彼得的日誌失蹤了。先是有人把海蓮娜的行事曆撕去了一頁，現在他們又拿走了彼得的。海蓮娜今天做的某件事值得他們以殺人來掩蓋。這是很有用的情報。極恐怖，卻很有用。

我把信放進口袋裡，探頭到窗外，尋找能夠指認兇手的證據，但是沒有什麼可看的，只有泥地上的一些腳印，已經被雨水沖洗了。從形狀和大小來看，從門房逃走的是一個女人，穿著尖頭靴，倒是讓那封信多了幾分可信，只不過我知道伊芙琳現在是跟貝爾在一起。

不可能是她做的。

我在彼得・哈德凱索的對面坐下來，正如今早的丹斯一樣。雖然時間稍晚，但是那場會面的記憶仍在房間中揮之不去。我們用的酒杯仍在桌上，雪茄煙仍在空中裊裊未絕。哈德凱索穿著我上一次看見他時同樣的衣服，也就是說他並沒有換裝去打獵，所以很可能他死了有兩個小時了。我把手指頭伸入一杯又一杯的殘酒中，以舌尖品嚐。都沒事，只有哈德凱索勳爵的例外，威士忌的煙燻味之下隱著微微的苦味。

睿胥頓立時辨認了出來。

「番木鱉鹼。」我說，瞪著被害人扭曲的、帶笑的臉孔。他好像是因為什麼消息而喜悅，彷彿他一直坐在這裡等著某人來告訴他他是怎麼死的。他大概也想知道是誰殺了他。我有個概念，但是目前只是概念。

「他跟你說了什麼嗎？」安娜問，遞給我一條毛巾。

她仍有些蒼白，但是聲音穩定了些，也就是說她從初始的震驚中恢復了。即便如此，她仍跟屍體保持距離，緊緊抱著自己。

「有人用番木鱉鹼毒殺了他，」我說。「是貝爾提供的。」

「貝爾？你的第一個宿主？你覺得他跟這一切有關？」

「不是自願的，」我說，一面擦乾頭髮。「他太懦弱了，不敢插手謀殺這種事。番木鱉鹼經常小量販售，用作除鼠藥。如果兇手是這個家的人，他們可以大量訂購，假稱是要整頓黑石南館。貝爾沒理由被懷疑，直到屍體陸續出現。這倒是可以說明為什麼有人想殺死他。」

「你是怎麼知道的？」安娜問，一臉驚詫。

「是睿胥頓知道的，」我說，拍了拍額頭。「他幾年前辦過一件番木鱉鹼的案子。駭人聽聞的一個案子，跟遺產有關的。」

「而你能……回想得起來？」

我點頭，仍在思索下毒的種種暗示。

「昨晚有人把貝爾誘騙到森林裡，想要殺他滅口，」我對自己說。「可是醫生命大，逃走了，只有胳臂受了傷，在黑暗中甩開了追殺者。幸運的傢伙。」

安娜怪怪地看著我。

「怎麼了？」我說，皺起了眉頭。

「是你說話的樣子，」——她支支吾吾——「不是……我不認得你。艾登，你還有多少還在？」

「夠了，」我不耐煩地說，把我從哈德凱索的口袋裡發現的信遞給她。「妳應該看一看。有人想要我們相信是伊芙琳做的。兇手想把這一切打成一個乾淨俐落的蝴蝶結了事。」

她慢吞吞地把視線從我身上移開，讀起了信來。

「萬一是我們自己一直弄錯了呢？」她看完之後說。「萬一是有人想要毀掉整個哈德凱索家，而伊芙琳只是第一個呢？」

「妳覺得海蓮娜是在躲藏？」

「如果她還有腦筋，她就應該要躲起來。」

我讓這個看法在腦子裡轉了幾圈，想從各種角度來看它。至少，我是想這樣。它太沉重了，太龐大了。我看不出它的背面是什麼。

「我們接下來要怎麼做？」她問。

「我需要妳去告訴伊芙琳管家醒了，他有話要跟她說，私下說。」我說，同時站了起來。

「可是管家還沒醒啊，而且他也不想跟她說話。」

「對，可是我想，而且可以的話，我寧可躲開那個隨從的十字準線。」

「我當然會去，可是你要替我看著管家和戈爾德。」她說。

「好。」

「如果伊芙琳來了，你要跟她說什麼？」

「我要告訴她她是怎麼死的。」

50

現在是下午五點四十二分，而安娜還沒回來。

她已經走了三個多鐘頭了。三個小時的坐立不安、憂心忡忡，我把獵槍擺在大腿上，稍微一點聲響就舉了起來，使它在我的懷裡像個近乎永恆的存在。我真不知道安娜是如何做到的。

這個地方一點安靜的時刻都沒有。風扒開窗戶的縫隙往裡鑽，在走道上來回咆哮。木頭咯吱，地板吱呀，不斷變換著重量，彷彿門房是個老頭子想從椅子上站起來。我時不時就會聽見有腳步聲接近，打開門卻發現是被一扇鬆脫的窗板或是一根拍打窗戶的樹枝騙了。

但是這些聲響不再刺激我的神經了，因為我不再相信我的朋友會回來了。守衛了一個小時之後，我跟自己保證她只是忙著在找出伊芙琳的去向。兩個小時後，我推測她可能是去跑腿了——這是我從之前的邂逅拼湊出的她的一天行程。據她自己說，她先見到戈爾德，其次是森林中的德比，再來是丹斯，然後才去閣樓叫我。之後她是在來到此處的馬車中第一次和管家說話，再去馬廄管理人的小屋放下給貝爾的紙條，然後去雷文科特的會客室找他。接著是和管家的另一番談話，可直到晚上那個隨從攻擊丹斯，我才又見到她。

六天來她每個下午都消失，而我卻沒發覺。

現在，已經是我在這個房間裡守衛的第三個小時了，黑暗漸漸貼住玻璃，我確信她有了麻煩，而那個隨從埋伏在某處。我見過她跟我們的敵人同處一室，我知道她沒死，不過這也只是冰冷的安慰。那個隨從無論對戈爾德做了什麼，都摧折了他的心志，而我一想到安娜也在忍受同樣的凌遲我就受不了。

我手持獵槍，在屋子裡踱步，竭力不讓恐懼追上，努力想出一個計畫來。最簡單的事就是在這裡等，因為那個隨從早晚會來殺管家，可守株待兔會害我浪費掉需要解開伊芙琳命案的時間。而如果我不能把安娜從這棟屋子救出去，那救她的命又有什麼用？儘管我覺得左右為難，但是我還是得先處理伊芙琳的事，同時信任安娜會小心照顧自己。

管家痛哼，眼皮抖動，張開了眼睛。

一時間，我們只是瞪著彼此，交換愧疚和迷惑。

我若丟下他和戈爾德，就等於將他們打入瘋狂和死亡的慘地，但是我實在想不出別的法子。他又睡著了，我把獵槍放在他的身邊。我見過他死掉，但我不需要接受它。我的良知要求我最起碼給他一個戰鬥的機會。

我一把抄起了椅子上的風衣，前往黑石南館，頭也不回。

伊芙琳雜亂的臥室就跟我離開時一模一樣，爐火極小，幾乎提供不了照明。我添了幾根柴火，開始搜尋。

我的手在發抖，不過這一次並不是德比的色慾發作，是我自己的興奮。要是我找到了我要的東西，我就會知道伊芙琳之死的幕後黑手是誰。自由就會近在咫尺。

德比就算之前搜查過這個房間，但他既沒有睿胥頓的訓練也沒有他的經驗。警員的手立刻就找出了櫥櫃後以及床架四周的藏物點，我的腳輕點地板，希望能夠找到一片鬆脫的木板。即使如此，在徹底的搜查之後，我仍是兩手空空。

什麼也沒有。

我在原地轉身，眼睛掃過各種裝飾，留意著我錯過的東西。對於這個自殺事件，我的推論不可能是錯的，因為別的解釋都說不通。就在這時，我的目光落到了遮掩與海蓮娜的臥室相連的那扇門掛的繡帷上。我拿著油燈穿過去，重複我的搜查。

我險些就要放棄了，但我還是掀開了床墊，卻發現一根橫杆上綁著一個棉布袋。我拉開繫繩，找到了兩把槍。一把是不具殺傷力的發號槍，村子園遊會的必備工具。另一把是伊芙琳從她母親房間拿走的黑色手槍，今早她帶到森林的，而且今晚也會帶到墓園去。槍已上膛，裡頭只缺少一顆子彈。另外還有一小瓶的血和一小支裝著清澈液體的針管。

我的心臟狂跳。

「我猜對了。」我喃喃說。

窗帘晃動救了我一命。

敞開的門吹來的微風吹上了我的頸子，一秒鐘後我的後方有腳步聲。我趴到地上，聽見刀刃破空聲。我打個滾，仰面朝上，及時舉起手槍，看見那個隨從逃進了走廊。

我躺回地板上，把手槍放在肚子上，感謝我的幸運星。要是我差個一秒才注意到窗帘，我就完了。

我讓自己先恢復呼吸，這才爬起來，把兩把武器和針管放回袋子裡，卻拿走了那瓶血。小心翼翼離開了臥室，我到處詢問伊芙琳的去向，終於有人指引我去舞廳。舞廳內迴盪著響亮的敲擊聲，工人正在搭建舞台。落地窗敞開著，希望能讓油漆味和粉塵飄到戶外，女僕忙著在刷洗地板。

我看見伊芙琳站在舞台邊，跟樂隊指揮說話。她仍穿著白天的那件綠衣，但是瑪德琳・歐貝赫站在她後方，滿嘴含著髮夾，急匆匆地固定伊芙琳鬆落的頭髮，想要弄出她今晚的髮型來。

「哈德凱索小姐。」我大聲喊，穿過了舞廳。

她友善地一笑，捏了捏樂隊指揮的胳臂，遣退了他，朝我轉過來。

「請叫我伊芙琳，」她說，伸出了一隻手。「你是？」

「吉姆・睿胥頓。」

「對，對了，那位警員，」她說，笑容消逝了。「有什麼不對嗎？你的臉有點紅。」

「我並不習慣上流階層的嘈雜喧鬧。」我說。

我輕輕跟她握手，很意外她的手那麼冰。

「有什麼我能效勞的地方嗎，睿胥頓先生？」她問。

她的聲音疏遠，幾乎帶著懊惱，像是發現鞋底踩爛了隻蟲子，而我就是那隻蟲子。

就如同我當雷文科特時一樣，伊芙琳用以武裝自己的厭惡態度打擊到我了。在黑石南館層出不窮的花樣中，一個你一度當作是朋友的人卻對你展現出每一個不愉快的面向，這絕對是最殘酷的事。

這個想法害我愣住。

伊芙琳對貝爾很親切，而就是那段記憶給了我動力，可是瘟疫醫生說他在許多不同的迴圈中試驗過不同的宿主組合。如果雷文科特是我的第一個宿主，在某個時間點一定是，那除了伊芙琳的鄙視之外我是不會見識過她的別的特點的。德比激起的只有憤怒，而且我懷疑她會把親切用在管家或是戈爾德這類的僕役身上。可見得我曾在別的迴圈中看著這個女人死亡卻幾乎毫無感覺，唯一關心的只有破解她的命案，而不是不顧一切地想要阻止命案發生。

我幾乎要羨慕他們了。

「我可以跟妳談一談嗎，」——我瞧了瞧瑪德琳——「私下談？」

「我真的抽不開身，」她說。「有什麼事情嗎？」

「我寧可私下談。」

「而我寧可在五十個人抵達之前趕快把舞廳佈置好，免得他們沒有地方跳舞，」她不客氣地說。「你大概想得到我會比較偏重哪件事。」

瑪德琳冷笑，又往伊芙琳的髮際別了支髮夾。

「很好，」我說，秀出了我從棉布袋中拿的那瓶血。「我們來談談這個。」

我差不多是等於甩了她一耳光，但是震驚從她的臉上一閃即逝，我還以為是自己眼花了。

「我們等一下再弄吧，阿琳。」伊芙琳說，以冷冷的眼神盯著我。「下去廚房吃點東西。」

瑪德琳的目光同樣充滿了懷疑，但是她把髮夾放進了圍裙口袋裡，行個禮，離開了房間。伊芙琳挽住我的胳臂，帶我走向舞廳的一角，遠離僕人的視力範圍。

「你有習慣劫掠別人的私人物品嗎，睿胥頓先生？」她問，從菸盒裡拿了一支菸。

「最近，是的。」我說。

「也許你該培養一點嗜好。」

「我有嗜好，我在救妳的命。」

「我的命不需要救，」她冷冷地說。「也許你該試試園藝。」

「也許我該假裝自殺，就不用嫁給雷文科特勳爵了？」我說，故意頓了頓，享受她目空一切的表情垮掉。「妳好像最近就在忙這個。非常聰明；可惜啊，有人會將計就計，利用妳的假自殺來謀殺妳，他們又比妳聰明得多了。」

她的嘴巴張開，藍眸寫滿了驚詫。

她避開視線，想點燃夾在手指間的菸，手卻在發抖。我接過她的火柴，幫她點菸，火焰微微燒到我的指尖。

「你是受誰的唆使？」她氣憤地說。

「妳在說什麼啊？」

「我的計畫，」她說，奪走了我手上的瓶子。「是誰告訴你的？」

「咦，還有人知道？」我問。「我知道妳邀請了一個叫菲麗瑟緹的人到這兒來，不過我還不知道她是誰。」

「她是……」她搖頭。「沒什麼，我甚至不該跟你說話。」

她轉身朝門口走，但是我抓住了她的手腕，把她拉回來，力道出乎意料的大。她臉上閃過怒氣，我立刻就放開了她，舉高兩隻手。

「泰德・斯坦溫什麼都跟我說了。」我口不擇言，急著要阻止她氣沖沖走出房間。

我需要一個可以接受的解釋來說明我知道的事情，而德比今早偷聽了斯坦溫和伊芙琳在爭吵。要是我的運氣非常好，那麼這個以勒索為業的傢伙必定在這件事上插了一腳。如此推測並不牽強。今天發生的每一件事都有他一份。

伊芙琳一動不動，提高警覺，像是樹林中的鹿聽見了樹枝被踩斷。

「他說妳計畫今晚要在倒影池邊自殺，但是一點道理也沒有，」我一口氣說下去，押寶在斯坦溫令人生畏的聲名上。「請原諒我口無遮攔，哈德凱索小姐，但是如果妳是認真想要結束自己的生命，妳早就死了，不會還在這裡為那些妳鄙視的人扮演盡責的女主人。我有另一個想法是妳想讓人人都親眼目睹，那麼何不在舞廳裡自殺，在派對正熱鬧的時候？我想不通這個道理，直到我站在那面池塘的邊緣，發現了它有多黑，多輕易就能夠掩蓋住掉進去的東西。」

她的眼中閃著輕蔑。

「你是想要什麼，睿胥頓先生？錢？」

「我是想幫妳。」我堅定地說。「我知道妳打算在十一點到倒影池去，用一把黑色手槍抵著腹部，然後跌進倒影池裡。我知道妳不會真的扣下扳機，另一把發號槍會發出人人都聽見的槍聲；我也知道妳計畫要把那把發號槍丟進水裡，那一小瓶血會用長繩掛在妳的脖子上，在妳用手槍敲擊時會裂開，弄出鮮血淋漓的樣子。

「我猜我在袋子裡找到的針管裝的是肌肉鬆弛劑和鎮靜劑的混合液，讓妳假死，讓狄基醫生——我想他也收到了一大筆的報酬——很容易就能在死亡證明上載明妳死亡，省掉不愉快的調查。等妳死後一星期左右吧，妳就會回到法國，享受一杯上好的白酒。」

兩名女僕提著歪斜的兩桶髒水要出去，注意到我們，閒聊聲戛然而止，遲疑地行禮後經過，伊芙琳把我再往角落裡帶。

我這還是第一次在她臉上看見恐懼。

「我承認我不想嫁給雷文科特，我也知道除非我消失，否則我的家人就會一直逼我，可是為什麼會有人想殺我？」她問，手上的香菸在顫抖。

我端詳她的臉，想看出她是否說謊，但這幾乎是用顯微鏡在觀察一片霧。這個女人幾天來欺騙了每一個人，即使她當真說出了真話，我也無從分辨。

「我是懷疑幾個人，可是我需要證據，」我說。「所以我才需要妳執行妳的計畫。」

「執行計畫，你瘋了嗎？」她高呼，又壓低了聲音，因為人人都看著我們。「聽過你的話之後，我為什麼還要執行？」

「因為除非我們把同謀的人都引出來，妳是不會安全的，而要引蛇出洞就得讓他們相信他們的陰謀得逞了。

「我只要離開一百哩之外就會安全。」

「請問妳是要怎麼去？」我問。「萬一馬車夫也是從犯，或是哪個僕人呢？這棟屋子裡到處都是竊竊私語，等想殺妳的人聽說妳想離開，他們就會加速他們的計畫，殺了妳。相信我，逃走只是推遲無法避免的結果罷了。我可以阻止它，就在此時此地，但是妳一定得配合。用槍抵著肚子，裝死半個小時。誰知道呢，妳說不定可以照原定計畫一樣一直裝死，逃過雷文科特呢。」

她一手按著額頭，眼睛緊緊閉著，專心思索。等她再開口，聲音比較小，也較空洞。

「我現在是前有魔鬼後有深海是吧？」她說。「好，我就配合，但是有一件事我需要先知道。你為什麼要幫我，睿胥頓先生？」

「我是警察。」

「對，可你不是聖人，而唯有聖人才會在這種事上仗義相助。」

「那就當它是幫塞巴斯欽．貝爾的一個忙吧。」我說。

驚訝讓她的表情放軟。「貝爾？那位好醫生又跟這事有什麼關係？」

「我還不知道，不過他昨晚被攻擊了，而我認為並不是巧合。」

「也許吧，可是你為什麼關心？」

「他想要洗心革面，」我說。「在這棟屋子裡是很稀罕的事。我很欣賞。」

「我也是，」她說，頓了頓，衡量著面前的這個男人。「好吧，把你的計畫告訴我，可是首先我要你保證我不會出事。我是把一條命放進了你的手裡，我可不能白白送給你。」

「妳又怎麼知道我的話能信？」

「我這輩子都在跟沒有榮譽心的男人周旋，」她簡單地說。「你不是其中之一。好了，給我保證。」

「我保證。」

「還有一杯酒，」她接著說。「我會需要一點勇氣來走到底。」

「不止一點勇氣，」我說。「我要妳去跟強納森·德比交朋友，他有一把銀色手槍是我們會需要的。」

51

晚餐上桌了，賓客就座，而我則蹲伏在那面倒影池附近的灌木叢中。時間還早，但是我的計畫能否成功端賴我能否是第一個在伊芙琳走出屋子時接觸她的人。我不能冒險讓過去又絆我一腳。

雨滴從樹葉上落下，冰凍我的皮膚。

起風了，我的腿抽筋了。

我變換重心，這才明白我一整天沒吃一點東西、沒喝一口水，這可不是處理今晚之事的理想狀態。我頭重腳輕，又沒有什麼事能讓我分心，我感覺到我每一個宿主在我的頭骨中推擠。他們的回憶挨擦著我的心智邊緣，沉重得幾乎難以承受。他們要的我都想要，我感覺到他們的疼痛，也被他們的恐懼弄得畏怯。我不再是一個人，我是一支合唱隊。

兩名僕人從屋子裡出來，渾然不覺我的存在，捧著滿懷的柴火要去放在火盆裡，腰帶上掛著油燈。他們一個一個點燃了火盆，在漆黑如墨的夜晚劃出一條火線。最後一個火盆靠近溫室，火焰反映在玻璃上，整間溫室像著了火。

風聲颯颯，樹葉滴著雨。黑石南館閃爍不定，賓客從餐廳步向自己的臥室，最終進入舞廳，樂隊已就位，派對的來賓等候著。僕人打開了落地窗，樂聲一股腦往外衝，翻翻滾滾越過草地，鑽入森林。

「現在你像我一樣看見他們。」瘟疫醫生低聲說。「一群演員，夜復一夜演著同一齣戲。」

「是你把安娜的事告訴那個隨從的？」我氣憤地說。

我耗盡了全部的自制力才沒有跳上去掐死他。

「我對他們兩個都沒興趣。」他淡淡地說。

「我看見你跟丹尼爾在門房外面，後來又在湖邊，而現在安娜失蹤了，」我說。「是你告訴他到哪裡找她的嗎？」

有史以來第一次，瘟疫醫生的語氣失去了那份篤定。

「我向你保證，我並沒有出現在那些地方，畢夏先生。」

「我看見你了，」我怒吼。「你跟他說話。」

「那不是……」他欲言又止，等他再開口，帶著一簇醒悟的火花。「原來這就是他的手段，難怪他會知道那麼多。」

「丹尼爾從一開始就在騙我，而你在幫他保守秘密。」

「這事沒有我插手的餘地。我知道你最終是會看穿他的。」

「那為什麼要告訴他安娜的事？」

「因為我怕你不會說。」

音樂戛然而止，我看看手錶，發現再幾分鐘就十一點了。邁可．哈德凱索制止了演奏，詢問賓客是否有人看見他姊姊。屋子一側有動靜，黑暗被黑影擾動，德比在石塊那兒就位，依照安娜的指示。

「我沒有在那片空地上，畢夏先生，我保證，」瘟疫醫生說。「不久之後我就會解釋，但是目前，我有自己的調查工作要進行。」

他迅速離開，只留下了許多的疑問。換作是其他宿主，我會追上去，但是睿胥頓是個更精明的傢伙，不容易驚動，腦筋動得很快。眼前伊芙琳是我唯一的焦點。我把瘟疫醫生推出腦海，潛行到倒影池邊。幸好，枯葉和枯枝被稍早的雨淋得垂頭喪氣的，被我踩在腳下也無心吶喊。

伊芙琳正走過來，一面哭泣，尋找著林間的我。無論她和此事的牽連有多深，她顯然都在害怕，全身抖個不停。她一定已經施打了肌肉鬆弛劑，因為她微微搖晃，彷彿是聽著只有她聽得見的音樂在搖擺。

我搖動附近的一株灌木讓她知道我在這裡，但是藥效發揮了，她幾乎看不見，更別提在黑暗中找到我了。儘管如此，她仍繼續前進，右手緊握著銀色手槍，左手握著發號槍，緊貼著腿，別人看不見。

她很帶種，我承認。

來到了倒影池邊，伊芙琳遲疑了，知道下一步會是什麼，我忍不住想那把銀色手槍此時是否對她而言太重了，整個計畫是否重得難以承擔。

「上帝幫助我們。」她悄聲說，將槍口對準腹部，扣下了藏在腿邊的發號槍扳機。

槍聲響徹雲霄，發號槍從伊芙琳的手上溜掉，沒入了烏黑的倒影池中，而銀色手槍則落在草地上。

鮮血浸染了她的衣服。

她盯著看，茫然糊塗，隨即跌向水池。

痛苦癱瘓了我，槍聲加上伊芙琳倒下前的表情解開了一段舊回憶。

你沒有時間想這個。

好近。我幾乎能看見另一張臉，聽見另一聲懇求。另一個我沒能救下的女人，我是為了她來到黑石南館……做什麼？

「我為什麼會來這裡？」我大聲喘著氣說，努力要把回憶從暗處拉出來。

拯救伊芙琳，她快淹死了！

我眨眨眼，看著倒影池，伊芙琳面朝下漂浮在水面。驚惶沖走了痛苦，我急忙爬起來，躍過灌木叢，踏入冰冷的水中。她的衣服在水面上擴散，就如濕透的布袋，而倒影池的池底覆滿了滑溜的青苔。

我根本站不住腳。

舞廳那兒傳來騷動，德比在跟邁可·哈德凱索扭打，幾乎吸走了一半的注意力。

煙火在頭頂綻放，萬事萬物都染上了紅、紫、黃、橘的光。

我以雙臂合抱住伊芙琳的腰，奮力將她拖出水面，拖上草皮。

我癱坐在泥濘中，喘息不已，同時查看康寧漢是否照我的吩咐牢牢抓住了邁可。

他是的。

計畫成功了。不是我的功勞。槍聲攪動的舊記憶險些就使我動彈不得。另一個女人，另一次死亡。是伊芙琳臉上的恐懼，是它引起的。我認得那種恐懼。就是它讓我來到黑石南館的，我敢肯定。

狄基醫生跑向我，滿臉通紅，上氣不接下氣，眼底有著對財富的慾望之火在熊熊燃燒。伊芙琳告訴我她應承了他一大筆錢偽造死亡證明。這位平易近人的老戰士喚醒了心中的罪犯，拔步疾奔。

「怎麼回事？」他說。

「她自殺了，」我答覆道，盯著他臉上綻放出希望之花。「我從頭到尾都看見了，可是我什麼也做不了。」

「你不能自責。」他用力抓著我的肩膀。「聽著，你何不去喝杯白蘭地，我來給她檢查一下。交給我，好嗎？」

他跪在屍體邊，我抄起了地上的銀色手槍，向邁可走去，他仍被康寧漢牢牢抓著。看著他們兩個，我本以為不可能。邁可短小結實，像一頭被康寧漢繩索似的胳臂困住的公牛。即便如此，邁可的扭動只是讓康寧漢的禁錮收得更緊，就算是用撬棒和鑿子也掰不開。

「我衷心遺憾，哈德凱索先生，」我說，一手按著他不停掙扎的胳臂表示慰悼。「令姊自盡了。」

他立刻就如鬥敗的公雞，眼眶泛淚，痛苦的目光挪向水池。

「你胡說，」他說，拚命想看到我的後方。「她可能還——」

「醫生確認了，很遺憾，」我說，掏出了口袋中的銀色手槍，塞進他手裡。「她用的是這把槍，你認得嗎？」

「不。」

「那，你應該暫時保管，」我建議道。「我讓兩個隨從把她抬進日光室，避開——」我指了指群聚的賓客。「呃，大家。如果你想跟令姊獨處個幾分鐘，我可以安排。」

他麻木地瞪著手槍，好似是遙遠的未來給他的東西。

「哈德凱索先生？」

他搖頭，空洞的眼睛找到了我。

「嗄……好，當然，」他說，手指緊握著手槍。「謝謝，督察。」

「我只是警員，先生，」我說，揮手要康寧漢過來。「查爾斯，你能不能陪哈德凱索先生去日光室？別讓賓客打擾他，好嗎？」

康寧漢以俐落的點頭回覆我的要求，一手按著邁可的下背部，輕輕指引他往屋裡走。我不是第一次慶幸這位貼身男僕是站在我這一邊的了。看著他離開，我感覺一陣哀傷，這可能是我們相見的最後一次了。儘管互不信任又謊言連篇，這個星期我已經漸漸喜歡上他了。

狄基完成了檢查，老醫生緩緩站起來。在他密切留意的目光下，隨從把伊芙琳的身體拖上了擔架。他把悲傷穿戴得像件二手衣。我不知道之前怎會沒看見。這是一齣謀殺的啞劇，而我無論看向何處都見到布幕窸窣。

伊芙琳被抬了起來，我衝過雨幕到屋子另一頭的日光室去，從稍早我打開了鎖的落地窗溜進去，藏身在東方屏風的後面。伊芙琳的祖母從壁爐上方的肖像畫中盯著我。在明滅不定的燭光中，我敢發誓她在微笑。說不定她知道我知道的事。說不定她一直都知道，只是被迫日復一日看著我們這些對真相渾然不覺的人，犯下大錯。

難怪她之前皺著眉頭。

雨水敲打窗戶，隨從抬著擔架抵達，他們的動作緩慢，以免顛動了遺體，狄基醫生的外套覆蓋在上面。一眨眼的工夫他們就進屋了，將遺體放到矮櫃上，脫帽按在胸前致敬，這才離開，順手關上了落地窗。

我看著他們走，看見了玻璃上的自己，我兩手插在口袋裡，睿胥頓平靜精明的臉上只寫著篤定。

就連我的倒影都在騙我。

篤定是黑石南館從我這裡奪走的第一樣東西。

門打開來，走廊上的風吹向燭光。我從屏風的間隙往外看，看得到邁可，蒼白發抖，緊緊抓著門框，眼中含淚。康寧漢在他後面，朝我藏身的屏風偷偷瞥了一眼之後就把門關上了。

只剩下邁可一個人，他立刻甩脫了傷心，挺直肩膀，眼神變硬，傷心轉化為某種野性的東西。他匆匆來到伊芙琳的身體邊，在她染血的腹部尋找子彈孔，沒找到時喃喃自語。

他皺著眉打開我在外頭交給他的手槍槍膛，發現是填充了子彈的。伊芙琳應該要帶著一把黑色手槍到倒影池邊，而不是這一把銀色手槍。他一定是在想她為什麼改變了計畫，在想她是否真的執行了計畫。

滿意於她沒死，他退後，手指輕敲嘴唇，打量著手槍。他似乎是在和它溝通，又是皺眉又是咬嘴唇，宛如在確定一串棘手問題的走向。他大步走向一角，我暫時看不見他，只得稍向外探，看個清楚。他拿起了一張椅子上的繡花抱枕，帶到伊芙琳那兒，按在她的肚子上，可能是要蓋住緊抵著抱枕發射的槍聲。

整件事連絲毫的停滯都沒有，也沒有道別。他別開臉，扣下了扳機。

手槍只嗒的一聲空響。他扣了一次又一次，最後我從屏風後走出來，終結了這場啞謎。

「發射不了的，」我說。「我把撞針銼短了。」

他沒有轉身。他甚至沒有放開手槍。

「只要你讓我殺了她，我會讓你變成有錢人，督察。」他說，聲音微顫。

「恕難從命，而且我在外頭就說過了，我是警員。」

「喔，有你這樣的腦筋，很快就會升官的，我相信。」

他在發抖，手槍仍牢牢抵著伊芙琳的身體。汗水從我的背往下流，室內的緊張情勢伸手就能掬起。

「放下武器，轉過來，哈德凱索先生。動作請慢一點。」

「你不需要怕我，督察，」他說，把手槍放進了盆栽裡，雙手高舉，轉過身來。「我無意傷害任何人。」

「無意？」我說，訝異於他臉上的哀傷。「你對你的親姊姊開了五槍。」

「而每一槍都是為她好，我保證。」

他仍高舉雙手，但是一根長手指比著棋盤附近的一張扶手椅。

「我可以坐下嗎？」他問。「我覺得有點頭暈。」

「請便。」我說，嚴密監視他入座。部分的我擔心他會衝向門口，但坦白說，他就像個全部的抵抗心都被榨乾的人。他面色蒼白，肌肉抽動，雙臂垂在身側，兩腿呈大字形伸開。要我猜的話，我會說他是使盡了全身的力氣才決定扣扳機的。

謀殺對這個人來說並不是輕而易舉的事。

我讓他坐定，再把一張高背椅從窗邊拖過來，坐在他對面。

「你是怎麼知道我的計畫的？」他問。

「手槍。」我說，略微沉入椅墊裡。

「手槍？」

「兩把相同的黑色手槍從你母親的房間裡被拿走了，在今天一大清早。伊芙琳拿了一把，你拿了另一把。我不明白是為什麼。」

「我聽不懂。」

「伊芙琳會偷槍最明顯的理由就是她認為自己有危險——但是對一個打算要自殺的人而言，這麼做豈不是多此一舉——另外就是因為她計畫要用在自殺上面。後面一個理由比較有可能，不然她何必拿走兩把槍？當然是有一把要用來自盡的。」

「那麼你是由此想到了什麼？」

「什麼也沒有，一直到丹斯發現你在打獵時拿著第二把槍。之前古怪之處，現在卻變得極不尋常了。有個女人在思考要自殺，在她最低潮之時，竟然還會惦記著弟弟對打獵的反感，還特地為他偷走第二把手槍？」

「我姊姊非常愛我，督察。」

「大概吧，可是你跟丹斯說你一直到中午才知道你要去打獵，而手槍卻是一大清早就從你母親房裡消失的，早在你的決定之前。伊芙琳不可能為了你所說的原因拿走手槍。等我聽說了你姊姊的假自殺計畫之後，我就明白是你在說謊，而整件事也就豁然開朗了。伊芙琳並沒有從你母親房裡拿走手槍，是你。你留下一把，給了伊芙琳另一把當道具。」

「伊芙琳把假自殺的事跟你說了？」他問，語氣懷疑。

「說了一點，」我說。「她說你同意幫她，你會跑到倒影池邊，把她拖上草地，就像傷心的弟弟自然而然的行為。我就在這時看出了你能夠犯下完美犯罪的手法，以及你為什麼需要兩把一模一樣的手槍。在把她拉出水池之前，你只需要利用煙火為掩護，開槍射穿她的腹部。兇器會消失在混濁的池水中，子彈會跟她掉在草地上的那把槍的子彈相符。利用自殺來謀殺，相當聰明，真的。」

「所以你才要她使用那把銀色手槍，」他說，聲音中漸漸透露了領悟。「你需要我改變計畫。」

「我得下鉤才能設圈套。」

「非常聰明。」他說，模仿鼓掌的手勢。

「還不夠聰明，」我說，很意外他這麼鎮定。「我還是想不透你怎麼下得了手。我今天不時聽見別人說你和伊芙琳有多親密，你有多喜歡她。難道都是謊話？」

憤怒讓他在椅子上挺直了身體。

「在這個世界上我最愛的人就是我姊姊，」他說，惡狠狠瞪著我。「我為了她願意赴湯蹈火。不然你覺得她為什麼會向我求助？我又為什麼會答應？」

他的激切令我茫然無措。我擬定這個計畫是因為我相信邁可會有什麼說詞，卻不是這一種。我以為會聽見他說是他母親逼他走上這條路的，而她則在別處籌劃這一切。這不是第一次了，我有種誤判了地圖的感覺。

「既然你愛你姊姊，為什麼又背叛她？」我問，如墜五里霧中。

「因為她的計畫是行不通的！」他說，一巴掌拍在椅臂上。「我們付不出狄基為偽造死亡證明書開的價錢。不過他還是同意要幫我們，可是昨天柯立芝發現了狄基正打算在今晚把我們的秘密賣給父親。你懂了吧？折騰了半天，伊芙琳清醒以後還是會在黑石南館，被困在她不計代價想要逃脫的生活中。」

「你跟她說了嗎？」

「怎麼說？」他悲慘地問。「這個計畫是她能自由、能快樂的唯一機會。我怎麼忍心潑她冷水？」

「你可以殺了狄基啊。」

「柯立芝也是這麼說的，可幾時殺？我需要他來確認伊芙琳死亡，而他打算在事後立刻去找我父親。」他搖頭。「所以我做了我唯一能做的決定。」

他的椅子旁有兩杯威士忌，一杯半滿，還有口紅印，另一杯沒弄髒，杯底只剩下一丁點的酒。他緩緩伸手去拿那杯有口紅印的，從頭到尾盯著我。

「介意我喝一杯嗎？」他問。「是伊芙琳的。我們在舞會開始之前在這裡慶祝。祝好運等等的。」

他的喉嚨像是哽住了。換作別的宿主可能會以為他後悔了，但是睿胥頓從一哩外就能看見恐懼。

「當然。」

他感激地拿起杯子，僵硬地喝了一大口。就算沒有別的用處，也讓他發抖的手穩定了下來。

「我了解我姊姊，督察，」他說，聲音沙啞。「她最恨別人逼她，從小就是。她受不了嫁給雷文科特的羞辱，明知人家都會在背後取笑她。你看為了避免那種生活她願意做什麼事。那種婚姻一定會慢慢毀掉她，我不想讓她受那種罪。」

他的臉頰泛紅，綠眸發亮，充滿了甜蜜、真摯的哀傷，我幾乎相信了他。

「那我猜這跟錢是一點關係也沒有了？」我淡淡地說。

他的哀傷被怒色劃破。

「伊芙琳跟我說，你們的父母威脅說要是她不聽他們的吩咐就要把你從遺囑中剔除掉，」我說。「你是籌碼，而且成功了。就是因為這個威脅，她才會聽從他們的召喚回來的，不過要是她知道她的脫身計畫沒用了，誰知道她還會不會乖乖聽命呢？伊芙琳一死，這一點懸念也就塵埃落定了。」

「你自己看看，督察，」他說，拿酒杯指著房間。「你真的認為這裡有值得殺人的價值？」

「你父親不會再把家族財產隨意揮霍了，我猜你的未來可就有長足的改進了。」

「我父親最擅長的事情就是揮霍家產。」他嗤之以鼻道，喝完了酒。

「所以你才殺了他？」

他的眉頭鎖得更緊，緊抿的唇變白。

「我發現了他的屍體，邁可。我知道是你下的毒，可能是在你接他去打獵的時候。你留下了一封信，推給了伊芙琳。窗外的靴印尤其惡毒。」他的表情閃爍不定。「難道那也是別人？」我慢吞吞地說。「會是菲麗瑟緹嗎？我承認，我還沒解開這個結。還是你母親？她在哪裡，邁可？還是說你也殺了她？」

他瞪大眼睛，表情因震驚而扭曲，酒杯脫手，掉在地上。

「你否認？」我問，突然不確定了。

「不……我……我……」

「你母親呢，邁可？是她讓你這麼做的？」

「她……我……」

起初我誤以為他的支吾其詞是因為懊悔，他急促的喘息是在搜索枯腸，但是一看見他的手指緊抓著椅臂，嘴角流出白沫，我才明白他是中毒了。

我驚詫地一躍而起，卻不知道該怎麼做。

「救命啊！」我大喊。

他拱起了背，肌肉緊繃，眼睛轉紅，血管爆破了。他的喉嚨咕嚕嚕響，向前跌在地上。我聽見後面有嘎嘎響，猛回頭，發現伊芙琳在矮櫃上抽搐，嘴唇也冒出同樣的白泡沫。門猛地打開，康寧漢張大嘴巴將這一幕收入眼簾。

「他們中毒了，」我說，看著邁可再看著伊芙琳。「叫狄基來。」

我話還未說完他就走了。我一手撫額，無助地瞪著他們。伊芙琳像著魔一樣在櫃子上扭動，而邁可緊閉的牙關在口腔裡格格響。

那些藥啊，笨蛋。

我的手探入口袋，拿出今天下午我和康寧漢洗劫貝爾的箱子時，我遵循指示偷走的三支小藥瓶。我拆開了字條，尋找我知道不在上頭的指示。理論上，我是要把藥都混合起來，但是我不知道該給他們多少劑量。我甚至不知道夠不夠兩個人用。

「我不知道要救誰。」我大喊，看著邁可，又看著伊芙琳。

邁可知道的事比他說出來的還多。

「可是我向伊芙琳擔保過會保護她。」我說。

伊芙琳在櫃子上痙攣得好劇烈，摔到了地上，而邁可則繼續抽搐，眼睛只剩下了眼白。

「可惡。」我說，跑向吧檯。

我把三支小瓶全倒進了一只威士忌酒杯裡，加了點水，攪出了泡沫。伊芙琳拱著背，手指掐入了厚地毯。我把她的頭往後仰，把整杯藥劑灌入了她的咽喉，即使邁可在我後方已難以呼吸。

伊芙琳的痙攣一下子就停了。她的眼睛流血，她深深吸氣，聲音吵雜。我嘆了口氣，手指按著她的頸子，檢查脈搏。跳得很亂，卻有力。她會活下來的。不像邁可。

我歉疚地瞧了眼年輕人的屍體。他的樣子就跟他父親一模一樣。他們顯然是被同一個人毒殺的，使用了塞巴斯欽．貝爾走私進來的番木鱉鹼。一定是摻在他喝的威士忌中。伊芙琳的威士忌。她的杯子半滿。從毒藥在她身上發作的時間來看，她很可能是只喝了一兩口。而邁可卻是在不到一分鐘的時間喝完了半杯。他知道酒裡有毒嗎？我在他臉上看見的驚駭說明了他不知道。

這是另一個人下的手。

黑石南館裡還有另一個殺人兇手。

「是誰呢？」我追問，很氣自己讓這種事發生。「菲麗瑟緹？海蓮娜・哈德凱索？誰是邁可的同謀？還是他根本就不知道？」

伊芙琳動了動，臉頰上恢復了血色。調劑無論有什麼成分，都藥效迅速，只是她仍很虛弱。她的手指抓向我的衣袖，嘴唇發出空洞的聲音。

我低下頭，耳朵貼著她的口。

「我不是……」──她吞嚥──「米麗森是……謀殺。」

她很虛弱地拉扯喉嚨，拉出藏在衣服裡的鍊子，鍊子繫著一枚圖章戒指，如果我沒弄錯的話，是哈德凱索的家徽。

我朝她眨眼，不明所以。

「我希望你需要的東西都有了，」有人在落地窗那兒說。「不過對你反正也沒什麼用處。」

我扭頭一看，發現那個隨從從黑暗中現身，刀子輕拍著大腿，燭光中閃現森然白光。他穿著紅白色的制服，外套沾上了油膩和泥土，好似他的精髓在往外滲漏。他的腰間繫著一只乾淨的打獵袋，我心中的驚懼漸增，想起了他把裝得滿滿的袋子拋向德比的腳邊，布袋被鮮血浸透了，撞到地上時還有水聲。

我查看手錶。德比現在會在戶外，坐在火盆邊取暖，盯著派對漸漸曲終人散。那個隨從無論是想把什麼放進袋子裡，他都計畫要剮了睿胥頓。

隨從朝我微笑，眼睛閃爍著期待。

「你會以為我殺你已經殺煩了，是吧？」他問。

銀色手槍仍在邁可剛才丟進的盆栽裡，無法擊發，可是隨從並不知道。要是我能拿到手，我或許可以嚇退他。這是間不容髮的事情，不過有張桌子擋住了他的路，我應該能搶得先機。

「我會慢慢地來，」他說，摸了摸斷掉的鼻梁。「我欠你這個。」

睿胥頓不是個容易害怕的人，但他現在怕了，我也一樣。今天過後我就只剩下兩名宿主了，可是葛瑞格理．戈爾德大半天的時間都被吊在門房裡，而唐納德．達維斯被困在一條泥土路上，距此幾哩之遠。要是我現在死了，我能逃出黑石南館的機會實在就說不準了。

「別管那把槍了，」隨從說。「你不需要。」

我誤解了他的意思，希望之火萌生，等我看見他的蔑笑，火焰又被澆熄了。

「喔，對，我的英俊小生，我要宰了你，」他說，朝我揮刀子。「我的意思是，你不用抵抗了，」他再說，更為欺近。「知道吧，我抓到安娜了，要是你不想讓她死得很慘，你就會乖乖把小命交給我，然後今晚你也會把剩下的幾個交給我。」

他張開了手，秀出安娜的棋子，沾到了血。他的手腕一抖，就把棋子丟進壁爐，火焰立刻就吞噬了它。

又逼近一步。

「你想怎麼死？」他問。

我的雙手攥成拳頭，我的口腔發乾。睿胥頓一直都認為他會英年早逝，死在巷中，或是戰死沙場，沒有光明和慰藉，沒有友情，叫天不應叫地不靈。他知道他的人生總是在出生入死的邊緣，而他也已經接受了，因為他知道他會死於戰鬥。就算是白費力氣吧，就算是不堪一擊吧，他也期待揮舞著拳頭走入黑暗。

而此時那個隨從甚至把這一點都剝奪了。我會束手待斃，而我深以為恥。

「你的答案呢？」隨從說，越來越不耐煩。

我說不出那些話，無法承認我敗得有多徹底。在這個身體再待個一小時，我就能把謎團解開，想到這裡，我真想放聲大叫。

「你的答案！」他逼問。

我勉強點頭，而他聳立在我面前，臭味包圍住我，刀刃插入了我肋骨下熟悉的一點，鮮血湧入了我的喉頭和口腔。

他抓住我的下巴，抬起我的臉，凝視著我的眼睛。

「還剩兩個。」他說，說完，他的刀子一轉。

52

第三天（繼續）

雨滴打在屋頂上，馬匹沿著圓石路噠噠前進，我在馬車裡，對面擠坐著兩名身著晚禮服的女人。她們壓低聲音交談，隨著馬車晃動，兩人的肩膀就互撞。

別下馬車。

恐懼有如細針戳著我的脊椎。這是戈爾德警告我的那一刻，也是把他逼瘋的那一刻。外頭的黑暗中，那個隨從拿著刀在等候。

「他醒了，奧黛莉。」一個說，注意到我欠動。

可能是相信我的聽力受損，另一個靠過來。

「我們發現你在路上睡覺，」她大聲說，一隻手按著我的膝蓋。「你的汽車在更過去的幾哩外，司機在設法發動，可是他就是發動不了。」

「我是唐納德．達維斯。」我說，覺得鬆了口氣。

上次我是這個男人時，我摸黑駕駛汽車直到黎明降臨，汽油燃盡之後就拋下了車子，沿著那條永無盡頭的馬路走了幾個鐘頭要到村子去，最後虛脫地倒下，目的地仍遠在天邊。他一定是睡掉了一整天，因而躲掉了那個隨從的毒手。

瘟疫醫生說過等到達維斯清醒，我會再變成他。我怎麼也沒想到這一刻會是他獲救，並且在返回黑石南館途中。

終於，運氣變好了。

「妳這個甜蜜的美人，」我說，捧住我的救命恩人的臉頰，在她的唇上印下響亮的一吻。「妳不知道自己做了什麼。」

她還沒回應，我就把頭探出了窗外。時間是晚上，馬車的燈籠輕輕搖晃，照亮了黑暗，卻難以驅逐它。馬車一共有三輛，從村子駛往黑石南館，馬路兩側還停著十二輛左右，馬車夫三五成群，有的打呼，有的聊天，共享一根香菸。我能聽見屋子的方向有音樂聲，尖銳的笑聲攀高，足以刺穿我們之間的距離。派對正熱鬧。

希望湧現。

伊芙琳還沒有向倒影池走去，也就是說我仍有時間質問邁可，查出他是否有同黨。即使來不及做這件事，我仍能夠在那個隨從進來殺死睿胥頓時伏襲他，查出他把安娜關在何處。

別下馬車。

「黑石南館再幾分鐘就到了，小姐。」馬車夫在我們的頭頂上喊。

我又瞧了瞧窗外。房子就在我們的正前方，馬廄在右手邊。獵槍就收存在那裡，我要是赤手空拳去迎戰那個隨從，我就是傻瓜。

我拉開門鎖，從馬車上一躍而下，摔在潮濕的鵝卵石上。兩位女士尖叫，馬車夫也朝我喊叫，我爬起來，跌跌撞撞走向遠處的燈光。瘟疫醫生說這一天的模式是由宿主的個性決定的，我只能希望是真的，並且祈禱命運女神垂憐，否則的話，我就害了我自己，也害了安娜。

馬廄小廝在火盆的光亮中分開馬車和馬匹，把氣喘吁吁的馬匹帶去休息。他們的手腳很快，卻像累壞了，連說話的力氣都沒有。我接近最近的一個小廝，雖然下雨，他仍只戴著鴨舌帽，穿了一件棉襯衫，捲起袖子。

「你們把獵槍放在哪裡？」我問。

他正在拉緊馬具，咬著牙把皮帶拉向最後一個扣孔。他懷疑地注視我，瞇起了眼睛。

「現在要打獵有點晚了吧？」他說。

「現在就沒禮貌太早了吧，」我回嗆他，被我宿主的上流階級傲慢嚇到。「獵槍放在哪兒？還是要我請哈德凱索勳爵過來這裡親自問你？」

上上下下打量過我之後，他指著肩後的一棟紅磚小屋，窗戶洩出昏暗的光線。獵槍都排列在木架上，一盒盒的子彈收藏在附近的抽屜裡。我拿下了一把，仔細裝填子彈，再抓了一把子彈放進口袋裡。

槍很重，是一片冰冷的勇氣，驅使我穿過庭院，步上通往黑石南館的路。我接近時，馬廄的人手互相使個眼色，讓開路給我通過。他們無疑是以為我是個富有的瘋子，準備去尋仇，明天早上又有嚼舌根的話題了。絕對不值得冒生命危險來阻止我。我很高興。要是他們全都湊過來，他們可能會發現我的眼裡有多擁擠，我之前的宿主全都挨挨擠擠著搶個更好的位置，想看得更清楚。不管怎麼說，那個隨從都傷害了他們每一個，而他們全都巴不得他伏法。他們喧鬧成一片，害我幾乎無法思考。

走到一半我注意到有光點朝我過來，我扣在扳機上的手指更出力了。

「是我。」丹尼爾吆喝，壓過了喧鬧聲。

他提著防風燈籠，蠟紙內的光芒順著他的臉往下照，照亮了他的上半身。他就像個被灑出瓶外的精靈。

「我們得趕快，那個隨從在墓園裡，」丹尼爾說。「他抓到安娜了。」

他仍然以為我們被他騙得團團轉。

我的手指輕撫著獵槍，瞪著黑石南館，努力決定該採取什麼行動。這個時候邁可有可能在日光室裡，但是我確定丹尼爾知道安娜被囚禁在何處，而且現在正是從他口中問出情報的最好時機。兩條路，兩種終點，而我也知道其中一條是通往失敗。

「現在是我們的機會，」丹尼爾大喊，擦掉眼中的雨水。「我們等的就是這一刻。他在那裡，就是現在，在埋伏等待。他不知道我們找到了彼此。我們可以揭穿他的圈套，我們可以一塊結束這件事。」

我為了改變未來、為了改變這一天辛苦了那麼久，而現在我做到了，我卻心灰意冷，被我徒勞無功的種種選擇煎熬折磨。我解救了伊芙琳，阻撓了邁可，兩件事儘管重要，卻得要我和安娜能留得性命在晚上十一點告訴瘟疫醫生才算數。除了這一點之外，我每個決定都是盲目的，今天之後就只剩下一名宿主，每個決定都要緊。

「萬一我們失敗了呢？」我大聲喊回去，幾乎傳不到他的耳朵裡。雨打石頭的聲音差不多讓人耳聾，風撕扯著森林，呼嘯著吹過林間，像是某種野生動物溜出了籠子。

「我們還能有什麼選擇？」丹尼爾大喊，抓緊我的頸背。「我們有個計畫，也就是說我們終於有一次能佔上風了。我們得打鐵趁熱。」

我想起了第一次見到這個男人，他有多鎮定，多有耐心和理性。眼前的他卻完全沒有了，被黑石南館無休無止的暴風雨沖刷得乾乾淨淨了。他的眼神像瘋子，焦急哀懇，狂亂絕望。他對這一刻的結果押的賭注跟我一樣多。

他說得對。我們需要結束這一切。

「現在幾點了？」我問。

他皺眉。「有什麼關係？」

「這要以後才會知道，」我說。「幾點了？拜託。」

他不耐煩地看手錶。「九點四十六，」他說。「現在可以走了嗎？」

我點頭，跟著他穿過草皮。

星辰是懦夫，在我們潛行到墓園的路上合著眼睛，等丹尼爾推開了大門，我們唯一的光線就是他明滅不定的防風燈籠。這邊的樹木提供我們遮護，吹入林中的暴風雨來勢洶洶，狂風如刀刃般鋒利，找出森林的縫隙，無孔不入。

「我們應該躲起來，」丹尼爾低聲說，燈籠掛在天使的手臂上。「等安娜到了我們再叫她。」

我把獵槍扛在肩上，兩支槍管都抵著他的後腦勺。

「你可以不必演戲了，丹尼爾，我知道我們不是同樣的人。」我說，眼睛掠過林間，尋找那個隨從。不幸的是，燈籠太亮了，反倒害人眼花。

「把手舉起來，轉過來。」我說。

他照我說的做，瞪著我，想要把我拆解開來，尋找是否哪裡有破綻。我不知道他是找到了沒有，但是在漫長的沉默之後，他英俊的臉上綻開了迷人的笑容。

「反正也不能一輩子演下去。」他說，比了比胸前口袋。我允許了，他就緩緩掏出菸盒，抖出一支菸。

我跟著這個男人進入墓園，心裡明白如果我不揭開他的狐狸尾巴，我就得時時刻刻留意我的後面，等著他出擊，但這會兒揭穿了他，面對著他的鎮定，我倒有些動搖了。

「她在哪裡，丹尼爾？安娜呢？」我說。

「咦，我才要問你呢，」他說，把香菸放到唇間。「問題就在這裡，安娜在哪裡？我一整天都在忙著從你的口裡套出話來，在德比同意幫我把那個隨從從地道裡趕出來時，我還以為我成功了呢。你真該看看你自己的臉，那麼急著討好。」

他護住香菸以免被風吹熄，第三次點菸，照亮了一張眼神空洞的臉，就像他身旁的那些雕像。我拿槍指著他，卻還是讓他佔了上風。

「那個隨從呢？」我說，獵槍越來越沉重了。「我知道你們是一夥的。」

「喔，不是那樣的。只怕你完全搞錯了，」他說，不以為然地揮揮手。「他跟你、我或是安娜都不一樣，他是柯立芝的同夥，其實屋子裡還有幾個。淨是些沒有道德的東西，不過柯立芝搞的也是沒道德的生意。你所說的那個隨從，是那裡頭最聰明的一個，所以我跟他說明了黑石南館的情況。我不認為他相信我，不過殺人是他的專長，所以我指點他去找你的宿主，他連眼皮都沒眨一下。可能還挺享受的，說真的。當然啦，我讓他變成非常有錢的人，這一點也非常有幫助。」

他從鼻孔噴出煙來，咧嘴笑得彷彿我們在分享什麼私人笑話。他的舉止自信，是一個活在不祥之兆的世界中的人的自信。跟我發抖的雙手和怦然不安的心跳形成了令人氣結的對比。他有什麼計畫，而在我知曉之前，我無計可施，只能等待。

「你就跟安娜一樣，對吧？」我說。「只有一天，然後你重新開始，什麼都不記得。」

「算不上公平，對吧？你卻有八條命和八天。禮物全都給了你了。這又是為什麼呢？」

「看來瘟疫醫生並沒有把我的事都告訴你。」

他又咧嘴笑。我的背脊卻像有冰水流過。

「你為什麼要這麼做，丹尼爾？」我問，悽慘的語氣讓自己意外。「我們本來可以幫助彼此的。」

「我親愛的兄弟，你是幫了我啊，」他說。「我拿到了斯坦溫的兩本勒索簿子。要不是德比在他的房間裡窺探，我可能只找得到一本，那我就會跟今早一樣迷糊。兩個小時以後，我就會把我知道的事情帶到湖邊去，甩開這個地方，一切都是拜你之賜。你總算能感覺一點安慰了吧。」

踩水聲。獵槍拉開槍栓的聲音，冰冷的金屬抵著我的背。一個惡棍從我身邊掠過，站到丹尼爾旁邊的亮處。不像在我後面的另一個人，他不帶武器，不過看他的樣子根本不需要武器。他的臉就像酒吧的滋事分子，鼻梁斷了，臉頰上有一道醜陋的傷疤。他在按壓指關節，期待地伸舌舔唇。兩個動作都讓我對即將而來的事情極其沒有自信。

「乖乖把槍放下。」丹尼爾說。

我嘆口氣，讓獵槍落地，舉高雙手。儘管這種想法很蠢，但我滿腦子只盼著兩隻手不會抖得太厲害。

「你現在可以出來了。」丹尼爾以較大的音量說。

我左邊的灌木叢沙沙響，瘟疫醫生步入了燈籠的光圈中。我正要出言羞辱他，卻注意到他的面具左側畫著一滴銀色的眼淚，在光線中閃爍，凝神細想，我看出了還有其他的差異。斗篷的質料較好，顏色更暗，邊緣並沒有磨損。手套上繡著玫瑰，而且這個人比較矮，姿態較挺。

這傢伙根本就不是瘟疫醫生。

「是你在湖邊跟丹尼爾說話。」我說。

丹尼爾吹聲口哨，朝同伴投去一瞥。

「他是怎麼看到的？」他問『銀淚滴』。「你不是為了不讓人發現我們在一起才特意挑選那個地點的嗎？」

「我也在門房外面看見過你們。」我說。

「越來越離奇了，」丹尼爾說，盡情地消遣他的同夥。「你不是對他的每一秒都瞭如指掌嗎？」他換上了傲慢自大的語調。「這裡發生的事都逃不過我的法眼，柯立芝先生。」他氣呼呼地模仿。

「真是這樣的話，我就不需要你幫忙捕捉安娜貝兒了，」銀淚滴說。她的聲音威嚴，絲毫不像聽命於人的瘟疫醫生。「畢夏先生的行為打擾了一般的事件發展。他改變了伊芙琳・哈德凱索的命運，造成了她弟弟的死亡，同時在過程中拆解了組成這一天的許多條線。他維持了迄今為止和安娜貝兒最長的一次結盟，也就是說事態並未按照原定次序發展，即使有，也時長時短。沒有一個地方是照它應有的樣子來。」

面具轉向了我。

「可喜可賀，畢夏先生，」她說。「我有幾十年沒看見黑石南館如此紊亂了。」

「妳是誰？」我說。

「我也能問你同樣的問題，」她說，以此打發了我的追問。「我不會問，因為你不知道你是誰，而眼前有更迫切的問題。這麼說吧，我是長官派來糾正我的同僚的錯誤的。好了，請告訴柯立芝先生他該去哪裡找安娜貝兒。」

「安娜貝兒？」

「他叫她安娜。」丹尼爾說。

「妳想把安娜怎麼樣？」我問。

「這不關你的事。」銀淚滴說。

「我就偏偏要管，」我說。「妳一定是很想要捉到她，否則的話妳就不會跟丹尼爾這種人交易，要他幫妳。」

「我是在矯正不平衡的情況，」她說。「你以為你會寄居在那些宿主裡，而他們跟伊芙琳的命案關係又最近，這是巧合嗎？你不好奇為什麼在你最需要唐納德．達維斯時就在他身上醒來嗎？我的同僚打從一開始就有所偏袒，犯了禁忌。他應該要旁觀而不插手，出現在湖邊等待答案。如此而已。更糟糕的是，他為一個絕對不能離開這棟屋子的人開了一扇門。我不能讓情況繼續下去。」

「原來這就是妳會在這裡的原因。」瘟疫醫生說，從陰影中現身，雨水自他的面具上涓涓流下。

丹尼爾緊繃了起來，驚戒地盯著中途闖入者。

「抱歉沒有早點出聲，喬瑟芬，」瘟疫醫生接著說，定睛看著銀淚滴。「我不確定直接問的話，妳是否會告訴我實話，畢竟妳那麼辛苦地隱身在後。要不是睿胥頓先生看見了妳，我是無論如何都想不到妳也在黑石南館的。」

「喬瑟芬？」丹尼爾打岔。「你們兩個認識？」

銀淚滴不理他。

「我原本希望能避開這種場面的，」她說，對著瘟疫醫生說話，語氣放軟了，溫煦了，蕩漾著悔意。「我的計畫是完成我的工作然後離開，不讓你知道。」

「我完全不明白妳為什麼會來。黑石南館是我的轄區，而一切都順利運作中。」

「你真敢說！」她說，變得氣惱。「看看艾登和安娜貝兒變得有多親密，他們只差一點就能逃出去了。他願意為她犧牲自己，你看見了嗎？要是我們讓這種情況繼續下去，不用多久她就會帶著答案站到你的面前來，到時候你要怎麼辦？」

「我有自信不會走到那一步。」

「我有自信就會，」她嗤之以鼻。「老老實實告訴我，你會讓她離開嗎？」

一句話問得他片刻沉默，頭微微一歪，傳達出他的猶豫。我的眼睛朝上溜向丹尼爾，他盯著他們兩個看，表情專注。我猜他的心情跟我一樣，像個孩子看著父母吵架，只聽懂了一半。

瘟疫醫生再開口，聲音堅定，不過像是排練過的，信念來自於重複而不是信心。

「黑石南館的規則非常清楚，而我也照著規矩來，跟妳一樣，」他說。「如果她把謀殺伊芙琳・哈德凱索的人的姓名帶來給我，我不能拒不受理。」

「不用管什麼規矩不規矩的，你也知道要是你讓安娜貝兒逃出黑石南館，我們的長官會對你怎麼樣。」

「他們是派妳來替代我嗎？」

「當然不是。」她嘆氣，像是受了委屈。「你以為他們的反應會這麼溫和？我是以朋友的立場來的，在他們發現你就快鑄下大錯之前來清理這一團混亂。我會悄悄移走安娜貝兒，確保你不必做出你會後悔的選擇。」

她朝柯立芝揮手。「柯立芝先生，能不能麻煩你說服畢夏先生，讓他說出安娜貝兒的下落。我相信你也知道你可能會失去什麼。」

丹尼爾把香菸在腳底踩熄，朝那個打手點頭，他攫住我的胳臂，把我釘在原地。我想掙扎，他卻太強壯了。

「這是不被允許的，喬瑟芬，」瘟疫醫生震驚地說。「我們不能採取直接行動，我們不能下令。我們當然不能提供他們不應該知道的情報。妳打破了我們承諾要遵守的每一條規則。」

「你敢跟我說教？」銀淚滴不屑地說。「你就一直在干預。」

瘟疫醫生忿忿地搖頭。

「我說明了畢夏先生到此的目的，在他遲疑時鼓勵他。他不像丹尼爾和安娜，並沒有在醒來時規則就烙印在他的心裡。他有懷疑的自由，有偏離目的的自由。我提供的情報都是他靠自己贏來的，就像妳對丹尼爾一樣。我是為了維持均勢在努力，而不是提供優勢。我求妳，別這樣做。讓事情順其自然。他就快要破解了。」

「就因為這樣，安娜貝兒也是，」她說，聲音變冷硬。「對不起，我一定得在艾登．畢夏的福祉跟你的福祉之間做選擇。動手，柯立芝先生。」

「不！」瘟疫醫生大喝一聲，伸出一隻手懇求。

拿獵槍的傢伙指著他。他很緊張，手指緊扣著扳機。我不知道這類武器是否能傷害瘟疫醫生，但我不能讓他冒險。我需要他活著。

「你走吧，」我跟他說。「你在這裡也是無能為力。」

「這樣是錯的。」他抗議。

「那就把它糾正過來。我其他的宿主需要你。」我頓了頓，別有用意。「我不需要。」

我不知道是因為我的語氣，或是因為他以前就看過這一刻，不過最後他不甘不願地同意了，瞪著喬瑟芬，隨即消失在墓園之外。

「無私無我，就跟平常一樣，」丹尼爾說，向我走來。「我要你知道我很欣賞這一點，艾登。那個女的死了就能讓你自由，你卻拚命救她。你一直愛著安娜，要不是我先出賣了你，她絕對就會出賣你。不過到頭來，恐怕你都只是白費力氣。我們只有一個能離開這棟屋子，而我一點也不想讓那個人是你。」

我頭頂上的樹枝聚集了烏鴉，像是應邀而來，沉默地滑翔著，羽毛被雨淋得發亮。有幾十隻挨擠在一塊，像葬禮上的弔客，好奇地盯著我，害我渾身起雞皮疙瘩。

「一個小時前，安娜還被我們關著，卻不知怎麼給她逃了，」丹尼爾說。「她會去哪裡，艾登？告訴我她藏在哪裡，我就讓我的人給你一個痛快。只剩下你跟戈爾德了。兩槍之後你就會又是貝爾，敲著黑石南館的門，重新再來，不會有我擋著你的路。你是個聰明的傢伙，我相信你一定三兩下就能解開伊芙琳的命案。」

他的臉在燈籠照耀下猙獰可怕，被需求扭曲了。

「你有多害怕，丹尼爾？」我慢吞吞地說。「你殺死了我未來的宿主，所以我威脅不了你，可是你不知道安娜在哪裡。你一整天都因此而坐立不寧，對不對？深怕她會在你之前解開謎團。」

是我的笑容嚇壞了他，讓他隱隱知覺到我或許並不如他一開始相信的那般束手無策。

「你不把我想知道的事情說出來，我就會慢慢剮了你，」丹尼爾說，指尖在我的臉頰上劃了一條線。「我會一次割個一吋。」

「我知道，我在你完事之後見過我自己，」我說，瞪著他。「你把我的心智粉碎了，我帶著我的瘋狂進入了葛瑞格理．戈爾德身上。他割傷了自己的胳臂，口齒不清地警告愛德華．丹斯。是很恐怖。不過我的答案還是不。」

「告訴我她在哪裡，」他說，拉高了嗓門。「在這棟屋子裡有一半的僕人都是聽柯立芝的，有必要的話，我還有一本厚厚的支票簿可以買下另一半的僕人。我可以把湖包圍兩圈。你還不懂嗎？我已經贏了。你這麼固執有什麼用？」

「我就是這個毛病，」我咆哮道。「我什麼也不會告訴你，丹尼爾。我挫敗你一分鐘，安娜就多出一分鐘可以帶著答案去找瘟疫醫生。你會需要一百個人在伸手不見五指的晚上去包圍湖邊，只怕就連銀淚滴都幫不了忙吧。」

「你有苦頭吃了。」他嘶聲說。

「再一小時就十一點了，」我說。「你覺得我們兩個誰能撐得比較久？」

丹尼爾用力打我，榨乾了我肺裡的空氣，打得我跪了下來。我抬頭看，他矗立在我面前，揉著擦破的指關節。憤怒在他臉孔的邊緣閃爍，像暴風雨渲染了無雲的天空。之前的那個文謅謅的賭客消失了，換上的是一個好鬥的騙徒，全身因為火熱的怒氣而扭曲。

「我會慢慢宰了你。」他怒吼。

「死在這裡的不會是我，丹尼爾。」我說，吹出了一聲尖銳的口哨。樹上的小鳥四散，灌木叢中有動靜，颯颯有聲，在如墨般漆黑的森林中出現了一盞燈籠，幾呎後是另一盞，然後是又一盞。

丹尼爾在原地轉身，追循著燈籠。他沒注意到銀淚滴，她正退入森林，自信的態度動搖了。

「你傷害了許多人，」我說，燈光越來越近。「現在你得面對他們了。」

「怎麼面對？」他結結巴巴地說，被翻轉的命運弄糊塗了。「我殺了你所有的未來宿主。」

「你沒殺了他們的朋友，」我說。「安娜告訴了我她要把那個隨從誘來這裡的計畫，我就決定我們需要更多人手，就請康寧漢幫忙。在我明白你和那個隨從是同黨之後，我就把我的徵兵規模擴大了。要找到你的敵人並不難。」

葛麗絲．達維斯率先出現，舉著獵槍。睿胥頓為了不讓我去向她求援，險些咬斷我的舌頭，可是我的人選不多。我其他的宿主不是在忙，就是死了，而康寧漢又在舞會上陪著雷文科特。第二盞燈是屬於露西．哈波的，只需說出丹尼爾殺死了她的父親，她很容易就同意幫忙，最後來的是斯坦溫的保鑣，整個頭包著繃帶，只露出冷冽嚴酷的一雙眼睛。雖然他們都有武器，卻不像很有自信的樣子，而我也不敢相信他們能打中瞄準的人。但是無所謂。在這個階段，數量才是重點，三個人就足以讓丹尼爾和銀淚滴膽怯，而她的面具來回搖擺，尋找著脫身之路。

「結束了，丹尼爾，」我說，聲音如鋼鐵般冷硬。「投降吧，我會讓你毫髮無傷回黑石南館。」

他氣急敗壞地瞪著我，再瞪著我的朋友。

「我知道這個地方對我們能有什麼影響，」我接著說。「可是你在第一天早晨對貝爾很親切，我也在打獵時看見了你對邁可的感情。再當一次好人，叫那個隨從停手，讓我和安娜帶著你的祝福走。」

他的表情動搖，臉上出現了煎熬，但是還不夠。黑石南館徹底毒害了他。

「殺了他們。」他野蠻地說。

我身後有獵槍發射，我本能地撲倒。我的盟友四散躲避，丹尼爾的手下趁勢進逼，對著黑暗不斷開槍。沒有武器的那人切向左邊，想要出其不意狙擊他們。

我不知道是我自己或是我宿主的憤怒，反正我衝向了丹尼爾。唐納德．達維斯怒火中燒，不過他的憤怒是出於階級，而不是犯罪。他忿忿不平居然有人膽敢如此的虧待他。

我的憤怒則更私人。

丹尼爾打從第一個早上開始就在阻攔我。他逃出黑石南館的做法是踩在我身上爬出去，為了自己的目的破壞我的計畫。他假藉朋友的身分接近我，微笑著說謊，大笑著出賣我，而就是因為如此我才會像支長矛一樣直射向他的腹部。

他向旁閃躲，拳頭向上擊中了我的肚子。我痛得彎腰，趁勢打了他的鼠蹊一拳，再抓住他的脖子，把他拖到地上。

我看見指南針時已經來不及了。

他拿指南針砸我的臉頰，玻璃碎裂，鮮血從我的下巴滴下來。我的眼睛淚汪汪的，濕透了的枯葉在我的手掌下擠壓。丹尼爾欺近，卻被一聲槍響嚇住，子彈打中了銀淚滴，她尖叫一聲，緊緊按著肩膀，倒落在地上。

丹尼爾瞧了瞧露西・哈波手上顫抖的槍，轉身朝黑石南館疾衝。我爬了起來，追上去。我們就如獵犬追著狐狸，越過了屋子正前方的草皮，奔上通往村子的車道，飛奔過門房。我幾乎要相信他是要逃進村子，但他忽而轉彎，順著小徑往水井而去，最終跑向湖那邊。

天色魆黑，月亮在雲際徘徊，有如一隻藏身在舊木籬笆後的狗，我沒多久就把他追丟了。唯恐他會伏襲，我放慢速度，凝神傾聽。貓頭鷹囂叫，雨點穿透了樹葉。樹枝踩斷聲衝我而來，我閃身避開，再迂迴穿行，衝向丹尼爾，他在水邊彎著腰，雙手按著膝蓋，大口喘息，腳邊擺著燈籠。

他無處可逃了。

我雙手發抖，恐懼在胸口蠕動。憤怒給了我勇氣，卻也讓我變成傻子。唐納德．達維斯的身形矮瘦，比他躺的床墊還要柔軟。丹尼爾卻更高更壯。他專門坑害這類人。我在墓園無論佔了多少人數上的優勢，都已被我拋在身後，也就是說自從我抵達黑石南館以來，這是頭一次我們兩個都不知道接下來會如何。

丹尼爾察覺到我，揮手要我退後，作手勢表示給他一分鐘喘息。我給他了，利用時間挑了一塊大石頭當作武器。在他使出指南針之後，不必再說什麼公平打鬥了。

「無論你怎麼做，他們是不會讓你的朋友離開的，」他說，在喘息中勉強說出話來。「銀淚滴什麼都跟我說了，交換條件是要我答應找到安娜，殺了她。她告訴了我你的每個宿主，他們會在何地醒來，何時醒來。你還不明白嗎？這一切都不重要，艾登。只有我才能逃脫。」

「你怎麼不早一點告訴我，」我說。「那結果就不必是這樣子了。」

「我有老婆兒子，」他說。「這是我帶進來的記憶。你能想像那是什麼感受嗎？知道他們在外面，等著我。也可能不等了。」

我朝他邁了一步，石頭握在手上。

「那你之後要如何面對他們，明知道你為了逃出這個地方做了什麼？」我問。

「我只是黑石南館造就的那個我。」他喘著氣說，朝泥巴裡吐口水。

「不，黑石南館是我們打造的，」我說，又前進了一點。他仍然彎著腰，仍很疲憊。再跨個兩步這一切就結束了。「是我們的決定把我們帶來此地的，丹尼爾。如果這裡是地獄，那也是我們自己造成的。」

「那你是要我們怎麼做？」他說，抬頭看我。「坐在這裡懺悔，等別人覺得開門的時候到了？」

「幫我拯救伊芙琳，然後我們可以把我們知道的事一起帶去給瘟疫醫生，」我激切地說。「我們三個，你、我、安娜。我們有機會能離開這個地方，並且變成比我們剛來的時候更好的人。」

「我不能冒這個風險，」他以木然、死寂的聲音說。「我不會讓這個機會白白溜掉。不會為了罪惡感，也不會為了幫助那些早已無望的人。」

言畢，他一腳踢翻了燈籠。

夜色淹沒了我的雙眼。

我聽見涉水聲，緊接著腹部就被他的肩膀撞上，肺裡的空氣都被擠出來了。

我們重重跌在地上，石塊從我的手上滑落。

我只能舉起雙臂保護自己，但是我的胳臂既單薄又脆弱，而他的拳頭輕鬆就擊破了我的防禦。我滿口是血，我麻痺了，從裡到外，但是拳頭仍如雨點般落下，最後他的指關節從我鮮血淋漓的臉頰上滑開。

他的體重移開，離開了我身上。

他在喘氣，他的汗水滴到我身上。

「我盡量避免走到這一步。」他說。

有力的手指箍住我的一隻腳踝，拖著我在泥濘中行走，我伸手去抓他，但是他的攻擊消耗了我所有的力氣，我只能向後癱倒。

他停下來，擦掉額上的汗。月光穿透了雲層，照亮了他的五官。他的頭髮是銀色的，皮膚如初雪般白皙。他俯視著我，流露出第一天早晨他向貝爾展現的憐憫。

「我們不……」我說，咳出血來。

「你應該別擋我的路的，」他說，又一次拽著我前進。「我只要求你這麼多。」

他涉入湖中，拉著我一塊，冰冷的水沖上了我的腿，浸濕了我的胸膛和腦袋，也驚醒了我心中的抗爭意志。我想爬回湖岸，可是丹尼爾揪住我的頭髮，把我的臉按進冰冷的水裡。

我抓他的手，兩腿亂踢，但他太壯了。

我的身體抽搐，急迫地想吸氣。

他仍把我按得牢牢的。

我看見了湯瑪斯·哈德凱索，死了十九年，從泥濘中向我游來。金色頭髮，兩眼圓睜，迷失在湖底下，但是他握住了我的手，捏我的手指，鼓勵我要勇敢。

我再也憋不住氣了，嘴巴彈開來，吞進了大口大口冰冷泥濘的湖水。

我的身體痙攣。

湯瑪斯把我的靈魂拉出了這副垂死的軀體，我們並肩漂浮在水裡，看著唐納德·達維斯溺死。

靜謐祥和。安靜得令人意外。

然後什麼破開水面。

一雙手穿透了湖面，抓住了唐納德．達維斯的身體，將他向上拽，一秒鐘後，我也跟隨而去。

死掉的男孩的手仍和我的手指交纏，但是我沒法把他拉出湖面。他死在這裡，所以也就困在這裡，悲傷地看著我被拖向安全地帶。

我躺在泥濘中，咳出水來，身體像鉛塊那麼重。

丹尼爾則面朝下浮在湖面上。

有人甩我耳光。

然後更用力一摑。

安娜立在我面前，其他則是一片模糊。湖水伸手掩住了我的耳朵，把我往回拖。

黑暗在召喚我。

她更靠近，只是白花花的一團。

「……來找我，」安娜高聲喊，每個字都模模糊糊的，「早上七點十二分，門廳……」

湖面下，湯瑪斯在呼喚我回去，我合上了眼睛，加入了那個淹死的小男孩。

53

第八天

我的臉頰依偎著一個女人的背，我倆一絲不掛，被汗濕的被褥糾纏住，床墊骯髒不潔，雨水從腐朽的窗框滲入，流在牆上，在光禿的地板上積累。

她動了，我也是，瑪德琳·歐貝赫翻身迎視我。女僕的綠眸閃動著一種病態的慾求，她的黑髮貼在潮濕的臉腮上。她的模樣酷似我夢中的湯瑪斯·哈德凱索，溺水絕望，緊攀著手邊的任何東西。

看見我躺在她身邊，她失望地一嘆，躺回枕上。如此明顯的厭惡應該讓我不舒服才對，但是不悅的情緒都因為想起了我們的第一次相遇而平息了；對我們的相互需要而羞恥，也對我從口袋掏出貝爾的鴉片酊時她投懷送抱之急切而羞恥。

我的眼睛懶洋洋地搜索小屋，尋找更多的藥。我為哈德凱索家做的工作已經完成，他們的新肖像就掛在畫廊上。我並未受邀參加派對，而主屋中也沒有人要找我，所以我可以自由自在躺在這張床墊上一個早晨，世界繞著我轉圈，就像油漆從排水口流掉。

我的視線轉向瑪德琳的帽子和圍裙上，就披在椅子上。

好像被摑了一耳光，我立刻恢復過來，制服喚出了安娜的臉龐，她的聲音和碰觸，我們危險的處境。

我緊攀著這個記憶，設法將戈爾德的個性推到一邊。

我被填滿了他的希望和恐懼、情慾和激情，在晨光中艾登．畢夏以為是作了一場夢。

我相信我就是作夢了。

我慢慢往床外挪，打翻了一堆空鴉片酊瓶子，瓶子滾過地板，有如逃竄的老鼠。我把瓶子踢開，走向爐火，餘燼中殘存一簇火焰，我往裡添柴火，火勢加大。壁爐架上排列著棋子，每一枚都是手刻的，有的上了漆，不過用潑灑二字來形容會更合適。棋子只是半成品，而旁邊則擺著戈爾德用來雕刻的小刀。這些就是安娜會隨身攜帶一整天的棋子，而小刀刀刃則跟我昨天在戈爾德臂上看見的割痕吻合。

命運又點燃了烽火。

瑪德琳取回她散落在地板上的衣服。丟得如此倉促，可見得兩人像是乾柴遇上烈火，不過此刻在她心裡的唯有羞恥。她背對著我著裝，眼睛盯著對面的牆壁。戈爾德的目光就沒有這麼知禮了，狼吞虎嚥著她雪白的肌膚，她的頭髮披瀉而下的模樣。

「你有鏡子嗎？」她問，一面整理衣服，說話只有最輕微的法國口音。

「應該沒有。」我說，享受著爐火烘烤著我赤裸的身體。

「我的樣子一定很恐怖。」她心不在焉地說。

紳士就會出於尊重而否認，但是戈爾德壓根稱不上是紳士，而瑪德琳也不是葛麗絲・達維斯。我從沒見過她不施脂粉的模樣，而我很意外她的樣子有多像個病人。她的臉瘦得不像話，蠟黃的膚色，遍佈斑點，兩隻疲倦的眼睛揉得紅通通的。

她挨著最遠的牆邊走，盡可能地遠離我，打開門要離開，冷風偷走了室內的溫暖。時候還早，還有幾小時才天亮，地表上有霧氣。黑石南館被樹木框住，夜色仍披在它的肩上。從我看見屋子的角度判斷，這棟小屋一定是在家族墓園之外的地方。

我盯著瑪德琳匆匆沿著小路走向主屋，肩上的披肩拉得很緊。如果按照原始的情況，跌跌撞撞走入夜色的人會是我。被那個隨從的折磨逼瘋了，我會用雕刻刀自殘，再爬上黑石南館的樓梯去敲丹斯的房門，尖聲示警。但是因為我揭穿了丹尼爾的背叛，又在墓園智取了他，所以我避開了那種命運。我重寫了這一天。

現在我得確定結局會是美滿的。

我關上門，點亮了油燈，思索著我的下一步，任黑暗悄悄縮入角落。各種想法在我的腦袋裡抓扒，有一頭半成形的怪獸仍等著要被拖到亮處來。唉，我以貝爾之身醒過來的第一個早晨，我還為了回憶太少而焦躁不寧呢。而現在我卻必須要和過量的記憶抗衡。我的心就像是塞得過滿的行李箱，需要把裡面的東西拿出來，但是對戈爾德而言，世界只在畫布上才有道理，而我也必須在那兒找出答案來。如果睿胥頓和雷文科特教會了我什麼的話，那就是要珍惜我的宿主的才能，而不是哀嘆他們的不足之處。

我拿起了油燈，走向小屋裡間的畫室，尋找某種油漆。畫布堆在牆邊，肖像有半完成的，也有在憤怒中割破的。葡萄酒瓶被踢得到處都是，地板上則撒落了數百張的鉛筆素描，被揑成一團亂丟在一旁。松香水從牆上滴下來，弄花了一幅戈爾德似乎是倉促起筆又在憤怒中棄置的風景畫。

而堆在一團狼藉正中央的是像在等著付之一炬的數十幅舊家族肖像，被蛀蟲侵蝕的畫框已拆下來，拋在一旁。大多數的肖像都被松香水毀了，只有一些蒼白的四肢依稀可見。伊芙琳說戈爾德是被找來修復黑石南館中的藝術品的，看來他對於找到的東西並不怎麼欣賞。

瞪著那堆畫，一個點子逐漸浮現。

我在畫架上翻找，抓起一支炭筆，回到前室，把油燈放在地上。我手邊沒有畫布，所以我就在牆上匆匆寫下我的想法，只寫在躍動的油燈照亮的範圍中。想法紛至沓來，短短幾分鐘炭筆就只剩下短短的一截，逼得我不得不回到暗處搜刮。

我從聚集在天花板附近的一串姓名往下寫，振筆疾書，記下了每個人在這一天中的種種行動，根源回溯到十九年前，挖進一座湖中，湖底有個死掉的男孩子。在過程中，我不慎讓手上的舊傷口迸裂，染紅了我的圖表。我撕下衣袖，盡量纏好傷口，再回頭去研究。黎明的第一道光線升上地平線，我退後一步，炭筆從手中落下，在地板上摔了個粉碎。我筋疲力盡，坐下來，手臂發抖。

資料太少，你就盲目無知；資料太多，你就眼花繚亂。

我瞇眼細看。圖表上有兩個結，代表故事中的兩個漩渦。兩個能夠讓一切都說得通的問題：米麗森．德比知道什麼？海蓮娜．哈德凱索在哪裡？

小屋的門開了，送進晨露的味道。

我太累了，沒力氣回頭。我是融化的蠟燭，沒有形狀，消耗殆盡，等待著別人來把我從地板上刮起來。我只想睡覺，只想閉上眼睛，甩開一切的思慮，但這是我的最後一個宿主了，我要是失敗了，一切都又要從頭開始。

「你在這裡？」瘟疫醫生驚訝地說。「你從來不在這裡。這個時候，你通常在胡言亂語。怎麼可能……那是什麼？」他一陣風似地掠過，風衣下襬急晃。晨曦照射之下，這身戲服實在是荒謬至極，魔魘似的惡鳥露出真面目，只是個裝扮過的流浪漢。難怪他總是在夜間才登門造訪。

他停在牆壁的幾吋前，戴手套的手順著圖表曲線劃，把姓名弄糊了。

「了不起。」他低聲說，又從上到下看了一遍。

「銀淚滴怎麼了？」我問。「我看到她在墓園被射傷了。」

「我把她困在那個迴圈裡，」他哀傷地說。「只有這樣才能保住她的命。她會在幾個鐘頭後醒來，以為她才剛抵達，然後重複她昨天做的事。我的長官最終會發覺她不在，過來解放她。恐怕將來我會有一些很棘手的問題。」

他立在那兒跟我畫的圖表溝通，我打開了前門，陽光掃過我的臉，暖意從我的頸子和赤裸的胳臂往下擴散。我瞇眼看著太陽，在它金色的光芒中呼吸。我從沒這麼早起過，從沒在這個地方看見朝陽升起。

實在是美不可言。

「這幅圖表寫的跟我想的一樣嗎？」瘟疫醫生問，聲音因期待而緊繃。

「你認為它寫了什麼？」

「邁可．哈德凱索想要殺害他的親姊姊？」

「對，沒錯。」

鳥兒啁啾，三隻兔子在小屋的小花園裡蹦跳，毛皮被陽光照成鐵鏽色。要是我知道天堂就在遙遠日出的一方，我絕不會把每一夜都浪費在睡覺上。

「你解開了，畢夏先生，你是第一個解開謎團的人，」他說，聲音因興奮而高昂。「你自由了！經過了這麼久的時間，你終於自由了！」他從袍子裡拿出一只銀扁壺，塞進我手裡。

我認不出壺裡裝的是什麼，但喝下去後我的骨頭像著火，讓我遽然清醒。

「銀淚滴的擔心是有道理的，」我說，仍看著兔子。「我是不會丟下安娜一個人走的。」

「這可由不得你。」他說，向後站，方便他把圖表看得更清楚一點。

「那你打算怎麼做，把我拖到湖邊嗎？」我問。

「我不需要，」他說。「湖邊只是一個會合點。重要的是答案。你破解了伊芙琳的命案，並且說服了我。而既然我接受了，就連黑石南館都關不住你。下一次你醒來，你就會是自由之身！」

我想生氣，可是我沒法讓自己動怒。睡眠正溫柔地拉扯我，而每次我閉上眼睛，要張開就會變得更加困難。回到打開的門裡，我沿著門框向下滑，坐到地板上，半個身體籠罩在陰影中，另一半則沐浴在陽光下。我沒辦法讓自己放棄陽光的溫暖和鳥兒的鳴囀，這是長久以來不得其門而入的世界的祝福。

我又喝了一口扁壺裡的玩意，強迫自己清醒。

我還有好多事要做。

好多不能被人看見我在做的事。

「這種競爭並不公平，」我說。「我有八個宿主，而安娜和丹尼爾只有一個。我能記得這個禮拜的事，他們卻不能。」

他愣了愣，打量著我。

「你有這些特權是因為你是自願來到黑石南館的，」他悄聲說，彷彿是唯恐會有人偷聽。「他們卻不是，我只能說這麼多。」

「既然我是自願來的，那我就可以自願再來，」我說。「我不會丟下安娜不管。」

他開始踱步，瞧瞧我，再瞧瞧圖表。

「你在害怕。」我詫異地說。

「對，我是害怕，」他厲聲說。「我的長官，他們不……你不該違抗他們。我答應你，在你離開之後，我會在我的能力範圍之內提供安娜一切的協助。」

「一天，一個宿主。她永遠也逃不出黑石南館的，你知道她逃不了，」我說。「沒有雷文科特的聰慧和丹斯的狡黠，我是不會成功的。我會把這些線索當成證據，也完全是睿胥頓的功勞。媽的，就連德比和貝爾都有功勞。她會需要他們所有人的長處，就跟我一樣。」

「你的宿主仍然會在黑石南館內。」

「但是不會由我來控制他們！」我堅決地說。「他們不會幫女僕的忙。我會把她拋棄在這裡。」

「把她忘了！這件事已經拖得太久了。」他說，轉過來面對我，一手在空中揮動。

「什麼事拖太久了？」

他看著他戴手套的手，被自己的失控嚇到。

「只有你能把我氣成這樣，」他以較平靜的口吻說。「一直以來都是一樣。一個迴圈又一個迴圈，一個宿主又一個宿主。我見過你出賣朋友，與人結盟，又死於原則。我見過許多版本的艾登・畢夏，你大概連自己都認不出來，但是唯一不變的就是你的頑固。你選了一條路，你就非得走到盡頭不可，不論這一路上你摔進了多少坑裡。要不是因為太讓人惱恨了，還真是叫人不得不佩服。」

「不管惱不惱恨，我都要知道銀淚滴為什麼要費那麼大功夫想殺了安娜。」

他評估了我好一會兒，這才嘆口氣。

「你能否判斷幾時才能又把某個禽獸放入人間呢，畢夏先生？」他邊沉吟邊說。「他們是真的改頭換面了，還是只是口頭上說些你愛聽的話？」他拿起扁壺喝了一大口。「你給他們可以不顧後果的一天，然後你再等著看他們會怎麼做。」

我的皮膚發麻，血液變冷。

「這一切只是測試？」我慢吞吞地說。

「我們比較喜歡稱作矯治。」

「矯治……」我跟著說，頓悟如同太陽一般升起。「這裡是監獄？」

「對，只除了我們並不會把囚犯丟在牢裡腐爛，每一天我們都給他們機會去證明他們值得被釋放。你看出其中的美妙嗎？伊芙琳．哈德凱索命案始終沒有破解，也可能不會有破解的一天。把囚犯關在命案之中，我們給他們機會去破解別人的罪行，同時為他們自己的罪行懺悔。所以既是懲罰，也是服務。」

「還有別的地方跟這裡一樣？」我說，努力理解。

「上千個，」他說。「我去過一座村莊，每天早晨醒過來都會在廣場上發現三具無頭屍，還有一艘郵輪上會接連發生命案。那裡一定有十五個囚犯在忙著破案。」

「那你是什麼？獄卒？」

「審核員。我來決定你值不值得被釋放。」

「可你說我是自願來到黑石南館的。我為什麼要自願被囚禁？」

「你是為安娜來的，可是你被困住了，而經過一個又一個的迴圈之後，黑石南館把你拆散了，最後你忘了自己，正符合原本的設計。」他的聲音因憤怒而緊繃，戴手套的手握成了拳頭。

「我的長官一開始就不應該讓你進來的，一開始就錯了。我都不知道過了多久了，我以為進來這裡的那個無辜之人已經迷失了，因為某種仁義之舉而白白犧牲，但是你找到了回來的路。所以我才一直在幫你。我讓你控制不同的宿主，我尋找那些最有能力破解命案的人物，最終選定了今天的這八個人。我試驗排序，確定對你最有利的次序。我甚至安排了睿胥頓先生躲在儲物櫃裡，保住他的性命。我盡可能通融，讓你最後能夠逃出去。你現在明白了吧？趁你還是你希望的那個人時，你一定得離開。」

「那安娜……？」我猶豫地說，痛恨我要問的問題。

我一直不准自己相信安娜是屬於這裡的，寧可認為這裡是一艘沉船，或是被閃電擊中的地方。假設她是受害人，我就能剝除掉這一切是否值得的瑣碎疑慮，但是少了這種安慰，我的恐懼卻與時俱增。

「安娜做了什麼才會被關進黑石南館？」我問。

他搖頭，把扁壺交給我。「這不是我能透露的。只要知道懲罰的比重跟罪行成正比就行了。我跟你說的那個村莊和郵輪上的囚犯，他們的懲罰都比安娜和丹尼爾的輕。那些地方都比這裡要鬆快。黑石南館是為了粉碎惡魔而打造的，不是竊鉤小賊。」

「你是說安娜是惡魔？」

「我是說每一天都會有幾千樁罪行發生，但是只有兩個人被送來這裡。」他的音調拉高，充滿了情緒。「安娜就是其中之一，而你卻為了幫助她逃脫甘冒生命危險。簡直是瘋了。」

「能夠讓人這麼忠心的女人必定有她的可取之處。」

「你沒在聽。」他說，雙手握拳。

「我有在聽，可是我不會把她丟在這裡，」我說。「就算你今天逼我走，我明天也會找到路回來。我做過一次，就還會有下一次。」

「不要這麼冥頑不靈！」他大力捶打門框，灰塵落到我們頭上。「讓你來到黑石南館的原因不是忠心，而是復仇。你不是來解救安娜的，你是為了合法卻不合理的請求才來的。她在黑石南館很安全。被囚禁了起來，卻安全無虞。你不想要她被囚禁，你想要她受苦——外頭有太多人想要她受苦，但是沒有一個願意像你這麼做，因為沒有人比你更痛恨這個女人。你跟著她來到黑石南館，三十年來你一心一意只想要折磨她，就跟那個隨從今天折磨你一樣。」

沉默如大石般壓下。

我張嘴欲駁，卻覺得胃掉在腳底，腦袋瓜轉個不停。世界上下顛倒，即使我是坐在地上，我仍能感覺自己在墜落。

「她做了什麼？」我低聲說。

「我的長官們——」

「為了一個滿腦子想著殺人的男人打開了黑石南館的門，」我說。「他們就跟這裡的每一個人一樣有罪。說，她做了什麼。」

「我不能說。」他虛弱地說，抗拒力幾乎消散了。

「你都幫我這麼多了。」

「對，因為發生在你身上的事是錯的，」他說，拿起扁壺喝了一大口，喉結上下滑動。「沒有人反對我幫你，因為你本來就不應該在這裡，可如果我把你不該知道的事情告訴你，就會有嚴重後果。對我們兩個都是。」

「我不能在我不知道自己是為了什麼原因而來的情況下離開，而且也不能保證不會再回來，除非我確定了我一開始是為什麼來的，」我說。「拜託，這就是我們了結這件事的條件。」

鳥喙面具緩緩轉向我，整整一分鐘，他就站在那兒，陷入沉思。我能感覺到他在評判我，我的優點被衡量後擺到一邊，我的缺點被舉到燈光下，仔細勘驗。

他評判的不是你。

這是什麼意思？

他是個好人。他是想知道自己還能有多好。

出乎我的意料之外，瘟疫醫生低著頭，摘掉了高禮帽，露出了固定面具的褐色皮革帶子，一條接一條解開，粗手指跟扣結纏鬥著，一面悶哼。最後一個扣結鬆開之後，他摘掉面具，拉開兜帽，露出了光禿禿的一個腦袋。他比我以為的老，將近六十，臉孔屬於一個體面的、工作過度的男人。他的眼睛充血，皮膚像泛黃的紙。如果我的疲憊能夠訴諸形體，也會像這樣。

無視於我的關切，他歪頭捕捉從窗戶透入的晨光。

「好，行了。」他說，把面具拋向戈爾德的床鋪。少了瓷面具的阻礙，他的聲音幾乎不再像我認識的那個人。

「你大概是不應該這麼做的吧。」我朝面具點點頭。

「我不應該做的事可以列一張單子了。」他說，在屋外一步之處坐了下來，剛好可以讓他整個身體都沐浴在陽光下。

「我每天早晨上班之前都會來這裡，」他說，深吸一口氣。「我愛這一段時光，為時十七分鐘，然後雲層會聚集，兩個隨從又會挑起昨晚的話頭吵架，最後是在馬廄大打出手。」他脫下了手套，一根手指接一根手指。「真可惜這是你第一次享受這一刻，畢夏先生。」

「艾登。」我說，伸出了手。

「奧利佛。」他說，同我握手。

「奧利佛，」我說了一遍，若有所思。「我一直不覺得你有名字。」

「也許等我在馬路上擋下唐納德·達維斯時就該告訴他，」他說，唇上隱隱有笑意。「他會非常生氣，也許能讓他鎮定下來。」

「你還要去那裡？為什麼？你得到答案了啊。」

「在你逃脫之前，我的職責就是看守那些在你之後的人，給他們跟你一樣的機會。」

「可現在你知道是誰殺了伊芙琳·哈德凱索的了，」我說。「難道不會有什麼改變？」

「你的意思是因為我知道的比他們多，所以我會發現我的工作很困難？」他搖頭。「我一直都比他們知道的多。我比你知道的多。知識從來就不是我的問題，無知才是我在纏鬥的狀況。」

他的神情又變得冷肅，消遣的口吻從聲音中溜逝。「所以我才會摘下面具，艾登。我需要你看見我的臉，聽見我的聲音，知道我告訴你的都是百分之百的實話。我們之間不能有懷疑，不能再有。」

「我了解。」我說。我只說得出這一句。覺得自己像一個等待墜落的人。

「安娜貝兒．喬克，你認識的安娜，無論由哪一種語言來唸，都是一種詛咒。」他說，以他的凝視令我動彈不得。「她率領一個幫派，以毀滅及死亡橫掃了世界上一半的國家，若不是落網了，她一定仍在荼毒世人，已經長達三十多年了。你想解救的就是這樣的一個人。」

我應該驚訝的。我應該震驚，或是憤怒。我應該要抗議，但是我什麼感覺也沒有。聽起來不像是啟蒙，倒像是說出我長久以來熟悉的真相。安娜的狂熱與無畏，在必要時甚至是殘暴。我見過她在門房拿著獵槍對付丹斯的表情，她沒認出那是我。她會扣下扳機，而且絕不會良心不安。她殺了丹尼爾，我卻下不了手，而且還輕鬆地建議由我們自己殺掉伊芙琳，當作回答瘟疫醫生的問題。她說是開玩笑，但此時此刻我卻還不能肯定。

然而，安娜殺死這些人只是為了要保護我，為我爭取時間，讓我能夠破解這個謎團。她堅強，她親切，並且忠心不渝，即使是在我拯救伊芙琳的欲望威脅到我們對命案的調查時。

在屋子裡的所有人裡，她是唯一不隱藏本色的人。

「她不再是那個人了，」我反駁道。「你說黑石南館是用來矯治的，用來粉碎他們的舊性格，測試新的性格。那，我在這一個禮拜近距離觀察過安娜，她幫助我，不止一次救我的命。她是我的朋友。」

「她殺死了你姊姊。」他直言不諱。

我的世界變得一片空白。

「她凌虐她，羞辱她，而且讓眾人觀看，」他接著說。「這就是安娜的為人，而像這種人是不會變的，艾登。」

我跪了下來，緊緊按住太陽穴，舊回憶噴發。

我的姊姊叫茱麗葉，褐色頭髮，笑容開朗。她負責追捕安娜貝兒．喬克，而我深深以她為榮。

每一段記憶都像一片碎玻璃扎進了我的心。

茱麗葉鍥而不捨，人又聰明，認為正義是需要起而防衛，而不是坐著等待的。她逗我笑，她認為值得這麼做。

眼淚從我的臉頰上滾滾而落。

安娜貝兒．喬克的手下趁夜從茱麗葉家裡擄走了她，他們處決了她的先生，賞了他的腦袋一顆子彈。他很幸運，茱麗葉的子彈拖了七天才擊發。他們凌虐她，而且讓大家觀看。

他們說這是為他們受的迫害討回公道。

他們說我們應該早預料到。

我不知道我自己的事，也不知道其他家人的事。我並沒有留住快樂的回憶，只記得那些能夠幫助我的，只有仇恨和悲痛。

是茱麗葉的命案讓我來到黑石南館的。是每週一次的電話不再打來，我們不再分享故事，她應該在卻不在的空間。是安娜貝兒最終被捕的方式。

沒有血。沒有痛。

完全沒有波瀾。

而他們把她關進了黑石南館，殺害我姊姊的人會花一輩子的時間破解另一個被殺害的姊姊的命案。他們稱之為正義。他們為自己的天才設計拍拍彼此的背，以為我會跟他們一樣高興。以為這樣就夠了。

他們錯了。

這種不公不義在夜晚撕扯著我，在白晝如影隨形。它限縮了我的世界，到頭來我滿腦子只想著她。

我跟蹤她穿過了地獄之門。我追逐、恐嚇、折磨安娜貝兒・喬克，最後我連原因都忘了。我連茱麗葉都忘了。最後安娜貝兒變成了安娜，而我只看見一個嚇壞了的女孩子，任由禽獸擺布。

我變成了我所痛恨的人，同時將安娜貝兒變成了我的愛。

而我責怪的是黑石南館。

我抬頭看著瘟疫醫生，淚眼模糊。他直盯著我的臉，衡量我的反應。我不知道他看見了什麼，因為我不知道該怎麼想。這一切會發生都是因為那個我想要解救的人。

這是安娜的錯。

安娜貝兒。

「怎樣？」我說，很意外這個聲音在我的腦袋裡有多堅持。

是安娜貝兒．喬克的錯，不是安娜的錯。我們恨的不是她。

「艾登？」瘟疫醫生說。

而且安娜貝兒．喬克死了。

「安娜貝兒．喬克死了。」我緩緩重複，迎視瘟疫醫生震驚的眼神。

他搖頭。「你錯了。」

「花了三十年，」我說。「而且不是靠暴力，也不是靠仇恨。是寬恕。安娜貝兒．喬克死了。」

「你錯了。」

「不，你才錯了，」我說，信心漸漸增強。「你要我傾聽我腦海中的聲音，我聽了。你要我相信黑石南館可以矯治，我相信了。現在你也必須一樣，因為你眼裡的安娜是以前的那個她，你忽視了她轉變成的人，而如果你不願意接受她已經改變了，那這一切究竟有什麼用處？」

挫敗之下，他以靴尖踢泥土。

「我根本就不應該把面具摘掉的。」他咆哮，站了起來，大步走入花園，嚇得正在吃草的兔子四散逃逸。他雙手扠腰，怒瞪著遠處的黑石南館，而我這才頭一次明瞭它也是他的主人。我可以自由地遊走變身，他卻被迫看著命案、強暴和自殺，被過多的謊言包裹住，埋葬這整個地方。他不得不接受每一天所帶給他的一切，無論有多恐怖。而不像我，他不能遺忘。這能逼瘋一個人。大多數的人都會瘋掉，除非他們有信念。除非他們相信結果終究能夠彌補手段的缺憾。

彷彿是知道我的想法，瘟疫醫生轉過來看著我。

「你想要我怎麼做，艾登？」

「十一點到湖邊來，」我堅定地說。「那裡會有一個禽獸，而且我保證不會是安娜。盯著她，給她機會證明她自己。你會看到她的真面目，然後你會知道我是對的。」

他一臉不肯定。

「你怎麼能知道？」他問。

「因為我會置身險地。」

「即使你說服了我她改過自新了，你也已經解開了伊芙琳的命案，」他說。「但規矩很清楚：第一個說明是誰殺害了伊芙琳．哈德凱索的囚犯就能獲釋。而那個人就是你，不是安娜。你要如何解決？」

我站了起來，搖搖晃晃走向我的圖表，戳著交會處，我知識上的漏洞。

「我並沒有破解每件事，」我說。「如果邁可．哈德凱索計畫要在倒影池那兒射殺他姊姊，他為什麼還要給她下毒？我不認為是他。我不認為他知道他喝下去的那杯酒之中有毒藥。我認為是別人下的，以防邁可失手。」

瘟疫醫生跟著我進屋。

「這種推論不怎麼站得住腳，艾登。」

「我們還是有太多的問題，」我說。回想起日光室，在我救了伊芙琳之後，她蒼白的臉，以及她努力想要傳遞的信息。「如果這就是結束，為什麼伊芙琳要告訴我米麗森．德比是被謀殺的？從這一點能追查出什麼？」

「說不定是邁可連她一起殺了？」

「那他的動機呢？不，我們漏掉了什麼。」

「那是什麼？」他問，信念動搖了。

「我認為邁可．哈德凱索在跟別人合作，一個一直藏身其後的人。」我說。

「第二名兇手，」他說，花了一秒鐘思索。「我在這裡三十年了，我從沒懷疑過……誰也沒有。不會的，艾登。不可能。」

「今天的一切都不可能，」我說，以拇指摸著圖表。「有第二名兇手，我知道有。我可能猜到是誰了，要是我猜對了，他們殺害米麗森．德比就是為了要掩飾他們的痕跡。他們就跟邁可一樣涉及伊芙琳的命案，也就是說你需要兩個解答。要是安娜把邁可的同謀是誰帶給你，那可以放她自由嗎？」我問。

「我的長官們不想看安娜貝兒．喬克離開黑石南館，」他說。「而且我也沒把握他們會相信她已經改過自新了。就算他們能相信，他們也會找任何藉口來繼續監禁她的，艾登。」

「你幫我是因為我不屬於這裡，」我說。「如果我沒看錯安娜的話，現在她也不屬於這裡了。」

他一手撫過光頭，來回踱步，焦慮地看看我又看看圖表。

「我只能答應你我今晚會到湖邊，不帶偏見。」他說。

「這就夠了，」我說，拍了他的肩。「十一點到船屋等我，你就會知道我是對的。」

「那我可以問你在這段時間要做什麼嗎？」

「我會去調查殺死米麗森．德比的兇手。」

54

我藉樹木掩護，悄悄接近黑石南館，襯衫被霧氣浸濕了，鞋子也沾滿了泥。日光室就在幾步之外，我蹲在滴水的灌木叢裡，留意裡頭的動靜。時間還早，但是我不知道丹尼爾是否醒了，不知道他是幾時被銀淚滴召募的。為了保險起見，我一定得假設他跟他的同黨仍然是威脅，也就是說在他面朝下倒在湖裡，所有的陰謀都隨之淹沒之前，我必須要藏匿起來。

太陽短暫灑落晨光之後就消失在烏雲後了，天空一片灰色。我搜尋花床，看有沒有紅色的亮點，或是紫色、粉紅色、白色的痕跡。我搜尋在這之後更鮮亮的世界，想像著黑石南館著火了，戴著火焰皇冠，披著火焰斗篷。我看見灰色天空燃燒，黑色灰燼如雪片般落下。我想像著世界重塑，即使只是片刻也好。

我停了下來，突然不確定自己的目的。我環顧四周，什麼也不認得，不禁懷疑自己為什麼沒帶畫筆和畫架就走出小屋。我當然是來繪畫的，不過我並不熱愛這裡的晨光，它太疲憊、太安靜，是蒙住風景的一層薄紗。

「我不知道我為什麼會來這裡。」我自言自語，俯視沾上炭墨的襯衫。

安娜。你來找安娜。

她的名字幫我甩開了戈爾德的疑惑，我的記憶如洪水般湧回。

越來越糟糕了。

我深吸了一口冰冷的空氣，緊緊抓著從壁爐架上拿下來的棋子，利用我對安娜的每一個記憶在我和戈爾德之間豎立起一道牆。我用她的笑聲、她的碰觸、她的親切與溫暖做磚塊，等我認為圍牆砌得夠高了，我才繼續打量日光室。等我確定整棟屋子都在沉睡之後，我才溜進去。

丹斯喝醉的朋友菲利普・薩特克里夫在一張沙發上睡覺，拿外套蓋著臉。他動了動，嘴唇咂巴咂巴的，兩眼昏花地看著我，喃喃說了什麼，換個姿勢，又睡著了。

我等待、傾聽。滴水聲。沉重的呼吸聲。

沒有別的東西在移動。

伊芙琳的祖母從壁爐上盯著我。抿著嘴唇，畫家精確地捕捉到了她斥責別人的神韻。

我的頸毛倒豎。

我發現自己對著肖像皺眉頭，不高興她被詮釋得那麼柔和。我在心裡重畫，線條就和傷疤一樣粗糙，厚重的油彩變成了抹在畫布上的一種心情，而且是很陰沉的那一種。我確信這頭母老虎會寧願被老老實實地畫下來。

打開的門傳來了尖銳的笑聲，像一把匕首刺入某人的故事。賓客一定是下樓來用早餐了。

我快沒時間了。

我閉上眼睛，竭力回想米麗森跟她兒子說的話，是什麼讓她那麼倉促地趕來這裡，但一切卻雜亂無序。太多天，太多對話。

走廊底端揚起了留聲機的樂聲，隨機的音符削砍著寂靜。碰撞聲，樂聲吱地打住，壓低的聲音在拌嘴責罵。

我們站在舞廳外，事情就是由此開始的。米麗森十分傷心，沉浸在記憶中。我們聊著過去，她幼年時造訪黑石南館，等她自己的孩子夠大之後她也帶著孩子來。她對孩子失望，接著又生我的氣。她抓到我透過舞廳的窗戶看著伊芙琳，誤以為我是因為色慾。

「你總是挑上那些弱者，是不是？」她說。「總是那……」

她看見了什麼讓她忘了想說的話。

我緊緊閉著眼睛，努力回想是什麼。

那時是誰跟伊芙琳在一塊？

半秒鐘後，我拔腳在走廊上飛奔，衝向畫廊。

牆上燃著一盞油燈，病態的火焰鼓舞了陰影，而不是驅逐它們。我把油燈從鉤子上抓下來，舉高，一幅一幅檢查家族肖像。

黑石南館在我四周收縮，像蜘蛛碰到火一般蜷縮。

幾小時之後，米麗森就會在舞廳看到什麼令她極為驚愕的東西，她會把兒子丟在小路上，衝向這條畫廊。包裹著圍巾以及她的懷疑，她會看見戈爾德的新肖像畫掛在舊畫之間。換作別的時候，她只會逕行走過。說不定她在其他一百個迴圈中就是，但這一次不是。這一次往事會握住她的手輕輕捏。

回憶會殺死她。

55

現在是早晨七點十二分，門廳亂成一團。砸碎的酒瓶散落在大理石地板上，肖像畫掛的角度很怪，早已作古的男人嘴上印著口紅。大吊燈上垂著蝴蝶結，有如睡覺的蝙蝠，而安娜則站在中央，光著腳，穿著白色棉睡袍，瞪著自己的雙手，彷彿那是個她參不透的謎。

她沒發覺我，我趁機觀察了她幾秒鐘，努力把我的安娜和瘟疫醫生口中的安娜貝兒・喬克疊合在一起。我在猜安娜是否此時此刻聽見了喬克的聲音，就像第一天早晨我聽見艾登・畢夏的聲音一樣。乾澀的、遙遠的，是她身體的一部分，然而同一時間又是分開的，不可能忽視的。

叫我慚愧的是，我對朋友的信心動搖了。在費盡唇舌讓瘟疫醫生相信安娜是無辜的之後，我現在反倒帶著偏見看她，懷疑殺死我姊姊的禽獸是否還有一部分存活了下來，等著再度浮出表面。

安娜貝兒・喬克死了。現在，幫助她。

「安娜，」我輕聲說，突然對我自己就這樣出現感到不安。戈爾德這一夜大都在鴉片酊的悶熱空氣中熏染，我唯一的衛生工作是往他的臉上潑了點水，隨即就衝出了小屋。鬼才知道我是什麼德行，或是什麼味道。

她抬頭看，吃了一驚。

「我認識妳嗎？」她問。

「妳會的，」我說。「這個能幫得上忙。」

我把她的棋子拋給她，她單手接住，張開手，瞪著看，回憶點亮了她的臉龐。

說時遲那時快，她撲入了我的懷裡，淚水浸透了我的襯衫。

「艾登，」她說，嘴唇抵著我的胸口。她有牛奶香皂和漂白水的味道，她的頭髮勾住了我的鬢角。「我記得你，我記得……」

我感覺到她一僵，手臂垂了下來。

她離開我的懷抱，推開了我，從地上抓起一片碎玻璃當武器。玻璃在她的手上抖動。

「你殺了我。」她咆哮，把玻璃握得更緊，手都流血了。

「對，我殺了妳。」我說，險些就說出她對我姊姊的暴行。

安娜貝兒・喬克死了。

「我很抱歉，」我接著說，兩手塞進口袋裡。「我保證不會再發生了。」

一瞬間，她只是對我眨眼睛。

「我不是妳記得的那個人了，」我說。「那是不同的人生，不同的選擇。一大堆的錯誤，我盡量避免再犯，而因為妳吧，我沒有再犯。」

「別……」她說，玻璃片朝我戳刺，因為我向前邁了一步。「我不能……我記得一些事，我知道一些事。」

「這裡有規矩，」我說。「伊芙琳．哈德凱索會死，而我們要一塊救她。我有個辦法能讓我們兩個都逃出去。」

「我們沒辦法都逃出去，那是不允許的，」她矢口說。「那是規矩裡的一條，不是嗎？」

「無論允不允許，我們都會做到，」我說。「妳必須相信我。」

「我不行，」她兇巴巴地說，以拇指擦掉頰上的一滴淚。「你殺了我。我記得。我仍能感覺到那一槍。看到你我是那麼興奮，艾登。我以為我們終於要離開了，你跟我一起。」

「我們是啊。」

「你殺了我！」

「那不是第一次，」我說，聲音因後悔而沙啞。「我們都傷害過彼此，安娜，而我們都付出了代價。我絕對不會再背叛妳，我發誓。妳可以相信我。妳已經相信過我了，妳只是不記得了。」

我舉高雙手像是投降，緩步向樓梯移動。拂開一副破掉的眼鏡和一些彩紙，我在紅毯上坐了下來。每名宿主都壓在我身上，他們對這個房間的記憶在我心靈的周邊推擠，重得幾乎無法承受。清晰得就像事發的那個早晨——

這就是事發的早晨。

——我想起了貝爾跟管家在門口的對話，他們兩人有多害怕。我的手因為雷文科特蹣跚走向圖書室，拄著枴杖的力道而疼痛，緊接著是吉姆．睿胥頓扛著一袋偷來的藥物穿過前門。我聽見了唐納德．達維斯在和瘟疫醫生第一次見面之後飛奔逃出屋子，輕快的足聲點在大理石地面上，以及愛德華．丹斯的朋友的大笑聲，即使他只是靜靜站著。

這麼多的回憶和秘密，這麼多的擔子。每一條生命都有如許的重量。我不知道別人是如何背負的。

「你怎麼了？」安娜問，靠得更近，手上的玻璃碎片握得沒那麼緊了。「你的樣子不大對。」

「有八個人在我這裡邊亂撞。」我說，敲了敲太陽穴。

「八個？」

「還有八個版本的今天，」我說。「每次我醒來，我就會在不同的賓客身上。這是我的最後一個。如果我今天解不開謎團，明天就會再重新來過。」

「那不是……規矩不會讓你這樣。我們只有一天可以破解命案，而你也不可能是別人。那……那樣不對。」

「規矩不適用在我身上。」

「為什麼？」

「因為我是自願來到這裡的，」我說，揉了揉疲累的眼睛。「我是為妳來的。」

「你是想救我？」她難以置信地說，玻璃垂在一側，被她遺忘了。

「差不多。」

「可是你殺了我。」

「我又沒說我是救援高手。」

興許是我的口吻，或是我垂頭喪氣坐在樓梯上的模樣，反正安娜放開了玻璃，坐到了我的旁邊。我能感覺到她的體熱，那份扎實。她是在一個充滿回聲的世界中唯一的實體。

「你還在想辦法嗎？」她問，大大的褐眸注視著我，皮膚蒼白浮腫，帶著淚痕。「我是說，救我。」

「我在想辦法救我們兩個，可是沒有妳的幫忙我就做不到，」我說。「妳得相信我，安娜，我不是那個傷害妳的人。」

「我想相信……」她猶豫不語，一面搖頭。「我怎麼能相信你？」

「妳就是得試一試，」我說，聳了聳肩。「我們沒時間了。」

她點頭，聽了進去。「那你需要我做什麼，如果我準備相信你的話？」

「一大堆小忙跟兩個大忙。」我說。

「大忙是什麼？」

「我需要妳救我的命。兩次。這會有幫助。」

我從口袋裡掏出了畫家的素描簿，破舊的老簿子，塞滿了皺巴巴的活頁紙，皮革封面綁著繩子。我在離開小屋時在戈爾德的外套中找到的。我把戈爾德那些荒唐的素描丟了，寫下了記憶中每個宿主的行程，從頭到尾都做了註記和指示。

「這是什麼？」她問，從我手上接過來。

「是一本關於我的書，」我說。「也是我們唯一的優勢。」

56

「你看到戈爾德了嗎？他應該老早就到了。」

我坐在薩特克里夫空無一人的臥室裡，門房打開了一條縫。丹尼爾忙著跟貝爾在對面的房間裡說話，而安娜則在外面，忿忿地踱步。

我不是故意要惹她心煩的，但是在我把信散布在屋子裡之後，包括圖書室裡那封揭露康寧漢親生父母的身分的信，我就從客廳拿了一瓶威士忌，躲進了這個房間裡。我已經喝了整整一個鐘頭，想要洗去即將而來的羞恥，雖然我醉了，卻還不夠醉。

「我們的計畫是什麼？」我聽見睿胥頓在問安娜。

「我們需要阻止那個隨從在今天早晨殺了管家和戈爾德，」她說。「他們還有一個角色要扮演，前提是我們能夠讓他們活得夠久。」

我又喝了一大口酒，聽著他們談話。

戈爾德的身上沒有一根暴力的骨頭，需要花極大的力氣才能說動他傷害一個無辜的人。我沒時間去勸他，所以我希望能用酒精麻痺他。

迄今為止都還沒走運。

戈爾德跟別人的老婆上床，擲骰子會作弊，而且老是瞎疑心，以為天隨時會塌下來，但是他就連一隻螫了他的黃蜂都不肯捏死。他太熱愛生命了，所以也不會對別人的生命造成痛苦。實在是很不幸，因為受苦正是管家能夠拖著一條命在門房見到安娜的原因。

聽見他拖著腳走在門外，我深吸一口氣，大步進了走廊，擋住他的去路。從戈爾德的奇異眼睛來看，他實在很美，一張臉燒出了無窮的趣味，比大多數的人乏味的勻稱要迷人多了。

他想後退避開，一面匆忙道歉，但是我一把攫住他的手腕。他抬頭看我，誤會了我的心情。他看見了怒氣，其實我只感覺到痛心。我完全沒有意願要傷害這個人，然而我卻不得不。

他想閃開，我卻擋住他的去路。

我鄙視我必須做的事，只希望我能夠解釋，但是沒時間了。儘管如此，我仍無法舉起撥火棍毆打一個無辜的人。我一直看見他躺在床上，包裹著白色棉床單，身上青一塊紫一塊，連呼吸都艱難。

你要是不做的話，丹尼爾就贏了。

光是他的名字就足以激起我的恨意，我的手攥成了拳頭。我想著他的欺瞞，想起他跟我說的每一句謊言，我的怒火被搧旺了，我又跟著湖中的小男孩溺斃了。我想起了那個隨從的刀子插入德比的肋骨，割開丹斯喉嚨的感覺。以及他強迫睿胥頓束手就戮。

我一聲暴喝，發洩掉怒氣，用我從壁爐拿的撥火棍毆打管家，打中他的背，害他撞上了牆，摔在地上。

「拜託，」他說，想要從我面前滑開。「我不是——」

他氣喘吁吁地求救，伸出了一隻哀懇的手。就是這隻手讓我氣得失去了理智。丹尼爾在湖邊也做過類似的舉動，利用我的同情來反將我一軍。眼前我看見的是丹尼爾躺在地上，我的怒氣勃發，沸騰了我的血液。

我踢他。

一腳，又一腳，再一腳。理智拋棄了我，狂怒填補了空缺。每一次的背叛，每一種的痛苦和哀傷，每一次的後悔，每一次的失望，每一次羞辱，每一個痛心，每一個傷害……林林總總，填滿了我。

我幾乎無法呼吸，幾乎看不見。我在哭，同時一次又一次踢他。

我可憐這個人。

我可憐我自己。

我聽見了睿胥頓的聲音，片刻之後他拿花瓶砸了我。碎裂聲在我的腦袋裡迴響，我向下墜落，最後地面以硬實的懷抱接住了我。

57

第二天（繼續）

「艾登！」

聲音遙遠，沖刷過我的全身，有如湖水拍岸。

「天啊，快醒醒。拜託快醒醒。」

疲憊地，疲憊得不得了，我的眼睛眨啊眨地睜開了。

我瞪著一面龜裂的牆，我的頭枕著白色枕頭，枕頭套上沾著斑斑血跡。倦怠伸長了手，威脅要把我再拖回去。

讓我驚訝的是我又回到管家身上了，躺在門房的床上。

保持清醒。不要動彈。我們有麻煩了。

我稍微移動身體，體側的痛一下子蹦到嘴巴上，我硬生生忍住，把尖叫聲困在喉嚨裡。不用別的東西，這樣就足以讓我清醒了。

之前那個隨從刺死了我，鮮血浸濕了床單。劇痛能讓我昏迷不醒，卻不足以殺了我。這當然不會是意外。那個隨從送了一大堆的人到來生，我很懷疑他這一次竟會失手。一想到此，我渾身發冷。我以為沒有什麼能比得上有人想殺死我要來得恐怖，但原來更要緊的是下手殺人的是誰，而如果對方是那個隨從的話，被留下活口則更讓人心膽俱裂。

「艾登，你醒了嗎？」

我痛苦地轉頭，看見安娜在房間的一角，雙手雙腿都被繩子綁住，繩子的另一頭綁在舊散熱器上。她的一邊臉頰紅腫，還有一隻黑眼圈，有如雪地上開了一朵花。

她頭頂上的窗戶透著夜色，但我完全猜不出是幾點了。根據我所知的一切，現在應該已經十一點了，而瘟疫醫生在湖邊等我們。

看見我醒了，安娜放心地哽咽。

「我以為他把你殺了。」她說。

「我也是。」我沙啞地說。

「他把我揪到屋子外面，說如果我不跟著他過來，他就要殺了我，」她說，拉扯著繩子。「我知道唐納德·達維斯平安地在馬路上睡覺，他找不到他，所以我就照他的話做。真的很對不起，艾登，可是我想不出還有什麼法子。」

她會出賣你。

這就是瘟疫醫生警告我的事情，而睿胥頓誤以為就是安娜有鬼的證據。因為這種缺乏信任才險些害我們一整天的辛苦付諸東流。我在納悶，不知瘟疫醫生是知道安娜的「出賣」是基於何種情況，卻為了他自身的目的而隱瞞，抑或是他真心相信這個女人轉而對付起我來。

「不是妳的錯，安娜。」我說。

「我還是很抱歉。」她驚嚇地瞥了門口一眼，接著壓低聲音。「你拿得到獵槍嗎？他放在矮櫃上。」

我往那邊看去。就在幾呎之外，卻遙遠得像在月球上。我幾乎沒法翻身，更別提要站起來了。

「你醒了啊？」隨從打岔道，走進門來，拿他的刀子切蘋果。「真可惜，我很期待再把你叫醒呢。」

他後面還有一個人，是墓園裡的那個流氓，就是他制住我的雙臂讓丹尼爾打我，想從我口中問出安娜的下落。

隨從走向床鋪。

「上次我們見面，我讓你活下來了，」他說。「不得已的，不過呢……實在讓人不滿足。」他清喉嚨，我感覺到黏黏的一口痰吐在我的臉頰上。噁心貫穿了我的全身，但是我連舉手擦掉的力氣都沒有。

「不會再有第二次了，」他說。「我不喜歡別人又醒過來。感覺像做事情半途而廢。我要唐納德・達維斯，而我要你告訴我上哪兒去找他。」

我的心思飛轉，拼湊著我人生中的巨大拼圖。

丹尼爾在我跳出馬車之後找到了我，說服我跟隨他到墓園裡去。我從沒質問過他怎會知道我在哪裡，但現在我知道答案了。幾分鐘之後我就會告訴隨從。

要不是我太害怕，我會因為這種反諷而發笑。

丹尼爾相信我出賣了達維斯，害他走上死路，可如果他們沒有在墓園對質，我就不可能發現銀淚滴在黑石南館中，也不會在湖邊和丹尼爾搏鬥，讓安娜最終了結他。

對，這是圈套。由睿胥頓設計，由達維斯啟動，由我當誘餌。乾淨俐落，只不過在我把隨從想知道的事說出來之後，他就會像宰牛一樣宰了安娜和我。

他把刀子和蘋果擺在獵槍的旁邊，拿起了安眠藥罐，搖出一顆藥丸。我幾乎能聽見他對著藥丸皺眉頭，腦子裡的想法來回碰撞。他的同伴仍守在門口，交抱雙臂，面無表情。

藥瓶又響了。一次、兩次、三次。

「這玩意要幾顆才殺得了像你這樣一個燙傷的瘸子，啊？」他問，單手抓住我的下巴，強迫我面對他的臉。

我想別開臉，但是他加大力道，眼睛緊盯著我。我能感覺到他的體熱，他的惡毒有如一隻滾燙多刺的蟲子在我的皮膚上爬。幸好我沒有在這種目光下醒來。幸好我沒有分享過這隻鼠輩錯綜複雜的頭腦，涉獵他的記憶和衝動，否則我永遠也甩不乾淨。

說不定我在之前的迴圈中有過。

突然之間，就連討厭的德比都變成了好人選。

他鋼鐵般的手指放開了我，我的頭倒向一側，額頭冒出一顆顆冷汗。

我不知道我還有多少時間。

「從這些燙傷來看，你還滿命苦的，」他說，稍微退後。「我猜命苦的人值得好死吧。我就大發慈悲一次，給你選擇。吞一肚子藥睡著，或者是讓我的刀子老是沒對準要害，扭動個兩小時。」

「別傷害他！」安娜在角落高聲叫，不斷掙扎，木頭吱嘎響。

「或是更好，」他說，對著她揮刀。「我可以把刀子帶到那個丫頭那兒，我需要她活著，可不見得不能讓她先尖叫個幾聲。」

他朝她走了一步。

「馬廄。」我小聲說。

他猝然止步，扭頭看著我。

「你說什麼？」

他朝我走回來。

閉上眼睛，別讓他看見你的恐懼。他渴望的就是這個。他會等你睜開眼睛才殺死你。

我緊緊閉著眼睛，感覺床鋪下陷，他坐了下來。幾秒鐘後，他的刀刃邊緣在我的臉上移動。

恐懼叫我張開眼睛，看著傷害來臨。

只要呼吸，等著時機到來。

「唐納德．達維斯會在馬廄裡？」他嘶聲問。「你是這麼說的？」

我點頭，想趕走恐慌。

「別傷害他！」安娜又在角落高聲喊，腳跟敲打地板，激烈地拉扯繩索。

「閉嘴！」隨從對她尖叫，之後又轉頭盯著我。「幾時？」

我的嘴巴好乾，甚至不確定還說不說得出話來。

「幾時？」他逼問，刀子切入我的臉頰，割出了鮮血。

「九點四十。」我說，想起了丹尼爾給我的時間。

「去！就差十分鐘了。」他吩咐門口的人。那個流氓步入走廊，足聲逐漸變小。

刀子在我的嘴唇邊徘徊，沿著我的鼻子劃，最後我感覺到緊閉的眼瞼上有最輕微的壓力。

「張開眼睛。」他小聲憤怒地說。

我不知道他能否聽見我的心跳。怎麼會聽不到呢？簡直就跟迫擊砲一樣響，磨垮了我僅餘的勇氣。

我開始發抖，非常非常輕微。

「張開眼睛，」他又說一次，口水噴到我的臉頰。「張開眼睛，小兔子，讓我看到裡頭。」

木頭折斷聲，安娜尖叫。

我不由自主睜開了眼。

她扯斷了散熱器的一邊托架，同時掙脫了手上的繩子，但是雙腿仍不自由。刀子收回，隨從一躍而起，少了他的重量，床墊彈簧吱呀響。

現在。就是現在！

我撲向他。不必講究什麼技巧，什麼力量，就只是孤注一擲和動能。我失敗了一百次，我的身體像一條抹布一樣撞上他，但是碰巧他站的角度以及他持刀的姿勢，讓我完全抓住了刀把，一轉手就把刀子刺入了他的肚腹，鮮血湧入我的指間，我們一塊摔倒在地，糾纏成一團。

他在喘氣，呆若木雞，甚至還受傷了，但不是致命的一擊。他已經回過神來了。

我俯視刀子，只有刀把露出來，而我知道這樣還不夠。他太強壯，而我太虛弱。

「安娜！」我大喝，拔出了刀子，從地板上滑過去給她，絕望地盯著刀子停在她伸長的手指幾吋之外。

隨從用手攻擊我，指甲劃過我的臉頰，急切地想扼住我的喉嚨。我的全身重量釘死了他的右手，我用肩頂他的臉，讓他看不見。他在扭動，悶哼，想甩開我。

「我壓不住他！」我對安娜尖叫。

他的手抓到了我的一隻耳朵，用力扭絞，我痛得只看見白熱的光。我抽身躲開，撞上了矮櫃，把獵槍撞到了地上。

隨從一隻手從我身下掙脫，把我推開，我跌落時看見安娜正在拿槍，剛割斷的繩子仍垂在她的手腕上。我們視線相遇，她的臉上怒氣凝聚。

隨從的兩隻手掐住了我的脖子，使勁收緊。我打中他斷掉的鼻梁，痛得他慘嚎，但是他死不鬆手。他用力掐，想勒死我。

獵槍擊發，隨從也爆破，無頭的身體倒在我旁邊，鮮血從脖子噴湧而出，在地板上擴散。

我瞪著安娜手中顫抖的獵槍。要不是獵槍摔了下來……要是刀子沒滑過去，要是她晚個幾秒鐘割斷繩子……

我渾身發抖，被間不容髮的生死關頭嚇壞了。

安娜在跟我說話，在擔心我，但是我整個人虛脫了，只聽見一半的話，而在黑暗帶走我之前我最後感覺到的事就是她握著我的手，她軟軟的唇在親吻我的額頭。

58

第八天（繼續）

奮力穿破睡眠的濃霧，我以一聲咳嗽宣告自己醒來，嚇了踮腳而站的安娜一大跳，她的身體抵著我，設法用菜刀割掉繩索。我又回到戈爾德身上，手腕被高高吊著。

「我馬上就放你下來。」安娜說。

她一定是直接從隔壁過來的，因為她的圍裙覆滿了隨從的血。眉頭緊鎖，她割著繩索，因為心急反而害她手腳笨拙。她罵聲髒話，放慢速度，幾分鐘後，我的綁縛變鬆了，讓我能夠掙脫雙手。

我像石頭一樣往下掉，重重撞上地板。

「慢一點，」安娜說，跪在我旁邊。「你被吊了一整天，身上一點力氣也沒有了。」

「幾……」一陣猛咳害我說不出話來，但是瓶子裡沒有水可以讓我潤喉。瘟疫醫生稍早為了讓我清醒，把水都潑光了。我的襯衫被潑濕的地方還沒乾呢。

我等著咳嗽減退，這才再開口說話。

「幾點了……」我勉強說完，感覺像推石頭穿過喉嚨。

「九點四十五。」安娜說。

既然你殺了隨從，他就殺不了睿胥頓或德比。他們還活著。他們能幫忙。

「不需要他們。」我沙啞地說。

「需要誰？」安娜問。

我搖頭，示意她扶我起來。「我們得……」

又是一陣痛苦的咳嗽，另一個安娜的同情表情。

「拜託你就坐個一秒鐘。」她說，遞給我一張折起來的紙，是從我的胸前口袋掉出來的。要是她打開來看，就會看見戈爾德潦草的字跡寫著「他們全部」，四個字是一切的關鍵，而且打從康寧漢在三天前把紙條交給德比之後，我就隨身不離。

我把紙條塞回口袋裡，揮手要安娜扶我站起來。

在黑暗中的某處，瘟疫醫生正朝湖邊而去，他會等待安娜把答案帶給她，但是她現在還沒查到。八天的頻頻查問，現在只有一個小時多一點的時間能提供證據來證明我們是正確的了。

我一臂環住安娜的肩膀，她環著我的腰，兩人踉蹌走過門口，喝醉了似的，險些就從樓梯上摔下來。我非常虛弱，但是更大的問題在我的四肢極麻痺。我覺得像個木偶，而牽動的繩索全都糾結在一起。

我們離開了門房，頭也不回，筆直衝入冷冰的夜裡。到湖邊最快的路線得經過許願井，可是卻有很大的可能會遇見丹尼爾和唐納德．達維斯。我絲毫不願冒冒失失闖入一件我已經佔上風的事情當中，擾亂了我們已經好不容易達成的脆弱平衡。

我們得繞遠路。

我渾身冒汗，兩腿如鉛，喘息不已，蹣跚走在車道上，朝黑石南館前進。我的合唱隊跟著我一塊走，丹斯、德比、睿胥頓在前，貝爾、柯林斯、雷文科特在後苦苦追趕。我知道他們是我破裂的心智憑空想像出來的，但是我能清清楚楚看見他們，就如倒影，他們各自的步態，他們對眼前的任務的熱衷和鄙夷。

我們偏離了車道，順著鵝卵石路到馬廄去。

馬廄寂然無聲，因為賓客都正在派對上狂歡，幾名馬廄員工聚集在火盆邊取暖，等待最後一輛馬車抵達。他們全部一臉疲倦，而我不確定誰被丹尼爾收買了，所以我把安娜拉出光亮處，朝小圍場過去，順著通往湖邊的小徑。小徑盡頭有火光晃動，溫暖的光芒穿透了林間縫隙。我偷偷靠近，看見是丹尼爾掉落的燈籠，在地上燃燒出最後一點火苗。

我瞇眼看著黑暗，看到了燈籠的主人把唐納德．達維斯的臉壓進湖水中，較年輕的男子雙腳亂踢，死命掙扎。

安娜抄起地上的一塊石頭，朝他們跨了一步，但被我捉住了胳臂。

「告訴他……早上七點十二分。」我聲音沙啞地說，希望我急切的目光能夠傳遞我的喉嚨無力表達的訊息。

她跳向丹尼爾，同時將石頭高高舉起。

我轉過身去，拾起了地上的防風燈籠，以沙嘎的氣息吹旺奄奄一息的火苗。我沒有看著別人死的癮頭，無論他們是否活該。瘟疫醫生宣稱黑石南館的作用是要矯正我們的，但是鐵窗鍛鍊不出好人來，而悲慘只會讓殘餘的善良化為齏粉。這地方把一人個心裡的希望戳出千瘡百孔，而沒有了希望，愛、同情、仁慈又有什麼用？創造這地方的用意無論是什麼，黑石南館都只是在跟我們心裡的那頭禽獸說話，我完全不想再縱容我心裡的那一頭。它已經脫韁太久了。

我把燈籠舉高，獨自轉向船屋。這一整天我都在找海蓮娜·哈德凱索，相信她是一切紛擾的始作俑者。怪的是，我可能是對的，卻不是我想像中的那樣。

無論她是否是蓄意的，她都是這一切的源頭。

船屋只不過是個浮懸於水面的小棚子，右邊的柱子傾塌了，使得整體結構扭曲變形。門鎖著，但是木頭太腐朽，一捏就碎。只需輕輕一推就能開門，但我梭巡不前。我的手在發抖，燈光跳動。讓我停下來的原因不是畏懼，戈爾德的心臟仍堅如磐石。是期待。苦苦追尋的東西終於要找到了，找到了，找到之後這一切就結束了。

我們就自由了。

我深吸一口氣，推開了門，驚動了一些蝙蝠，牠們悻悻然尖叫，成群逃出了船屋。兩艘很陽春的划艇繫在裡頭，不過只有一艘覆著發霉的毯子。

我跪下來，拉開毯子，露出了海蓮娜·哈德凱索蒼白的臉。她睜著眼睛，瞳孔就如皮膚一樣蒼白。她似乎很意外，彷彿死神拿著鮮花來訪。

為什麼挑這裡？

「因為歷史會重複。」我喃喃說。

「艾登？」安娜吆喝，聲音中微帶驚惶。

我想喊回去，喉嚨卻仍沙啞，逼得我只好冒雨出去。我仰面接雨水，吞下了冰冷的雨滴。

「這邊，」我大聲喊。「船屋。」

我再進去，拿燈籠上下照著海蓮娜的身體。她的長大衣沒扣鈕釦，露出了鏽色的羊毛外套和裙子，底下是白色棉襯衫。她的帽子被丟在旁邊。她的喉嚨被刺穿了，時間很久了，所以血液業已凝固。

我沒料錯的話，她是今天早上就死了。

安娜來到我身後，一看見船中的屍體就驚呼。

「這是……」

「海蓮娜．哈德凱索。」我說。

「你怎麼知道她在這裡？」她問。

「這裡是她最後一個約人見面的地點。」我說明。

她頸上的刀痕並不大，但也夠大了，正好是一把修馬蹄刀的大小。同一把武器在十九年前殺死了湯瑪斯．哈德凱索。而這裡，最後，就是一切的源頭。所有的死亡都只是這一個的回聲。一樁無人聽聞的謀殺。

我的腿因為蹲太久而痠痛，只好站起來伸展。

「是邁可做的嗎？」安娜問，緊揪著我的外套。

「不是，不是邁可，」我說。「邁可．哈德凱索很害怕。他是走投無路了才會殺人。這件命案不一樣，兇手得有耐性，並且樂在其中。海蓮娜是被引誘到這裡來的，進門就被刺了，所以她往裡倒，從外面看不見。兇手特意挑了這個地點，距離湯瑪斯．哈德凱索被殺之處不到二十呎，而且還是在他的忌日上。從這一點妳看出了什麼？」

我說話時一面想像哈德凱索夫人倒地，落在船上，我聽見了木頭碎裂聲。一條陰影在我的腦海中隱約現身，把毯子拉過來蓋住屍體，再涉入湖中。

「兇手渾身是血，」我說，用燈籠掃過室內。「他們在湖裡沖洗，知道船屋的牆壁能遮住他們。他們準備好了乾淨衣物……」

果不其然，角落有一只舊毛氈旅行袋，我打開來就看見一堆血淋淋的女性衣物。兇手的衣物。

這是預謀的……

……在許久之前，為另一個被害人。

「是誰做的，艾登？」安娜問，恐懼漸漸浮現。

我走出船屋，搜尋著黑暗，終於在湖的另一頭看見了一盞防風燈籠。

「你在等人嗎？」她問，盯著那點逐漸放大的火點。

「等那個兇手，」我說，覺得異常冷靜。「我讓康寧漢把話傳出去，說我們要來這裡……

嗯，說是使用船屋吧。」

「為什麼？」安娜說，嚇壞了。「既然你知道是誰在幫助邁可，就跟瘟疫醫生說啊！」

「我不能，」我說。「剩下的事得由妳來說明。」

「什麼？」她氣忿地低聲說，瞪了我一眼。「我們說好的：我保住你的小命，你去找殺害伊芙琳的兇手。」

「瘟疫醫生一定得從妳的嘴裡聽到，」我說。「否則他不會放妳走。相信我，妳每一片拼圖都有了，妳只需要把它們湊起來。來，拿著這個。」

我伸手到口袋裡，把那張紙遞給她。她打開來唸。

「他們全部，」她說，額頭皺了起來。「什麼意思？」

「這是我要康寧漢去問德拉吉太太的問題的答案。」

「什麼問題？」

「哈德凱索家的孩子還有哪個是查理．卡佛的，我想知道他會為了誰犧牲生命。」

「可他們現在全都死了啊。」

神秘的燈籠在空中跳動，越來越近。那個提燈的人行色匆匆，絲毫無意掩人耳目。鉤心鬥角的時機已經過了。

「是誰？」安娜說，遮著眼睛，瞇眼細看接近的燈光。

「對，我是誰？」瑪德琳．歐貝赫說，放低了燈籠，露出了比著我們的手槍。

她拋下了女僕制服，換上了長褲和寬鬆的亞麻衫，肩上披著米色開襟毛衣，暗色頭髮淋濕了，麻子臉撲著厚厚的粉。僕役的面具摘掉了，她有她母親的五官，同樣的橄欖形眼睛，同樣遍布白色肌膚的雀斑。我只能希望安娜看得出來。

安娜看看我又看看瑪德琳，表情從迷惘變成惶恐。

「艾登，幫我。」安娜哀求。

「一定得是妳，」我說，在黑暗中去握她冰冷的手。「所有的拼圖都擺在妳的眼前。是誰能夠相隔十九年以同樣的方式殺死湯瑪斯．哈德凱索和哈德凱索夫人？為什麼伊芙琳在我救了她之後說『我不是』和『米麗森是謀殺』？她為什麼會有一個她送給菲麗瑟緹．梅道克斯的圖章戒？米麗森．德比是知道了什麼才會被害？為什麼要雇用葛瑞格理．戈爾德來畫家族肖像，卻任由房屋的其他廂房殘破不堪？海蓮娜．哈德凱索和查理．卡佛會為了保護誰而說謊？」

安娜的表情有如旭日初升，慢慢明白過來了，她看著紙條，再看著瑪德琳期待的表情，瞪大了眼睛。

「伊芙琳．哈德凱索，」她小聲地說。然後再大聲一點。「妳是伊芙琳．哈德凱索。」

59

我是以為伊芙琳會作何反應，我也不確定，但是令我詫異的是她開心地鼓掌，跳上跳下，儼然當我們是寵物，表演了一個新把戲。

「我就知道跟著你們兩個是值得的，」她說，把燈籠放到地上，兩盞燈籠的光接合。「不會有人辛苦走進黑暗裡而沒有一丁點的光明來指引道路的。不過我得承認，我搞不懂你們幹嘛要多管閒事。」

她拋下了法國腔，連同她藏身其後的盡責女僕表相。曾經的拱肩縮背如今筆直如桿，她的脖頸直挺，下巴朝天，一副站在巍峨峭壁上俯視我們的模樣。

她疑問的眼神掃過我們，但是我的注意力卻聚焦在森林上。如果瘟疫醫生沒在那裡聽，這一切就只是一場空，但是在我們的兩盞燈籠的光芒之外卻是一片闇黑。他就算是站在十碼之外我也看不見。

誤以為我的沉默是固執，伊芙琳向我露出大大的笑容。她覺得津津有味，她會慢慢品味。

我們得讓她覺得好玩，直到瘟疫醫生到達。

「十幾年前妳其實是針對湯瑪斯這麼謀劃的，是不是？」我說，指著船屋中海蓮娜的屍體。

「我問了馬廄管理人，他說妳在他死的那天早晨去騎馬，那其實只是為了不在場證明。妳約了湯瑪斯在這裡見面，所以妳只需要騎馬經過門房，把馬拴在那裡，再直接穿過森林。我自己算過時間。妳可以在半個鐘頭之內抵達，不會有人看見，那妳就有充足的時間可以在船屋悄悄殺死湯瑪斯，在湖裡清洗，換好衣服，再回去騎馬，那時誰也不會知道他失蹤了。妳從馬廄管理人那裡偷走了兇器，還有妳打算蓋住屍體的毛毯。一旦湯瑪斯被發現了，他本來是該揹黑鍋的，只是計畫出了岔子，是不是？」

「每個地方都出了岔子，」她說，舌頭嘖嘖響。「船屋是備用計畫，以防我的第一個點子失敗。我打算要用石頭打昏湯瑪斯，然後再淹死他，讓他在湖裡漂浮，讓別人找到。弄成悲慘的意外，然後我們大家又繼續過日子。可惜，兩個計畫我沒機會用上。我打了湯瑪斯的頭，卻不夠用力。他開始尖叫，我慌了起來，就在光天化日之下把他刺死了。」

她的語氣惱怒，卻不過度。好像她在敘述的事，不過就是野餐被壞天氣破壞後那麼不值一哂，而我只能管住自己別瞪著她看。我在來此之前就大致分析歸納出了來龍出脈，可是親耳聽見事情經過被如此不以為意地述說出來，毫無悔意，實在令人驚駭。她沒有靈魂，沒有良知。我幾乎不敢相信她是個人。

注意到我進退維谷，安娜接下了說話的棒子。

「所以哈德凱索夫人和查理．卡佛才會遇到妳。」她每個字都在小心斟酌，擺在她突奔的思緒之前。「妳不知用什麼花言巧語讓他們相信了湯瑪斯的死是意外。」

「其實是他們自己，」伊芙琳沉吟道。「他們出現在小徑上，我還以為完蛋了。我跟他們說我想把刀子從湯瑪斯身上拔掉，才說了一半，卡佛就自動幫我把話說完了。意外，孩子在玩，之類的。他把一個包裝好的禮物送到了我手上。」

「妳那時知道卡佛是妳的父親嗎？」我問，恢復了鎮定。

「不知道，我年紀還小，我只接受了我的好運道，聽他們的話又去騎馬了。一直到我被送去巴黎時母親才跟我說了實話。我認為她是想要我以他為榮。」

「所以卡佛看見了他的女兒渾身是血站在湖邊，」安娜接著說，說得很慢，想要把每個細節都排列起來。「他知道妳會需要乾淨的衣服，所以他到屋子去拿，讓海蓮娜陪著湯瑪斯。所以斯坦溫跟蹤卡佛到湖邊才會看到那一幕，他才會相信是海蓮娜親手殺死了兒子，所以他才會讓他的朋友去頂罪。」

「再加上一大筆的錢，」伊芙琳說，嘴唇上彎，露出了牙尖。綠眸茫然無神。全然缺少同理心，不知懊悔為何物。「這些年來母親給他的錢可不少。」

「查理．卡佛不知道妳早在船屋備下了衣物，預謀殺人，」我說，盡量不去看瘟疫醫生是否隱身在樹林中。「所以衣服留在原地，藏了十八年，直到妳母親去年來黑石南館才發現了。她當下就知道那是什麼意思，她甚至還跟邁可說了，可能是要測試他的反應。」

「她一定是以為他也知情，」安娜同情地說。「你能想像……她連自己的孩子都不能相信。」

一陣微風吹過，雨點敲打著我們的燈籠。森林裡有噪音，模糊遙遠，卻足以瞬間吸引住伊芙琳的注意力。

「拖住她，」我以嘴形向安娜說，一面脫下大衣，披在她單薄的肩上，贏來了感激的一笑。

「哈德凱索夫人一定是傷心欲絕，」安娜說，把大衣拉緊。「發覺她讓愛人代為上絞架的女兒居然冷血謀殺了她的親弟弟。」她的音調陡降。「妳怎麼下得了手，伊芙琳？」

「我認為更該問的是她為什麼要這麼做，」我說，看著安娜。「湯瑪斯是個小跟屁蟲，他知道要是被逮到他會有麻煩，所以他非常擅長偷偷摸摸。有一天他跟著伊芙琳到森林裡，發現她和馬廄小廝見面。我不知道他們是為了什麼見面，或者是不是事先約好的。也許是巧合，但我認為發生了意外，我希望是意外。」我說，瞧了伊芙琳一眼。我們的未來全都寫在她眼周的皺紋上，那張蒼白的臉是個水晶球，其中的迷霧只有恐怖。

「其實無所謂，」我接著說，明白了她不打算回答我。「總之，她殺了他。湯瑪斯很可能不了解他看見了什麼，否則的話他就會跑回去找他的母親，但是伊芙琳後來發現他知道。她有兩個選擇：在湯瑪斯說出去之前滅口，或是承認她做了什麼。她選了第一個，於是開始按部就班地設計。」

「非常好，」伊芙琳說，整張臉亮了起來。「除了一兩個小地方之外，你們差不多就像是親眼看見的。你真是逗人喜歡，戈爾德先生，你知道嗎？我昨晚還誤以為你是個枯燥乏味的傢伙呢，其實你有趣多了。」

「馬廄小廝是怎麼了？」安娜問。「馬廄管理人說他下落不明。」

伊芙琳打量了她好一會兒。起初我以為是因為她是在決定要不要回答，後來才明白了真相。

她是在回想，她有多年都不曾想起了。

「最好笑的地方就在這裡，」伊芙琳冷淡地說。「他帶我去看他找到的洞穴，我知道我父母不會同意，所以我們就偷偷去了，可是他實在是個乏味的同伴。我們在探險，結果他掉進了一個很深的洞裡。沒什麼危險，我只要去求救就行了。我跟他說我會去找人來，然後又突然想到，我不必去叫人，我什麼都不用做。我可以把他丟在那裡，誰也不知道他去了哪裡，也不知道我跟他在一塊。感覺就像是命運。」

「妳就這樣丟下他了？」安娜說，嚇呆了。

「你知道嗎，我還滿開心的呢。他是我刺激的小秘密，可後來湯瑪斯問我為什麼那天要去洞穴。」她拿槍對著我們，把燈籠從地上拎起來。「接下來的事你們都知道了。真是可惜。」

她按下撞針，安娜卻擋在我面前。

「等等！」她說，伸出一隻手。

「拜託，別求饒，」伊芙琳氣惱地說。「我很看重你們，真的，你們都不知道。除了我母親之外，將近二十年誰也不會再去多想湯瑪斯的死，結果，你們兩個卻憑空冒了出來，而且幾乎把整件事都分析得漂漂亮亮的。這一定需要莫大的毅力，我很佩服，可是臨到頭來又沒了骨氣，那就太難看了。」

「我不是要求饒，只是故事還沒完，」安娜說。「我們有權聽完。」

伊芙琳微笑，表情美麗冷淡，而且是徹徹底底的瘋了。

「妳當我是傻子。」她說，擦掉眼睛上的雨水。

「我知道妳要殺了我們，」安娜鎮定地說，就跟哄小孩子一樣。「而且我覺得妳要是在大庭廣眾之下開槍，很多人都會聽見。妳需要把我們帶到比較隱密的地方，所以我們何不邊走邊說？」

伊芙琳朝她邁了幾步，舉起燈籠照著她的臉，把她看得更仔細點。她歪歪頭，嘴唇微分。

「聰明的丫頭，」伊芙琳滿意地哼著說。「好吧，向後轉，開步走。」

我聽著她們的對話，心中的恐慌益發嚴重，絕望地等著瘟疫醫生從陰暗處現身，終止這一切。他現在一定有足夠的證據來辯證安娜的自由了。

除非他被拖延了。

這個想法讓我滿心恐懼。安娜是在設法保住我們的性命，可萬一瘟疫醫生不知道到哪兒找我們，一切終歸徒勞。

我伸手去拿我們的燈籠，燈籠卻被伊芙琳一腳踢開。槍管揮動，要我們往森林裡走。

我們並肩而行，伊芙琳落在兩步之後，輕聲哼著歌。我冒險扭頭偷看，不過她距離太遠，沒辦法讓我奪走她的槍。就算我能奪走，也沒有用處。我們不是來捕獲伊芙琳的，我們是來證明安娜不是以前的她，而最好的方法就是冒險犯難。

沉甸甸的烏雲遮擋了星光，只有伊芙琳昏暗的篝火指引，我們不得不步步小心，以免絆倒。這就像在墨汁中領航，而瘟疫醫生仍不見蹤影。

「既然妳母親在一年前就知道是妳做的，她為什麼不告訴大家？」安娜問，向後瞄了伊芙琳一眼。「為什麼還安排這場宴會，為什麼還邀請這些人？」

她的語氣中有真正的好奇。要是她害怕，她也極小心地掩藏在一個我看不見的地方。伊芙琳並不是屋子裡唯一的演員。我只能希望我的戲也演得一樣好。我的心臟狂跳，足以撞裂肋骨。

「貪婪啊，」伊芙琳說。「我父母親對錢的需求遠遠勝過了看我上絞架。我只能假設這樁婚事花了一點時間才敲定，因為母親上個月寄了封信給我，說除非我嫁給那個臭死人的雷文科特，否則他們就會舉發我。今天的宴會只是一種羞辱，是臨別的一槍，為湯瑪斯討回一點公道。」

「所以妳為了報復就殺了他們？」安娜問。

「父親是交易。邁可殺死菲麗瑟緹，我殺死父親。我弟弟要趁著還有財富能繼承時保住他的繼承權。他還跟柯立芝合夥買下了斯坦溫的勒索生意。」

「那我在門房窗外看見的靴印真的是妳的，」我說。「也是妳留下紙條說人是妳殺的。」

「唉，我總不能讓邁可揹黑鍋，那不就白忙了嗎？」她說。「等我離開了這裡，我沒打算再用我的真名，所以何不拿來利用？」

「那妳母親呢？」安娜問。「為什麼殺了她？」

「我當時在巴黎，」伊芙琳說，憤怒第一次出現在她的語氣中。「要不是她把我賣給了雷文科特，她這輩子都不會再看見我。在我看來，她是自殺的。」

樹林忽然分開，露出了門房。我們繞到屋子的後面，正對著廚房上了閂的門，就是第一天早晨假伊芙琳帶貝爾看的地方。

「妳是在哪裡找到另一個伊芙琳的？」我問。

「她叫菲麗瑟緹．梅道克斯，據我所知是個騙子，」伊芙琳語焉不詳地說。「是斯坦溫安排的。邁可跟他說我父母想讓菲麗瑟緹代我嫁給雷文科特，事成之後他們會把一半的嫁妝都給他，只要他守口如瓶。」

「斯坦溫知道妳的計畫嗎？」安娜問。

「大概吧，不過他幹嘛要在乎？」伊芙琳聳聳肩，示意我打開門。「菲麗瑟緹只是一隻蟲子。有個警察還是別人今天下午還想幫她，你們知道她做了什麼嗎？她沒跟他坦白，反而直接跑去找邁可，要他付封口費。真是的，那樣的人根本就是這個世界的污點，我覺得殺了她也算是為了公益。」

「那米麗森．德比呢，殺了她也是公益？」

「喔，米麗森啊，」伊芙琳說，回想起她來情緒變得輕快。「知道嗎，在以前，她就跟她兒子一樣可惡。她只是年紀大了，精力不夠了。」

我們穿過了廚房，進入玄關。房子悄然無聲，一片死寂。儘管如此，牆上仍點著一盞燈，可見得伊芙琳一直計畫要回來這裡。

「米麗森認出妳了，對不對？」我說，手指在壁紙上拂過。我能感覺自己快要被淘汰出局了。這一切不再真實，我需要觸摸某種結實的東西，讓我知道我並不是在作夢。「她在舞廳裡看見妳跟菲麗瑟緹站在一起，」我往下說，想起了那個老太太匆匆忙忙離開德比。「她是看著妳長大的，可不會被女僕的裝扮和牆上戈爾德新畫的肖像唬過去。米麗森當下就知道了妳是誰。」

「她下來到廚房裡，質問我打的是什麼主意，」伊芙琳說。「我說只是舞會的惡作劇，而這個可愛的老女人居然就傻傻的相信了。」

我偷瞄四周，希望能看見瘟疫醫生，但是希望之火卻漸漸變小。他沒有理由知道我們在這裡，所以他也不會知道安娜有多勇敢，或是她已經解開他的謎題了。我們跟著一個瘋女人正慢慢步入死亡，卻是白忙一場。

「妳是怎麼殺死她的？」我問，急著讓伊芙琳說個不停，讓我抓緊時間想出一個新的計畫來。

「我從狄基醫生的袋子裡偷了一瓶安眠藥，磨碎了幾顆放進她的茶裡，」她說。「等她昏過去，我再用枕頭摀住她的臉直到她呼吸停止，接著再去叫狄基過來。」

她的聲音充滿了喜悅，彷彿這是一段快樂的舊回憶，在和朋友共進晚餐時分享的趣事。「他看到了他的安眠藥瓶放在她的床頭櫃上，立刻就明白他被設計了，」她說。「貪腐的人就是這麼妙，該貪的時候絕對會貪。」

「所以他收走了藥瓶，宣稱是心臟病，掩飾自己的痕跡。」我說，輕嘆了一聲。

「喔，別生氣嘛，親愛的，」她說，拿槍管戳我的背。「米麗森．德比死得就跟她活著的時候一樣，雍容優雅又工於心計。那是一份禮物，相信我。我們如果能死得這麼有意義，就算是幸運的了。」

我擔心她是要把我們帶進哈德凱索勳爵面目猙獰死在椅子上的房間裡，不過她反而把我們趕進了對面的房間。這是一間小餐廳，中央擺著四張椅子和一張方桌。伊芙琳的燈籠光投射在四壁上，照亮了角落的兩只帆布袋，每一只都塞滿了珠寶、衣物以及她能從黑石南館偷來的贓物。她的新生活會在我們的生命結束之刻展開。

身為畫家，戈爾德至少能欣賞這樣的對稱之美。

伊芙琳把燈籠放到桌上，示意我們兩個跪下。她的眼睛發光，臉孔通紅。有扇窗子面對馬路，但是我看不到瘟疫醫生的蹤影。

「恐怕你們的時間用完了。」她說，舉起了手槍。

只剩一招了。

「妳為什麼殺了邁可？」我趕緊問，向她擲出指控。

伊芙琳緊繃起來，笑容消散了。「你胡說什麼？」

「妳毒死了他，」我說，看著困惑染上了她的臉。「每一天，我聽見的都是你們兩個有多親近，妳有多愛他。他甚至不知道是妳殺死了湯瑪斯，還是你們的母親，對不對？妳不想讓他對妳反感。可是，時機成熟時，妳還是隨手就殺了他，就跟妳其他的被害人一樣。」

她的視線在我和安娜之間晃動，手槍抖動了起來。第一次，她似乎害怕了。

「你說謊，我絕不會傷害邁可。」她說。

「我看著他死的，伊芙琳，」我說。「我站在他面前——」

她拿槍打我，鮮血從我的嘴唇泌出。

我本打算要趁機奪下手槍，但是她的動作太快，而且她已經退後一步了。

「別騙我。」她哀號，兩眼如著火，呼吸急促。

「他沒騙妳。」安娜反駁，抱住了我的肩膀保護我。

眼淚滾落伊芙琳的面頰，嘴唇也在顫抖。她的愛很激狂，強烈又腐敗，卻是真摯的。可是卻反而讓她更像妖魔鬼怪。

「我沒有……」她揪著頭髮，用力拉扯，扯下了一大把。「他知道我不能嫁……他想幫忙。」她懇求地看著我們。「他為我殺了她，好讓我能自由……他愛我……」

「可是妳需要百分之百確定，」我說。「妳不能冒險讓他失去勇氣，讓菲麗瑟緹再醒來，所以妳就在她走去倒影池之前給了她一杯下了毒的威士忌。」

「可是妳沒跟邁可說，」安娜接著說。「而他在睿胥頓詢問他的時候喝了剩下的酒。」

伊芙琳的手槍滑脫，我全身緊繃，準備去搶，但是安娜卻更用力抱著我。

「他來了。」她附耳跟我說，朝窗戶點頭。

馬路上有一支蠟燭燃燒，照亮了一張白瓷鳥喙面具。希望翻騰，卻迅速凋萎。他沒動。他甚至聽不見我們說的話。

他在等什麼？

「喔，不。」安娜說，似乎極反胃。

她也瞪著瘟疫醫生，只是我的表情迷惑，她卻是驚恐。她面無血色，手指緊抓著我的衣袖。

「我們還沒破解，」她說，壓低聲音說話。「我們還是不知道誰殺了伊芙琳．哈德凱索，真正的伊芙琳．哈德凱索。而我們的嫌犯名單上只剩下兩個。」

冰冷的大岩石壓在我的心頭。我本希望安娜掀開伊芙琳的真面具就足以為她贏得自由，但是她說得對。瘟疫醫生儘管滿口的救贖和重生，他仍然需要再一條生命來付出代價，而他在等我們其中一人來付帳。

伊芙琳仍在來回踱步，仍在撕扯頭髮，仍被邁可的死弄得心神渙散，但是距離太遠，我無法突襲。說不定安娜或是我能奪走她手上的槍，但是我們之中有一個卻會先被射殺。

我們被騙了。

瘟疫醫生故意躲得遠遠的，才不用聽安娜的答案，面對改過向善的她。他不知道我看錯了邁可。

也可能是他不在乎。

他稱心如意了，如果我死了，他會釋放我。如果她死了，她會被困在這裡，正中他的長官的下懷。他們要關她一輩子，無論她怎麼做。

我再也按捺不住自己的絕望了，我奔向窗戶，捶打玻璃。

「不公平！」我對著瘟疫醫生遙遠的身形高喊。

我的憤怒嚇著了安娜，她害怕地一躍而起。伊芙琳舉起手槍朝我逼近，誤以為我的憤怒是恐慌。

絕望向我伸出了魔爪。

我告訴瘟疫醫生我不會拋下安娜，要是他們釋放我，我會找到方法回來黑石南館，但是我不能在這個地方再過一天。我不能讓自己再被屠戮。我不能看著菲麗瑟緹自殺，或是被丹尼爾·柯立芝背叛。我不能再重過這種日子，而且部分的我，很大的一部分，連我自己都覺得不可能，已經準備要撲倒伊芙琳，來個一了百了，不管我的朋友會怎麼樣了。

我被悲慘蒙蔽了，沒發覺安娜走向我。她不理會伊芙琳正虎視眈眈，像貓頭鷹盯著一隻跳舞的老鼠，她握住我的兩隻手，踮起腳尖，吻了我的臉頰。

「不准你回來找我。」她說，額頭跟我相抵。

她火速移動，一轉身就撲向伊芙琳，有如閃電。

槍聲震耳欲聾，幾秒鐘後回聲仍在。我大喊一聲，衝向安娜，手槍已經掉落在地上，鮮血滲透了伊芙琳腰際的襯衫。

她張開嘴又閉上，跪了下去，無聲的哀懇困在那雙空洞的眼眸中。

菲麗瑟緹·梅道克斯站在門口，是魔魘復活。她仍穿著藍色的舞會長袍，這時滴著水，覆著泥巴，臉上的妝容沿著雪白的臉頰往下流，臉龐因為匆匆穿過樹林而被樹枝刮傷。她的口紅糊了，披頭散髮，黑色手槍穩穩握在手裡。

她很快地瞄了我們一眼，但是我很懷疑她看見了我們。狂怒使她半盲。手槍瞄準了伊芙琳的肚子，她又開了一槍，響亮的槍聲使我不得不摀住耳朵，同時鮮血噴濺到壁紙上。她還不滿足，又開了一槍，伊芙琳倒在地板上。

菲麗瑟緹走向她，把剩餘的子彈都打進了伊芙琳已無生氣的身體。

60

安娜的臉貼著我的胸口，但是我無法將視線從菲麗瑟緹身上移開。我不知道這是否是正義，但我仍是一樣感激涕零。安娜的犧牲讓我重獲自由，可是罪惡感卻永遠也不會放過我。

她的死會讓我變成自己的陌生人。

菲麗瑟緹救了我。

她的子彈打完了，但是她仍扣著扳機，以空洞的喀嗒聲埋葬伊芙琳。我還以為她會一直扣下去，但是瘟疫醫生來臨，打斷了她。他輕輕拿走了她手上的武器，而好似魔咒破解，她的眼神清明，四肢又恢復了生氣。她一臉累到骨子裡，整個人被掏空的模樣。

最後再瞧了伊芙琳的屍體一眼，她朝瘟疫醫生點點頭，隨即和他擦身而過，消失在屋外，連燈籠都不帶。片刻之後，前門打開了，世界充滿了嘩啦啦的雨聲。

我放開了安娜，倒在地毯上，雙手抱頭。

「是你跟菲麗瑟緹說我們在這裡的，是不是？」我透過指縫說。

我把話說得像控訴，雖然我很肯定我是想要表達感激的。到了這個節骨眼上，一切都發生了，或許控訴與感激也難分難解了。

「我給了她選擇，」他說，跪下來合上伊芙琳的眼睛。「其他的則看她的天性，跟你一樣。」

他說話時看著安娜，但視線很快移開，在血跡斑斑的牆上梭巡，這才又回頭看著躺在他腳邊的屍體。部分的我很好奇他是否欣賞他自己的成果，間接毀掉一個人。

「你知道真正的伊芙琳是誰有多久了？」安娜問，上下打量瘟疫醫生，帶著兒童般的好奇審視他。

「跟你們同一個時間，」他說。「我應你之求去到湖邊，親眼目睹了她露出真面目。等我明白她是要把你們帶向何處，我就返回黑石南館，把消息傳給了那位女演員。」

「可是你為什麼要幫我們？」安娜問。

「正義。」他說了這麼一句，鳥喙面具轉往她的方向。「伊芙琳該死，而且應該由菲麗瑟緹下手。你們兩個證明了你們值得自由，我也不會在最後關頭設障礙來阻撓你們。」

「這樣就完了，我們真的完成了？」我問，聲音顫抖。

「差不多，」他說。「我仍需要安娜正式回答問題：是誰殺了伊芙琳．哈德凱索？」

「那艾登呢？」她問，一手按著我的肩。「他說是邁可。」

「畢夏先生解開了邁可、彼得、海蓮娜．哈德凱索的命案，以及菲麗瑟緹．梅道克斯的謀殺未遂案，這件案子隱藏得那麼機巧，連我和我的長官都不知情，」瘟疫醫生說。「我不能怪他回答了我們從沒想到要問的問題，我也不會懲罰一個冒這麼大的風險去拯救別人性命的人。他的答案有效。現在我需要妳的。是誰殺了伊芙琳．哈德凱索，安娜？」

「你沒提到艾登的其他宿主，」她頑固地說。「你也會放他們走嗎？還有幾個活著。要是我們現在走了，我們大概能救得了管家。還有可憐的塞巴斯欽．貝爾呢？他今天早上才醒來。沒有我們幫忙，他要怎麼辦？」

「艾登就是今天早晨醒來的塞巴斯欽．貝爾，」瘟疫醫生和氣地說。「他們只是光的把戲，安娜。是陰影投射在牆上。現在你們能帶著投射影子的火焰走開，而一旦你們走了，他們就會消失。」

她朝他眨眼。

「相信我，安娜。」他說。「告訴我是誰殺了伊芙琳．哈德凱索，大家都能獲得自由。隨妳選。」

「艾登？」

她遲疑地看著我，等我認可。我只能點頭。我的心中湧起一股情緒，等待著釋放。

「菲麗瑟緹．梅道克斯。」她宣布。

「你們自由了，」他說，站了起來。「黑石南館不會再抓住你們兩個不放了。」

我的肩膀在發抖。我無力掩飾，哭了起來，哭得很慘，八天的痛苦和恐懼有如毒藥噴湧而出。安娜抱著我，我卻停不了。我在崩潰的邊緣，既放寬了心，又筋疲力盡，深恐自己被耍了。

黑石南館的其他一切都是謊言，這一個又未嘗不是？

我瞪著伊芙琳的屍體，看見邁可在日光室中抽搐，斯坦溫在丹尼爾在森林中射殺他時大惑不解的表情。彼得和海蓮娜、強納森和米麗森、丹斯、達維斯、睿胥頓。那個隨從和柯立芝。死人堆積成山。

這一切要如何脫離？

只要說一個名字……

「安娜。」我喃喃說。

「我在這裡，」她說，用力抱緊我。「我們要回家了，艾登。你辦到了，你實現了諾言。」

她凝視著我，眼中沒有一絲一毫的懷疑。她在微笑，笑得歡暢。一天加一條命，我原以為不足以逃出這個地方，但或許這就是能逃出這地方的唯一途徑。

安娜仍緊摟著我，抬頭看著瘟疫醫生。

「接下來呢？」她問。「我還是想不起今早之前的事情。」

「妳會的，」瘟疫醫生說。「妳已經服過刑了，所以一切物品都會歸還給妳，包括妳的記憶。妳願意的話。大多數的人都選擇不要想起，就以當前的樣子生活下去。這或許值得考慮。」

安娜琢磨著這個條件，而我這才恍然，她還不知道她是誰，做過什麼。那會是一番棘手的交談，但是眼下我沒有力量能夠面對。我需要把黑石南館收拾起來，丟進暗處，我的惡夢存在的地方，而我會有很長一段時間擺脫不了它。要是我能讓安娜免於類似的煎熬，即使只是一陣子，我會的。

「你們該走了，」瘟疫醫生說。「我覺得你們在這裡盤桓得夠久了。」

「你準備好了嗎？」安娜問。

「好了。」我說，讓她把我扶起來。

「萬分感激。」她對瘟疫醫生說，在離開屋子前鞠躬行禮。

他看著她走，再把伊芙琳的燈籠交給我。

「他們會找她，艾登，」他低聲說。「別相信任何人，別讓自己記得。再怎麼往好處想，那些回憶也只會造成嚴重傷害，若是往壞處想……」他刻意不說完。「等你們自由了，就一直跑，不要停下來。這是你們唯一的選擇。」

「那你會怎麼樣？」我問。「你的長官發現你做的事之後可能不會很開心。」

「喔，他們會氣得跳腳，」他愉快地說。「可是今天感覺像是好日子。黑石南館有好長一段時間沒有好日子了。我覺得我會暫時享受一下，明天再擔心後果吧。後果很快就會來的，總是如此。」

他伸出了手。「祝你好運，艾登。」

「你也是。」我說，跟他握手，走出屋子，迎向暴風雨。

安娜在馬路上等，雙眼盯著黑石南館。她的樣子好年輕、好輕鬆，但只是表象。在這張臉孔之下還有另一張臉，一個半個世界都痛恨的女人，而我幫她得到自由。猶豫的火光在我的心中閃現，但無論她做過什麼，無論將來有多少風雨，我們都會攜手共度。此時此刻，我只在意這個。

「我們該去哪裡？」安娜問，而我則用燈籠溫暖的光芒掃過闇黑的森林。

「我也不知道，」我說。「我覺得不重要。」

她握住我的手，輕輕捏。

「那就讓我們邁步走，看走到哪裡。」

於是我們就邁開了步伐，一步又一步，深入黑暗，僅靠著最微弱的光線指引。

我盡力去想像等著我們的是什麼。

我拋下的家庭？聽著我的故事長大的孫子？或是另一座森林，另一棟深陷秘密泥淖的屋子？我希望不會。我希望我的世界是迥然不同的世界。未知的、高深莫測的，我甚至無法在戈爾德有限的心智下想像的。說到底，我逃離的並不僅僅是黑石南館，而是他們。是貝爾和管家、達維斯、雷文科特、丹斯和德比。是睿胥頓和戈爾德。黑石南館是監獄，但是他們則是鐐銬。

以及鑰匙。

我的自由都拜他們每一個人所賜。

那艾登．畢夏呢？我虧欠他什麼？他是那個把我困在這裡，好讓他能折磨安娜貝兒．喬克的人。我不會把他的記憶還給他，我很確定。明天，我會在鏡中看見他的臉，而我得接受，讓它變成我的臉。為此，我需要重新開始，放開過去，甩開他以及他犯的錯。

甩開他的聲音。

「謝謝你。」我低聲說，感覺到他終於飄然遠去。

感覺像一場夢，有太多所求。明天，不會有隨從要征服。不會有伊芙琳．哈德凱索要拯救，或是丹尼爾．柯立芝要鬥智。不會有滴滴答答的時鐘掛在一棟迷宮似的屋子裡。撇開這些不可思議的事，我只需要專注在平常的事物上。連續兩天在同一張床上醒來，或是能夠抵達我願意去的下一個村子。暖和的陽光。坦率無欺。過著一輩子沒有謀殺的生活。種種的奢侈。

明天可以是我想要的樣子，也就是說幾十年來頭一遭，我能衷心期待。而不是什麼讓我畏懼的東西，它可以是我給自己作的承諾。一個更勇敢、更仁慈，撥亂反正的機會。做一個比今天更好的人。

在這一天之後的每一天都是一份禮物。

我只需要一直走，走到為止。

致謝

《死了七次的伊芙琳》沒有我的經紀人哈利・伊靈沃斯是不會存在的。他比我先知道這個故事有什麼潛力，並且協助我把它挖出來。你是恂恂君子。

我也要感激我的編輯愛麗森・亨尼西，又名渡鴉女王，又名美魔女（段落）殺手，感謝她的智慧以及那把文字手術刀。我寫了一篇故事，而愛麗森讓它變成了一本書。

我同樣也要感謝我的美國編輯葛莉絲・曼納利－懷菲爾，她提問了我絕沒想到要問的問題，並且幫助我更深入我所創造的世界。

既然我在表達謝意，就不能漏了「渡鴉圖書」以及Sourcebooks，他們的才華、熱情以及整體的親切可愛令我相形見絀。其中我要特別感謝瑪麗歌・艾特基，以她的幽默與睿智——以及最後一分鐘的編輯——平息了我的恐慌。顯然某人在某處一定聽見過她尖叫，但絕不是我。為了這一點，我非常感激。

我特別要感謝我的早期讀者大衛・貝永、提姆・丹頓和妮可・寇比，他們在這本書仍在「大衛・林區」的階段讀了故事，非常親切地指出線索、文法以及情節提點並不顯得疲弱。

最後，我要感謝內人瑪莉莎。如果你要做什麼蠢事（像是花三年寫一本穿越時空、寄宿身體、破解謎團的小說），你會需要最好的朋友支持你，一路走來始終如一。她就是。沒有她，我絕對辦不到。

司徒華・特爾敦寫作《死了七次的伊芙琳》的靈感

其實，都要怪桃樂絲。

我把它寫在便利貼上，黏在牆上。桃樂絲是我八歲時的隔壁鄰居，每個週末她都會去西北英格蘭的後車廂大拍賣，帶回一大疊阿嘉莎・克莉絲蒂的小說給我看。我不知道這個傳統是幾時開始的，又是為什麼開始的。可能是她覺得每一個勞工階級的孩子都應該要讀一讀上流人士被謀殺的故事。

這事持續了好幾年。桃樂絲會按照慣例在週六送書來；我用一整週的時間讀，然後我們再從頭來過。等到我十歲，我對克莉絲蒂已經如數家珍，而我知道我也會寫一本。

當時，我甚至不知道我想當作家。我不知道我是否有文采，成為作家需要哪些條件。我只是想寫一本阿嘉莎・克莉絲蒂小說，跟她一樣。我想要那幢鄉間大別墅充滿了秘密和謊言。我想要不可能的謀殺案，那種遺世獨立和公平感，在我眼裡，這就是讓克莉絲蒂與眾不同之處。線索總是遙遙領先讀者。解謎是一場遊戲——而你可以贏。你只需要比阿嘉莎聰明。我愛死這個了，而我也想寫一本。

我二十一歲時第一次嘗試，那時我的自我夠膨脹，足以說服我自己這會是輕而易舉的事。並不是。我瞪著白茫茫的螢幕足足一個月，最後我才恍然大悟，她已經把所有偉大的情節轉折、所有精巧的設計、所有可疑的人物和敘述手法都掏盡了。

我是想用阿嘉莎啃過的老骨頭熬出一鍋湯來。

灰心之餘，我放下了寫書大業，心裡想我下個星期會再拾起筆來，到時我就會有自己的好點子了。下星期變成了下個月。然後是再下個月，然後，就在不經意之間，十年過去了。

我變成了記者。我寫短篇故事，開始其他的小說。沒有一本能撫平阿嘉莎給我的搔癢。到了二〇一〇年，我在杜拜當旅行作家，正搭乘一架長途班機。那時是半夜兩點，我不是很確定在哪一個時區、我要去哪裡、我是誰。我昏亂的心又定期回去朝聖那本書，而，就這樣，我發現了那個穿越時空、寄居身體的餌在等著我。

那天早晨我寫了兩千字，只是要說服自己這個點子行得通。我覺得從那時開始我就沒有那麼興奮過。飛機著陸了，我的人生也改變了。我有了寫書的計畫，而且我**非寫**不可。只是我沒法在杜拜寫。陽光太燦爛了，城市太新穎了。我需要英國。我需要鄉間別墅和一個階級制度。我需要雨水。我需要一大堆的雨水。

我未來的老婆跟我在一年之內搬回了英國，我也開始寫作。我答應她只用一年的時間。光是擬定計畫就花了三個月，那時我大概就應該知道我是信口開河。便利貼覆滿了我的牆壁，桌面被一大張時間表佔滿。我寫滿了一本又一本的人物筆記，漸漸想通了如何寫出一本穿越時空、寄居身體、命案疑雲的小說了。

非常有趣。非有趣不可。它都快把我逼瘋了。

我拿著蠟燭在古老的哥德式豪宅中潛行，想要捕捉恰當的氣氛。我故意在森林裡迷路，體會驚慌失措的感覺。我瞪著太多陌生人看，偷取他們的態度舉止，用在書中的人物上。最後花了三年。而且，現在，書在你們的手上了。能有今天，我喜出望外。

我真心希望你們會喜歡。我希望它能讓你一直讀到半夜兩點，等你隔天起晚了，拖著自己去上班，你還會想著它。真是這樣的話，千萬別怪我。都是桃樂絲的錯。而我對她只有感謝再感謝。

Storytella 182

死了七次的伊芙琳

The Seven Deaths of Evelyn Hardcastle

死了七次的伊芙琳 / 史都華.特頓作 ; 趙丕慧譯. -- 初版. -- 臺北市 :
春天出版國際文化有限公司, 2024.08
　面；　公分. -- (Storytella ; 182)
譯自 : The Seven Deaths of Evelyn Hardcastle.
ISBN 978-957-741-738-1(平裝)

873.57　　　　112013450

ISBN 978-957-741-738-1
Printed in Taiwan

作　者　史都華・特頓
譯　者　趙丕慧
總編輯　莊宜勳
主　編　鍾靈

出版者　春天出版國際文化有限公司
地　址　台北市大安區忠孝東路四段303號4樓之1
電　話　02-7733-4070
傳　眞　02-7733-4069
E－mail　bookspring@bookspring.com.tw
網　址　http://www.bookspring.com.tw
部落格　http://blog.pixnet.net/bookspring
郵政帳號　19705538
戶　名　春天出版國際文化有限公司
法律顧問　蕭顯忠律師事務所
出版日期　二〇二四年八月初版

定　價　620元

總經銷　楨德圖書事業有限公司
地　址　新北市新店區中興路二段196號8樓
電　話　02-8919-3186
傳　眞　02-8914-5524
香港總代理　一代匯集
地　址　九龍旺角塘尾道64號 龍駒企業大廈10 B&D室
電　話　852-2783-8102
傳　眞　852-2396-0050